Manuela Kuck, Jahrgang 1960, ist freie Autorin. Die gebürtige Wolfsburgerin hat Germanistik und Kunstgeschichte in Berlin studiert, als Fotosetzerin und im kaufmännischen Bereich gearbeitet. Sie lebt heute in der Hauptstadt und veröffentlicht Romane, Kurzgeschichten und Krimis. Im Emons Verlag erschien »Tod in Wolfsburg«.

Dieses Buch ist ein Roman. Handlungen und Personen sind frei erfunden. Ähnlichkeiten mit lebenden oder toten Personen sind nicht gewollt und rein zufällig.

MANUELA KUCK

Wolfstage

NIEDERSACHSEN KRIMI

emons:

MIX
Papier aus verantwortungsvollen Quellen
FSC® C083411

Umschlagfoto: iStockphoto.com/Jonathan Hill
Umschlaggestaltung: Tobias Doetsch
Druck und Bindung: CPI – Clausen & Bosse, Leck
Printed in Germany 2011
ISBN 978-3-89705-862-0
Niedersachsen Krimi
Originalausgabe

Dieser Roman wurde vermittelt durch die Agentur Dirk Meynecke.

Für meinen Vater

1

Bis zu jenem Abend im Juli hätte er auf eine entsprechende Frage glatt erwidert, dass sich die Dinge gut für ihn entwickelten und nichts, aber auch rein gar nichts darauf hinwies, dass es zukünftig anders werden könnte. Und dabei hätte er gegrinst und sich einen Joint gedreht. Eine richtig dicke Tüte.

Mit Anfang zwanzig hatte Robin festgestellt, dass es von Vorteil war, wenn man oft übersehen wurde und sich flink und unauffällig zu bewegen verstand. Ideale Voraussetzungen für die Arbeit eines Dealers. Gelernt hatte er sein Handwerk auf der Straße, inzwischen arbeitete er mit wenigen verlässlichen Partnern in Polen und der Tschechischen Republik sowie Kontaktleuten in Frankfurt, Berlin, Magdeburg und Wolfsburg zusammen und betrieb seine Geschäfte mit einer Souveränität, die ihn manchmal selbst erstaunte. Er verdiente genügend Geld, um bequem über die Runden zu kommen und seinen eigenen Drogenkonsum zu finanzieren.

Nachdem er vor zwei Jahren bei einem Treffen mit seinem Kontaktmann in Wolfsburg beinahe geschnappt worden wäre und auf der Flucht seine gesamte Ware zurücklassen musste, hatte Robin sich angewöhnt, seine Vorräte in einem abseits gelegenen Unterschlupf in der Nähe des Velpker Steinbruchs zu verstecken.

Der Ort war ideal – so dachte er jedenfalls –, als er ihn eines Tages während einer Radtour durch den Drömling und die »Velpker Schweiz« zufällig entdeckte. Robin war immer wieder fasziniert von der abwechslungsreichen und friedvollen Gewässer- und Waldlandschaft, die sich rund um die stillgelegten Steinbrüche entwickelt hatte. Trotz ihrer Beliebtheit als Naherholungsgebiet waren insbesondere abseits der Hauptwege kilometerlange Wander- und Radtouren möglich, bei denen man stundenlang keiner Menschenseele begegnete.

Das kleine, dem Verfall preisgegebene Lagerhaus – wohl ein Überbleibsel aus der Zeit, als noch Sandstein abgebaut wurde – verbarg sich inmitten einer dicht stehenden Baumgruppe, wo es von

Weitem nicht zu sehen war und aus der Nähe kaum Aufmerksamkeit erregte, weil es mit seiner Umgebung verschmolzen schien. Es hatte längst Moos und Schimmel angesetzt und bot nur noch einigen Tieren Unterschlupf. Im hinteren Bereich des Gebäudes schloss sich ein lang gestreckter klappriger Holzschuppen an, in dem uraltes Mobiliar vergammelte, daneben ruhten längst vergessene Gleise in einem bunten Pflanzenbett.

Wenn er spät von einer Tour zurückkehrte, stellte Robin seinen Passat an der Neuhäuser Straße ab und fuhr mit dem Klapprad, das er stets im Kofferraum dabeihatte, in schummriger Dunkelheit zu seinem Häuschen, wie er es bald nannte, um auf dem Dachboden zu übernachten und mit dem ersten Morgenlicht wieder aufzubrechen – im Rucksack lediglich die Ration für seinen nächsten Kontaktmann.

Im letzten Frühjahr aber war es dann plötzlich und unerwartet vorbei gewesen mit der einsamen Idylle. Von einem Tag auf den anderen hatte eine Gruppe junge Männer in unregelmäßigen Abständen das Haus besetzt. Robin war rechtzeitig auf sie aufmerksam geworden, als er eines Abends die Überreste eines Lagerfeuers entdeckt hatte. Daraufhin wäre es mit Abstand das Klügste gewesen, sofort das Weite zu suchen, aber Robin, sonst grundsätzlich ein Freund des unauffälligen und raschen Rückzugs, zögerte zu seiner eigenen Verwunderung. Vielleicht hielt ihn die Neugier ab, oder seine Bequemlichkeit, vielleicht wollte er sein Domizil auch nicht so ohne Weiteres wieder aufgeben. Jedenfalls entschied er, vorerst zu bleiben und einer gemeinsamen Nutzung, von der natürlich nur er etwas wusste, eine Chance zu geben. Er konnte ja auch nicht ausschließen, dass die Gruppe genauso schnell wieder verschwinden würde, wie sie aufgetaucht war.

Von da an näherte er sich dem Häuschen nur noch mit größter Vorsicht, achtete darauf, bei seinen Besuchen keinerlei Spuren zu hinterlassen, und beobachtete die Eindringlinge bei einigen ihrer Zusammenkünfte aus sicherer Entfernung oder von einer winzigen Dachluke aus.

Meist waren es drei bis sechs Männer, deren Alter er von Anfang zwanzig bis circa Mitte dreißig schätzte; manchmal war einer dabei, der sich als Anführer aufspielte. Robin verwarf seine anfängliche Vermutung, sie würden sich an diesem versteckten Ort treffen, um zu kiffen oder andere Drogen zu konsumieren, schnell wieder. Dazu waren die Typen zu alt und zu erwachsen. Ein Dreißigjähriger hatte es wohl kaum nötig, sich im Wald zu verstecken, wenn er einen Joint rauchen wollte. Eher hatte er es wohl mit irgendwelchen Naturfreaks zu tun oder mit einer Sportgruppe, die das Häuschen als Rastplatz nutzte.

Robin stellte verwundert und zugleich erleichtert fest, dass die Männer nichts anderes im Sinn hatten, als herumzusitzen, am Lagerfeuer Würstchen zu grillen, laute Reden zu schwingen, als gehöre ihnen die Welt und dieses alte Haus sowieso, und manchmal mit Pfeilen auf eine Zielscheibe zu schießen, die sie hinterm Haus aufhängten. Später errichteten sie ihren Schießstand im Schuppen. Ihr Auftreten hatte alles in allem durchaus Ähnlichkeit mit den Ritualen einer Pfadfindergruppe – nur dass das Alter nicht stimmte. Jede Wette, dass sie aus allen Wolken fallen würden, wenn sie von Robins Anwesenheit wüssten, und er beglückwünschte sich zu seiner Entscheidung, das Feld nicht ohne Weiteres zu räumen.

Die Typen tauchten höchstens alle paar Tage auf, manchmal einige Wochen gar nicht, sie kletterten nie auf den Dachboden – wahrscheinlich wussten sie nicht einmal, dass es ihn gab –, und selbst wenn sie sich genauer umsehen würden: Robin ließ grundsätzlich nichts herumliegen, auch sein Rad nicht, und sein Drogenversteck war perfekt: ein ausgehöhlter Dachbalken enthielt Beutel voller Plastiktütchen mit Koks, Cannabis und Ecstasy. Seinetwegen hätte diese friedliche Koexistenz auf unbestimmte Zeit so weiterlaufen können. Dass es nicht so blieb, lag schlicht und ergreifend daran, dass er die Situation auf fatale Weise falsch eingeschätzt hatte.

Er war einige Tage in der Tschechischen Republik gewesen und guter Dinge, als er am Sonntagabend am Häuschen ankam und feststellte, dass er es für sich allein hatte. Die Pfadfinder – so nannte er die Gruppe bei sich – waren schon da gewesen, wie er aus der noch warmen Asche des Lagerfeuers schloss. Robin erklomm wie immer die wacklige Leiter, die er im Flur hinter einem Haufen alter Kartons und Müll versteckt hatte, und hievte sich und sein Rad über die Dachluke nach oben, wo er zunächst seine Schätze sorgsam verschnürte und deponierte. Die Luke ließ er offen, weil er keinen Besuch mehr erwartete. Er pfiff und drehte sich einen Joint.

Das Geräusch, das plötzlich von unten zu ihm hochdrang, hätte alles Mögliche sein können – ein schreiender Vogel, zwei streitende Eichhörnchen, das Kratzen eines Dachses in seinem Bau –, und normalerweise scherte Robin sich um derlei erst gar nicht. Was ihn stutzig werden ließ, waren Nähe und Stetigkeit des Geräuschs. Schließlich kletterte er wieder nach unten und blieb lauschend im Flur stehen.

Die Verbindungstür zum Schuppen war zugezogen. Das war neu. Warum hatten sie die Tür geschlossen? Ahnten sie doch, dass sie nicht die einzigen Besucher waren? Wieder das Geräusch. Robin schlich näher an die Tür heran. Es wurde lauter. Eine Art Schaben, vielleicht auch Stöhnen oder auch beides. Ein Tier, dachte er. Es hat sich verlaufen und kann nicht raus. Na und? Was geht mich das an? Es wird die ganze Nacht Theater machen und mich nicht schlafen lassen. Seit wann stören mich solche Geräusche? Ich pfeife mir was ein, und schon kann ich wunderbar abschalten. Und wenn ich nur wissen will, was hier los ist?

Robin atmete tief ein und legte die Hand auf die altersschwache Klinke. Sie knarzte, als er sie niederdrückte. Das andere Geräusch verstummte. Er schob die Tür auf. Es war dunkel und roch noch muffiger als im Haus. Robin nestelte sein Feuerzeug aus der Gesäßtasche und schnippte es an. Im Schein der kleinen Flamme sah es aus wie beim letzten Mal, als er sich hier umgesehen hatte: dreckig und schummrig. Sein Atem füllte sich mit dem Aroma von Schimmel, feuchtem Holz und Erde. Am rechten Ende des Raumes stand die Zielscheibe, am linken war die Schiebetür zu einem Abstellraum halb geöffnet.

Robin ging ein paar Schritte näher. Hier hatten sie Pfeile und Bögen untergebracht. Er entdeckte eine Kerze und zündete sie an. Sie schossen nicht nur mit Pfeil und Bogen: Robin nickte anerkennend, als er die Armbrüste entdeckte. Er wandte sich wieder um und ließ seinen Blick durch den Raum schweifen. Es hatte sich doch etwas verändert. Jemand hatte die alten Bänke und Tische an die Wandseite geschoben, sodass die Mitte des Raumes frei blieb. Na klar, dachte Robin. Das ist schließlich die Schussbahn. Ein lautes Knacken ließ ihn zusammenfahren.

Hinter der Zielscheibe befand sich eine Abtrennung aus Spanplatten – damit die Pfeile abgefangen werden, die danebengehen, überlegte Robin. Das beantwortete aber nicht die Frage, woher das Geräusch kam. Er machte zwei Schritte, bevor er Stimmen hörte. Der Schreck fuhr ihm so in die Glieder, dass er sich später fragen würde, woher er eigentlich gewusst hatte, wie sinnvoll es war, in dieser Situation Angst zu empfinden.

Es war zu spät, um noch zur Tür hinaus nach oben zu entkommen. Robin drückte den Docht der Kerze zwischen Daumen und Zeigefinger zusammen, blickte sich gehetzt um, lief dann auf Zehenspitzen zu den an der Seite aufgetürmten alten Möbeln und verkroch sich unter einem Tisch, während er betete, dass sie die klapprige Leiter im Flur übersahen. Es gelang ihm gerade noch, ein morsches Holzbrett als Schutzschild vor seinen Körper zu schieben, als die Männer den Raum betraten. Drei waren es. Einer von ihnen war der Anführer – Robin erkannte ihn an seiner Stimme.

»Welcher Idiot hat die Tür aufgelassen?«

Robin konnte deutlich hören, dass er schnüffelnd einatmete.

»Außerdem stinkt es hier.«

»Hier stinkt es immer«, antwortete ein anderer.

Robin hielt die Luft an: die Kerze.

»Nun gut. Das soll uns jetzt nicht weiter beschäftigen. Macht ein paar von den Petroleumlampen an.« Und einen Augenblick später: »Ihr wisst, worum es geht?«

Niemand antwortete.

»Natürlich wisst ihr das.«

Da bin ich ja mal gespannt, dachte Robin und versuchte, sein mulmiges Gefühl zu verdrängen. Der Tonfall des Anführers klang nicht nach Pfadfinderspielen.

»Hilf mir mal«, erklang dann erneut die Stimme des Anführers, und sofort waren Schritte zu hören, dann ein Schaben, als würden Möbel gerückt, und angestrengtes Seufzen.

»Holt eure Armbrüste.«

Robin entspannte seine verkrampften Schultern. Wer zuerst dreimal den Innenring trifft, gewinnt einen Sixpack oder ein Würstchen, dachte er und hätte beinahe gekichert. Mit einer Hand schob er das Brett behutsam ein Stück zur Seite und linste um die Ecke. Was er im dämmerigen Licht erkennen konnte, ließ ihm das Blut in den Adern gefrieren.

Die Zielscheibe war beiseite gerückt. Vor der Wand aus Spanplatten stand jemand. Eine Gestalt. Eine Frau. Mit gefesselten Händen und Füßen und verbundenen Augen, einen Knebel im Mund. Starr und steif. Eine Schaufensterpuppe, schlug Robins innere Stimme vor. Eine sehr zittrige Stimme. Aber seit wann stöhnten Schaufensterpuppen? Der Anführer stand neben ihr und hielt sie an einem Arm fest.

»Sie ist eine Feindin und Verräterin, die nicht zur Einsicht kommen will, wie wir inzwischen wissen«, sagte er mit leiser, eindringlicher Stimme. »Ihr wisst, was zu tun ist.« Er trat zurück.

»Und ob«, flüsterte einer der beiden anderen. »Die Schlampe hat es nicht anders verdient.«

Die beiden legten Pfeile in ihre Armbrüste und spannten sie. Robin zog den Kopf zurück und presste beide Fäuste vor den Mund. Die Spanplatte, trommelte eine hysterische Stimme in ihm, na klar, sie schießen auf die Spanplatte: Es ist ein Spiel, eine Drohung vielleicht, eine Mutprobe. Natürlich – was denn sonst? Alles andere wäre ja …

Plötzlich lag ein Sirren in der Luft, und den Bruchteil einer Sekunde später polterte etwas.

Als Robin sich wieder vorbeugte, sah er die Gestalt am Boden liegen – von zwei Pfeilen durchbohrt. Einer steckte im Hals, der andere in der Brust.

Sie schleiften die Leiche nach draußen. Durchs trübe Fenster konnte Robin erkennen, dass sie neben den Gleisen ein Grab ausgehoben hatten. Geschickt legten sie anschließend Moos und Grasstücke darüber, trampelten es fest, und niemand würde je ahnen, dass sich eine tote Frau darunter verbarg. Einer der Männer zupfte die Moosdecke fast zärtlich zurecht.

Als sie aufgeräumt hatten und verschwunden waren, verließ Robin das Haus. Er nahm sein gesamtes Depot mit und hatte schon gut hundert Meter zwischen sich und das Haus gelegt, als er noch einmal umkehrte und einen Pfeil aus der Abstellkammer holte. Warum, wusste er nicht.

2

»Kennen Sie eigentlich Wiebor? Lennart Wiebor?«

Magdalena Grimich hielt sich nicht mit langen Vorreden auf. Das war nicht ihre Art. Sie hatte einmal angeklopft und war, ohne eine entsprechende Aufforderung abzuwarten, in das Büro von Johanna Krass getreten. Nun stand sie mit verschränkten Armen mitten im Raum, als gehörte er ihr.

»Ich hoffe, ich störe nicht«, fügte die BKA-Abteilungsleiterin nach einer winzigen Pause hinzu und verzog den Mund, was nur entfernt an ein Lächeln erinnerte.

Kommissarin Johanna Krass schob ihren Schreibtischstuhl ein Stück zurück und beschloss spontan, amüsiert zu reagieren. »Natürlich nicht«, erwiderte sie mit ironischem Unterton.

Grimich musste man mit Humor nehmen, oder besser gesagt, *sie* musste Magdalena Grimich mit Humor nehmen. Alles andere führte zu nichts. Denn einig waren sich die beiden Frauen nur in einem Punkt: über ihre gegenseitige Abneigung. Grimich hielt nicht allzu viel von Johanna und ihrer Rolle als Sonderermittlerin beim BKA Berlin, die sie ihrem Mentor Siegfried König verdankte, und Krass war der Ansicht, dass Magdalena Grimich ein Problem mit souverän auftretenden und selbstständig denkenden Frauen hatte. Also mit ihr.

»Ist er nicht einer unserer verdeckten Ermittler?«, mutmaßte Johanna und wies mit knapper Geste auf den Stuhl vor ihrem Schreibtisch. »Bitte – nehmen Sie doch Platz.«

Sie meinte, sich an einen jungen, häufig mürrisch und maulfaul auftretenden Typen zu erinnern, der meist in Lederklamotten durch die Gegend lief. Mittelgroß, stämmig, Motorradfahrer.

»Genau«, nickte Grimich und winkte dann beiläufig ab. »Ich stehe lieber.« Das Danke verschluckte sie ansatzlos. »Er ist seit einigen Monaten im OK-Bereich unterwegs und hat kürzlich in Hamburg und Niedersachsen wichtige Kontakte geknüpft. Einzelheiten wissen wir jedoch nicht. Leider. Wiebor kam nicht mehr dazu, Bericht zu erstatten.«

Johanna schlug ein Bein über das andere und hielt kurz den Atem an.

»Er hatte vor einigen Tagen einen schweren Unfall und liegt im Koma«, fuhr Grimich nach kurzer Pause fort. »Er ist zurzeit noch nicht einmal transportfähig.«

Johanna runzelte die Stirn. »Fremdverschulden?«

»Auf den ersten Blick nicht, aber es gibt wohl die eine oder andere Ungereimtheit, und ich halte es für eine gute Idee, wenn wir da noch mal genauer hingucken.«

»Wir« heißt wohl: ich, dachte Johanna.

»Natürlich muss das möglichst unauffällig geschehen, um Wiebors Einsatz nicht zu gefährden.«

»Verstehe. Wo ist der Unfall passiert?«

Grimich lächelte unvermutet. »Sie kennen die Gegend. Ganz in der Nähe von Wolfsburg, genauer: zwischen Königslutter und Wolfsburg. Lennart liegt im Stadtkrankenhaus.«

Nicht schon wieder, dachte Johanna. Sie war in Braunschweig und Wolfsburg aufgewachsen. Keine unbeschwerte Kindheit und Jugend, würde sie sagen, hätte man sie gefragt. Sie war kein Fan der VW-Stadt. Trotzdem hatte sie sich gefreut, als Wolfsburg im letzten Jahr Fußballmeister geworden war. Vor knapp zwei Jahren hatte der Tod einer Schülerin ihren dortigen Einsatz erfordert. Sie erinnerte sich besser, als ihr lieb war. Karen Milbert, das tote Mädchen auf den Gleisen, eine Mädchengang, die Angst und Schrecken verbreitet und sogar den Suizid einer Fünfzehnjährigen provoziert hatte.

Johanna Krass räusperte sich. Sie hatte den Fall aufgeklärt, und selbst Grimich war zufrieden gewesen. Er hatte Spuren hinterlassen – wie die meisten grausamen Verbrechen. Ein weiterer tiefer Kratzer auf ihrer Seele. Irgendwann würde sie vollkommen vernarbt sein. Berufsrisiko.

Grimich legte eine Hand auf die Klinke. »Eine neue Staatsanwältin in Braunschweig ist über Wiebors Einsatz im Bilde. Sie wird gleich anrufen und das weitere Prozedere mit Ihnen absprechen. Unter Umständen hängt sein Unfall mit dem Verschwinden einer jungen Frau in Königslutter zusammen. Das hieße: Sie bekämen richtig was zu tun.«

Die Beamtin lächelte kühl. Johanna Krass lächelte zurück. Sie konnte sich gut vorstellen, was Grimich gerade durch den Kopf schoss.

»Ich erwarte unaufgefordert Ihre Berichte.«

Johanna nickte wortlos.

Annegret Kuhls Stimme klang jung, voller Tatendrang und Idealismus. Johanna seufzte unterdrückt, als sie keine Viertelstunde später mit der Staatsanwältin in Braunschweig verbunden war, ohne genauer darüber nachdenken zu wollen, warum. Sie trank einen Schluck von ihrem pechschwarzen Kaffee und legte den Notizblock bereit.

»Ich freue mich, dass wir uns in Kürze persönlich kennenlernen«, sagte Annegret Kuhl herzlich. »Reitmeyer hat Sie wärmstens empfohlen.«

»Ach?« Markus Reitmeyer hatte Johanna im Fall Karen Milbert unterstützt.

»Ja, er hat eine sehr hohe Meinung von Ihrem Spürsinn.«

Johanna war es nicht gewohnt, Komplimente entgegenzunehmen, und schwieg einen Augenblick verwirrt.

»Nun ... Hm ... Meine Chefin erläuterte mir gerade, dass Wiebors Unfall genauer überprüft werden muss. Darüber hinaus sprach sie von einer vermissten jungen Frau aus Königslutter. Warum wird ein Zusammenhang vermutet?«

»Wir wissen noch gar nicht, ob es tatsächlich einen Zusammenhang gibt, aber die beiden kannten sich wohl zumindest flüchtig. Kati Lindner, fünfundzwanzig Jahre alt, arbeitet in einer Buchhandlung in Königslutter und ist seit knapp einer Woche spurlos verschwunden. Wiebor hatte auf ihren Anrufbeantworter gesprochen und um Rückruf gebeten. So stellt sich die Ausgangssituation dar.«

»Was spricht dafür, dass Wiebor keinen Unfall hatte?«, fragte Johanna nach kurzem Überlegen.

»Sein Handy ist unauffindbar, ebenso Unterlagen, Notizen und so weiter.«

»Laptop?«

»Hatte er nicht. Wenn er ins Netz wollte, ging er in ein Internetcafé. Ansonsten störte ihn der Technikkram.«

Kann ich verstehen, dachte Johanna, aber manchmal kann der Technikkram verdammt hilfreich sein.

»Wann können Sie hier sein, Kommissarin Krass?«

Johanna sah auf ihre Uhr. »Ich habe noch ein paar Kleinigkeiten zu erledigen und muss meine Sachen packen. Rechnen Sie in vier, fünf Stunden mit mir.«

»Das tue ich gern.«

Annegret Kuhl gehörte innerhalb der Staatsanwaltschaft Braunschweig der Abteilung VIII an, die unter anderem für organisierte Kriminalität und verdeckte Ermittlungen zuständig war. Als Johanna am späten Nachmittag, gut fünf Stunden nach ihrem Telefonat, an die Bürotür der Beamtin klopfte, war sie verschwitzt, müde und entnervt von der langen Fahrt. Die Temperaturen bewegten sich zwar seit einigen Tagen nicht mehr im hochsommerlichen Rekordbereich, aber Johanna fand es trotzdem zu heiß. Sie sehnte sich nach einer Dusche und einem friedlichen Abend irgendwo am Wasser, möglichst einsam. Nicht reden müssen, schon gar nicht über Berufliches, Gedanken schweifen lassen, Schäfchenwolken zählen. Mit dem Kajak schwerelos dahingleiten.

Annegret Kuhl rief sie nicht herein, sondern öffnete selbst die Tür und empfing sie mit einem munteren Lächeln. Einen Moment lang war die Kommissarin davon überzeugt, die Sekretärin vor sich zu haben, aber als sie die Stimme der aparten Frau vernahm, war klar, dass es sich um die Staatsanwältin höchstpersönlich handelte. Mein Gott, dachte Johanna, so jung habe ich nicht mal mit fünfundzwanzig ausgesehen! Geschweige denn so attraktiv, gut gekleidet und professionell geschminkt.

Aber hatte sie je Wert darauf gelegt? Allein die Frage erübrigte sich. Johanna war klein und hager. Ihr Gesicht wurde von irritierend großen blauen Augen beherrscht, ansonsten war es kantig und eintönig; ihr Kleidungsstil verdiente kaum diese Bezeichnung. Johanna bevorzugte Jeans, Pullover und bequeme Outdoorklamotten. Sie besaß keine einzige Handtasche und schleppte ihren Kram meist in einem abgewetzten Lederrucksack durch die Gegend. Wer das erste Mal mit ihr zu tun hatte, kam selten auf den Gedanken, eine Kommissarin des BKA vor sich zu haben.

Seit sie fünfzig geworden war und in unregelmäßigen Abständen unter Hitzewallungen litt, erwischte sie sich doch hin und wieder bei einem kritischen Blick in den Spiegel. Sie hatte keine Angst vor Falten oder Tränensäcken, geschweige denn grauen Haaren – Eitelkeit konnte ihr nun wirklich niemand nachsagen. Was sie fürchtete, war die zunehmende Ähnlichkeit mit ihrer Mutter. Sie hatte Gertrud Krass schon als verlebt und verbittert empfunden, als sie noch zur Schule gegangen war und Suzi Quatro gehört hatte.

»Kaffee?«, fragte Kuhl, als sie in einer Sitzecke am Fenster Platz nahmen.

»Gerne.«

»Hatten Sie eine gute Fahrt?«

»Nein, ich stand eine Stunde auf der A 2 im Stau und bin entsprechend mies gelaunt.« In Wolfsburg und Umgebung bin ich allerdings häufig mies gelaunt, fügte sie in Gedanken hinzu.

»Kann ich verstehen. Werfen wir trotzdem einen Blick in die Akte?«

»Darum bin ich hier.«

Der Kaffee war gut, die Kekse schmeckten sogar exquisit – keine billige Supermarktware. Ein klarer Pluspunkt für Kuhl. Johanna beschloss, sich zu entspannen. Die Staatsanwältin war achtunddreißig Jahre alt, das hatte Johanna unter anderem noch in Erfahrung gebracht, bevor sie das BKA in Berlin im Eiltempo verlassen hatte. Eine Überfliegerin – gute Kontakte, beste Karriereaussichten, ehrgeizig bis zum Abwinken, hieß es, aber auch unbürokratisch, loyal und fair zu ihren Leuten. Nun, das würde sich noch zeigen.

»Lennart Wiebor hatte vor drei Tagen, am letzten Montag zwischen Neindorf und Almke auf der L 290 einen Motorradunfall. Sie kennen sich ja in der Gegend aus.«

Johanna nickte nur.

»Er ist in einer lang gezogenen Kurve von der Straße abgekommen und schwer gestürzt. Die Kollegen aus Königslutter und Wolfsburg fanden keine Hinweise auf weitere Beteiligte. Zeugen gibt es bislang nicht, oder sie konnten noch nicht ausfindig gemacht werden. Wie es aussieht, hat er schlicht die Gewalt über seine Maschine verloren. Das kann auch einem versierten Fahrer passieren. Was stutzig macht, ist die Tatsache, dass Wiebor ausgeraubt wurde – sein Handy konnte auch nicht geortet werden –, und sein Zimmer wurde durchsucht, unbemerkt. Wir gehen davon aus, dass seine Notizen gestohlen wurden –«

»Warum?«, unterbrach Johanna sie.

Kuhl stutzte. »Wie meinen Sie das?«

»Wissen Sie ganz konkret, dass Wiebor sich Notizen gemacht hat, oder vermuten Sie lediglich, dass etwas fehlt, weil keine Hinweise auf seine Tätigkeit zu finden waren?«

»Beides«, entgegnete die Staatsanwältin. »Das BKA hat uns darüber in Kenntnis gesetzt, wie Lennart Wiebor arbeitet, dass er sich ganz unauffällig Notizen in irgendeinem Heft oder in einer Kladde mit Kochrezepten oder Ähnlichem macht. Aber nichts davon haben die Kollegen sicherstellen können.«

»Hm. Wurden Fingerabdrücke genommen?«

»Natürlich. Das Motorrad wird noch von der Kriminaltechnik untersucht. Ich hoffe, dass wir bald Ergebnisse vorliegen haben.«

Ich auch, dachte Johanna.

»Wiebor ist in der Klinik natürlich unter seinem anderen Namen, nämlich Jonathan Maybach, aufgenommen und isoliert untergebracht worden«, fuhr Annegret Kuhl fort.

»Wo hat er gewohnt?«

»In einem Gasthof in Schöppenstedt.« Kuhl tippte auf einen vor ihr liegenden Hefter. »Die Adresse finden Sie in den Unterlagen, die ich für Sie zusammengestellt habe. Außerdem sind einige aktuelle Fotos von Wiebor dabei.«

»Wie lange war er hier in der Gegend schon unterwegs und was können Sie mir über seinen Einsatz sagen?«, schob Johanna hinterher.

Kuhl runzelte die Stirn. »Nicht allzu viel, wie Sie sich bestimmt denken können. Wiebor hat eine ganze Weile in Hamburg ermittelt, Geldwäsche, organisierte Kriminalität. Er hatte mit den richtig großen Kalibern zu tun und war kein Freund regelmäßiger Berichterstattung. Ich war seit einigen Wochen, genauer gesagt seit Ende Juni, zwar über sein Wirken im Bilde, hatte aber bislang nie persönlich mit ihm zu tun.«

»Sie sollten ihm von Amts wegen den Rücken freihalten, interne Abläufe beschleunigen, falls nötig, und sich ansonsten raushalten?«

»So könnte man es formulieren.« Kuhl lächelte.

»Mehr können Sie mir wirklich nicht sagen?« Johanna fasste die Staatsanwältin scharf ins Auge. Sie wusste ganz gern, woran sie war.

»Nein. Sowohl Ihre Berliner Dienststelle als auch ich rechneten jedoch in Kürze mit einem detaillierten Bericht von Wiebor.«

Johanna seufzte. Die Geheimniskrämerei der verdeckten Ermittler gehörte unbedingt zu deren Arbeit, aber wenn etwas schiefging, waren die Recherchen überaus mühsam und liefen häufig ins Leere.

»Und was die Ermittlungen zu Kati Lindners Verschwinden angeht, so schlage ich vor, dass Sie die Einzelheiten mit den Kollegen in Königslutter und bei der Wolfsburger Kripo besprechen, um sich ein genaues Bild zu machen«, fuhr Annegret Kuhl fort. »Ich habe Sie bereits angekündigt.«

»Danke.« Johanna trank ihren Kaffee aus und erhob sich. »Ist Jürgen Reinders eigentlich inzwischen Abteilungsleiter bei den Wolfsburgern geworden?«

»Ja, vor gut einem Jahr hat er die Mordkommission übernommen. Sie hatten bereits mit ihm zu tun, nicht wahr?«

»Kann man so sagen.«

Sie waren sich beim Fall Milbert nicht immer einig gewesen, um es zurückhaltend zu formulieren, aber zum Schluss hatten sie beide mit guten Ergebnissen aufwarten und ihre jeweiligen Vorgesetzten beeindrucken können. Ob Reinders allerdings glücklich sein würde, sie wiederzusehen, bezweifelte Johanna stark.

»Wir bleiben in Kontakt?«, fragte die Staatsanwältin in freundlichem Ton und stand ebenfalls auf. Sie reichte ihr den Ordner und begleitete sie zur Tür.

»Natürlich.«

»Viel Erfolg.« Ihr Händedruck war fest.

»Danke.«

Johanna entschied sich, ihren Antrittsbesuch bei Reinders sofort hinter sich zu bringen. Sie stülpte sich das Headset über ihr verschwitztes Haar und ließ sich zu seinem Büro durchstellen, während sie losfuhr und sich auf die A 391 einordnete. Die Sekretärin verband sie ohne Umschweife mit ihrem Chef.

»Was für eine Überraschung«, erklärte Reinders. Sein Tonfall konnte bestenfalls als zurückhaltend freundlich beschrieben werden.

Johanna grinste. »Nicht wahr?«

»Nun, wir wissen natürlich, dass Sie mit dem Fall betraut und unterwegs sind«, fügte er schnell hinzu.

»Wie schön. Ich bin bereits vor Ort, habe gerade mit Staatsanwältin Kuhl gesprochen und möchte mir nun ein genaues Bild machen.«

»Wann?«

Johanna stutzte. »Wann was?«

Reinders räusperte sich. »Ich meine, wann möchten Sie mit uns sprechen?«

»Nun, am besten natürlich sofort. Ich könnte in zwanzig Minuten –«

»Tut mir leid, aber die beiden Beamten, die mit dem Fall zu tun haben und detailliert Auskunft geben können, sind nicht mehr im Haus«, wehrte Reinders schnell ab. »Die Einzelheiten können Sie aber fürs Erste auch Ihrer Handakte entnehmen, zumal noch nicht allzu viel passiert ist.«

Johanna atmete lautstark aus. »Also, wenn Sie mich fragen, ist eine ganze Menge passiert: Mein Kollege liegt im Koma, und wir würden schon gern zügig in Erfahrung bringen, warum. Darüber hinaus ist eine junge Frau, die Wiebor kannte, spurlos verschwunden«, erwiderte sie in scharfem Ton. Reinders ließ es offensichtlich mal wieder ziemlich gemütlich angehen.

»So meine ich das natürlich nicht, Frau Kollegin!«, beschwichtigte Reinders. »Ich spreche lediglich von den bislang in die Wege geleiteten Ermittlungen und davon, unsere Besprechung auf morgen zu verschieben.«

Johanna schwieg. Es war keine gute Idee, sofort auf Konfrontationskurs mit dem Kollegen zu gehen.

»Sind Sie noch dran, Kommissarin Krass?«

»Na klar. Gut, Reinders – dann machen wir es anders: Ich ziehe einen Besuch bei meinem verletzten Kollegen vor und fahre anschließend nach Königslutter. Würden Sie bitte im Krankenhaus Bescheid sagen, dass der behandelnde Arzt mir Auskunft erteilt?«

»Kein Problem. Ich kümmere mich sofort darum.«

»Gut, danke – wir sehen uns dann morgen.«

Darauf antwortete Reinders nicht mehr. Vielleicht verschlug ihm die Wiedersehensfreude die Sprache. Johanna zog eine Grimasse und unterbrach die Verbindung. Sie gab Gas. Der Beginn einer harmonischen Zusammenarbeit sah anders aus.

Als sie ihre Visitenkarte bei der Stationsleitung hinterlegt hatte und das Krankenhaus nach einer halben Stunde wieder verließ, war Johanna erleichtert. Sie hatte nur kurz mit dem diensthabenden Arzt sprechen können. Wiebors Zustand war aufgrund schwerer Kopf- und Rückenverletzungen äußerst kritisch. Mehr ließ sich zum jetzigen Zeitpunkt nicht sagen. Johanna hatte den Eindruck, dass der Arzt nur ungern eine Prognose stellen wollte, was alles andere als ein gutes Zeichen war. Das Pflegepersonal war angehalten, niemanden zu ihm zu lassen und etwaige Besucher sowie Anrufer, die sich nach ihm erkundigten, sofort der Kripo zu melden. Doch bislang hatte niemand versucht, etwas über Jonathan Maybach in Erfahrung zu bringen.

Johanna wusste nicht, ob Wiebor verheiratet war oder in einer festen Beziehung lebte – sie vermutete jedoch, dass er wie viele verdeckte Ermittler eher zur Kategorie der einsamen Wölfe gehörte. Das war auch besser so. Sie mochte sich gar nicht erst vorstellen, dass unter Umständen eine junge Ehefrau auf Lennarts Rückkehr wartete. Vielleicht sogar Kinder …

Johanna machte sich über die Nordsteimker Straße auf den Weg nach Königslutter. Sie fuhr direkt an der Senioreneinrichtung ihrer Großmutter vorbei. Käthe Krass würde demnächst ihren fünfundneunzigsten Geburtstag feiern. Oder auch nur meckernd zur Kenntnis nehmen. Vielleicht ins Leere starren oder plötzlich zu weinen anfangen. Vergnüglich lachen und Torte essen, bis ihr schlecht wurde. Wieder nach einem kleinen Jungen namens Peter fragen, den Johanna nicht kannte, aber Käthe für ihren zweiten Enkel hielt, doch Johanna hatte keinen Bruder. Sie erinnerte sich nicht.

Rasch wischte sie die Gedanken beiseite. Keine Zeit für Familiengeschichten.

Der Weg über die Dörfer war nicht nur schöner als die Autobahnstrecke, er führte auch über die L 290, sodass Johanna Wiebors Unfallort gleich in Augenschein nehmen konnte. Die lang gestreckte Kurve hinter Almke und kurz vor Neindorf war ein in der Gegend bekannter Unfallschwerpunkt. Nicht umsonst war hier nur achtzig erlaubt.

Johanna fuhr betont langsam, bremste ab und stellte ihren Wagen an einem holprigen Feldweg ab. Sie fischte die Unfallskizze aus der Akte und verließ den Wagen. Außer einigen Bremsspuren gab es nichts Ungewöhnliches zu sehen. Flirrende Hochsommerhitze lag immer noch über den Feldern. Johannas Blick wechselte mehrmals zwischen der Skizze und dem Straßenrand. Sie war keine Unfallexpertin, aber es machte tatsächlich den Eindruck, als sei Lennart schlicht zu schnell gefahren und gestürzt.

War es möglich, dass jemand den Sturz beobachtet und die Gelegenheit genutzt hatte, den Schwerverletzten auszurauben? Einfach so. Solche Leute gab es, ohne Zweifel. Wenn ja, warum hatte das niemand mitbekommen? Auf der L 290 herrschte zwar außerhalb der Stoßzeiten des Berufsverkehrs kein durchgehender Hochbetrieb, aber eine abgelegene Landstraße war sie keineswegs.

Johanna sah auf die Uhr. Höchste Zeit, die Kollegen in Königslutter aufzusuchen.

Die beiden Polizisten, die sie wenig später auf der Polizeidienststelle im Gerichtsweg des idyllisch anmutenden Domstädtchens antraf, sahen ihr so entgegen, wie sie es seit Ewigkeiten von unbekannten Kollegen und Kolleginnen gewohnt war – bass erstaunt und bemüht, ihre Verblüffung zu verbergen. Ich seh halt nicht aus wie Lara Croft, dachte Johanna. Und auch nicht wie Maria Furtwängler. Sie verzog jedoch keine Miene und verzichtete darauf, die Bemerkung laut auszusprechen.

»Haben Sie einen Kaffee für mich? Möglichst schwarz«, fragte sie stattdessen und lehnte sich an die Kante eines Schreibtischs. Sitzen konnte sie nicht mehr.

Dieter Schuster, der jüngere der beiden Polizisten, fasste sich als

Erster. Er stellte seinen Kollegen Heinz Nabold vor und beeilte sich, Johanna eine Tasse Kaffee zu besorgen, um dann die Akte zur Hand zu nehmen, während Nabold sitzen blieb und offensichtlich kaum den Blick von Johanna abwenden konnte.

»Womit möchten Sie beginnen? Mit dem Unfall?«, fragte Schuster höflich.

»Ja.«

»Es scheint ein ganz gewöhnlicher Motorradunfall gewesen zu sein«, erläuterte der Beamte. »Sofern man das so sagen darf ... Ein Bauer aus Almke hat uns benachrichtigt. Erst als wir die Meldung weitergegeben hatten und die Kripo sich in null Komma nichts einschaltete, war klar, dass die Umstände ...«

Johanna winkte ab. »Wer hat eigentlich festgestellt, dass das Unfallopfer ausgeraubt worden ist?«

»Das haben wir selbst festgestellt«, erwiderte Schuster, und ein Anflug von Stolz schwang in seiner Stimme mit. »Der Reißverschluss seiner Jacke war ungewöhnlich weit heruntergezogen, und er hatte lediglich die Fahrzeugpapiere dabei: Die steckten ganz tief in der Gesäßtasche seiner Jeans. Sonst nichts: kein Handy, kein Geld, keine Schlüssel.«

»Und es gibt nach wie vor niemanden, der irgendwas beobachtet hat?«

»Soweit wir wissen – nein. Der Bauer ist durch das neben dem Feldweg auf der Seite liegende Motorrad aufmerksam geworden, hat aber sonst nichts Ungewöhnliches bemerkt. Vielleicht –«

»Man weiht uns nicht in die Einzelheiten der Ermittlung ein«, unterbrach Nabold plötzlich seinen Kollegen.

Er strich sich mit beiden Händen über den kahlen Schädel und verschränkte die Arme. »Oder besser gesagt: in die Hintergründe. Der Mann – in den Fahrzeugpapieren ist von einem Jonathan Maybach die Rede – hatte ein Zimmer in Schöppenstedt, das wurde gründlich durchwühlt, inzwischen ist es versiegelt. Aber das wissen Sie wohl längst.«

Johanna nickte. »Der Mann ist ein Kollege aus dem verdeckt arbeitenden Ermittlerbereich, und die Untersuchungen werden dementsprechend umsichtig geführt. Verständlicherweise, oder?«

Heinz Nabold zuckte mit den Achseln. Schuster räusperte sich und bemühte sich um ein Lächeln. »Mehr gibt es dazu im Moment nicht zu berichten«, fügte er hinzu. »Nicht von unserer Seite jedenfalls.«

Johanna trank einen Schluck Kaffee. »Um welche Uhrzeit hat sich das Ganze eigentlich abgespielt?«

»Mittags, kurz nach eins sind wir aufgebrochen.«

»Das heißt, zu dieser Zeit war nicht ganz so viel los«, überlegte Johanna. »Es wäre zumindest rein theoretisch möglich, dass man Maybach unbemerkt von anderen Verkehrsteilnehmern von der Fahrbahn abgedrängt hat und einen Unfall provozierte, um ihn anschließend auszurauben – warum auch immer. Oder er hat die Kontrolle über sein Motorrad verloren, und jemand, der auf größere Schätze hoffte, hat ihm eiskalt die Taschen geleert und sich dann aus dem Staub gemacht.«

»Unwahrscheinlich, ziemlich unwahrscheinlich. Aber natürlich nicht völlig ausgeschlossen«, sagte Nabold. Sein Tonfall verriet, dass er die Vermutung der BKA-Kommissarin für ziemlich absurd hielt.

Johanna schwieg und blickte dann Schuster an. »Okay. So weit erst mal dazu. Kommen wir zur verschwundenen Buchhändlerin. Erzählen Sie mal ein bisschen was dazu, Kollege.«

»Kati Lindner«, hob Schuster an und straffte die Schultern. »Kollege« gefiel ihm. »Fünfundzwanzig, seit letztem Freitagabend verschwunden – also knapp eine Woche. Spurlos. Die Eltern und ihre Chefin sind ziemlich fassungslos, aber nach Gesprächen mit einigen Freunden drängte sich zumindest nicht sofort und durchgängig der Eindruck auf, dass von einem Verbrechen ausgegangen werden muss. Natürlich haben wir die Vermisstenmeldung der Eltern aufgenommen und die üblichen Maßnahmen eingeleitet, als Kati Lindner sich nach vierundzwanzig Stunden immer noch nicht gemeldet hatte.«

»Was spricht denn gegen ein Verbrechen?«

»Die hatte wohl eine ganze Menge Flausen im Kopf«, antwortete Nabold. »Sie sprach davon, mal eine längere Auszeit nehmen zu wollen und einige Monate in Italien zu verbringen.«

»Das haben die Eltern erzählt?«

»Ja, die Mutter erwähnte so was und eine Freundin auch. Allerdings meinten beide auch, dass es nicht zu dem Mädchen passen würde, einfach Knall auf Fall zu verschwinden.«

»Sie hat noch bei den Eltern gewohnt?«

»Ja. Die haben uns auch über die Nachricht auf dem Anrufbeantworter informiert, die Jonathan Maybach am Samstag hinterlassen hatte. Ein Mann mit diesem Namen war ihnen völlig unbekannt. Uns zu dem Zeitpunkt auch noch.«

»Hm. Hat sie Sachen mitgenommen?«

»Die Mutter hat nichts bemerkt«, berichtete Nabold. »Kein Reisegepäck oder so was. Am Morgen ist Kati zur Arbeit gefahren – mit dem Rad –, und abends kam sie nicht nach Hause. Die Besitzerin der Buchhandlung, in der Kati angestellt ist, hat zu Protokoll gegeben, dass Kati wie immer gegen sieben Uhr aufgebrochen sei. Es war nichts Ungewöhnliches vorgefallen. Sie hat sich auf ihr Fahrrad geschwungen und ist fröhlich winkend davongefahren. Das war's.«

»Das Rad ist natürlich auch nicht aufgetaucht oder irgendwem aufgefallen?«

Nabold schüttelte den Kopf.

»Gab es eine Suchmeldung in der örtlichen Presse?«

»Natürlich. Die ist gleich am darauffolgenden Montag sowie heute ein zweites Mal geschaltet worden.«

»Hatte Kati einen festen Freund?«

»Nö. Zumindest weiß niemand was von einer gerade aktuellen Beziehung.« Nabold wies auf ein Foto in der Akte. »Hübsches Ding. Eigentlich ungewöhnlich, dass sie keinen Typen hatte. Aber vielleicht hat sie ja nur nicht darüber gesprochen.« Er grinste anzüglich. »Oder sie hatte doch was mit diesem Jonathan, und es sollte keiner wissen.«

Johanna fixierte Nabold so lange, bis der sein Grinsen verschluckte und den Kopf abwandte. In ihrer Handakte war vermerkt, dass Wiebor Kati Lindner am Samstagabend, also einen Tag nach ihrem Verschwinden und zwei Tage vor seinem Unfall, eine beiläufig klingende Nachricht mit der schlichten Bitte um Rückruf hinterlassen hatte. Das konnte alles Mögliche bedeuten. Den Text würde sie sich gern im Original anhören, das sich mit großer Wahrscheinlichkeit bei der Wolfsburger Kripo befand.

Dieter Schuster räusperte sich. »Möchten Sie mit den Eltern sprechen?«

Johanna sah auf die Uhr. Es war schon spät. Sie durfte nicht vergessen, sich um ein Hotelzimmer zu kümmern.

»Kann man die jetzt noch stören?«

»Das dürfte kein Problem sein. Katis Eltern betreiben ein kleines Café in der Nähe des Doms. Wir treffen sie dort sicherlich noch an. Ich werde Sie hinfahren«, sagte Schuster und erhob sich rasch. Dünne Strähnen seines blassblonden Haares lösten sich aus dem pomadigen Seitenscheitel, und er strich sie unwirsch zurück.

Johanna hatte ganz und gar nichts dagegen, sich diesmal chauffieren zu lassen, und noch weniger hatte sie dagegen, sich von Kollege Nabold zu verabschieden. Mit einem Stoßseufzer der Erleichterung ließ sie sich kurz darauf neben Schuster in den Autositz plumpsen.

»Nur so nebenbei: Können Sie mir ein nettes Hotel empfehlen?«

Schuster ließ den Wagen an. »Klar, die ›Alte Wassermühle‹. Gleich um die Ecke.« Er machte eine unbestimmte Handbewegung. »Ich könnte Sie nachher dort vorbeibringen.«

»Ich hätte nichts dagegen.«

Maria und Robert Lindner betrieben das Dom-Café seit über zwanzig Jahren im Erdgeschoss ihres aufwendig restaurierten Fachwerkhauses und hatten meist alle Hände voll zu tun, berichtete Schuster während der kurzen Fahrt. In der Regel war insbesondere am Wochenende ohne Vorbestellung kaum ein freier Tisch zu ergattern.

»Die Kaiserdom-Torte ist echt große Klasse!«, schwärmte er. »Müssen Sie die Tage unbedingt probieren.«

Als Johanna mit ihm zusammen das Lokal betrat, waren nur noch drei Tische besetzt; eine Kellnerin in schwarzem Rock und gestärkter weißer Bluse servierte Getränke. Das rustikale Ambiente gefiel Johanna auf Anhieb. Maria Lindner stand hinter dem Tresen und sah ihnen entgegen. Sie war eine blasse, zierliche Frau Ende vierzig. Als sie Schuster erkannte, wurde sie noch zwei Nuancen blasser. Bevor Johanna die Initiative ergreifen konnte, stellte der Polizist die Kommissarin mit wichtiger Miene als Sonderermittlerin aus Berlin vor. Johanna stöhnte innerlich auf.

Maria Lindner wandte den Kopf. Sie hatte Mühe, dem Blick der Kommissarin standzuhalten. »Sie kommen extra aus Berlin? Um Gottes willen …«

Johanna winkte eilig ab. »Vergessen Sie das gleich wieder! Ein Kollege von mir hatte kürzlich hier ganz in der Nähe einen schweren Unfall. Die Umstände sind noch nicht ganz geklärt, und Ihre Tochter kannte ihn immerhin so gut, dass er bei ihr angerufen hat, worüber Sie die Polizei dankenswerter Weise in Kenntnis gesetzt haben …«

»Sie meinen diesen Jonathan Maybach?«

»Genau. Ich ermittle nun pro forma, ob es einen Zusammenhang zwischen dem Verschwinden Ihrer Tochter und dem Unfall meines Kollegen gibt. Dazu müssen wir natürlich noch einmal alle Fakten durchgehen und auch erneut mit Ihnen sprechen.«

»Ach so … ein Kollege von Ihnen. Das wusste ich gar nicht … Es hat sich also nichts Neues ergeben?«, fragte Lindner nach kurzem Zögern mit leiser Stimme. Ihr Blick flatterte hinüber zu der jungen Kellnerin und streifte Schuster, bevor er schließlich zu Johanna zurückkehrte.

»Leider nein.«

»Es ist alles vollkommen unwirklich«, sagte Lindner noch leiser, fast tonlos. »Jeden Moment könnte Kati durch die Tür treten – laut und polternd, wie sie meistens war. Oder oft. Ich kann mir einfach nicht erklären, was passiert ist oder was sie bewogen haben könnte … Wir kannten auch diesen Maybach nicht. Kati hat nie von ihm gesprochen. Vielleicht gibt es ja gar nichts zu erzählen.« Sie legte die Hände auf den Tresen.

»Der hat nur seinen Namen genannt und wollte, dass Kati ihn zurückruft. Das war alles. Es klang auch nicht besonders dringend.« Sie sah Johanna fragend an.

»Es war trotzdem eine sehr gute Idee, dass Sie die Polizei über den Anruf informiert haben.«

Lindner nickte abwesend. »Ja, ich dachte mir, dass es vielleicht wichtig sein könnte. Manchmal sind es ja die Kleinigkeiten …« Sie atmete tief durch und zog die Schultern hoch, um sie langsam wieder sinken zu lassen.

»Mein Mann und ich haben mit Freunden und Bekannten mehrfach selbst die Gegend abgesucht, in der Kati manchmal mit dem Rad unterwegs war, auch im Elm«, fügte sie schließlich erklärend hinzu. »Die Polizei meint, es gäbe bislang keine Hinweise auf ein Verbrechen, auch wenn wir keine andere Erklärung für diese Situation haben. Sie ist weg – als hätte der Erdboden sie verschluckt. Oder als wäre sie einfach davongeflogen, ohne uns Bescheid zu sagen.«

»Erinnern Sie sich vielleicht doch an irgendetwas, das in den Tagen zuvor anders war als sonst? Eine Bemerkung zum Beispiel, die erst im Nachhinein Gewicht bekommt. Hat sie viel telefoniert? Oder mehr als üblich? Gab es plötzlich Heimlichkeiten? Hat sie mehr Geld als sonst bei sich gehabt? Jede Abweichung kann bedeutsam sein.«

»Nein, nichts dergleichen.« Lindner schüttelte den Kopf. »Das haben wir alles schon einige Male durchgekaut.«

»Trotzdem müssen wir erneut nachhaken«, erklärte Johanna.

Maria Lindner nickte. »Ich denke noch mal über alles nach.«

Johanna beendete die Unterredung wenige Minuten später, weil sie eine weitere Befragung im Augenblick als sinnlos erachtete. Schusters verblüffter Seitenblick wunderte sie nicht. Höchstwahrscheinlich hatte er eine ausgetüftelte und raffiniert durchstrukturierte Befragung durch die BKA-Beamtin erwartet oder doch zumindest ein deutlicheres Insistieren.

Aber wozu sollte das in diesem Fall gut sein? Die Frau wusste nichts, sie hatte Angst und quälte sich. Ihre Tochter hatte wahrscheinlich schon lange ihr eigenes Leben geführt, an dem die Mutter nur noch am Rande beteiligt war – so, wie es für eine junge Frau Mitte zwanzig völlig normal war. Und falls Maria Lindner doch etwas wusste oder ahnte und einen entscheidenden Hinweis hätte geben können, war ihr nicht bewusst, dass genau dieser Aspekt bedeutsam für die Suche nach Kati sein könnte.

Johanna hatte die Hand schon an der Klinke, als sie sich noch einmal umdrehte. »Ihr Mann hat bereits Feierabend gemacht?«

Marie Lindner zog die Achseln hoch. »Ja, hier war nicht mehr viel los. Er wollte einen Freund besuchen.« Sie versuchte zu lächeln.

Johanna sah sie abwartend an.

»Er muss sich ein bisschen ablenken, verstehen Sie?«

»Ja. Ja, das verstehe ich.« Johanna nickte und wandte sich zum Gehen.

Als sie auf die Straße trat, läuteten die Glocken. Schuster stellte sich neben sie. »Ins Hotel?«

Johanna überlegte nur kurz. »Ja. Ich möchte morgen früh gleich mit der Buchhändlerin sprechen. Ich würde es begrüßen, wenn Sie dabei wären.«

Schusters Ohren färbten sich rötlich. »Klar, gerne.«

3

Die Hollywoodschaukel stand immer noch mitten auf der Terrasse. Die bunten Auflagen waren schmuddelig, und an den Metallverstrebungen nagten Rostflecken. Viele Stunden hatte Tibors Mutter darauf gelegen und zufrieden in den Garten geblickt. Ohne zu schaukeln. Vor sich auf dem Tisch eine Tasse Tee und einen Teller mit Weißbrotschnittchen. Der Tee war meist mit Rum versetzt gewesen.

Das ganze Haus machte einen vernachlässigten Eindruck. Zerkratzte Fußböden, schmierige Wände, angeschlagene Fliesen im Bad, eine Küche, die nicht mal vor zwanzig Jahren auf dem neuesten technischen Stand gewesen war, dafür aber blitzblank. Meistens jedenfalls – wenn nicht allzu viel Rum im Tee gewesen war. Nun sah man ihr an, dass sie in den letzten Jahren selten gründlich gereinigt worden war.

Tibor ging einige Schritte in den Garten. Links wucherte Unkraut im ehemaligen Gemüsebeet, der Rasen stand mehr als zwanzig Zentimeter hoch, und die Äste der beiden Kirschbäume sprossen nach allen Seiten aus. Das Baumhaus gab es auch noch. Er blickte in die Krone hinauf. Sie hatten es zusammen gebaut – er und sein Vater. In einem Sommer voll flirrender Hitze, als er zum ersten Mal das Gefühl gehabt hatte, alles würde in Ordnung kommen und dieses Leben könnte doch irgendwie schön werden. Tibor verzog den Mund. Ein Irrtum. Einer von vielen. Eine Hoffnung, die sich nicht erfüllt hatte. Eine von vielen. Ein Geräusch an der Terrassentür ließ ihn zusammenfahren.

»Ich wollte dich nicht erschrecken, Junge«, sagte Ludwig im Näherkommen.

Tibor lächelte. »Ich war etwas in Gedanken, Onkel Ludwig.«

»Kann ich verstehen.«

Ludwig stellte sich neben seinen Neffen und kramte einen Zigarillo aus der Westentasche. So lange Tibor zurückdenken konnte, hatte sein Onkel Zigarillos geraucht und Westen getragen. Dazu meist braune Altherrenhosen mit Hosenträgern, auch als er noch gar kein alter Herr gewesen war, und klobiges Schuhwerk.

»Es wäre schön gewesen, wenn sie dich noch einmal hätte sehen können. Ich glaube, sie hat es sich sehr gewünscht«, bemerkte Ludwig mit leiser Stimme.

Es ist das Letzte, was ich mir gewünscht habe, dachte Tibor. »Ich habe zu spät erfahren, wie schlecht es ihr geht«, sagte er stattdessen.

Ludwig hatte seine Halbschwester aufrichtig geliebt, auch wenn er sie kaum gekannt hatte. Oder gerade deshalb. Es war unnötig, ihn zu erschrecken und mit alten Geschichten zu belasten, die längst vorbei waren.

»Ich weiß, Junge, ich weiß.« Ludwig sah ihn von der Seite an. »Wann warst du zum letzten Mal hier?«

»Vor zehn Jahren«, erwiderte Tibor prompt.

Damals hatte sein Vater seinen ersten Schlaganfall gehabt. Niemand hatte damit gerechnet, dass er ihn überleben würde, aber der Alte war schon immer zäh gewesen und schaffte es, noch einige Jahre durchzuhalten, auch ohne dass Tibor ihm die Daumen gedrückt hätte.

»Ich passe nicht mehr hierher«, fügte Tibor nach kurzer Pause hinzu.

»Was für ein Unsinn.«

»Das ist kein Unsinn.«

»Na ja«, Ludwig paffte eine dunkle Rauchwolke in Richtung Baumhaus und schob den Daumen der linken Hand unter den Hosenträger. »Ihr jungen Leute müsst immer erst die Welt sehen, bevor ihr merkt, wie schön –«

»Bitte keine kitschigen Heimatbeschwörungen, Onkel Ludwig!« Tibor stöhnte leise auf. »Ich bin nur zurückgekommen, weil …« Weil es die beiden Alten nicht mehr gibt, dachte er. »Weil es hier einiges zu regeln gibt.« Er hob die Hände. »Zum Beispiel muss das Haus renoviert werden. Ich muss mich um Handwerker kümmern. In dem verlotterten Zustand kann ich es kaum anbieten. Kaufinteressenten würden mich gnadenlos drücken.«

»Kaufinteressenten?« Ludwig vergaß sein Rauchwerk. Blaugraue Wölkchen kräuselten sich an seinem Gesicht empor. Er zwinkerte. »Du willst es verkaufen – dein Elternhaus? Das ist doch nicht dein Ernst!«

»Und ob das mein Ernst ist. Du glaubst doch nicht wirklich, dass ich hier leben will?«

Ludwig wischte sich über die Augen. »Es gab Unfrieden in dieser Familie, aber den gibt es in jeder. Warum bist du so nachtragend? Selbst jetzt noch – wo beide nicht mehr sind?«

»Ich bin nicht nachtragend. Ich will nur nicht hier leben.«

»Aber warum denn nicht? Du kannst das Haus doch umgestalten und modernisieren oder –«

»Onkel Ludwig, was soll ich in Königslutter?«, unterbrach Tibor ihn. »Ich werde erledigen, was zu erledigen ist, und wieder abreisen.« Die alten Geister werden hier immer ihr Unwesen treiben, und ich bin nicht bereit, ihnen als Spielball zu dienen, dachte er.

Ludwig streifte die Asche ab. Er schien zu überlegen, ob es sinnvoll war, weiter zu insistieren, dann entschied er sich dagegen. »Nun, wie du meinst ... Und wo wirst du so lange wohnen? Du weißt ja, dass ich nicht sehr viel Platz habe, aber natürlich könnte ich –«

»Mach dir keine Umstände«, unterbrach Tibor ihn eilig. »Ich komm schon irgendwo unter. Notfalls nehme ich mir ein Zimmer in einer Pension. Bis alles erledigt ist, verkaufe ich einige Fotos an die regionale Presse – gute Bilder sind immer gefragt – und gönne mir ansonsten eine Auszeit.«

»Und danach?«

»Mal sehen – Spanien, Brasilien, Afrika, Neuseeland. Ich weiß es noch nicht.« Tibor war ein gefragter Naturfotograf. Er konnte sich aussuchen, wo er arbeiten wollte.

Ludwig legte ihm die Hand auf die Schulter. »Du musst wissen, was du tust.«

So war es immer gewesen. Letzten Endes fand sich sein Onkel einfach mit dem ab, was er ohnehin nicht ändern konnte. Eine gesunde Lebenseinstellung, die Tibor sich selbst auch immer wieder ans Herz legte.

Sie gingen ins Haus zurück, und wenig später verabschiedete sich Ludwig. Tibor erledigte noch einige Telefonate und vereinbarte Termine mit zwei Handwerkerfirmen sowie einem Makler, bevor er das Haus verriegelte.

Als er im Wagen saß, entschied er sich spontan, bei seinem ehemaligen Reitverein vorbeizufahren. In der großen Anlage standen stets zwei, drei Zimmer zur Verfügung, die vorübergehend an Auswärtsgäste und ehemalige Vereinsmitglieder vermietet wurden. Während seines Aufenthalts vor zehn Jahren hatte er sich auch dort einquartiert. Damals hatte er Emilie Funke, eine Freundin aus Schulzeiten, wiedergetroffen, die als Journalistin in Wolfsburg arbeitete, und den gleichaltrigen Reitlehrer Steffen kennengelernt.

Sein Herzschlag beschleunigte sich so abrupt, dass Tibor die Frage zulassen musste, ob er tatsächlich erst in diesem Moment an Steffen dachte und an die Möglichkeit, ihn wiederzusehen. Steffen, der das Leben aufgesogen hatte, als könne es sich sonst davonstehlen. Ohne ihn. Das war wohl seine größte Angst gewesen.

***

Schuster stand am Freitagmorgen pünktlich um kurz vor neun vor der »Alten Wassermühle«. Sein Aftershave schlug Johanna in einer blumigen Wolke entgegen, kaum dass sie die Beifahrertür geöffnet hatte. Sie hüstelte, verkniff sich aber einen Kommentar und begrüßte ihn munter, bevor sie Platz nahm und den abgewetzten Lederrucksack zwischen ihren Beinen abstellte.

»Sind Sie zufrieden mit dem Hotel?«, fragte Schuster und startete den Motor.

»Ja, danke. Alles bestens.« Das stimmte. Ihr Zimmer war gemütlich, und das Frühstück hatte Bestnoten verdient.

Bei einer dritten Tasse Kaffee und einem süßen Brötchen mit hausgemachter Blaubeermarmelade hatte Johanna bereits einen Termin mit Reinders vereinbart und kurz mit ihrer Chefin telefoniert. Leider konnte Grimich auch keine näheren Angaben zu Wiebors aktuellem Einsatz machen, wollte ihr aber zügig einen internen BKA-Kontakt zu einem Kollegen herstellen, der häufig mit Wiebor zusammenarbeitete und vielleicht Hintergrundwissen beisteuern konnte. »Vielleicht« gehörte nicht gerade zu Johannas Lieblingsworten.

Die Buchhandlung von Gertrud Kreisler befand sich in einem schmucken Fachwerkhaus. Als Schuster den Wagen abstellte, bat Johanna ihn um Zurückhaltung, was ihre Rolle als Sonderermittlerin betraf. »Wir sollten das nicht bei jeder Befragung ausdrücklich betonen.«

Schuster stutzte irritiert, nickte dann aber. »Klar, wie Sie wollen. Sie sind die Chefin.«

Kreisler war eine kleine rundliche und elegante Erscheinung, die mit ihrer geschäftigen Art, den hochgesteckten blondierten Haaren und dem silbergrauen Hosenanzug auf den ersten Blick distanziert wirkte. Ihr Geschäft befand sich in bester Innenstadtlage in der Marktstraße und verströmte mit seiner gediegenen Ausstattung fast die Atmosphäre einer altehrwürdigen Bibliothek, in der man nicht laut reden durfte. In mehreren ineinander übergehenden Räumen standen trotz der frühen Stunde bereits etliche Kunden an den Regalen und inspizierten mit seitlich geneigten Köpfen das Angebot. An der Kasse war ein leises Gespräch im Gange. Eine Mitarbeiterin gab fachkundig Auskunft.

Johanna ließ kurz ihren Blick schweifen, bevor sie sich an Gertrud Kreisler wandte und ihr erklärte, warum sie gekommen war, während Schuster im Hintergrund blieb. Kaum war Katis Name gefallen, fiel das geschäftsmäßige Lächeln von der Inhaberin ab.

»Haben Sie etwa schlechte Nachrichten?«, fragte sie leise und setzte ihre Lesebrille ab. Ihr Blick streifte Schuster.

»Wir haben gar keine Nachrichten«, sagte Johanna. »Ich untersuche im Zusammenhang mit einem anderen Fall das Verschwinden Ihrer Angestellten und bin auf Ihre Erläuterungen angewiesen.«

Gertrud Kreisler seufzte erleichtert. »Ich verstehe.« Dann zog sie die Augenbrauen zusammen. »Ist denn noch jemand verschwunden?«

Johanna schüttelte rasch den Kopf. »Nein, nein. Wir untersuchen den Motorradunfall eines jungen Mannes, den Kati kannte. Sagt Ihnen der Name Jonathan Maybach etwas?«

Kreisler überlegte. »Hm. Nein. So auf Anhieb nicht.«

Johanna zog Wiebors Foto aus der Akte in ihrem Rucksack. »Kennen Sie diesen Mann? War er mal hier?«

Kreisler betrachtete die Aufnahme vom zurückhaltend lächelnden Wiebor eine ganze Weile, bis sie schließlich den Blick hob und sie Johanna zurückgab.

»Ich weiß nicht. Nein, das Gesicht sagt mir zunächst mal gar nichts«, entgegnete sie zögernd. »Ich kann aber nicht ausschließen, dass er mal hier war. Meine Stammkundschaft kenne ich natürlich, aber …«

»Ja, ich verstehe. Es könnte dennoch sein, dass dieser Mann und Kati hier ins Gespräch gekommen sind, ohne dass Sie etwas davon mitbekamen?«

»Ja, das ist möglich, zumal ich nicht immer selbst im Geschäft stehe.«

Johanna nickte und bedeutete Schuster mit einer beiläufigen Handbewegung, näher zu treten. Sie drückte ihm das Foto in die Hand und bat ihn, Kreislers Angestellte zu befragen. »Sofern Sie nichts dagegen haben«, fügte sie der Buchhändlerin gegenüber hinzu.

»Nein, natürlich nicht.«

»Danke. Wie ist Kati eigentlich als Mitarbeiterin?«

»Ich habe sie stets sehr geschätzt. Und ich hoffe, dass ich sie bald wieder an ihrem Arbeitsplatz begrüßen kann.« Gertrud Kreisler wies auf eine Sitzecke vor einem Regal mit Bildbänden und Wanderkarten. »Unsere Unterredung dauert ja wohl doch etwas länger. Wollen wir uns nicht setzen?«

Johanna nahm das Angebot gern an. »Erzählen Sie doch mal – was ist Kati für ein Typ?«, fragte sie. »Könnte man vermuten, dass sie die Nase voll hatte und sich einfach auf und davon gemacht hat?«

Kreisler schüttelte sofort den Kopf. »Einfach so? Das halte ich für ziemlich unwahrscheinlich. Sie wollte irgendwann mal raus – was Neues sehen und erleben, ihren Horizont erweitern, das hat sie betont, ja … verständlich mit Mitte zwanzig, oder? Unser Elm-Städtchen ist sicherlich sehr schön, aber Kati hatte nicht vor, ihr ganzes Leben hier im Landkreis zu verbringen, zwischen Volkswagenwerk und Harzvorland, Elm und Drömling. Wolfsburg, Braunschweig und Helmstedt gelten ja auch nicht unbedingt als die angesagten Städte, von Königslutter ganz zu schweigen.« Gertrud Kreisler lächelte kurz.

»Ehemaliges Zonenrandgebiet. Mit dem Ausdruck kann Kati gar nichts mehr anfangen, aber sie hat häufig über die Gegend gelästert und sie verdammt dröge genannt. Dennoch: Es gab keine konkreten Pläne. Über die hätte sie mich informiert, da bin ich ziemlich sicher, und sie wäre kaum auf die Idee gekommen, sich Knall auf Fall und ohne einen einzigen erläuternden Satz aus dem Staub zu machen. Sie mochte ihren Job und war verantwortungsbewusst. Ist sie hoffentlich immer noch«, verbesserte sie sich eilig.

»Wie würden Sie die junge Frau mit wenigen Worten beschreiben?«

»Kati ist lebhaft und intelligent, sehr direkt, manchmal fast unangenehm direkt, und unglaublich wissbegierig. Außerdem hat sie einen ausgeprägten Gerechtigkeitssinn.«

Die Beschreibung klang nach einem Menschen, den Johanna auf Anhieb mögen könnte. »Wofür interessiert sie sich besonders?«

»Das lässt sich schwer eingrenzen, denn es gibt kaum etwas, was Kati nicht spannend findet, und natürlich bieten sich hier jeden Tag aufs Neue zahllose Anregungen«, erläuterte Kreisler. »Wenn ein Kunde ein Buch über den Dalai Lama kauft, fängt Kati sofort an, sich über den Tibetischen Buddhismus schlauzumachen. Klimaschutz hat sie interessiert, aber zum Beispiel auch Mountainbiken, Bergklettern und Mode. Und, stellen Sie sich vor, vor einiger Zeit fing sie auf einmal an, sich mit Wölfen zu beschäftigen.« Die Buchhändlerin fasste sich an den Kopf, als könne sie es immer noch nicht fassen.

»Mit Wölfen?«

»Ja. Vielleicht haben Sie davon gehört, dass sich im letzten Winter, der so unglaublich lang und hart war, hier in der Gegend einige Wölfe angesiedelt haben. Ein kleines Rudel, wahrscheinlich bestehend aus zwei erwachsenen und einigen Jungtieren, wurde im Elm und auch im Drömling gesichtet. Es waren sogar ein paar Wissenschaftler aus der Lausitz vor Ort, wo ja seit Jahren Wölfe leben. Eine Journalistin aus Königslutter hat über das Thema recherchiert und einen ganzen Stapel wissenschaftlicher Abhandlungen bestellt. Wenn ich mich recht erinnere, stand was darüber in der Zeitung. Jedenfalls war Kati sofort Feuer und Flamme und hat sich gemeinsam mit der Journalistin über Leute aus der Gegend aufgeregt, die den Tieren nur mit Vorurteilen begegnen und sie am liebsten abknallen würden.«

Johanna nickte höflich und unterdrückte ein Seufzen. Wenn die Leute hier sonst keine Probleme hatten, konnten sie sich glücklich schätzen. »Haben Sie den Namen der Journalistin parat?«

»Ja: Emilie Funke. Sie wohnt etwas außerhalb von Bornum. Brauchen Sie die genaue Adresse?«

»Danke, später vielleicht. Fahren Sie zunächst einmal fort, bitte.«

»Ja, was ich damit eigentlich sagen will«, setzte die Buchhändlerin erneut an, »Kati hat ein offenes Ohr für alles Mögliche und ist doch kein oberflächlicher Mensch.« Sie runzelte die Stirn.

»Aber?«, hakte Johanna nach.

Kreisler blickte wieder hoch. »Ich weiß gar nicht, ob ich mich dazu äußern sollte ...«

»Vielleicht ist es wichtig«, ermunterte Johanna sie.

»Ich bin kein geschwätziger Typ«, griff Kreisler den Faden wieder auf, nachdem sie einer Kundin, die gerade zur Tür hinausging, freundlich zugenickt hatte. »Nur damit Sie mich nicht falsch verstehen.«

»Garantiert nicht«, betonte Johanna und übertünchte im letzten Augenblick ihren ironischen Unterton mit einem Räuspern. Alle Menschen schwätzten gern, davon war sie überzeugt. Zumindest neunzig Prozent. Immerhin gab es einige, denen dieses Laster peinlich war. Das ehrte Gertrud Kreisler.

»Katis beste Freundin ist das genaue Gegenteil von ihr – und ich habe die Freundschaft, so weit ich sie von Weitem beurteilen kann, nie so richtig verstanden, muss ich vielleicht aber auch gar nicht ...« Kreisler brach ab und runzelte erneut die Stirn.

»Vergessen Sie bitte nicht, dass jeder Hinweis zu einer Spur führen kann, selbst wenn er Ihnen momentan völlig aus dem Zusammenhang gerissen und nebensächlich vorkommt«, schob Johanna hinterher. »Also – erzählen Sie einfach weiter.«

»Ja, natürlich, so gesehen ... Also, Eva Blum, Katis Freundin, ist Kosmetikerin und steckt ihre stets perfekt gepuderte Nase ungefähr so häufig in ein gutes Buch wie ein brasilianischer Kakadu.«

»Oh.« Johanna war beeindruckt. Den Spruch würde sie bei Gelegenheit gern zitieren.

»Auf mich wirkt sie unsicher, obwohl sie gut aussieht – Modelfigur, entsprechende Klamotten, viel Schminke natürlich und so weiter. Wenn Sie verstehen, was ich meine. Aber zum Thema Stil hat sie nicht viel beizutragen, falls die Bemerkung erlaubt ist.«

Johanna nickte interessiert. Daher wehte also der Wind. Neid. Vielleicht sogar Eifersucht. »Eva Blum, sagten Sie?«

»Ja. Sie hat gleich um die Ecke, keine fünf Minuten von hier, in der Neuen Straße, einen kleinen Salon. Hat ihr wahrscheinlich der Freund finanziert.« Sie zog eine Augenbraue hoch. Ihre Meinung über Eva Blum stand ihr in hektisch blinkenden Leuchtbuchstaben quer über die Stirn geschrieben.

»Wie lange sind Kati und Eva befreundet?«

»Hm, zwei Jahre in etwa. Kati war gerade mit ihrer Ausbildung fertig, soweit ich das in Erinnerung habe. Ja, genau, sie hat mit einer glatten Eins bestanden und sich zur Feier des Tages in dem Kosmetiksalon herrichten lassen. So haben die beiden sich kennengelernt.«

Gertrud Kreisler schien mehr über Katis Leben und Vorlieben zu wissen als deren eigene Mutter. Mehr noch – sie bezog Stellung und mischte sich höchstwahrscheinlich sogar ein. Johanna wusste nicht, ob sie das gut finden sollte, aber das spielte ohnehin keine Rolle.

»Tja, Gegensätze ziehen sich wohl an«, bemerkte sie abschließend und stand auf. »Jedenfalls vielen Dank erst einmal für die Informationen, Frau Kreisler. Wenn Ihnen noch etwas einfallen sollte, rufen Sie bitte die Kollegen oder auch mich an.« Sie zückte eine Visitenkarte.

Kreisler erhob sich mit einem kaum merklichen Ächzen. »Selbstverständlich. Und … hoffentlich finden Sie sie.«

Dazu sagte Johanna lieber nichts. Sie winkte Schuster.

»Was hat die Mitarbeiterin zu dem Foto gesagt?«, fragte sie, als sie wieder auf der Straße standen.

»Kann sein, dass der mal im Laden war. Kann aber auch nicht sein. Sie will sich nicht festlegen.«

»Das Übliche.« Johanna seufzte und dachte nach. »Sie haben sicherlich ein aktuelles Foto von Kati auf Ihrer Dienststelle.«

»Klar.«

»Ich möchte, dass Sie damit nach Schöppenstedt fahren und in der Pension nachfragen, ob Kati den Maybach mal besucht hat. Und bei der Gelegenheit erkundigen Sie sich auch gleich noch, wie der Kollege so drauf war – ob er was von sich erzählt hat und so weiter. Ich habe nachher einen Termin bei der Kripo in Wolfsburg und möchte vorher noch zur Kosmetikerin.« Sie gönnte sich ein Grinsen, als Schuster sie verwirrt anstarrte.

»Aha«, sagte er und kratzte sich am Hinterkopf.

»Eva Blum, die beste Freundin von Kati, hat ihren Salon ganz in der Nähe.«

Schuster schlug sich vor die Stirn. »Ach so, natürlich, jetzt verstehe ich!« Er wurde rot, als Johanna ihn belustigt ansah.

»Ich bring Sie da schnell vorbei. Oder wollen Sie erst zum Hotel, um Ihren Wagen zu holen?«

Johanna schüttelte den Kopf. »Lassen Sie mal. Ich mache einen Spaziergang. Tut mir gut.«

Schuster zögerte. »Nicht dass Sie sich verlaufen.«

»Keine Sorge. Ich bin in Braunschweig und Wolfsburg aufgewachsen und kenne auch Königslutter ganz gut. Der alljährliche Schulwandertag fand mit schöner Regelmäßigkeit im Elm statt, und anschließend stand Eisessen am Kaiserdom auf dem Programm.«

Schuster nahm sich Zeit zum Staunen, während Johanna ihren Rucksack schulterte. »Noch was, Kollege. Ich würde gerne mit Katis Vater, Robert Lindner sprechen – wenn möglich noch heute und allein. Können Sie das arrangieren?«

»Na klar.«

»Außerdem möchte ich, dass morgen ein weiterer Aufruf in der Presse erscheint, sowohl was Kati angeht, als auch bezüglich der Suche nach Augenzeugen des Motorradunfalls.« Sie sah kurz auf die Uhr. »Wenn Sie gleich in der Redaktion anrufen, müssten die das noch bringen können.«

Schuster nickte. »Ja, das kriege ich hin.«

»Dann brauchen wir noch die Adresse von Emilie Funke, Journalistin, wohnhaft in …«

Schuster winkte ab. »Bornum. Ja, die haben wir. Die Dame ist bekannt.« Das klang nicht unbedingt so, als sei er ein Fan von ihr.

»Wie darf ich das verstehen?«

»Das ist die Journalistin, die so ein Theater um die Wölfe macht, die sich im Laufe des Winters im Elm verkrochen haben. Angeblich sollen welche getötet worden sein. Es hat aber nie verwertbare Spuren gegeben.« Er tippte sich an die Stirn. »Wenn Sie mich fragen, ist die ein bisschen ...«

»Später, Schuster, später«, unterbrach Johanna ihn und überquerte die Straße.

Eva Blum war bildhübsch. Um genau zu sein: eine richtige Schönheit. Typ Französin – zierlich, brünett, mit eindrucksvollen braunen Augen. Natürlich war sie perfekt gekleidet und geschminkt. Johanna konnte sich lebhaft ausmalen, dass Gertrud Kreisler sich trotz ihrer eleganten Erscheinung und ihres geschäftlichen Erfolges neben der jungen Frau plump und bieder vorkam. Das kommt davon, wenn man Vergleiche anstellt, dachte Johanna. Ich fange erst gar nicht damit an. Erspart mir viel Kummer.

Trotz mancher Gehässigkeit, die Kreisler zum Ausdruck gebracht hatte, war ihre Einschätzung bezüglich Eva Blums Unsicherheit ein Treffer. Die junge Frau gab sich zwar locker, aber sie atmete scharf ein, als die Kommissarin sich vorstellte, und ihr rechtes Augenlid begann zu zucken. Das musste natürlich noch nichts heißen – viele Menschen reagierten nervös, wenn sie es mit der Polizei zu tun bekamen; das war ein alter Hut, und wie immer galt es herauszufinden, ob mehr dahinter steckte als Befangenheit.

Wie Gertrud Kreisler fragte auch Eva Blum sofort, ob es Nachrichten von Kati gäbe, und sie machte ein Gesicht, als ob sie keine guten erwartete. Johanna fand einige beruhigende Worte, während sie den Blick durch den kleinen Kosmetiksalon schweifen ließ, an dessen Decke bunte Seidentücher gespannt waren.

Einige großformatige Tuschezeichnungen mit abstrakten Motiven fielen ins Auge. Zwei Kundinnen saßen im Hintergrund auf Stühlen mit graziös geschwungenen Beinen. Eine Dame mittleren Alters wurde von einer jungen Frau geschminkt, die nur aus Beinen und Armen zu bestehen schien, während eine andere sich wieder in ihr Hochglanzmagazin vertiefte, nachdem sie die Kommissarin einen Moment lang verdutzt betrachtet hatte.

Keine Sorge, bei mir ist Hopfen und Malz verloren, hätte Johanna ihr am liebsten zugerufen. Keine Kosmetikerin der Welt konnte aus ihrem herben, großäugigen Gesicht, in dem sich ein anstrengendes und oftmals schwieriges Leben eingegraben hatte, ein liebliches oder auch nur apartes Frauenantlitz zaubern, aber Johanna verkniff sich die Bemerkung.

»Ich hoffe, Sie können ein paar Minuten erübrigen«, sagte sie an Eva Blum gewandt und gab sich Mühe, leise zu sprechen. Die anderen Frauen mussten ja nicht jedes Wort mitbekommen.

»Ja, natürlich, ein bisschen Zeit habe ich schon.« Eva Blum stützte eine Hand auf den Kassentresen. »Leider kann ich Ihnen keine Sitzgelegenheit anbieten – es ist sehr eng hier vorn, wie Sie selbst sehen, und hinten im Büro ...«

»Machen Sie sich bloß keine Umstände. Ich bleibe nicht lange und stehe gern mal ein paar Minuten.«

Eva Blum verlagerte ihr Gewicht von einem Bein aufs andere.

»Mal ganz ehrlich: Halten Sie es für möglich, dass Kati sich sang- und klanglos davongestohlen hat?«, fragte Johanna.

»Nein.«

»Warum nicht?«

»Kati ist keine Frau, die einfach wegläuft. Das wäre jedenfalls neu. Die stellt sich den Dingen, selbst wenn es unangenehme sind.«

»Gab es unangenehme Dinge, gerade in letzter Zeit? Hatte Kati Sorgen, Probleme?«

Blum hob mit einer zaghaften Bewegung die Schultern und ließ sie wieder sinken. »Eigentlich nicht, aber ...«

Die Türglocke schlug mit leisem Bimmeln an, und bevor Johanna sich umdrehte, registrierte sie für den Bruchteil einer Sekunde ein Aufblitzen in Eva Blums Augen. Schreck? Erstaunen?

Der Mann, der hinter Johanna eintrat, lächelte breit. Er war groß gewachsen, hatte beeindruckend blaue Augen und markante Gesichtszüge. Sie schätzte ihn auf Ende zwanzig, vielleicht gerade dreißig. Er grüßte mit wohlklingender Stimme und trat vor, um sich zu Eva hinter den Tresen zu stellen und ihr einen Kuss zu geben. »Hallo, Schatz, viel zu tun?«

»Wie immer.« Eva lächelte und wies auf Johanna. »Das ist übrigens Kommissarin Krass. Sie untersucht Katis Verschwinden.«

»Ach?«

»Kannten Sie Kati Lindner, Herr …?«

»Peters, Richard Peters. Nun, sie war Evas Freundin. Man hat sich hin und wieder gesehen«, erklärte er. »Kennen … Hm, nicht sonderlich gut jedenfalls.« Er legte den Arm um Evas Schulter.

»Beschreiben Sie sie doch trotzdem mal.«

Peters neigte den Kopf zur Seite und überlegte kurz. »Bisschen verrückt, würde ich sagen, aufgedreht. Hat sich um alles und jeden gekümmert und nie mit ihrer Meinung hinterm Berg gehalten. Vorwitzig könnte man sie nennen. Das mag nicht jeder.«

»Wissen Sie, ob es einen Freund gibt?«

Peters runzelte die Stirn. »Nein, weiß ich nicht. Aber die meisten Männer haben wohl ihren Ansprüchen ohnehin nicht genügt.«

Die Kleine wird mir immer sympathischer, dachte Johanna. Sie sah Eva Blum an. »Sind Sie auch dieser Meinung? Oder gab es doch jemanden?«

»Nein, ich glaube nicht. Ich meine …«

Richard Peters wandte seiner Freundin das Gesicht zu.

»Ja?«, hakte Johanna nach.

»Sie wollte sich im Moment einfach nicht binden. Vielleicht –«

»Ach komm!«, unterbrach Peters Eva Blum und ließ den Arm wieder sinken. »Die hatte doch Haare auf den Zähnen! Welcher Mann kann das auf Dauer schon aushalten?«

Eva Blum blickte ihn stirnrunzelnd an. »Das stimmt so aber nicht …«

»Natürlich stimmt das«, beharrte er. »Die wusste doch sowieso nicht, was sie wollte. Vielleicht hat sie sich auf den Weg gemacht, um genau das herauszufinden. Und du machst dir auch noch Sorgen. Von wegen beste Freundin!« Er schüttelte den Kopf. »Ich schätze, du hast sie nicht besonders gut gekannt. Du glaubst immer noch, dass sie dich bei allem ins Vertrauen gezogen hat. Am besten, du vergisst sie ganz schnell. Das hat sie schließlich auch getan.«

»Aber woher willst du denn wissen …?«

Richard Peters machte eine wegwerfende Bewegung, bei der Eva zusammenzuckte, dann blickte er Johanna an. »Ich denke, dass dieses ganze Theater völlig überflüssig ist. Kati macht sich irgendwo ein paar nette Tage und hat alles andere ausgeblendet. Das würde zu ihr passen.« Er zeigte Zähne, aber ein Lächeln sah anders aus, geschweige denn, ein freundliches.

»Ach so«, bemerkte Johanna und ließ Richard Peters nicht aus den Augen. »Klingt so, als würden Sie Kati doch ganz gut kennen. Ihre Einschätzungen lassen jedenfalls diese Schlussfolgerung zu.«

Peters vergrub die Hände in den Hosentaschen. »Ich schildere nur meine Eindrücke. Mehr nicht. Haben Sie sonst noch Fragen?«

»Ja.« Johanna kramte Wiebors Foto hervor. »Haben Sie diesen Mann schon mal gesehen?«

Beide Köpfe beugten sich über die Aufnahme. Peters verzog keine Miene, während er den Kopf schüttelte. »Nein.«

Eva Blum gab Johanna das Bild zurück. »Noch nie gesehen. Was hat er mit Kati zu tun?«

»Das wissen wir nicht. Hat sie erzählt, dass sie jemanden kennengelernt hat?« Johanna fixierte Eva.

»Nein.«

»Und das würde Sie Ihnen erzählen?«

»Da bin ich ziemlich sicher.«

»Okay. Dann danke ich Ihnen erst mal für die Auskünfte.«

Peters Miene drückte plötzlich Unzufriedenheit aus. Er legte seiner Freundin erneut den Arm um die Schultern. Das Abschiedslächeln hätte er sich sparen können.

Johanna grüßte knapp und verließ das Geschäft. Draußen atmete sie einige Male tief durch, bevor sie sich auf den Weg zur Polizeidienststelle machte und dabei in Gedanken einige Stichpunkte festhielt.

Reinders gab sich Mühe. Das musste sie anerkennen. Er hatte sehr guten Kaffee bereitgestellt und steckte ihre nahezu sehnsüchtig klingende Frage nach Sofia Beran, der jungen Polizistin, mit der sie bei ihrem ersten Wolfsburg-Fall hervorragend zusammengearbeitet hatte, lässig weg.

»Ich kann Sie Ihnen leider nicht zur Seite stellen«, meinte er lächelnd und wies auf die Sitzecke neben seinem Schreibtisch. »Sofia ist derzeit im Mutterschutz.«

»Ach? Na, dann richten Sie mal Grüße und alles Gute für die Familie aus!«

»Mach ich doch gerne.« Reinders goss Johanna Kaffee ein und setzte sich zu ihr. »Wie kommen Sie voran? Oder besser: Gibt es überhaupt einen Fall? Oder gar zwei?«

Johanna lehnte sich zurück. »Das ist wohl die entscheidende Frage.« Sie nippte an ihrem Kaffee. »Das Verschwinden der jungen Frau mutet verdammt merkwürdig an. Es gibt unterschiedliche Einschätzungen, was ihre Persönlichkeit angeht, und auch Mutmaßungen über eventuelle Beweggründe, eine Auszeit zu nehmen – das zumindest entnehme ich den Gesprächen, die ich bislang geführt habe. Aber dass sie aus Jux und Dollerei auf und davon ist, kann ich mir nicht vorstellen. Inwiefern tatsächlich ein Verbrechen vorliegt, das unter Umständen im Zusammenhang mit unserem Kollegen und dessen Einsatz sowie dem Unfall steht ...« Sie hob die Hände. »Ich bin jedenfalls gespannt, was Wiebors alias Maybachs Nachricht auf dem AB angeht.«

Reinders drehte sich auf das Stichwort hin zu seinem Schreibtisch um und angelte nach einem Anrufbeantworter. »Die Kollegen haben ihn mir heute früh vorbeigebracht.«

»Und sind schon wieder unterwegs?«

Reinders nickte. »So ist es. Wir ermitteln gerade in einer Serie von Einbrüchen und Drogengeschichten –«

»Verstehe. Keine Zeit für halbgare Fälle ohne Zeugen und eindeutige Szenarien?«, unterbrach Johanna ihn.

Jürgen Reinders räusperte sich. »Kommissarin Krass, Sie wissen doch, wie das ist. Wir können uns nicht zerreißen.«

Wiebor lebt noch, außerdem spielt er als verdeckter Ermittler in einer anderen Liga, überlegte Johanna im Stillen. Und eine junge Frau, die spurlos verschwunden war, ohne dass es überzeugende Indizien für ein Verbrechen gab, riss niemanden vom Hocker – sah man mal von Familienangehörigen und Freunden ab. Vielleicht tauchte sie morgen wieder auf, nachdem sie sich ein paar unbeschwerte Tage gemacht hatte, wie Richard Peters ohnehin vermutete, vielleicht war sie schon tot oder unterwegs nach Rom.

»Nein. Sollen Sie auch gar nicht«, entgegnete Johanna schließlich. »Aber ein bisschen mehr Engagement und Unterstützung wären schon ganz hilfreich.«

Reinders strich sich die deutlich dünner gewordenen Haare aus der Stirn. »Unterstützung?« Er lachte freudlos auf. »Ja, das wäre wirklich klasse! Ihre Kollegen vom BKA äußern sich nicht zu Wiebors Einsatz, der uns ja Hinweise geben könnte, auch im Hinblick auf Kati Lindner. Die Staatsanwaltschaft hält sich ebenfalls bedeckt. Wo sollen wir denn ansetzen?«

Da, wo ich ansetze, dachte Johanna, direkt vor Ort. Manchmal bleibt einem gar nichts anderes übrig. Aber sie schluckte auch diese Erwiderung hinunter. Stattdessen warf sie dem Kollegen einen scharfen Blick zu. Schließlich nickte sie in Richtung des Anrufbeantworters. »Spielen Sie die Nachricht doch mal ab.«

Reinders zögerte nur den Bruchteil einer Sekunde. Dann betätigte er die Wiedergabetaste. Kurz darauf vernahm Johanna Wiebors Stimme:

»Hallo, Kati, hier spricht Jonathan Maybach. Schade, dass ich dich nicht antreffe. Ruf mich doch auf dem Handy zurück, ja? Bis später. Ciao.«

Reinders ließ die Nachricht noch dreimal abspielen, während Johanna konzentriert zuhörte und den Text gleichzeitig als Sprachmemo in ihrem Handy speicherte. Wiebors Stimme klang angenehm – sympathisch und freundlich –, aber ob er Kati zwei Tage zuvor begegnet oder seit Längerem flüchtig mit ihr bekannt, vielleicht befreundet oder sogar in sie verliebt war oder unter Umständen längst eine Beziehung mit ihr hatte, ließ sich nicht ableiten. Es war alles möglich, auch wenn er als verdeckter Ermittler angehalten war, sich während des Jobs auf keine Liebesgeschichten einzulassen. Nur eines war glasklar: Wiebor hatte nicht gewusst, dass Kati verschwunden war.

Johanna leerte ihre Tasse. »Apropos Handy. Haben Sie es auch bei Katis Handy mal mit einer Ortung versucht?«

»Natürlich – negativ. Wie bei Wiebor.«

»Konnte man feststellen, wo ihre Sim-Karte zum letzten Mal aktiv war?«

»In Königslutter, am Abend ihres Verschwindens«, sagte Reinders nach einem Blick in seine Unterlagen.

»Nicht sehr hilfreich. Und beunruhigend. Es könnte zerstört worden sein. Oder jemand hat das Handy geklaut und die Karte entfernt.«

Johanna blickte den Kollegen grübelnd an, dann stand sie abrupt auf. »Ich denke, das wär's erst mal, Reinders. Ich muss wieder los.«

»Aber ...?«

»Ja?«

»Wie verfahren wir denn jetzt weiter?«

Wir ist gut, dachte Johanna. »Ganz einfach: Ich sehe mich weiterhin vor Ort um, rede mit den Leuten, und falls sich was tut oder ich die Kripo brauche, melde ich mich bei Ihnen oder bei Staatsanwältin Kuhl, einverstanden?«

Reinders strich sich durch die Haare. »Hm ... na ja ...«

Johanna zog eine Visitenkarte aus ihrem Rucksack. »Wenn die Ergebnisse der kriminaltechnischen Untersuchung vorliegen, wäre es prima, wenn Sie mich möglichst schnell informieren würden. Und, bevor ich es vergesse: Ich würde gerne einen Blick auf die sichergestellten Utensilien aus Wiebors Zimmer werfen.«

Reinders wandte sich zu einem Schrank hinter seinem Schreibtisch um. »Seine Kleidung wird noch untersucht, wie das Motorrad auch, und was die Kollegen sonst vorgefunden haben, ist alles andere als aufregend.«

Er zog einen Karton hervor und reichte ihn Johanna. »Ein paar alte Zeitungen und Taschenbücher, das war's im Wesentlichen. Aber Sie können sich den Kram natürlich in aller Ruhe ansehen.«

»Danke, das mache ich.«

Reinders hielt ihr die Tür auf.

Ihr Handy vibrierte, noch bevor sie das Gebäude in der Heßlinger Straße verlassen hatte. Kollege Schuster.

»In der Pension kennt man Kati Lindner nicht«, erklärte er nach kurzer Begrüßung. »Maybach hatte nie irgendwelchen Besuch, war sehr zurückhaltend und viel unterwegs.«

»Welchen Beruf hat er eigentlich in der Anmeldung angegeben?«

»Die dachten, er wäre Auto- und Motorradmechaniker.«

»Ach? Sonst noch irgendwelche Hinweise?«

»Nein. Sie wollen wissen, wann das Zimmer wieder freigegeben wird.«

»Was haben Sie geantwortet?«

»Dass die Kollegen sich so schnell wie möglich melden würden.«

Johanna grinste. »Gut. Haben Sie Lindner erreicht?«

»Ja. Er sitzt gerade beim Arzt und hätte danach Zeit, also demnächst. Soll ich ihn in die Dienststelle holen?«

Johanna verneinte sofort. »Ich möchte mich mit ihm treffen, am liebsten vor dem Dom.«

»Ich sag's ihm.«

»Woran erkenne ich den Mann?«

»An seiner Traurigkeit.«

Johanna schwieg einen Augenblick. Dann räusperte sie sich. »Okay, bis später – und danke, Schuster.«

Robert Lindner sah nicht nur von Weitem aus wie Buster Keaton, auch im Näherkommen bestätigte sich dieser Eindruck. Schließlich stand ein zierlicher Mann mit schwarzem Haar und ernstem Gesichtsausdruck vor ihr und begrüßte sie höflich. Johanna vermutete, dass Lindner generell zu Wehmut neigte, denn die tief eingegrabenen Linien um den Mund und diese melancholischen Augen konnten nicht das Ergebnis einiger kummervoller Tage sein. Hoffte sie zumindest.

Lindner hatte an der Westseite des Doms auf einer Bank an einem Teich gesessen und war ihr nach anfänglichem Zögern rasch entgegengekommen. Offensichtlich hatte Schuster auch sie anschaulich beschrieben.

»Vielen Dank, dass Sie einem Treffen zugestimmt haben«, sagte Johanna.

»Das ist doch selbstverständlich.« Er wies auf die Bank. »Setzen wir uns in den Schatten?«

»Gern.«

»Die Bank hier ist so was wie mein Stammplatz, wenn ich Ruhe suche. Im Moment nehme ich mir eine Auszeit, sooft es geht.«

Johanna nickte. »Es ist sehr schön hier. Friedlich.«

Robert Lindner blickte einigen Enten nach, die träge vorbeischwammen, ohne sie eines Blickes zu würdigen.

»Meine Frau sagte mir, dass es nach wie vor kein Zeichen von Kati gibt«, hob er schließlich an und wandte sich wieder Johanna zu. »Aber Sie sind sicherlich nicht extra aus Berlin angereist, um unsere Tochter zu suchen, oder? Was Ihnen zu denken gibt, ist ein eventueller Zusammenhang mit dem Unfall Ihres Kollegen, nicht wahr?« Er lächelte ebenso abrupt wie flüchtig.

»Unter Umständen hängen beide Ereignisse zusammen – ich bin hier, um das zu überprüfen.«

»Ich bin beunruhigt«, sagte Lindner. »Wenn ich eins und eins zusammenzähle, muss ich zumindest den Gedanken zulassen, dass Ihr Kollege keinen normalen Unfall hatte, und dann ist es nicht allzu schwer, darauf zu schließen, dass Kati –«

»Ich verstehe, worauf Sie hinauswollen«, unterbrach Johanna ihn hastig. »Wahrscheinlich würde ich an Ihrer Stelle ähnlich reagieren. Dennoch: Bislang gibt es nur diesen Anruf als Verbindung zwischen Maybach und Ihrer Tochter, nicht mehr und nicht weniger.«

Lindner musterte sie aufmerksam. Plötzlich wurde sein Blick scharf, und die Traurigkeit, die sein Gesicht bislang beherrscht hatte, wich einem harten Zug. »Das ist alles?«

Johanna stutzte kurz. »So ist es, Herr Lindner. Ich bin schlicht und ergreifend auf der Suche nach Anhaltspunkten, die vielleicht die Hintergründe des Verschwindens Ihrer Tochter erhellen. Ich betone: vielleicht. Und dazu muss ich möglichst viel über sie wissen. Also: Wie war Ihre Beziehung zu Kati? Hat es in letzter Zeit häufiger mal Streit gegeben?«

Lindner sah sie verdutzt an, überlegte und schüttelte schließlich den Kopf. »Nein. Es war alles wie immer. Wobei Kati Streitgespräche durchaus geliebt hat. Sie konnte sich in ihre jeweils angesagten Themen durchaus verbeißen. Vielleicht …«

»Ja?«

»Wenn ich jetzt darüber nachdenke – und das tue ich oft, wie Sie sicher verstehen –, könnte man durchaus sagen, dass sie in den letzten Tagen vor ihrem Verschwinden … ja, unzufriedener wirkte als sonst. Und auch verschlossener, dann wieder hektisch und albern … Aber vielleicht messe ich dem jetzt auch zu viel Bedeutung bei.«

»Können Sie das genauer beschreiben? Hatte es mit der Arbeit zu tun? Oder war es eher privater Natur?«

»Ich weiß es nicht.« Er zuckte mit den Achseln. »Schließlich war sie kein kleines Kind mehr – da fragt man doch nicht bei jeder Unpässlichkeit, bei jedem mürrischen Gesichtsausdruck ganz genau nach.«

»Sagt Ihnen der Name Emilie Funke etwas?« Das war nur so eine Idee, ein Bauchgefühl, dem Johanna ohne nachzudenken folgte.

»Ja, den Namen habe ich schon gehört«, sagte Lindner nachdenklich. »Kati hat ihn erwähnt.«

»Sie ist Journalistin.«

»Genau. Die Verrückte mit ihren Artikeln über die Wölfe! Selbstverständlich hat meine Tochter sich mit ihr solidarisiert. Wir haben darüber diskutiert, heftig diskutiert, um genau zu sein, als ich ihr erzählte, dass einer meiner besten Freunde, übrigens ein Landwirt und Schafzüchter, alles andere als begeistert über das Auftauchen der Wölfe ist. Wenn man Angst um sein Vieh haben muss, kann man sich romantische Anwandlungen eben nicht leisten.« Lindner war deutlich lebhafter geworden.

»Das hat Kati anders gesehen?«

»Natürlich! Lies doch mal genauer, was die Emilie Funke darüber schreibt, hat sie mir empfohlen. Und Walter, mein Freund, hätte einfach keine Ahnung und wäre nur zu bequem, um sich mal auf etwas anderes einzulassen. Eine tatsächliche Bedrohung durch die Wölfe existiere nur in den Köpfen der Leute und so weiter und so fort: wie junge Leute eben diskutieren. Sehr engagiert und einseitig.« Ein warmes Lächeln flog über Lindners Gesicht.

»Könnte man sagen, dass die beiden befreundet waren, Funke und Ihre Tochter?«

»Nein, das glaube ich nicht. Es klang eher so, als hätten sie sich mal in der Buchhandlung unterhalten, und Kati hat ihre Artikel gelesen und sich über das Thema informiert. Außerdem bewundert sie Menschen, die gegen den Strom schwimmen und zu ihrer Meinung stehen.«

»Verstehe.«

Die Auffassungen einer Rebellin waren für eine junge aufgeweckte Frau natürlich hundertmal interessanter als die Meinung eines Landwirts, der die schnöden Anforderungen des Alltags bewältigen musste, vielleicht Geldsorgen hatte, und dem die Kraft fehlte, »sich mal auf etwas anderes einzulassen«, dachte Johanna.

Oder die Offenheit. Oder der stur war und sich einfach nicht in sein tägliches Geschäft hineinreden lassen wollte, wie das die schreibende Zunft nur allzu gern tat – auf womöglich arrogante und selbstverliebte Art. Johanna hatte durchaus ein Herz für Rebellinnen, aber wenn es um Schreiberlinge ging ... Sie hatte einige kennen- und nicht gerade schätzen gelernt.

»Eine Frage noch, Herr Lindner«, fuhr Johanna fort. »Ihre Tochter wohnt noch zu Hause, obwohl sie bereits Mitte zwanzig ist. Das ist eher ungewöhnlich, noch dazu bei einer so selbstbewussten und auch finanziell auf eigenen Füßen stehenden jungen Frau.«

»Stimmt, aber wir haben viel Platz und verstehen uns gut. Darüber hinaus hat Kati in letzter Zeit nach einer eigenen Bleibe Ausschau gehalten.«

»Gab es einen besonderen Anlass?«

»Sie meinte, dass es Zeit würde, richtig flügge zu werden.« Lindner räusperte sich und blickte zur Seite.

Johanna wartete, bis er sie wieder ansah. »Sie melden sich, wenn Ihnen noch etwas einfällt?«, schob sie dann hinterher.

Er nickte, und sie standen gleichzeitig auf.

»Danke erst mal für Ihre Auskünfte.«

»Da gibt es wohl nichts zu danken.«

Robert Lindner drehte sich um und ging auf den Dom zu. Johanna sah ihm nach. Einige Töne eines Orgelspiels drangen nach draußen, als er die Tür öffnete.

4

Auf den ersten Blick hatte sich wenig verändert. Bis auf ein paar notwendige Renovierungen und eine deutlich üppigere Bepflanzung des Hofes schien die Zeit in der Reitanlage still gestanden zu haben. Tibor machte einen Rundgang durch die Ställe und übers Gelände, nachdem er ein geräumiges Zimmer mit Dusche und Kochnische unterm Dach bezogen hatte. In der »Tränke«, dem vereinseigenen Lokal, das auch Nicht-Mitgliedern offenstand, genehmigte er sich anschließend ein Omelett mit Salat und Baguette und blätterte während des Essens im Infoblatt des Reitvereins.

Die Psychiaterin Dr. Helen Hildmann bot nach wie vor therapeutisches Reiten an, und ihr Sohn Milan – damals ein ebenso aufmüpfiger wie talentierter Junge, der sich ständig lautstark mit seinem älteren Bruder Henrik gestritten hatte – war inzwischen zweiundzwanzig Jahre alt und leitete eine Voltigiergruppe für Kinder. Tibor erinnerte sich gut daran, dass dem hübschen Milan trotz seiner vorlauten Art die Herzen nur so zugeflogen waren, während der mürrische Henrik stets das Nachsehen gehabt hatte. Helens Mann, Alexander Hildmann, ein Computerexperte mit eigener Firma, war der Einzige aus der Familie gewesen, der sich nur selten im Reitstall hatte blicken lassen.

Tibor überflog das Protokoll der letzten Vereinssitzung und blieb kurz an dem Namen Erika Seibert hängen, einer weit über den Landkreis hinaus bekannten Architektin, die dem Verein für die Anschaffung eines weiteren Pferdes eine großzügige Summe gespendet hatte. Er verzog den Mund. Jede Wette, dass sie den Betrag aus der Portokasse bezahlen konnte. Ihr Mann Volker Seibert war schon während Tibors Schulzeit die Karriereleiter bei VW im Eiltempo hochgeklettert, und Sohn Moritz hatte vor zehn Jahren, mit ungefähr siebzehn, natürlich stets Einzelunterricht gehabt, bei Steffen persönlich. Die Seiberts und Hildmanns waren eng miteinander befreundet, erinnerte sich Tibor. Vermögende und einflussreiche Familien, die den Ton angeben, halten zusammen, dachte er und war verwundert über den galligen Zorn, der plötzlich in ihm hochschwappte.

Er hielt kurz inne und durchstöberte dann die Liste mit den Reitlehrern. Steffen Winter war nicht darunter. Der Stich der Enttäuschung war überraschend heftig. Er blickte hoch, als die Tür geöffnet wurde. Eine Frau um die vierzig trat ein. Sie war schmal und auffallend blass, und sie kam ihm irgendwie bekannt vor. Als hätte sie seinen Gedanken mitbekommen, wandte sie den Kopf und sah ihn forschend an. Sie stutzte, bevor sie langsam näher kam.

»Tibor?«

Tibor erschrak. Er hatte Mühe, Emilie wiederzuerkennen. Emilie Funke. Sie waren gleichaltrig, aber Emilie sah deutlich älter aus als achtunddreißig, und dass sie attraktiv und jung gewesen war, schien lange her zu sein. Er erinnerte sich an eine schlanke, schwarzhaarige Frau mit jadegrünen Augen, die schlagfertig gewesen war und Temperament für zwei gehabt hatte. Die letzten Jahre waren wohl alles andere als gnädig mit ihr umgegangen: Ihr Gesicht trug den Stempel des Kummers.

Scheiße, dachte Tibor. Da muss irgendwas verdammt schiefgelaufen sein. Er räusperte sich und stand auf, bemüht, seinen Schreck zu kaschieren.

»Emilie – was für eine Überraschung! Setz dich doch zu mir. Trinken wir einen Kaffee zusammen?«

»Ja, gerne.« Sie nahm ihm gegenüber Platz und musterte ihn ungeniert. »Du siehst ja richtig klasse aus«, bemerkte sie und lächelte seltsam traurig. »Wann haben wir uns das letzte Mal gesehen?«

»Vor ziemlich genau zehn Jahren. Mein Vater lag im Sterben – dachten wir jedenfalls, denn er hat sich wieder erholt. Ich habe damals ein paar Wochen hier verbracht, das erste Mal nach der Schulzeit.«

Emilie nickte. »Ja, ich erinnere mich. Du hast dich nur wenig verändert – ich meine: äußerlich. Geht es dir gut?«

Ja, dachte Tibor, aber es hörte sich bestimmt merkwürdig an, wenn er die Frage bejahte und im nächsten Atemzug erzählte, dass seine Mutter gerade gestorben war.

»Im Grunde schon. Ich bin immer noch in meinem Traumjob als Fotograf unterwegs, der es mir so ganz nebenbei ermöglicht, die ganze Welt zu bereisen. Was will ich mehr?« Er sah hoch und winkte dem Kellner.

»Bringen Sie uns bitte zwei Kaffee? Oder lieber einen Espresso?«, wandte er sich an Emilie.

»Der Latte macchiato ist hier ziemlich gut.«

»Okay, dann nehmen wir den.« Tibor nickte dem Kellner zu.

»Und – wie geht es deinen Eltern?«, setzte Emilie das Gespräch fort.

»Mein Vater ist vor einigen Jahren gestorben, meine Mutter erst kürzlich.«

Emilie legte eine Hand auf den Mund. »Ach, du liebe Güte! Tut mir leid, das habe ich gar nicht mitbekommen.«

»Schon gut. Ich bin hier, um den Nachlass zu regeln.« Er zögerte kurz, dann gab er sich einen Ruck. »Das Verhältnis zu meinen Eltern war nie das allerbeste, wie du vielleicht noch weißt. Im Grunde hatten wir gar keines mehr, seit ich von zu Hause weg bin, und das habe ich sehr begrüßt. Die Rolle des trauernden Sohnes steht mir nicht. Vielleicht trauere ich auf andere Art, aber lassen wir das jetzt.«

Emilie schien einen Augenblick verblüfft über seine offenen Worte, dann nickte sie zustimmend. »Ich denke, ich verstehe, was du meinst.«

Der Latte macchiato wurde in hohen Gläsern serviert, und Tibor war froh über die Unterbrechung. Er trank einen Schluck.

»Und du? Arbeitest du noch als Journalistin?«

»Ja, aber nicht mehr in Festanstellung. Mir ging es eine Zeit lang ziemlich beschissen, um es auf den Punkt zu bringen ... nach dem Tod meines Mannes vor drei Jahren.«

Tibor atmete scharf ein. »Oh ... tut mir leid, Emilie.«

»Er ist bei einem Flugzeugabsturz ums Leben gekommen, zwei Jahre nach unserer Heirat.« Sie sah an ihm vorbei zum Fenster hinaus.

»Ja, ich war sehr glücklich mit ihm ... Wenig später ging es meiner Großmutter zusehends schlechter. Sie brauchte Hilfe, wollte aber ihren letzten Lebensabschnitt nicht in einer Senioreneinrichtung verbringen. Kann ich verstehen.« Sie lächelte. »Ich bin zu ihr nach Bornum gezogen – du erinnerst dich vielleicht noch: Sie wohnte in dem kleinen Häuschen außerhalb des Dorfs. Nach ihrem Tod bin ich einfach dageblieben. Nur ich und mein Hund Flow.

Es ist ein sehr romantisches Zuhause, finde ich jedenfalls – einsam und karg, und es passt irgendwie zu mir.«

Emilie hob kurz die Hände. »Wie dem auch sei. Ich habe ein bisschen was geerbt, lebe sehr sparsam und kann es mir leisten, als freie Journalistin zu arbeiten und mir die Themen auszusuchen, an denen mir wirklich etwas liegt.«

»Zum Beispiel?«

»Wölfe.«

»Bitte?«

»Im Elm leben seit dem letzten Winter einige Wölfe – wahrscheinlich sind sie aus Sachsen eingewandert, das vermuten jedenfalls die Fachleute. Allerdings stößt das nicht nur auf Zustimmung.«

»Du liebe Güte – ja, das kann ich verstehen.«

Emilie warf ihm einen scharfen Blick zu. »Das ist doch Quatsch! Abgesehen davon ist die Ablehnung bei einigen so groß, dass sie die Tiere kurzerhand töten.«

»Du machst Scherze!«

»Sehe ich so aus?«

Nein, dachte Tibor. Ganz und gar nicht. Das Scherzen ist dir wohl schon vor längerer Zeit vergangen. Leider.

»Ich habe ein totes Tier mit eigenen Augen gesehen und bin davon überzeugt, dass es nicht das einzige Opfer ist. Der Wolf ist mit einem Pfeil abgeschossen worden, doch das kann ich leider nicht beweisen. Als der Förster eintraf, war der Kadaver verschwunden, und die Polizei macht sich seitdem lustig über mich – oder ist genervt.«

Tibor lehnte sich zurück und schwieg. Emilie war sichtbar in Fahrt gekommen. Ihre Wangen hatten sich gefärbt, und ihre Augen blitzten angriffslustig. Er wusste nur nicht, ob ihm das gefiel und er Lust hatte, tiefer in dieses Thema einzusteigen, das offensichtlich ihr Steckenpferd war. Wölfe im Elm, auf die mit Pfeil und Bogen Jagd gemacht wurde? Ein Tierkadaver, der plötzlich verschwand?

Emilie beobachtete sein Mienenspiel. »Ich sehe schon – nicht dein Fachgebiet. Lassen wir es. Obwohl ich angenommen hatte, dass du als Naturfotograf ein anderes Verständnis für Wildtiere aufbringen würdest, noch dazu für solche, die der Mensch fast ausgerottet hatte. Fast …« Sie brach ab.

Tibor entschied sich, nicht auf die Spitze einzugehen. »Ich höre zum ersten Mal davon, und das Ganze klingt ein bisschen ... verrückt, jedenfalls wenn man bedenkt, dass wir uns in Niedersachsen befinden.«

»Da gebe ich dir recht.« Emilie kratzte die Reste des Milchschaums aus dem Glas. Dann schob sie es über den Tisch. »Ist ja auch egal. Sag mal – wenn du schon hier bist, reitest du sicherlich auch mal wieder 'ne Runde, oder?«

»Lust hätte ich schon. Unterwegs komme ich kaum dazu«, erwiderte Tibor, erleichtert über den Themenwechsel. »Apropos – erinnerst du dich noch an Steffen? Er war vor zehn Jahren als Reitlehrer hier beschäftigt.«

Emilie lächelte. »Und ob ich mich erinnere.« Sie lächelte noch tiefer. »Du hattest was mit ihm, nicht wahr?«

Tibor strich sich durchs Haar. »Kann man so sagen.« Um ehrlich zu sein, es war die heißeste Affäre, die ich je hatte, dachte er. »Und wahrscheinlich war ich nicht der Einzige in Steffens Liebesleben, nicht mal in den paar Wochen damals«, fügte er hinzu.

Emilie nickte. »Das glaube ich gerne. Der soll es ziemlich wild getrieben haben.«

Und ob, pflichtete Tibor ihr im Stillen bei. Der einzige Maßstab, den Steffen in Liebesdingen hatte gelten lassen, war sein Lustempfinden gewesen. Erneut spürte er einen feinen Stich und versuchte, ihn zu ignorieren. Steffen hatte sich andauernd verliebt, und sei es nur für einige Stunden, Minuten oder gar Augenblicke, und Sex war für ihn wie Essen, Musik hören und tanzen. Ein sinnliches Erlebnis, das in ständig wechselnden Variationen möglich war. Es gehörte zu vielen Begegnungen dazu, und niemand hatte das Recht, es von einem Menschen ganz für sich allein zu beanspruchen, schon gar nicht von ihm.

Manchmal hatte Steffen von seinen Affären erzählt – mit anderen Männern, jungen und älteren, mit Frauen. Junge Frauen interessierten ihn vergleichsweise wenig. Und während er in allen Einzelheiten darin schwelgte, lachte er vergnügt und ließ offen, ob die Geschichten lediglich seiner Phantasie entsprangen oder ob er sie tatsächlich erlebt hatte, wann und wo und mit wem auch immer. Tibor, der Romantiker, der klammheimlich von einer Beziehung mit

Steffen geträumt hatte, war immer hingerissener gewesen, und seine Faszination war mit jedem Tag gewachsen, obwohl er doch hätte wissen müssen, dass Schmerz und Enttäuschung vorprogrammiert gewesen waren. »Ich weiß, dass du leidest«, hatte Steffen mal gesagt – das war wenige Tage vor Tibors Abreise gewesen. »Das gibt mir Halt.«

Ein Satz, den Tibor nie verstanden hatte und der sich ihm auch viele Jahre später nicht erschloss. Er wischte ihn beiseite und blickte Emilie an. »Arbeitet er nicht mehr hier?«

»Schon lange nicht mehr«, entgegnete sie und setzte plötzlich ein nachdenkliches Gesicht auf. »Von einem Tag auf den anderen war er verschwunden. Ist schon viele Jahre her ... warte mal: Ja, genau, nicht lange nach deiner Abreise damals hat er sich dünne gemacht, wenn ich mich recht erinnere. Die waren hier ziemlich sauer auf ihn. Steffen hatte Schulden bei einigen Leuten und Ärger mit mehreren Gläubigern, hieß es. Na ja, jedenfalls hat er in einer Nacht-und-Nebel-Aktion sein Zimmer geräumt und sich auf Nimmerwiedersehen davongemacht. Wenn du mich fragst: typisch Steffen. Er war ein ziemlicher Hallodri. Man wusste nie, woran man mit ihm war. Allerdings soll er im Umgang mit Pferden ein richtig feines Händchen gehabt haben.«

Nicht nur mit denen, dachte Tibor, verkniff sich aber den Kommentar. Meine Kamera hat er sich unter den Nagel gerissen, fiel ihm plötzlich ein. Steffen hatte ihm tagelang in den Ohren gelegen, die kleine Spiegelreflexkamera herauszurücken. Nur für ein paar Tage. Um ein paar ganz besondere Fotos zu machen. Tibor lieh grundsätzlich niemals eine Kamera aus – und die schon gar nicht: Die alte Minolta war ein Schmuckstück, die er bei einem Fotowettbewerb gewonnen hatte. An der Unterseite war sogar sein Name eingraviert. Steffens Charme war er dann doch nicht gewachsen gewesen. Leider.

Am Tag vor Tibors geplanter Abreise waren sie verabredet gewesen. Steffen war einfach nicht gekommen und auch nicht zu erreichen gewesen. Immerhin: Tibors Wut hatte ihm den Abschied von Steffen leichter gemacht.

»Und? Wie lange wirst du diesmal bleiben?«, hob Emilie erneut an.

»Bis ich alles für den Verkauf des Hauses in die Wege geleitet habe.«

»Vielleicht verabreden wir uns mal zum Reiten oder du besuchst mich in Bornum. Oder beides.«

Tibor nickte höflich und ohne große Begeisterung. Bevor ihm eine zugleich unverbindlich wie auch freundlich klingende Entgegnung einfiel, klingelte Emilies Handy. Sie meldete sich nach einer entschuldigenden Geste in Tibors Richtung und wirkte befremdet, nachdem sie eine Weile gelauscht hatte. Tibor wandte sich diskret ab, während Emilie einen Termin vereinbarte.

Sie schüttelte den Kopf, nachdem sie das Telefonat beendet hatte.

»Hoffentlich keine schlechten Nachrichten«, sagte er.

»Wie man es nimmt. Ich soll zu einer polizeilichen Befragung.«

***

Sie war alles andere als begeistert darüber, zum Gespräch zitiert worden zu sein. Wahrscheinlich ärgerte sie sich sogar, nicht schlichtweg abgelehnt zu haben. Das wäre ihr gutes Recht gewesen, und darauf pochten Journalisten normalerweise gern, aber Johanna hatte sie einfach überrumpelt. Keine Viertelstunde nach ihrem Anruf saß Emilie Funke in dem kleinen Vernehmungszimmer und besah sich mit schmalen Lippen und angestrengtem Gesicht ein Foto von Kati Lindner.

»Natürlich kenne ich die Frau«, meinte Funke und gab das Bild zurück.

Sie hatte auffallend magere Hände und ein kantiges Gesicht, das sie älter wirken ließ als Ende dreißig.

»Kati arbeitet in der Kreisler Buchhandlung gleich um die Ecke. Warum fragen Sie?«

»Wann haben Sie sie zum letzten Mal gesehen?«

»Als ich bestellte Bücher abgeholt habe – das liegt ein paar Wochen zurück. Das genaue Datum habe ich gerade nicht parat. Was ist mit ihr? Hat sie was angestellt?« Funke schob ein Lächeln hinterher.

»Ist sie der Typ, der etwas anstellt?«

Das Lächeln verschwand. »Wie meinen Sie das denn?«

Johanna ließ sie nicht aus den Augen. »So, wie ich es gesagt habe – ich pariere lediglich Ihre eigene Frage.«

Funke verschränkte die Arme vor der Brust. »Nein, nach meiner Einschätzung ist sie keine Frau, die etwas anstellt – im juristischen Sinne, nur damit wir uns nicht missverstehen –, aber ich muss hinzufügen, dass ich sie nicht besonders gut kenne.«

»Sie sind nicht mit ihr befreundet?«

»Wie kommen Sie denn darauf?«, wehrte die Journalistin ab und verzog den Mund. »Und nun wüsste ich ganz gerne, was los ist, bevor ich weitere Fragen beantworte. Am Telefon sprachen Sie von einigen Auskünften, die Sie gern von mir hätten. Von einem Verhör war nicht die Rede.«

Johanna überging die letzte Bemerkung und beugte sich über die vor ihr liegende Akte, bevor sie Funke wieder ansah. »Kati ist verschwunden. Seit letztem Freitagabend.«

Emilie Funke machte ein betroffenes Gesicht. »Das ist ja furchtbar. Einfach verschwunden? Und es gibt keine Erklärung dafür?«

»Wir prüfen gerade noch einmal alle Aussagen und Möglichkeiten und gehen jedem Hinweis nach.«

»Und ich bin einer davon?« Das klang verblüfft.

»Ja. Durchaus. Können Sie sich denken, warum?«

»Nein. Helfen Sie mir auf die Sprünge.«

Johanna lächelte. »Aber gern. Wie man hört, machen Sie sich stark für die Wölfe und –«

»Ach du liebe Güte!«, unterbrach Funke sie und hob beide Hände. »Daher weht der Wind. Hätte ich mir ja denken können.«

Die Kommissarin verzog keine Miene. »Es ist der Eindruck entstanden, dass Kati Lindner über Ihr Engagement hellauf begeistert war und ebenso wie Sie eine kritische Gegenmeinung nur schwer akzeptieren konnte.«

Für einen Moment sah es so aus, als würde Funke mit der Faust auf den Tisch hauen. Aber sie tat es nicht. Leider. Zeugen, die die Fassung verloren, gaben mehr preis. Sie atmete zweimal tief durch und winkte dann ab.

»Umgekehrt wird ein Schuh daraus, Frau Kommissarin«, sagte sie betont ruhig. »Die Wolfshasser sind nicht in der Lage, über den eigenen Tellerrand mit all ihren Vorurteilen hinwegzublicken, und die Vorbehalte von Polizeiseite sind nichts Neues für mich – nein, nun wirklich nicht. Wahrscheinlich haben Ihnen die Kollegen nebenan bereits in schreiend bunten Farben von mir berichtet. Allerdings wüsste ich ganz gerne, wo Sie den Zusammenhang zwischen Katis Verschwinden und unserem zufälligerweise gemeinsamen Standpunkt bezüglich der Wölfe sehen.«

Johanna lehnte sich zurück und nickte bedächtig. Sie wünschte, sie hätte daran gedacht, sich einen Kaffee bereitzustellen – und ein paar Kekse. Bei Vernehmungen brauchte sie etwas Süßes. Als Ersatz für die Zigaretten, unter anderem.

»Sie bringen die Sache sehr schön auf den Punkt, denn genau das ist hier die Frage. Kann es da einen Zusammenhang geben? Einen unangenehmen womöglich?«

Funke starrte sie schweigend an.

»Kann es sein, dass sich jemand provoziert gefühlt hat?«, schob die Kommissarin hinterher. »Halten Sie das für möglich?«

»Hier in der Gegend fühlen sich einige provoziert, aber bestimmt nicht von Kati. Eher von mir und meinen Artikeln«, erklärte die Journalistin.

»Woran machen Sie das fest?«

»Daran, dass bei mir immer mal wieder Leute ums Haus schleichen, zum Beispiel. Das ist aber nichts, was die hiesige Polizei interessiert.«

»Wenn Sie sich bedroht fühlen, sollten Sie sofort die Kollegen rufen«, warf Johanna ein.

»Natürlich. Danke für den Hinweis. Ich werd's mir merken.« Die Ironie war unüberhörbar.

Johanna zog eine Augenbraue hoch. »Ich meine das ganz ernst: Tun Sie das unbedingt.«

Funke nickte bedächtig. »Klar doch.«

Johanna warf ihr einen scharfen Blick zu. »Noch mal zurück zu Kati«, fuhr sie dann ungerührt fort. »Warum sind Sie davon überzeugt, dass die Leute sich nicht von ihr provoziert fühlen? Ich denke, Sie kennen sie kaum.«

Emilie Funke überlegte kurz. »Sie war … Sie ist eine muntere, intelligente Gesprächspartnerin, die kein Blatt vor den Mund nimmt – egal, worum es geht. Wir haben uns unterhalten, wenn ich im Laden war und sie Zeit hatte. Wahrscheinlich hat sie sich informiert und auch hier und da Diskussionen zu dem Thema angeregt – das könnte ich mir gut vorstellen. Aber ihr Name taucht ja nicht in der Öffentlichkeit auf – wie meiner. Und wenn sie sich stärker engagiert hätte, wäre ich sicherlich eine der Ersten gewesen, die davon erfahren hätte. Nein, ich kann mir nicht vorstellen, dass der Wind aus dieser Ecke weht.«

Das Resümee klang bemerkenswert vernünftig.

»Hat sie mal Freunde erwähnt oder die Überlegung, spontan zu verreisen? Ärger mit den Eltern oder Ähnliches, das Sie jetzt aufhorchen lässt?«

»Nein, nichts dergleichen«, antwortete Emilie Funke sofort. »Jedenfalls ist da nichts bei mir hängen geblieben.«

Johanna reichte ihr das Foto von Wiebor. »Ist Ihnen der schon mal über den Weg gelaufen?«

Die Journalistin schüttelte den Kopf. »Nein.«

Johanna machte sich eine Notiz, bevor sie wieder hochsah. »Gut, Frau Funke, dann danke ich Ihnen für Ihre Hinweise. Wir hören sicherlich noch voneinander.«

»Das kann man nicht ausschließen.« Funke stand auf. Das »leider« hatte sie sich verkniffen, aber es färbte ihren Tonfall überdeutlich. Mit flüchtigem Gruß verließ sie den Raum.

Was für eine nervtötende Zicke, fuhr es Johanna durch den Kopf. Sie konnte die Einschätzung der Kollegen gut verstehen. Eine Journalistin, die als Tierschutztussi unterwegs war – was konnte es Schlimmeres geben? Andererseits wusste sie natürlich, dass dieses vorschnelle Urteil nicht fair war, nur: Wo stand geschrieben, dass Kommissarinnen und Polizisten immer fair sein mussten? Johanna seufzte.

Es klopfte, und Dieter Schuster trat ein. »Das ging ja flott.« Er zeigte mit dem Daumen nach hinten. »Die Funke hat es ziemlich eilig, hier wieder rauszukommen.« Er wirkte alles andere als betrübt.

»Was genau ist eigentlich vorgefallen?«, fragte Johanna.

»Sie hat vor einiger Zeit mal Anzeige erstattet, weil sie im Elm beim Wandern mit ihrem Hund einen toten, sprich: ermordeten

Wolf entdeckt zu haben meinte. Sie hat den Förster informiert, aber der hat nichts gefunden, als er an der von Funke beschriebenen Stelle eintraf, und auf den Fotos, die sie mit ihrem Handy gemacht hatte und hier Nabold und einem anderen Kollegen präsentierte, war beim besten Willen nichts Eindeutiges zu erkennen gewesen – so ungefähr haben die Kollegen es berichtet, ich selbst hatte damals gerade Urlaub.« Schuster atmete laut aus.

»Davon abgesehen sind ihre Artikel nicht mal annähernd sachlich. Können sich eben nicht alle dafür begeistern, wenn plötzlich Wölfe durchs Gelände schleichen, und nicht jeder, der deswegen Angst oder Bedenken hat, ist ein psychopathischer Spinner oder gar Wolfsmörder! Das haben sogar die Experten aus der Lausitz, die hier in der Gegend Aufklärungsarbeit geleistet haben, zugegeben.« Schuster schien sich intensiver mit dem Thema auseinandergesetzt zu haben.

Johanna nickte nachdenklich. »Funke hat erwähnt, dass manchmal Leute um ihr Haus schleichen.«

»Sie sagt auch, dass sie manchmal die trauernden Wölfe heulen hört und dass sie davon überzeugt ist, dass es noch mehr ermordete Tiere gibt. Nur außer ihr kriegt das scheinbar niemand mit. Wenn Sie mich fragen: Ganz frisch ist die nicht. Hat vor einigen Jahren übrigens ihren Mann verloren und dann ihre Großmutter bis zum Tod gepflegt. Vielleicht ist sie darüber ein bisschen wunderlich geworden.«

Er meint: durchgeknallt, dachte Johanna. »Ich verstehe durchaus, was Sie meinen. Nur völlig ignorieren können wir ihre Einlassungen nicht.«

»Ich weiß. Mögen Sie einen Kaffee?«

Johanna lächelte. »Und ob. Der wäre jetzt sozusagen meine Rettung.«

»Ein Stück Kaiserdom-Torte dazu?«

»Sie sind ja wie eine Mutter zu mir!«

Schuster wurde feuerrot und wandte sich eilig ab, während Johanna überlegte, ob ihre Mutter sie in den letzten zwanzig Jahren je mit einem Stück Kuchen überrascht hatte. Von Kaiserdom-Torte ganz zu schweigen.

Der Karton mit Wiebors Sachen enthielt ein gutes halbes Dutzend Tageszeitungen, drei regionale Anzeigenblätter, einige zerlesene Taschenbücher und zwei Straßenkarten. Johanna hatte sich mit einem zweiten Kaffee in ein winziges Büro zurückgezogen und die Zeitungen gerade auf dem Schreibtisch ausgebreitet, als ihr Handy klingelte.

»Hier spricht Mathias Weber«, meldete sich eine angenehme Stimme. »BKA. Grimich hat mir Ihre Nummer gegeben. Es geht um Lenni. Wir haben vor einiger Zeit mal zusammengearbeitet. Ich hoffe, ich kann Ihnen irgendwie helfen.«

Johanna benötigte zwei Sekunden zum Umschalten. Sie schob die Bücher beiseite und legte ihr Notizheft zurecht. »Ja, das hoffe ich auch. Danke für Ihren Anruf.«

»Keine Ursache. Wie geht es ihm?«

»So schlecht, dass der Arzt sich noch nicht äußern will. Er befindet sich im künstlichen Koma, und sie können noch keine Prognose stellen, insbesondere in Bezug auf die Kopfverletzungen. So die Kurzfassung.«

»Scheiße.«

»Sie sagen es. Gleich vorweg: Wissen Sie im Einzelnen, womit Lennart in den letzten Wochen beschäftigt war?«, fragte Johanna, obwohl sie nicht wirklich annahm, hierauf eine befriedigende Antwort zu erhalten.

»Natürlich nicht.«

»Dachte ich mir.« Johanna seufzte. »Na schön. Aber Sie kennen ihn ganz gut, wissen, wie er arbeitet, und so weiter?«

»So ungefähr.«

Johanna seufzte erneut, dann schob sie ihren aufsteigenden Unmut beiseite. »Kennt der Kollege sich gut mit Autos und Motorrädern aus?«

»Na klar«, antwortete Mathias Weber sofort. »Das ist ein richtiger Freak – kann jeden Motor zerlegen und auch wieder zusammenbauen, und zwar so, dass er einwandfrei funktioniert.«

»Wie schätzen Sie seine Fähigkeiten als Motorradfahrer ein?«

»Er fährt flott ... ja, zugegeben: auch mal riskant, aber nur wenn er die Situation unter Kontrolle hat. Er weiß, was er der Maschine zumuten und was er selbst leisten kann.«

Johanna machte sich eine Notiz. »Halten Sie es für möglich, dass es ihn aus einer zwar lang gestreckten, aber doch übersichtlichen Kurve einfach so rausgehauen hat?«

»Ohne Behinderung bei störungsfrei laufendem Bike? Eindeutig nein«, meinte Weber sofort. »Das wäre das erste Mal. Vor ein paar Jahren hat ihn mal ein BMW-Fahrer abgedrängt, den wir im Auge behalten wollten, aber Lenni konnte gut parieren, und der Typ war so perplex, dass er selbst im Straßengraben landete – mit diversen Knochenbrüchen und einer ziemlich platten Nase. Sein Wagen war Totalschaden. Mein Mitgefühl hielt sich übrigens in Grenzen.«

»Verstehe. Wie steht der Kollege denn zu moderner Technik – Computer und so weiter? Wie intensiv nutzt er sie im Job?«

»Im Grunde nur, wenn es sich nicht vermeiden lässt. Lenni ist der Meinung, dass man sich in dem Bereich entweder hundertzwanzigprozentig auskennt oder man lässt die Finger davon, um Einsätze nicht unnötig zu gefährden. Er weiß nicht viel mehr über die Möglichkeiten seines PCs als ein interessierter Laie. Jeder pfiffige Teenager würde sich in seinen Computer hacken können, ohne dass er es bemerkt.«

Das könnte ihm bei mir auch gelingen, mutmaßte Johanna. »Es würde demnach nicht zu ihm passen, beispielsweise USB-Sticks besonders phantasievoll zu tarnen oder verschlüsselte Mails über eine sichere Leitung an einen Account zu schicken, den nur Eingeweihte kennen?«

Weber lachte. »Nee, überhaupt nicht. Je kleiner die Sticks werden, desto mehr macht Lenni sich darüber lustig. Mails hält er in unserem Job grundsätzlich für gefährlich, und sichere Leitungen gibt es seiner Ansicht nach nicht. Es birgt weniger Risiken, eine Postkarte zu verschicken – allein schon deshalb, weil keiner damit rechnet –, lautet sein Standardspruch.«

»Und wie erstattet er Bericht?«

»In der Regel persönlich. Er nimmt selbst Kontakt auf.«

»Was ist mit Sicherheitstechnik?«, fragte Johanna weiter. »Benutzt er die auch nicht?« Sicherheitstechnik war der geschönte Ausdruck für Wanzen und versteckte Kameras.

»Manchmal.« Weber räusperte sich.

In Anbetracht der Vorschriften im Datenschutz war seine Zurückhaltung nur allzu verständlich. »Okay. Und wie leitete er Material weiter?«

»Auch möglichst persönlich oder durch Boten. Selten per Internet. Wie gesagt –«

»Das habe ich jetzt verstanden, Kollege. Is ja doll, dass Lenni wenigstens moderne PS-Stärken verwendet, statt auf das gute alte Pferd zu vertrauen«, unterbrach Johanna ihn.

Für ihren Geschmack ritt Weber ein bisschen zu sehr darauf herum, dass Wiebor sich den Errungenschaften moderner Technik am liebsten verschloss und sie nur im Notfall benutzte. Es war nicht auszuschließen, dass Lennart Wert auf den Nimbus des Anti-Technik-Ermittlers legte und ganz und gar nicht so unerfahren war, wie es den Anschein erweckte.

»Notizen?«

»Lenni hat ein außergewöhnlich gutes Gedächtnis. Er muss sich nicht viel aufschreiben. Wenn er's doch tut, dann handschriftlich – und sehr unauffällig.«

»Ja, davon habe ich schon gehört. Wie sieht seine Freizeitgestaltung aus?«

»Joggen, Motorradfahren, lesen ...«

»Was liest er?«

»Comics, Krimis, Gedichte. Wenn ich mich recht erinnere, ist er ein Fan von Haikus, das sind diese japanischen Minigedichte, die –«

»Von denen hab ich auch schon gehört, Kollege.« Johanna verdrehte die Augen. »Haikus müssen nach einer festgelegten Silbenzahl gestaltet sein: fünf – sieben – fünf. Was ist mit Zeitungen?«

»Ähm, ach so ... Nö. Die nun gerade nicht.«

»Wie?«

»Lenni liest nie Zeitung. Zeitverschwendung. Journalisten kann er nicht ausstehen.«

Emilie Funke würde diese Meinung gar nicht schmecken. Johanna warf einen Blick auf den Zeitungsstapel.

»Wie steht er zu privaten Kontakten während eines Einsatzes?«

»Ist die Frage ernst gemeint?«

»Klingt sie etwa nach einer Comedy-Einlage?«

Weber räusperte sich. »Schon gut. Nun – Sie kennen die Anweisung. Natürlich dürfen wir während –«

»Wie Sie schon sagten: Ich kenne die Anweisung«, unterbrach Johanna ihn. »Aber gesetzt den Fall, Lenni hätte jemanden kennengelernt, sympathisch gefunden, sehr sympathisch sogar, sich vielleicht sogar verliebt … Was ist dann?«

Weber atmete tief durch. »Lenni hat sich immer korrekt verhalten.«

»Hat er privat eine feste Beziehung?«

»Nein, zurzeit nicht. Der Bruch mit seiner letzten Freundin hat ihm ziemlich zu schaffen gemacht. Liegt knapp ein Jahr zurück. War 'ne miese Sache. Irgendwelche rechten Arschlöcher haben die Frau zusammengeschlagen, während Lenni bei einem Einsatz war. Seine Exfreundin ist schwarz – das nur als Erläuterung. Er hat sich das irgendwie nicht verzeihen können, und die Beziehung ist kurz darauf zerbrochen.«

»Klingt fürchterlich.«

»Ja. Lenni war ziemlich fertig. Und die Rechten bringen ihn seitdem ganz besonders auf die Palme.«

»Kann ich verstehen.« Johanna schwieg einen Moment. »Ich danke Ihnen erst mal, Kollege«, sagte sie dann. »Falls sich noch die eine oder andere Frage ergibt, würde ich Sie gern erneut kontaktieren.«

»Tun Sie sich keinen Zwang an.«

Johanna legte ihr Handy beiseite. Nach kurzem Überlegen zog sie den Zeitungsstapel zu sich heran. Erst beim zweiten Durchblättern fiel ihr auf, dass Wiebor Anzeigen markiert hatte: Mehrere Annoncen einer Tagungsstätte im nahe gelegenen Reitlingstal waren mit Bleistift unterstrichen. In einem der Anzeigenblätter hatte Eva Blum mit ihrem Kosmetiksalon inseriert. Die Annonce war mit einem kleinen Ausrufezeichen versehen.

Johanna war perplex. Sie bezweifelte ganz entschieden, dass Wiebor auf der Suche nach einer Kosmetikerin gewesen war. Sie ging die Notizen durch, die sie sich am Morgen nach der Befragung von Eva Blum gemacht hatte. Ihr Freund war gar nicht gut auf Kati zu sprechen gewesen, und er hatte das in einer Art und Weise zum Ausdruck gebracht, die Eva nicht gefallen, sie wahrscheinlich sogar eingeschüchtert hatte. Vielleicht war Kati ein Streitpunkt in der Beziehung. Warum auch immer.

Johanna entschied sich nach einem Blick auf die Uhr, erneut mit Katis Freundin zu sprechen, und sie hoffte, die junge Frau allein anzutreffen.

Eva Blum verabschiedete gerade eine Kundin, als Johanna den Laden zum zweiten Mal an diesem Tag betrat. Ihre Augen weiteten sich.

»Hätten Sie noch ein paar Minuten Zeit für mich?«, fragte Johanna, als die grell geschminkte Frau das Geschäft verlassen hatte.

»Ja, schon …« Blum schloss die Tür ab. »Viel Zeit habe ich allerdings nicht. Ich muss gleich noch jede Menge Bürokram erledigen«, erklärte sie und schlüpfte zurück hinter den Tresen.

»Es dauert nicht lange«, erwiderte Johanna. »Ihr Freund und Kati – die verstehen sich wohl nicht besonders gut, oder?«, kam sie sofort zur Sache.

»Das kann man so sagen. Die beiden mögen sich nicht sehr.«

»Warum?«

Blum nahm einen Kuli zur Hand. »Einfach so. Wie sich halt manche Menschen spontan mögen oder eben nicht mögen. Kati ist wahrscheinlich zu selbstbewusst. Wie Richard schon erwähnte – sie sagt immer ihre Meinung. Geradeheraus und jedem mitten ins Gesicht, ob einem das nun gerade passt oder nicht.«

»Imponiert Ihnen das?«

Eva Blum lächelte plötzlich. »Ja, stimmt. Kati ist manchmal so forsch, dass es einem den Atem verschlägt. Sie hat mich damit schon oft zum Lachen gebracht.«

»Und Richard findet ihre Forschheit nicht komisch?«, schätzte Johanna.

Der Kuli wanderte in die andere Hand. »Nein, forsche Frauen sind ihm irgendwie suspekt.«

Damit hatte Johanna Erfahrung. »Das birgt wahrscheinlich Konfliktstoff«, stellte sie fest. »Es wäre ihm wohl lieber, wenn Sie nicht so eng mit Kati befreundet wären, oder?«

»Ja, das wäre ihm wesentlich lieber.« Eva Blum sah zur Seite.

»Aber Sie haben sich bislang nicht beirren lassen?«

Blum zögerte. »Na ja … um ehrlich zu sein, doch, irgendwie schon.« Sie hob das Kinn. »Ich will, dass Kati meine Freundin bleibt und wir uns regelmäßig treffen, aber an Richard liegt mir auch sehr viel. Ich finde es nicht in Ordnung, wenn sie ihn dauernd madig oder sich über ihn lustig macht. Aber umgekehrt mag ich es auch nicht, wenn er über Kati herzieht«, fügte sie hinzu. »Und ich habe allmählich die Nase voll von dem Herumgestänkere der beiden. Am Wochenende vor Katis Verschwinden waren wir zusammen auf einer Geburtstagsfete und …«

»Sie drei?«

»Ja – unter anderem natürlich. Es war eine große Fete. Wir sind gemeinsam in Richards Wagen hingefahren, weil es sich einfach anbot.« Eva hob kurz die Hände. »Da lässt wirklich keiner ein gutes Haar am anderen. Egal, wo wir sind oder was gerade anliegt. Total bescheuert.«

»Und weiter?«

»Wie weiter?«

»Ist sonst noch irgendwas vorgefallen?«

»Nein.« Eva Blum legte den Kuli beiseite und betrachtete interessiert ihre Fingernägel.

Johanna seufzte innerlich. »Frau Blum, ich frage Sie ganz konkret: Haben Sie irgendeinen Verdacht oder auch nur eine leise Vermutung, was mit Kati passiert sein könnte?«

»Nein, wie kommen Sie denn darauf?«

»Sie wirken seltsam beunruhigt.«

»Na, Sie sind gut! Die ganze Situation ist beunruhigend«, stellte Eva Blum in empörtem Tonfall fest. »Können Sie sich vorstellen, was das für ein Gefühl ist, wenn plötzlich die beste Freundin so mir nichts, dir nichts verschwindet und die Polizei anfängt, zu ermitteln und alle möglichen Fragen zu stellen?«

Johanna wollte es sich gar nicht vorstellen. Davon abgesehen hatte sie keine sogenannte beste Freundin.

»Sie deuteten heute Morgen an, dass Kati durchaus etwas mit sich herumgetragen haben könnte.«

»Tatsächlich?«

»Ja. Ich fragte Sie, ob Kati Sorgen oder Probleme gehabt hätte, doch bevor Sie antworten konnten, kam Ihr Freund ins Geschäft, und das Gespräch war an diesem Punkt unterbrochen. Erinnern Sie sich? Vielleicht lässt sich jetzt unter vier Augen leichter darüber sprechen.«

Eva Blum schwieg.

»Ich bin dankbar für jeden Hinweis, Frau Blum«, fügte Johanna nach einer Pause hinzu.

Blum nickte langsam. »Na ja, was soll ich sagen ...? Kati war in letzter Zeit nicht so gut drauf. Sie wirkte manchmal überdreht und hektisch, dann wieder abwesend, und sie ist mir, hatte ich das Gefühl, auch ein bisschen aus dem Weg gegangen. Oder ich bin ihr aus dem Weg gegangen ...« Sie winkte ab. »Aber wahrscheinlich bedeutet das alles überhaupt nichts, und ich würde das normalerweise gar nicht erwähnen – es würde mir nicht mal auffallen. Nur jetzt, in dieser Situation ...«

Sie atmete tief aus. »Vielleicht war sie auch ein bisschen verliebt, wollte aber nicht darüber reden oder erwartete, dass ich sie anspreche. Und plötzlich bekommt das alles so ein Gewicht. Man darf doch nicht jedes Wort, jede Geste auf die Goldwaage legen. Verstehen Sie?«

»Natürlich«, stimmte Johanna zu. »Und das Foto, das ich Ihnen gezeigt habe, sagt Ihnen wirklich gar nichts?«

»Nein.«

»Hat sie mal jemanden mit dem Namen Jonathan erwähnt? Jonathan Maybach?«

»Zumindest erinnere ich mich nicht daran.«

»Kennen Sie diese Stimme?« Johanna nahm ihr Handy heraus und spielte die Nachricht ab, die Wiebor Kati hinterlassen hatte.

»Nein – ganz sicher, die habe ich noch nie gehört«, erklärte Blum, ohne zu zögern.

»Was macht Ihr Freund eigentlich beruflich?«

»Er arbeitet bei einem Sicherheitsdienst.«

»Aha. Wo?«

»Er wird an verschiedenen Orten eingesetzt«, antwortete Eva Blum in beiläufigem Ton. »Sein Arbeitgeber ist irgendeine Verwaltungsgesellschaft mit so einem langen Namen, den ich mir nicht merken kann. Da müssten Sie ihn selbst fragen. Meist hat er bei irgendwelchen Veranstaltungen zu tun. Passt auf, organisiert und so weiter.« Plötzlich lächelte sie. »Obwohl er noch ziemlich jung ist, hat er bereits eine gehobene Position. Der Job macht ihm richtig Spaß, und er verdient auch nicht schlecht.«

»Klingt vielversprechend«, kommentierte Johanna. »Wie kann ich ihn erreichen, wenn ich ihn noch mal persönlich dazu befragen möchte?«

»Er hat an diesem Wochenende Dienst, aber ich kann Ihnen seine Handynummer geben.«

»Prima. Hatte er am letzten Wochenende auch Dienst?«

Blum überlegte kurz. »Ja. Er kam erst am Sonntagabend zurück.«

»Okay. Ich denke, das war's erst mal. Danke für Ihre Geduld.«

Johanna verabschiedete sich, nachdem sie sich Richard Peters' Handynummer notiert hatte. Sie hörte, wie Blum hinter ihr abschloss, und ging über den Gerichtsweg zur Dienststelle zurück.

Würde sie sich großartig wundern, wenn Kati am nächsten Tag wieder auf der Matte stünde und als Begründung für ihr Verschwinden erklärte, dass sie sich spontan entschieden hatte, einfach mal für sich zu sein, abzuschalten und sich vor niemandem zu rechtfertigen? Liebeskummer konnte dahinterstecken, und wer weiß, was das ständige Gezänk zwischen Richard und ihr noch bedeutete: Zwei Freundinnen und ein Mann, das konnte zu diversen Verstrickungen führen. Nicht dass Johanna diesbezüglich mit eigenen Erfahrungen aufwarten konnte, aber vorstellbar war vieles. Oder sie hatte sich in Wiebor verguckt, der aber distanziert blieb – warum auch immer. Vielleicht waren plötzlich gesundheitliche Probleme aufgetreten, die sie erst einmal mit sich selbst klären wollte. Es mochte unwahrscheinlich klingen, aber Ähnliches hatte es in vergleichbaren Fällen schon unzählige Male gegeben.

Nicht zuletzt war auch ein tödlicher Unfall mit Fahrerflucht denkbar, und falls Kati einem Verbrechen zum Opfer gefallen war, würden die Umstände vielleicht nie bekannt werden – es sei denn durch einen dieser berühmten Zufälle, bei denen die Hinweise plötzlich wie durch Zauberhand auftauchten.

Schuster wollte gerade Feierabend machen.

»Hätten Sie noch Zeit, ein paar Informationen für mich abzurufen?«, fragte Johanna. »Oder muss ich Nabold bitten?« Ihr Blick sprach Bände.

Schuster grinste. »Nee, das mach ich schon. Worum geht es denn?«

»Um eine Tagungsstätte im Reitlingstal. Gucken Sie mal, was Sie dazu finden können.«

»Mach ich.«

»Klasse. Ich komme gleich zu Ihnen«, sagte Johanna. »Ich will mich nur mal kurz frisch machen. Mein Deo hat schon vor Stunden versagt.«

Dazu sagte Schuster nichts.

Als Johanna zurückkam, beendete Schuster gerade ein Telefonat. Er sah sie an. »Das war Gertrud Kreisler. Sie bittet Sie, in der Buchhandlung vorbeizukommen.«

»Jetzt gleich? Warum?«

»Sie hat was Seltsames gefunden. Und sie klang dringend.«

Das Geschäft hatte bereits geschlossen, und Gertrud Kreisler bat Johanna ins Büro. Sie eilte voraus zu ihrem Schreibtisch, verharrte kurz und drehte sich dann mit ausgestreckten Armen wieder zu Johanna um. Quer über ihren Händen lag ein Pfeil, den sie Johanna wie eine Trophäe präsentierte.

»Der war vorhin in meinem Briefkasten«, verkündete sie mit nahezu feierlichem Ernst. Ihre Wangen waren von zartem Rosé übergossen, das sich allmählich dunkler färbte.

Johanna starrte den Pfeil an und blieb stumm.

»Ich habe noch mal nach der Post gesehen, bevor ich nach Hause gehen wollte – wie jeden Abend«, erläuterte die Buchhändlerin.

Johannas Blick wanderte langsam zu Kreislers Augen hoch. »Und?«

»Ja, verstehen Sie denn nicht?«

»Um ehrlich zu sein – nein.«

Für einen kurzen Augenblick spiegelte Kreislers Gesichtsausdruck fassungsloses Entsetzen über so viel Beschränktheit wider. Sie atmete angestrengt ein und schüttelte den Kopf, während sie die Arme langsam wieder sinken ließ und sich schließlich vernehmlich räusperte. »Könnte das nicht ein Hinweis sein?«

»Worauf?«

»Aber ich bitte Sie – machen Sie es mir doch nicht so schwer! Ich denke natürlich an Kati.«

Johanna verschränkte die Arme vor der Brust. »Erklären Sie mir bitte, was Kati mit diesem Pfeil zu tun haben soll.«

»Das kann ich natürlich nicht, aber …«

»Ja?«

»Finden Sie es nicht ungewöhnlich, dass jemand so etwas in meinen Briefkasten wirft, wenige Tage nach Katis Verschwinden?« Die Buchhändlerin sah sie auffordernd an.

Johanna zog die Augenbrauen hoch. »Nun …«

»Ich sehe da jedenfalls einen Zusammenhang.«

Sie hat zu viele von den Krimis aus ihrem Laden gelesen, dachte Johanna. Und ein bisschen hysterisch ist sie auch. Und einsam. Sie vermisst Kati.

»Helfen Sie mir doch mal auf die Sprünge«, sagte sie schließlich freundlich. »Was könnte denn der Pfeil in Bezug auf Kati beziehungsweise ihr Verschwinden bedeuten?« Dass sie von Comanchen entführt wurde?, flüsterte eine hämische Stimme in ihr.

»Ich sagte doch schon, dass ich das natürlich nicht weiß, aber …« Plötzlich sah Gertrud Kreisler müde aus. Sie senkte den Blick und zog die Achseln hoch.

»Vielleicht hat sich einfach nur jemand einen Scherz mit Ihnen erlaubt«, schlug Johanna versöhnlich vor. »Das Ganze war ein Streich von Kindern, die hier zufällig vorbeigekommen sind oder in der Nähe gespielt haben. Und da Sie so sehr mit Katis Verschwinden beschäftigt sind, stellen Sie in der Aufregung einen Bezug her.«

Kreisler sah wieder hoch. »Meinen Sie wirklich?«

»Das wäre doch zumindest eine plausible Erklärung, finden Sie nicht?«

»Heutzutage spielen Kinder nicht mehr mit Pfeil und Bogen«, wandte die Buchhändlerin ein. »Sie sitzen vor dem PC und kämpfen in irgendeiner Parallelwelt gegen Monster oder, noch schlimmer, laufen mit richtigen Knarren durch die Gegend. Außerdem sieht dieser Pfeil nicht wie ein Kinderspielzeug aus.«

Johanna streckte die Hand aus und nahm ihn an sich. Damit hatte Kreisler allerdings recht. Der Pfeil war auffallend schwer und mit zwei Federn sowie einer winzigen Gravur versehen.

»Ich mache Ihnen einen Vorschlag«, lenkte sie schließlich ein.

»Ich nehme das gute Stück an mich und lasse es untersuchen. Vielleicht haben Sie ja doch recht, und wir sollten überprüfen, was es damit auf sich hat. War der Pfeil irgendwie eingewickelt oder verpackt?«

Kreisler schüttelte den Kopf. »Nein. So, wie sie ihn da vor sich haben, steckte er zwischen zwei Werbesendungen.«

»Gut.«

»Wollen Sie die auch mitnehmen?«

»Was? Die Werbesendungen?«

»Ja, darauf könnten doch noch Spuren sein, die zur Analyse taugen.«

»Wahrscheinlich sind da mehr Spuren drauf, als wir beide zählen können«, gab Johanna leicht belustigt zurück. Wieder jemand, die auf »CSI« steht, dachte sie.

»War ja nur so eine Idee ...«

»Ja, ich verstehe. Danke für den Hinweis.«

Zwei Minuten später hatte Johanna sich verabschiedet und stand wieder auf der Straße. In der Hand einen Pfeil, den sie eine Weile verwundert betrachtete, bevor sie in ihren Wagen stieg und ihn in einer Plastiktüte in ihrem Rucksack verstaute. Dann griff sie kurzentschlossen nach ihrem Handy und rief Staatsanwältin Kuhl an, die sicherlich längst im wohlverdienten Wochenende war, aber darauf mochte Johanna keine Rücksicht nehmen.

Vielleicht war es verrückt, der Sache nachzugehen. Aber lieber drei Spuren verfolgen, die ins Nichts führten, als eine zu ignorieren, die sich später als wichtig erweisen könnte. Johanna brauchte kurzfristig einen Termin in der KTU Braunschweig, und wenn da jemand Dampf machen konnte, dann die toughe Staatsanwältin.

Die Kriminaltechnikerin hieß Marion Nadler, war höchstens Ende zwanzig, schmächtig wie ein Kind und hatte erstaunlich gute Laune, wenn man bedachte, dass der Freitagabend bereits als fortgeschritten bezeichnet werden konnte und Annegret Kuhl sie höchstpersönlich an ihren Arbeitsplatz zurückbeordert hatte – womöglich völlig umsonst.

Johanna sah sich in dem gut ausgerüsteten Labor um, während sie Nadler in einen Nebenraum folgte. Sie war immer noch verblüfft, dass Kuhl so prompt reagiert und ohne zu zögern sofort die erforderlichen Maßnahmen eingeleitet hatte. Nicht mal der Hauch eines Zögerns war ihr anzumerken gewesen. Immerhin bestand eine relativ große Chance, dass der Pfeil nichts, aber auch rein gar nichts mit Kati Lindner zu tun hatte. Und mit Wiebor noch viel weniger.

Marion Nadler blieb vor einem blank gewienerten Tisch stehen und zog sterile Handschuhe an. »Dann zeigen Sie mir mal das gute Stück.«

Johanna legte die Tüte mit dem Pfeil auf den Tisch.

»Staatsanwältin Kuhl meinte, dass Sie genau die Richtige sind, um mir weiterzuhelfen«, erklärte sie höflich. »Was für ein Pfeil ist das? Und lassen sich unter Umständen noch Spuren sichern und analysieren?«

Die Technikerin zog den Pfeil aus der Tüte und nahm ihn behutsam in beide Hände, um ihn von allen Seiten eingehend zu betrachten.

»Interessant«, meinte sie schließlich.

»Ja? Warum?«

»Das ist ein ganz spezieller Pfeil – ein sogenannter Bolzen für eine Armbrust.«

»Aha, und woran erkennen Sie das?«

»Er hat keine Kerbe am hinteren Ende, da er ja nicht an der Sehne einnocken muss, wie es so schön heißt, sondern in eine Bolzenrinne eingelegt wird.«

»Hm.«

»Das stumpfe Ende nennt man übrigens Beschneidung.«

»Ich bin beeindruckt.«

»Müssen Sie nicht.« Nadler lächelte. »Ich bin seit vielen Jahren Bogenschützin und kenne mich natürlich ganz gut mit den verschiedenen Geräten und Techniken aus.«

Johanna war noch beeindruckter. Sie hatte Mühe, sich vorzustellen, wie die zarte Frau mit Pfeil und Bogen umging.

»Mit dieser Eisenspitze hier ist übrigens nicht zu spaßen«, fügte Nadler hinzu.

Johanna blickte sie neugierig an. »Könnten Sie konkreter werden?«

»Klar. Wenn so ein Bolzen mit einer Armbrust abgeschossen wird, können auch relativ ungeübte Schützen sicher ihr Ziel treffen und, nur mal so am Rande, töten.«

Nur mal so am Rande töten, wiederholte Johanna lautlos. Plötzlich beschlich sie ein flaues Gefühl. Sie sah Nadler an. »Können Sie ein paar aussagekräftige Fotos für mich machen?«

»Natürlich – die können Sie auch gleich mitnehmen. Für die Analysen brauche ich aber ein bisschen Zeit.«

»Kein Problem. Danke für die Infos. Die könnten sich als sehr wichtig erweisen.«

Johanna zog die Akte aus ihrem Rucksack, sobald sie im Wagen saß, und suchte die Telefonnummer der Lindners heraus. Sie war zwar sicher, dass Kati Lindner keine aktive Sportschützin war – das wäre bei den Zeugenbefragungen mit Sicherheit zur Sprache gekommen. Aber vielleicht kannte sie ja jemanden, der sich diesem Sport verschrieben hatte. Sie war erleichtert, als Katis Vater sich nach dem vierten Rufton meldete.

»Hier spricht noch mal Johanna Krass. Ich weiß, dass es schon spät ist, Herr Lindner, und werde Sie nicht lange stören«, erklärte sie. Außerdem bin ich todmüde und völlig platt, fügte sie in Gedanken hinzu. »Nur eine Frage: Hat Ihre Tochter sich fürs Bogenschießen interessiert oder fallen Ihnen Freunde oder Bekannte ein, die dieses Hobby betreiben?«

»Ja, sie hat mal so einen Kurs mitgemacht«, erwiderte Lindner sofort. »Das ist aber schon eine ganze Weile her. Warum?«

Johanna atmete tief aus. »Alle Kontakte, auch weit zurückliegende, können wichtig sein«, erwiderte sie ausweichend. »Existieren noch irgendwelche Unterlagen darüber?«

»Ja, ich glaube schon. Sagen Sie mal, muss ich mir jetzt noch mehr Sorgen machen?«

Das ist doch gar nicht mehr möglich, dachte Johanna und überging die Frage einfach. »Könnten Sie die heraussuchen, Herr Lindner?«

»Ja, natürlich. Sofort?«

»Das wäre am besten.«

»Gut. Rufen Sie doch einfach in einer Viertelstunde noch mal an.«

»Das mache ich gerne.«

Johanna warf das Handy auf den Beifahrersitz und fuhr bei einem Drive-in-Fast-Food-Laden vor, um sich mit einer schnellen, köstlich schmeckenden und höchst ungesunden Mahlzeit zu versorgen und ihren plötzlichen Heißhunger zu stillen. Dann rief sie erneut Lindner an.

»Ich habe die Anmeldung für einen dreimonatigen Bogenschießkurs gefunden, den Kati vor gut zwei Jahren mitgemacht hat. Ein Weihnachtsgeschenk von uns.« Er räusperte sich. »Ich hatte den Eindruck, dass sie Spaß daran hatte, aber als die Zeit um war, hat sie auf einmal doch nicht verlängern wollen.«

»Haben Sie eine Ahnung, warum sie ihre Meinung geändert hat?«

»Nein – das heißt, ich habe keinen besonderen Anlass in Erinnerung. Es war eben nicht mehr so spannend.«

»Und Freundschaften sind in der Zeit nicht entstanden?«

»Keine, von der ich wüsste.«

Eigentlich war Kati keine besonders gesellige Frau, überlegte Johanna – jedenfalls nach dem zu urteilen, was sie bisher in Erfahrung gebracht hatte. Ihr Leben bestand aus dem Job, den sie sehr ernst nahm, einer besten Freundin, die immer weniger Zeit für sie hatte, einigen flüchtigen Bekanntschaften – so weit Johanna es einschätzen konnte –, diesen und jenen Hobbys und wahrscheinlich Dutzenden von Büchern zu den verschiedensten Themen. Sie lebte noch zu Hause, träumte von Aufbruch, eckte hier und da mit ihrer lauten, direkten Art an und stellte sich sofort auf die Seite einer Rebellin, fasziniert von deren flammenden Berichten über Wölfe.

»Hat Ihre Tochter eigentlich viel Zeit vor dem Computer verbracht?« Johanna stellte peinlich berührt fest, dass sie mit dieser Frage reichlich spät kam – mal wieder. Sie vergaß häufig, dass sich heutzutage bei manchen Leuten das ganze Leben oder zumindest ein großer Teil davon im Chat abspielte. Kein Tag ohne E-Mail-Abruf. Du hast fünfzig Freunde auf Facebook. Vernetze dich!

»Das war ... das ist nicht unbedingt ihre Welt«, erwiderte Lindner. »Sie hat zwar einen Laptop, aber glücklicherweise ist er ihr nicht so wichtig. Ein Arbeitsgerät und Hilfsmittel, wie sie selbst immer betont. Mir ist das sehr sympathisch, dass sie lieber liest als im Internet zu surfen.«

Darin ähnelt sie Lennart, dachte Johanna.

»Na ja, egal. Sie möchten sicherlich die Adresse des Bogenschieß-vereins? Haben Sie was zu schreiben?«

Johanna notierte sich die Angaben.

»Danke, Herr Lindner. Ich würde gern morgen einen Blick in Katis Zimmer werfen – wenn Sie das zulassen können«, sagte sie leise.

»Wenn es sein muss.«

»Ich fürchte ja.«

Johanna unterbrach die Verbindung, legte das Handy beiseite und fuhr langsam nach Königslutter zurück. Ihr Kopf dröhnte. Duschen, essen, schlafen, dachte sie. Nicht mehr und nicht weniger.

5

Es war jemand ums Haus geschlichen. Emilie war ganz sicher. Gegen Morgen hatte Flow geknurrt, wie sie ihn noch nie hatte knurren hören. Seine Lefzen waren zurückgezogen, und das Grollen war tiefkehlig gewesen. Kaum war die Sonne aufgegangen, hatte sie sich angezogen und war nach draußen gegangen, Flow dicht an ihrer Seite.

Fußspuren. Ihr Herz klopfte. Sie sah hoch. Der Elm lag behäbig und wie eine Festung vor ihr. Während sie ins Haus zurückging und Kaffee kochte, lief Flow immer wieder von einem Ende des Grundstücks zum anderen. Der Gedanke, dass hier tatsächlich jemand mitten in der Nacht herumgestromert war, ließ Emilie frösteln und verscheuchte den letzten Rest von Müdigkeit. Sie aß eine Kleinigkeit und packte dann kurzentschlossen Proviant in ihren Rucksack. Es wurde Zeit für einen längeren Ausflug.

***

Johanna hatte gut und ausgiebig gefrühstückt, als sie am nächsten Morgen nach Velpke aufbrach.

Es schien hundert Jahre her zu sein, dass Johanna mit ihren Eltern ganze Sommertage an der großen Velpker Kiesgrube verbracht hatte. Glückliche Sommertage. Ihre Mutter hatte Butterbrote, Gurken, Pfirsiche und Apfelkuchen in der Kühltasche gestapelt, als stünde eine Hungersnot bevor, und an besonders schönen Tagen durfte Johanna sich zusätzlich zwei Kugeln Eis beim Italiener holen. Die Hitze erzeugte ein seltsames Flirren über dem Wasser, und es roch nach Sonnenlotion. Einige Male war sogar ihre Großmutter dabei gewesen – Käthe mit einer Zigarette zwischen den Lippen auf der Luftmatratze, ein Bild für die Götter. Dabei konnte sie gar nicht richtig schwimmen. Johanna erinnerte sich noch gut, wie verwundert sie darüber gewesen war, dass Käthe keinen Freischwimmer hatte und nur mühsam im Wasser vor sich hin paddelte.

Sie streifte die eindringliche Stimmung ab, die sich in ihr breitzumachen begann. Irgendwann in den nächsten Tagen musste sie zwischendurch mal eine Stunde erübrigen, um ihre Mutter zu besuchen. Und Oma Käthe. Da führte kein Weg dran vorbei.

Die Bogenschützen trafen sich in einer Haupt- und Realschule an der Bahnhofstraße, wo das Training sowohl in der Sporthalle als auch im Freien stattfand. Johanna parkte vor einer lang gestreckten Halle neben einem Landrover. Der Eingang war unverschlossen und führte in einen breiten Flur, von dem mehrere Türen abgingen. Sie hörte Stimmen. Eine Doppeltür wurde geöffnet, und ein Mann mit einem Bogen in der Hand kam ihr entgegen.

»Guten Morgen«, grüßte Johanna. »Können Sie mir vielleicht weiterhelfen?«

Der Mann lächelte. »Ich kann's ja mal versuchen.«

»Wer ist denn hier der Chef? Ich suche einen verantwortlichen Trainer oder Lehrer, der mir was zum Kursangebot und zu den Teilnehmern sagen kann.«

»Da kommt eigentlich nur der Louis in Frage. Ich weiß gar nicht, ob der schon da ist. Mal sehen ...« Er wandte sich um und klopfte an eine Tür. »Wollen Sie bei einem Schnupperkurs mitmachen? Der fängt aber, glaube ich, erst in einer Stunde an.«

Ein deutliches »Herein« war zu hören.

»Doch, er ist schon da.« Der Mann drückte die Klinke herunter und ließ Johanna eintreten. »Bitte.«

»Vielen Dank.«

Louis hieß mit Nachnamen Kamper, war ungefähr zwei Meter groß, hatte schlohweißes Haar und wasserblaue Augen. Johanna schluckte. Sie schätzte ihn auf Mitte sechzig, und wenn sie je vorgehabt hätte, ihm frech zu begegnen, so würde sie sich das angesichts seiner hünenhaften Gestalt und respekteinflößenden Ausstrahlung noch einmal ganz genau überlegen. Herr der Ringe, dachte Johanna. Der Weiße. Sie hielt es allerdings für keine gute Idee, ihn zu fragen, ob er häufiger mit Tolkiens Held verglichen wurde.

»Was kann ich für Sie tun?« Die Stimme war dunkel und volltönend und passte perfekt.

Johanna stellte sich vor und berichtete kurz, warum sie seine Hilfe brauchte. Kamper bot ihr einen Hocker an, während er sich selbst hinter einen angesichts seiner Größe mickrig wirkenden Tisch zwängte. Der Stuhl ächzte unter ihm. »Kati Lindner, hm ...«

»Ich weiß, es ist schon eine Weile her, aber vielleicht gibt es ja noch Unterlagen über die Veranstaltung.«

»Gut zwei Jahre, hm ...« Kamper runzelte die Brauen, und Johanna hoffte, dass sie mit ihrem Anliegen nicht seinen Unmut heraufbeschworen hatte. »Den Kurs hat damals der Rolf gegeben. Der ist nicht mehr hier. Besser ist es.«

Er sah sie herausfordernd an, und Johanna war sicher, dass die beiden nicht unbedingt ein Dream-Team gebildet hatten.

»Wissen Sie, es gibt verschiedene Arten des Bogenschießens. Wir schießen hier aus unterschiedlichen Distanzen auf Scheiben – in der Halle und auch draußen – und sehen das als Sport oder als Meditationsübung. Kennen Sie Herrigel? ›Zen in der Kunst des Bogenschießens‹?«

Johanna beeilte sich mit dem Nicken. Sie hatte das Buch tatsächlich gelesen, allerdings lag das schon mindestens fünfundzwanzig Jahre zurück, und sie konnte sich nur noch entsinnen, dass man treffen sollte, ohne zu zielen. Schwierige Übung.

»Absichtslosigkeit – verstehen Sie?«

»Ich bemühe mich.«

Plötzlich lächelte Kamper. »So kommen Sie nicht unbedingt weiter.«

Johanna lächelte zurück. Im gleichen Augenblick verdüsterte sich sein Gesicht wieder.

»Rolf hatte anderes im Sinn. Und einige sprangen da wirklich drauf an. Unerfreulich.«

»Könnten Sie etwas konkreter werden?«

»Rolf war ...

»Haben Sie den Nachnamen parat?« Sie zückte ihren Notizblock.

»Rolf Mansloh«, sagte Kamper sofort. »Er war ein Fan des Jagdbogenschießens und der Armbrust. Mit beidem will ich hier nichts zu tun haben. Viel zu gefährlich und ganz bestimmt nicht unser Anliegen.«

Johannas Puls hatte sich deutlich beschleunigt. »Und er hat damals diesen Kurs gegeben?«

Kamper drehte sich um und öffnete einen schmalen Wandschrank, in dem Aktenordner standen. Er brauchte zu Johannas Erstaunen nicht lange, um ein bestimmtes Blatt herauszuziehen.

»Hier ist die Teilnehmerliste: zehn Leute. Rolf hat das zu Beginn ganz ordentlich gemacht – alle Bögen und die einzelnen Techniken vorgestellt und so weiter«, erläuterte er. »Aber dann hat er doch wieder seine persönlichen Favoriten in den Vordergrund geschoben, entgegen meiner Anweisung. Wir haben lange diskutiert, und ich habe ihm noch eine Chance gegeben – vor allen Dingen weil er noch so jung war, und ich hoffte ... aber es hat nichts gebracht. Wenige Monate später haben sich unsere Wege getrennt.«

Johanna hatte Mühe, sich vorzustellen, dass jemand so waghalsig sein konnte, Anweisungen von einer Persönlichkeit wie Kamper zu missachten. Sie überflog die Liste. Kati Lindner stand an vierter Stelle. Keiner von den anderen Namen kam ihr bekannt vor. »Könnten Sie mir eine Kopie davon machen?«

»Nehmen Sie sie ruhig mit«, meinte Kamper. »Und wenn Sie dran denken, bringen Sie sie mir mal zurück.«

Johanna schwor sich, dass sie es nicht vergessen würde.

»Wissen Sie, was Mansloh jetzt so macht und wo er wohnt?«

»Keine Ahnung. Ich glaube, der war damals gerade erst mit dem Studium fertig. Betriebswirt. Und gewohnt hat er in ... ja: Reislingen. Die Adresse habe ich jetzt allerdings nicht parat.«

»Die kriege ich schon heraus, aber bevor ich's vergesse ...« Johanna kramte die Fotos von dem Pfeil aus ihrem Rucksack und reichte sie Kamper. »Kommt Ihnen der vielleicht bekannt vor?«

Der Hüne schüttelte den Kopf. »Das ist ein ganz normaler Bolzen, sofern man in dem Zusammenhang von normal sprechen möchte. Mit dem Teil können Sie töten. Mensch und Tier.«

Johanna stutzte kurz. »Davon habe ich auch schon gehört.« Dann stand auf sie und packte ihre Sachen zusammen. »Danke für Ihre Hilfe.«

»Nichts zu danken.« Der Hüne lächelte. »Und vergessen Sie nicht: Absichtslosigkeit führt zum Ziel.«

Johanna erwiderte das Lächeln. Sie nickte, aber tatsächlich verstand sie das nur auf einer Ebene, die mit ihrem Alltag nichts zu tun hatte. »Ich versuch's mir zu merken.«

Als sie wieder draußen stand, schwirrte ihr der Kopf. Sie brauchte Schusters Hilfe, und wie sie ihn einschätzte, würde er darüber nicht besonders verstimmt sein, zumal er ohnehin Wochenenddienst hatte.

Als Johanna in der Dienststelle eintraf, war der Kollege gerade unterwegs und Nabold telefonierte, was sie sehr begrüßte. So musste sie nicht viel erklären.

Sie legte Schuster ein Foto von dem Kreisler-Bolzen und eine Kopie der Kursliste auf den Schreibtisch. Dazu schrieb sie ihm rasch eine Notiz und bat ihn, Namen und Adressen zusammenzustellen und zu überprüfen. Fünf Minuten später befand sie sich auf dem Weg zu den Lindners, um sich Katis Zimmer anzusehen. Auf sich wirken zu lassen. Ganz absichtslos. Vielleicht funktionierte es ja doch.

***

Gut eine Stunde wanderte Emilie auf einer ihrer üblichen Routen durch den kühlen verträumten Buchenwald zunächst südlich über den Klappenberg in Richtung Großer Tafelberg, wobei sie den Hauptwanderweg mied und sich auf die schmalen einsamen Pfade beschränkte. Aus der ruhigen Wanderung bei gleichmäßigem Tempo entwickelte sich plötzlich, ohne erkennbaren Grund für Emilie, ein zackiger Crosslauf – wie so häufig.

Flow, ein leidenschaftlicher Jäger und Spurensucher, hatte kurz die Nase in den Wind gehalten, dann abrupt den Weg verlassen und das Tempo von einer Sekunde auf die andere so verschärft, dass ihr nur die Wahl geblieben war, ihm entweder sofort in den dichten Wald zu folgen oder hinter ihm herzubrüllen und zu warten, während sie sich darüber ärgerte, ihn nicht angeleint zu haben.

Sie hatte sich für die erste Variante entschieden. Der vierjährige Rüde war ein Schäferhund-Husky-Mix; sein Urgroßvater stammte aus einer Liaison zwischen tschechoslowakischem Wolfshund und weißem Schäferhund, und manchmal musste er seinem Jagd- und Lauftrieb folgen.

Als ihr Shirt schon durchgeschwitzt war, verlangsamte Flow endlich das Tempo und wartete auf Emilie. Sie brauchte eine Pause.

Die Sonne stand schon ziemlich hoch und sorgte nun trotz dicht stehender Bäume für sommerliche Wärme. Flow trank aus einer kleinen Plastikschüssel etwas Wasser und nahm ein Stück seiner Lieblingswurst aus Emilies Hand, bevor er zum erneuten Aufbruch drängte.

Der Hund trabte auf einem kaum erkennbaren und leicht ansteigenden Pfad zügig voran, sobald sie ihren Rucksack auf den Rücken gehievt hatte, vergewisserte sich aber mehrfach, dass sie dicht hinter ihm blieb. Kurze Zeit später blieb er plötzlich wie angefroren stehen, um dann abrupt einen Hang hinaufzupreschen und mit einem Satz hinter einer gedrängt stehenden Gruppe von Buchen zu verschwinden. Emilie rannte ihm hinterher. Sie hörte ihn knurren.

»Flow! Nein, komm zurück!«, keuchte sie im Laufen.

Aber der Hund blieb verschwunden. Sie wäre beinahe gestürzt, als sich unmittelbar hinter der Buchengruppe eine Bodensenke vor ihr auftat, eine tiefe Grube, in der umgestürzte Bäume lagen und Buschwerk wild vor sich hin wucherte. Am hinteren Ende, das durch einen felsigen Hang begrenzt war, stand Flow vor einem Gebüsch und schnupperte und kratzte aufgeregt. Emilie kletterte zu ihm hinunter und begann, an dem Busch zu ziehen. Als er unvermittelt zur Seite wegrutschte, hätte sie sich beinahe auf den Hintern gesetzt.

Der Eingang zu einer Höhle wurde sichtbar, und Flow verschwand darin schneller, als sie reagieren konnte. Emilie folgte ihm langsam, während ihr das Herz bis zum Hals schlug. Sobald sich ihre Augen an die Dunkelheit gewöhnt hatten, erkannte sie im Innern eine Feuerstelle, Decken, herumliegenden Müll, die Reste einer Mahlzeit. Sie atmete erleichtert auf. Hier hatten ein paar Wanderer gerastet, nichts weiter.

»Reg dich ab, Flow«, sagte sie. »Hier ist niemand mehr.«

Sie drehte sich um. »Flow!«

Ein tiefer Laut vom Ende der Höhle. Emilie schluckte. Sie hatte keine Taschenlampe dabei. Moment, doch! Sie zog ihr Handy aus dem Seitenfach am Rucksack. Es war mit einer kleinen Leuchte ausgestattet. Emilie betätigte den Einschaltknopf und richtete den Lichtstrahl auf die rückwärtige Wand. Mühsam erkannte sie, dass sich dort eine weitere Aushöhlung befand, von der ein schmaler Gang abzweigte, dem Flow gefolgt war. Wieder ein Laut, diesmal höher und anhaltender. Emilie lief ein Schauer über den schweißgetränkten Rücken.

»Flow, komm zurück!«, rief sie.

Kurz darauf begann Flow zu heulen, und sie folgte ihm, ohne darüber nachzudenken, ob es klug war, weiterzugehen.

Der Gang war niedrig und voller Unebenheiten, es roch modrig und war finster. Nichts für Menschen, die unter Klaustrophobie litten. Emilie sagte sich, dass sie jede Menge Probleme mit sich herumschleppte, aber dieses glücklicherweise nicht dazu gehörte.

Sie richtete den Lichtstrahl nach oben und sah, dass sich jemand die Mühe gemacht hatte, mit dünnen Stämmen und Ästen so etwas Ähnliches wie eine Stollendecke anzufertigen, die mehr schlecht als recht auf einigen Stützbalken ruhte. Hinter einer scharfen Biegung verbreiterte sich der Gang zu einer weiteren kleineren Höhle – mehr eine zufällige Ausbuchtung, jedoch mit einer wesentlich höheren Decke.

Flow saß in der Mitte, hatte den Kopf nach oben gereckt und heulte. Seine Stimme war ein einziges Wolfsklagen. Emilie bekam eine Gänsehaut. Dann sah sie die Bündel. Fellbündel. Ein seltsamer Geruch stieg ihr in die Nase. Blut. Aas. Verwesung. Zwei tote Wölfe. Einer davon sah aus wie eine leere Hülle. Wie abgezogen. Emilie taumelte entsetzt zurück, ließ das Handy sinken und presste eine Hand vor den Mund. Ihr Atem ging hektisch. Schließlich hockte sie sich neben Flow, der sich nur mühsam beruhigen ließ. Seine Flanken zitterten, während das Heulen in Wimmern und schließlich in angestrengtes Hecheln überging.

»Schon gut, schon gut«, flüsterte sie und richtete erneut die Lampe aus.

***

Kati bewohnte ein geräumiges Jungmädchenzimmer, wie es vielleicht vor fünfzig Jahren mal modern gewesen wäre. Johanna sah sich mit großen Augen um und hatte Mühe, ihre Verblüffung zu verbergen. Tüllgardinen, zierliche helle Möbel und Pastelltöne hätte sie sich zudem eher bei Eva Blum vorgestellt und weniger bei der forschen Kati.

Maria Lindner stand verloren im Türrahmen, während ihr Mann sich im Parterre um die Café-Gäste kümmerte. Johanna machte einige Schritte in den Raum und drehte sich um.

»Hat Ihre Tochter sich das Zimmer so eingerichtet?«

»Wir haben erst kürzlich renoviert«, antwortete Maria Lindner. »Kati meinte, wir sollten es ganz nach unserem Geschmack einrichten. Sie wollte ja ohnehin demnächst ausziehen.«

Johanna nickte. »Ja, das erwähnte Ihr Mann auch schon.«

Ihr Blick schweifte über ein Regal mit unterschiedlichster Lektüre. Liebesromane und dicke Schinken, die sich mit historischen Themen befassten, Comics, berufsbezogene Fachbücher, Fotobände, Reiseliteratur über Italien, ein paar Thriller aus den Bestsellerlisten und einige Bücher über Bergbesteigungen. Sie drehte den Schreibtischstuhl zu sich herum und nahm Platz.

Katis Mutter reckte den Hals. »Werden Sie in ihren Sachen herumwühlen?« Ihre Stimme flatterte wie ein aufgeregter Vogel.

»Nein. Ich mache mich nur auf die Suche nach Anhaltspunkten«, antwortete Johanna.

»Soll ich lieber draußen warten?«

»Das ist wahrscheinlich das Beste. Aber vorher habe ich noch ein paar Fragen: Wann hatte Kati ihre letzte Beziehung, und was ist daraus geworden?«

»Das habe ich den Polizisten doch schon erzählt ...«

»Erzählen Sie es mir einfach noch mal.«

Maria Lindner strich sich eine Haarsträhne aus dem Gesicht.

»Na schön. Also, das liegt schon einige Zeit zurück. Vielleicht ein halbes Jahr oder auch etwas länger. Ein junger Mann aus dem Hotelgewerbe, den sie beim Skilaufen kennengelernt hatte. Es war nichts Ernstes, hatte ich den Eindruck – eher eine oberflächliche Beziehung. Er arbeitet mittlerweile in einem Hotel in England, und sie spricht nicht mehr von ihm.« Lindner zuckte mit den Achseln. »Sie ist ja noch so jung.«

Johanna fuhr mit der flachen Hand über die blitzsaubere Schreibtischplatte. »Verstehe. Und seitdem kein Flirt, kein Liebeskummer, nichts?«

»Nicht soweit ich weiß. Aber das sagte ich schon mehrfach.«

»Ihr Mann hat Ihnen sicherlich erzählt, dass ich mich nach dem Bogenschießkurs erkundigt habe, den Kati vor einiger Zeit besucht hat.«

»Ja, das ist schon ewig her.«

»Hatte Sie nach Ihrer Meinung Spaß an dem Kurs?«

»Ja, schon ... Am Anfang war sie jedenfalls richtig begeistert. Später ... na ja, es flaute etwas ab, und sie hat dann ja auch nicht weitergemacht. Junge Menschen probieren eben mal dies, mal jenes aus.«

»Gab es Ärger? Erwähnte sie Namen?«

Maria Lindner schüttelte den Kopf. »Ich erinnere mich an keinen, aber das muss nichts heißen.«

»Rolf Mansloh – sagt Ihnen der Name etwas?«

»Hm ... kann sein, dass sie ihn mal erwähnt hat, aber nur so nebenbei.«

Johanna stöhnte innerlich auf. »Okay. Wo ist eigentlich Katis PC?«

Ein Lächeln huschte über Maria Lindners Gesicht. »Danach hat Eva letztens auch ganz erstaunt gefragt. Ein Schreibtisch ohne Computer wirkt offenbar unvollständig und fällt ins Auge. Doch, sie besitzt einen PC, einen Laptop, aber den hat sie neulich mit ins Geschäft genommen.«

»Warum?«

»Sie wollte den PC-Fachmann, der sich um die Computertechnik in der Buchhandlung kümmert, ein paar Sachen fragen. Ich glaube, es ging um ein neues Programm, das sie auch haben wollte, aber ich kenne mich da nicht so aus.«

Johanna überlegte. »Hm. Und wann fiel Eva auf, dass Katis Laptop nicht hier ist?«

»Vor ein paar Tagen. Sie ist gekommen, um sich die Klamotten abzuholen, die sie Kati geliehen hat. Die beiden haben regelmäßig Kleidungsstücke untereinander getauscht.« Lindner zögerte. »Ich hatte den Eindruck, dass es ihr peinlich war, mich unter den gegebenen Umständen damit zu belästigen, aber ... na ja, sie bräuchte halt ihre Sachen, erklärte sie mir, und dabei fiel ihr auf, dass der Laptop nicht da war.«

»Was haben Sie ihr geantwortet?«

»Na, das Gleiche wie Ihnen gerade.«

»Und wann genau war das?«

Lindner machte große Augen. »Meine Güte, warum ist das jetzt so wichtig? Ich –«

»Ich weiß nicht, ob es wichtig ist. Ich sammle nur Fakten, Frau Lindner«, unterbrach Johanna sie. »Manchmal entstehen daraus Ansatzpunkte, die mir weiterhelfen, manchmal nicht. Also, wann?«

Marie Lindner setzte eine pikierte Miene auf. »Schon gut. Sie müssen nicht so drängen. Ich glaube, es war Anfang der Woche. Montag oder Dienstag. Ja, ich denke, es war am Montag. Eva hatte es plötzlich sehr eilig. Ich hab mich noch ein bisschen gewundert.«

Johanna stand abrupt auf. Plötzlich kribbelte es in ihren Fingerspitzen. »Danke, Frau Lindner. Ich muss los. Und nur so nebenbei: Doch, manchmal muss ich drängen. Grüßen Sie bitte Ihren Mann.«

***

Ihr erster Eindruck bestätigte sich. Von einem Wolf gab es nur noch das Fell, der andere war offenbar erst jüngst getötet worden. Emilie kniete sich auf den Boden. Im gleichen Augenblick, als ihr klar wurde, dass sie diesmal Beweise und Spuren gefunden hatte, die nur noch gesichert werden mussten, ruckte Flows Kopf herum. Er lauschte.

Bitte nicht, dachte Emilie und schaltete mit fahrigen Händen die Taschenlampe aus. Geräusche von draußen. Vielleicht Mäuse, die sich ein paar Leckerbissen von den Resten an der Feuerstelle holen … Aber das glaubte sie nicht wirklich. Flows Lefzen zogen sich hoch. Sie spürte es mehr, als dass sie es sehen konnte.

»Ruhig«, wisperte sie. »Ganz leise.«

Er sah sie kurz an. Ihre Stimme zitterte, aber er beruhigte sich tatsächlich. Sie schlichen einige Schritte durch den Gang in Richtung der vorderen Höhle zurück, wo Emilie einen Moment lang lauschend verharrte. Sie war nun sicher, dass sich Leute näherten. Mehrere. Das Geräusch knackender Äste war deutlich zu hören. Harmlose Wanderer oder genau jene Leute, die sich diesen Unterschlupf gebaut hatten, um getötete Wölfe zu verstecken? Sie mussten so schnell wie möglich und unbemerkt verschwinden. Hier in der Falle zu sitzen wäre unerträglich. Und gefährlich. Für beide. Davon war sie zutiefst überzeugt.

Sie lief auf leisen Sohlen weiter nach vorn zum Eingang hinter dem Gebüsch. Dort hockte sie sich hin, Flow dicht hinter sich. Zu sehen war noch nichts. Aber die Stimmen wurden immer lauter. Wie sollten sie die Höhle verlassen und die Grube hinaufkraxeln, ohne dass man sie bemerkte? Wer hier sein Unwesen trieb, war höchstwahrscheinlich wachsam. Sie zitterte vor Angst. Schweiß tropfte aus ihren Haaren. Ein kühler Luftzug strich über ihren Nacken. Sie hielt kurz den Atem an, dann drehte sie sich um und kehrte in den Gang zurück. Es musste einen zweiten Ausgang geben. Auch die Feuerstelle in der Höhle sprach dafür. Der Rauch musste abziehen, und zwar möglichst unauffällig.

Flow begann erneut, leise zu hecheln, als sie an den Kadavern vorbeikamen. Emilie leuchtete die hintersten Ecken aus, in denen auf den ersten Blick nichts Besonderes zu entdecken war. Wenn sie sich getäuscht hatte, saßen sie in der Falle. Sie ging näher heran. Auf der linken Seite hatte jemand einen großen Stapel Zweige und Äste abgelegt. Feuerholz wahrscheinlich. Oder …? Sie bückte sich und tastete den Stapel ab, der ordentlich mit einem breiten Gurt zusammengebunden war. Emilie atmete tief durch und rückte den Stapel zur Seite. Dahinter verbarg sich ein enges Loch. Eine Minute später waren Emilie und Flow wie Dachse durch den Hinterausgang hinausgekrochen.

Emilie sah sich um. Sie befanden sich auf der anderen Seite der Haupthöhle. Von hier ging es über einen Hang abwärts, und niemand, der sich jetzt in der Höhle befand, konnte sie sehen. Davon ging Emilie jedenfalls aus, dennoch hetzte sie die Schräge hinunter und hockte sich nach einem lang gezogenen Sprint keuchend hinter einen Baum, um zu überprüfen, ob ihnen jemand folgte. Doch es blieb alles still. Flow stand winselnd neben ihr und blickte sie an.

Und nun?, dachte Emilie. Wie geht's weiter? Ganz einfach: unauffälliger und schneller Rückzug, Ende der Vorstellung. Alles andere wäre ein unverantwortliches Wagnis, und so musste die Erörterung der Frage, wer warum Wölfe tötete und ihnen in einer Höhle das Fell abzog, zurückgestellt werden. Dafür waren andere zuständig. Sie stand auf, klopfte sich den Dreck von der Kleidung und machte sich im Eiltempo auf den Heimweg.

Als sie etwa zehn Minuten in forschem Tempo zurückgelegt hatten, fiel ein Teil der Anspannung von ihr ab, und Emilie spürte plötzlich, wie erschöpft sie war, aber darauf konnte sie keine Rücksicht nehmen – nicht jetzt. Sie nahm ihr Handy heraus, um es gleich wieder einzustecken. Der Empfang war, wie so häufig, gestört, aber es war ohnehin sinnvoller, ihre Eindrücke persönlich zu schildern.

Sie ging langsamer und in gleichmäßigem Tempo weiter. Als Bornum endlich in Sicht war, schloss sie erleichtert die Augen.

***

Schuster meldete sich, als Johanna gerade einen Parkplatz vor der Buchhandlung ergattert hatte.

»Ich habe alle Adressen und Telefonnummern von der Liste überprüft, die Sie mir vorhin hingelegt haben«, erklärte er gewohnt eifrig. »Zwei Leute aus dem Kurs wohnen nicht mehr hier, einer –«

»Rufen Sie zunächst mal an, wen Sie kriegen können, und klären Sie, wenn irgend möglich, wer nach dem Kurs noch Kontakt zu Kati hatte«, schnitt ihm Johanna eilig das Wort ab. »Fragen Sie auch, ob es mal Ärger gegeben hat. Auffälligkeiten und so weiter. Nur den Rolf Mansloh lassen Sie bitte außen vor. Um den möchte ich mich nachher selbst kümmern.«

»Wird gemacht. Was ich noch –«

»Denken Sie bitte auch an die Infos über die Tagungsstätte im Reitlingstal?«

»Na klar … eine Sache noch …«

»Ja?«

»Apropos Bogenschießen. Ich habe gerade mit Kollege Nabold über diesen Pfeil gesprochen.«

Johanna hielt inne. »Aha. Und?«

»Na ja, das ist schon merkwürdig. Nabold hat sich daran erinnert, dass die Funke seinerzeit behauptete, der Wolf, den sie im Elm gefunden hatte, sei mit einem Pfeil getötet worden.«

Johanna zog eine Augenbraue hoch. »Wie bitte?«

»Ja, das klang ziemlich verrückt, und sie gewann nicht gerade an Glaubwürdigkeit, als sich herausstellte, dass es den Kadaver gar nicht gab. Hörte sich verdammt nach Funkes üblicher Spinnerei und Hysterie an, aber jetzt …«

»Ja, jetzt sollte man zumindest noch mal nachhaken«, ergänzte Johanna. »Ich versuche, die Funke gleich noch mal zu erreichen.«

»Hab ich schon. Sie ist nicht zu Hause.«

»Schicken Sie eine Streife vorbei. Oder fahren Sie selbst hin.«

»Meinen Sie, dass das wirklich nötig ist?«

»Sie hat gesagt, dass sie sich bedroht fühlt, oder?«

»Ja, schon …«

»Na bitte. Und sagen Sie mir Bescheid.«

***

Nach ihrer Rückkehr kümmerte sich Emilie als Erstes um Flow und stieg dann unter die Dusche. Sie hatte die Autoschlüssel schon in der Hand und wollte gerade die Tür öffnen, um nach Königslutter zur Polizei zu fahren und Anzeige zu erstatten, als sie plötzlich innehielt.

Es hat doch gar keinen Sinn, dachte sie und ließ die Hand wieder sinken. Die werden mich angucken, als hätte ich nicht mehr alle Tassen im Schrank. Ohne eindeutige Beweise werden sie nicht mal jemanden rausschicken. Tote Wölfe in irgendeiner Höhle in der Nähe des Großen Tafelberges – auf solchen Irrsinn konnte doch nur die verrückte Journalistin aus Bornum kommen! Und selbst wenn ihre Angaben stimmten – wen interessierte das schon?

Emilie ging mit langsamen Schritten zurück in die Küche, setzte sich an den kleinen Tisch unter dem Fenster und trank ein Glas Wasser. Der Einzige, der vielleicht weiterhelfen könnte, war Tibor. Er hatte eine beeindruckende Fotoausrüstung. Ob er allerdings Lust haben würde, tote Wölfe abzulichten, war eine ganz andere Frage.

***

Es ging ziemlich hektisch in Gertrud Kreislers Buchhandlung zu. Samstagvormittag war offensichtlich eine umsatzstarke Zeit. Schön für Kreisler, dachte Johanna und sah dem unruhigen Treiben eine Weile zu, bevor sie eintrat und die resolute Geschäftsfrau, die gerade einen Kunden verabschiedete, auf sich aufmerksam machte. Kreislers Miene signalisierte Zurückhaltung, als sie sich ihr zuwandte.

»Mit Ihnen hatte ich so schnell nicht mehr gerechnet«, sagte sie statt einer Begrüßung und verschränkte die Arme vor der Brust.

Johanna war klar, dass Kreisler ihr die zögerliche, leicht belustigte Reaktion auf den Pfeil nachtrug, und bemühte sich um ein verbindliches Lächeln. »Vielleicht suche ich ja lediglich ein gutes Buch und möchte mich von Ihnen beraten lassen.«

»Kann ich mir nicht vorstellen«, erwiderte Kreisler, ließ aber immerhin die Arme wieder sinken.

»Was genau – dass ich ein gutes Buch suche oder mich von Ihnen beraten lassen möchte?«

»Ich bin mir nicht sicher.«

Johanna hatte gehofft, ihr ein Lächeln zu entlocken, aber offensichtlich war es um Kreislers Humor nicht zum Besten bestellt. Oder meine Sprüche waren schon mal besser. Johanna seufzte und trat beiseite, als sich zwei junge Frauen an ihr vorbei zur Kasse durchschlängelten.

»Hätten Sie noch mal fünf Minuten Zeit für mich?«

Gertrud Kreisler hob die Hände. »Sie sehen ja, was hier los ist. Es wäre mir lieber, wenn Sie –«

»Und mir wäre es lieber, wenn Kati gar nicht verschwunden wäre und ich ein freies Wochenende hätte«, unterbrach Johanna sie. »Im Übrigen befindet sich der Pfeil bereits im kriminaltechnischen Labor.«

Die Buchhändlerin hob das Kinn. »Tatsächlich?«

»Ja, Ihr Hinweis könnte sich unter Umständen doch als wichtig erweisen«, fügte Johanna hinzu.

»Also kein dummer Scherz, den ich missgedeutet hatte? Das freut mich. Das freut mich sogar sehr.« Kreisler nickte zufrieden. »Kommen Sie. Hier ist es zu voll. Gehen wir in mein Büro.«

Die plötzliche Stille in dem kleinen ordentlichen Raum tat gut.

Johanna setzte sich in den angebotenen Sessel vor Kreislers Schreibtisch, auf dem außer dem Telefon, einigen Rechnungen und Lieferscheinen sowie einem Kalender nichts herumlag. Der Computer befand sich auf einem anderen Tisch unter dem Fenster. Johanna betrachtete ihn kurz, bevor sie hochblickte.

»Stimmt es, dass letztens Ihr PC-Fachmann hier war?«

Kreisler hatte hinter ihrem Schreibtisch Platz genommen und sah sie verblüfft an. »Ja, das stimmt.«

»War das in der Woche, an deren Ende Kati verschwand?«

Kreisler warf einen Blick in den Kalender. »Stimmt, das war am Dienstag davor. Aber was hat denn –?«

»Stimmt es auch, dass Kati an diesem Tag ihren Laptop mit ins Geschäft gebracht hat?«

»Ja, sie wollte einige Programme installieren. Bernd hatte versprochen, ihr zu helfen. Bernd Uhland arbeitet seit ein paar Jahren für mich und –«

»Ich würde mir den Laptop gerne mal ansehen beziehungsweise mitnehmen.«

»Das können Sie nicht.«

»Und warum nicht?«

»Bernd hat ihn Anfang der Woche abholen lassen.«

»Wann genau?«

»Am Montagnachmittag.«

»Zu dem Zeitpunkt war Kati seit einigen Tagen verschwunden«, gab Johanna zu bedenken.

»Das stimmt, aber …«

»Aber?«

Kreisler atmete tief durch und lehnte sich in ihrem Sessel zurück. »Der junge Mann sagte, dass bei der Installation –«

»Mit dem jungen Mann meinen Sie Uhland?«

»Nein, seinen Mitarbeiter.«

»Name?«

»Den weiß ich nicht mehr. Ich glaube, er hat gar keinen genannt.«

»Na schön, weiter bitte!«

Kreisler kniff kurz die Augen zusammen. »Er meinte, dass bei der Installation ein Fehler passiert wäre.«

»Was für ein Fehler?«

»Meine Güte – das weiß ich doch nicht! Der Laden war voll, mein Kopf genauso. Der junge Mann meinte, sein Chef hätte ihn vorbeigeschickt, um den Laptop abzuholen. Er wollte seinen Fehler, der ihm ziemlich peinlich sei, so schnell wie möglich wiedergutmachen und würde sich in Kürze melden. Ich müsste mich um gar nichts kümmern. Was ist denn dagegen einzuwenden?«

»Warum hat er das nicht gleich vor Ort erledigt?«, hakte Johanna nach. »Und woher wusste Uhland, dass sich der Laptop noch hier im Geschäft befand?«

»Das weiß ich nicht. Vielleicht hatte Kati einige Tage zuvor mit ihm telefoniert ... Aber ist das nicht vollkommen egal?« Kreisler schwieg einen Moment.

»Wissen Sie, ich dachte ... ja, das hört sich jetzt irgendwie schräg an, aber ... ich hatte das Gefühl, dass es ein gutes Zeichen ist. Da kommt jemand und kümmert sich um Katis Laptop, also wird sie selbst auch bald wieder ... Verstehen Sie?«, hob sie dann erneut an.

Ja, ein bisschen schon, dachte Johanna. Sie nickte langsam. »Haben Sie sich nicht gewundert, dass Uhland den Laptop bislang nicht zurückgebracht und sich auch nicht gemeldet hat?«

»Ich habe am Mittwoch bei ihm angerufen, aber er hatte nur seinen Anrufbeantworter eingeschaltet – mit dem Hinweis, dass er einige Tage verreist sei.«

»Haben Sie seine Nummer parat?«

»Wollen Sie gleich mit ihm sprechen?«

»Das habe ich vor«, antwortete Johanna und zog ihr Notizheft hervor.

Gertrud Kreisler griff zum Telefon und tippte eine Nummer ein, bevor sie es an Johanna weiterreichte.

»Womit kann ich helfen?«, erklang kurz darauf eine Männerstimme.

Johanna schilderte ihm knapp ihr Anliegen, bevor sie auf Katis Laptop zu sprechen kam. »Warum genau haben Sie ihn abholen lassen?«, fragte sie schließlich.

»Habe ich?«

»Ja. Beziehungsweise ein junger Mann aus Ihrer Firma ...«

Uhlands Lachen unterbrach sie. »Das kann nicht sein: Erstens bin ich ein Ein-Mann-Unternehmen. Wenn ich mir einen Angestellten leisten kann, hören Sie die Sektkorken knallen. Zweitens ist mit Katis Laptop alles in Ordnung. Ich habe ihr ein hochwertiges Fotoprogramm und den Adobe Reader draufgefahren, dazu musste ich den Arbeitsspeicher ein bisschen aufrüsten, und außerdem –«

»Bloß keine fachspezifischen Einzelheiten!«, unterbrach Johanna ihn eilig. »Habe ich das gerade richtig verstanden: Der Laptop befindet sich also nicht bei Ihnen, und Sie haben auch nichts damit zu tun, dass er abgeholt wurde?«

»Das ist beides korrekt.«

»Interessant. Ich danke Ihnen für die Auskunft.«

»Aber gern. Kann ich Ihnen auch eine Frage stellen?«

»Nur zu.«

»Ich habe die Geschichte mit Kati nur am Rande mitbekommen, weil ich einige Tage verreist war. Seit wann genau ist sie denn verschwunden?«

»Sie wurde am Freitagabend vor einer Woche zum letzten Mal gesehen, als sie sich nach der Arbeit auf den Heimweg machte.«

»Am Freitag vor einer Woche? Das ist aber äußerst seltsam.«

»Das ist schon mehr als seltsam – eher ein Anlass zur großen Sorge.«

»Allerdings. Ich könnte mir darüber hinaus vorstellen, dass Sie gleich auch noch sehr verwirrt sein werden. Kati hat mich nämlich am letzten Samstag angerufen.«

Johanna schnappte nach Luft. »Wie bitte?«

»Ja, sie wollte noch ein paar Einzelheiten über die neuen Programme wissen. Ich hab mich zuerst gewundert, weil ich ihr das schon lang und breit erklärt hatte, aber Kati ist nicht unbedingt ein Technik- und Computerfreak. Insofern …«

»Wann genau am Samstag?«

»Am frühen Abend.«

»Festnetz oder Handy?«

»Sie hat auf meinem Handy angerufen, aber ob …«

»Könnte die Nummer noch in Ihrem Anrufspeicher sein?«

»Warten Sie, ich sehe nach.«

Keine Minute später diktierte Uhland Johanna eine Handynummer.

»Und Sie sind sicher, dass es sich bei der Anruferin um Kati handelte?«, fuhr Johanna fort, während sie Kreisler die notierte Nummer unter die Nase hielt und die sofort mit einem Kopfschütteln signalisierte, dass sie sie nicht kannte.

»Eigentlich schon.«

»Eigentlich reicht mir unter den gegebenen Umständen nicht.«

»Nun, sie klang etwas verschnupft.«

»Verschnupft im Sinne von erkältet?«

»Tja, so ähnlich würde ich das beschreiben.«

»Hat sie sonst noch was gesagt?«

»Hm ... Ja, hat sie. Sie fragte nach, ob der USB-Stick, über den wir letztens gesprochen hätten, tatsächlich kaputt sei, und das war irgendwie merkwürdig.«

»Inwiefern?«

»Kati hat mir am Dienstag einen Speicherstick gezeigt und gefragt, was ich davon halte. Ich fand ihn ziemlich zerkratzt und habe ihr geraten, eventuell noch vorhandene Daten unverzüglich auf ihren Laptop zu ziehen und das Teil dann in die Tonne zu kloppen – ja, so ähnlich drückte ich mich aus. Die Dinger sind schließlich nicht besonders teuer. Aber es ist ziemlich ärgerlich und deutlich kostenintensiver, wenn einem wichtige und sensible Daten flöten gehen. Ich war verblüfft, dass sie diese Info unbedingt noch mal hören wollte. So fürchterlich kompliziert ist der Vorgang ja nicht gerade. Zumal sie den Stick nach der Datenübertragung eigenhändig gelöscht und dann weggeworfen hat.«

»Das haben Sie selbst gesehen?«

»Ja. Zu dem Zeitpunkt war ich noch im Geschäft. Und ich habe sie extra darauf hingewiesen, dass sie den Stick erst formatieren, also alle Daten endgültig löschen soll, bevor sie ihn wegwirft. Man kann ja nie wissen. Stellen Sie sich mal vor ...«

»Lieber nicht. Sie haben nicht zufällig mitbekommen, um was für Daten es sich handelte?«

»Nein.«

Wäre ja auch zu schön gewesen, dachte Johanna. »Und was haben Sie ihr am Telefon geantwortet?«

»Natürlich das Gleiche wie am Dienstag, und dann hab ich sie noch gefragt, seit wann ihr Gedächtnis so schlecht sei, das hätten wir doch schon lang und breit durchgekaut. Daraufhin hat sie sich nur bedankt, und das war's.«

Das war's, dachte Johanna. Sie räusperte sich.

»Herr Uhland, sagt Ihnen der Name Jonathan Maybach etwas?«

»Nö.«

»Okay. Ihre Informationen könnten sich noch als sehr wichtig erweisen. Bitte denken Sie noch einmal genau über unser Gespräch nach. Wir kommen bestimmt auf die Angelegenheit zurück.«

»Na klar – wenn's hilft. Und viel Erfolg bei Ihrer Arbeit.«

»Danke.«

Johanna gab Kreisler das Telefon zurück. Einen Moment lang starrte sie ins Leere, dann begann sie, Stichpunkte zu notieren, und zwei Minuten lang hörte man nur das Kratzen des Stiftes. Johanna blickte kaum hoch, als ihr Handy klingelte, und stellte die Verbindung erst nach dem vierten Läuten her. »Ja?«

»Funke ist nicht da«, sagte Schuster. »Aber sie ist heute Morgen mit ihrem Hund gesehen worden. Sie macht häufig längere Touren mit ihm. Ich habe einen Rundgang ums Haus gemacht – da sieht alles ganz normal aus. Keine Einbruchsspuren oder so was.«

»Na schön. Hört sich gut an. Wir versuchen es später noch mal. Was anderes – rufen Sie bitte Reinders an: Ich brauche ganz dringend die Überprüfung einer Handynummer, unter der Kati Lindner am Samstagabend telefoniert hat.« Sie gab ihm die Ziffern durch. »Vielleicht hilft es uns weiter. Vielleicht handelt es sich um keine registrierte Nummer, aber wir müssen der Spur nachgehen.«

Sie legte ihr Telefon beiseite und sah Kreisler wieder an. »Gehe ich richtig in der Annahme, dass der junge Mann, der den Laptop abgeholt hat, seinen Namen nicht genannt hat und Sie ihn auch nicht sonderlich gut beschreiben können?«

Die Buchhändlerin schwieg einen Augenblick und schluckte dann.

»Jung«, sagte sie schließlich. »Ein junger sportlicher Typ. Groß und kräftig.«

»Haare? Augenfarbe? Kleidung? Besondere Merkmale?«

Kreisler schüttelte den Kopf. »Er trug ein Cap.«

»Ist Ihnen eigentlich der Freund von Eva Blum schon mal persönlich begegnet?«

»Aber ja – wieso fragen Sie?«

Weil das mein Job ist, dachte Johanna. »Können Sie bitte mal nachsehen, ob sonst etwas fehlt. Disketten, CDs, Speichersticks oder Ähnliches?«

Kreisler erhob sich und ging hinüber zu dem Büroschrank, der in der Ecke neben dem PC-Arbeitsplatz stand. Sie inspizierte einige Schubladen und Ablagefächer.

»Nein, hier ist alles vollständig. Die wichtigen Unterlagen schließe ich ohnehin weg, und Sie können davon ausgehen, dass es mir längst aufgefallen wäre, wenn hier jemand herumgewühlt oder etwas gestohlen hätte.«

Das glaubte Johanna ihr aufs Wort. Hier stand alles in Reih und Glied. »Gut, so weit dazu.«

Sie stand auf und verabschiedete sich. Der Fall bekam eindeutig Konturen, wenn auch völlig unscharfe.

Eva Blum war allein im Geschäft. Sie stand an der Kasse und zählte mit gespitzten Lippen die Einnahmen, als die Kommissarin die Tür öffnete. Langsam schob sie das Kleingeldfach zu und sah sie irritiert an.

Johanna lächelte und trat näher. »Ich war vorhin noch mal bei den Lindners. Und nun haben sich weitere Fragen ergeben.«

»Oh, nun …«

»Sie hatten es sehr eilig, Ihre Kleidungsstücke bei Kati abzuholen«, stieg Johanna sofort ins Thema ein. »Warum?«

Eva Blum verzog kurz den Mund. »Ich hatte das schon längst vor, und ich brauchte die Sachen dringend. Das ist alles.«

»Hatten Sie sonst noch Sachen bei ihr, die sie dringend zurückhaben mussten?«

»Was meinen Sie damit?«

Johanna wiederholte die Frage Wort für Wort, ohne mit der Wimper zu zucken. »Nehmen Sie sich ruhig Zeit und überlegen Sie.«

»Das brauche ich nicht.«

»Wirklich nicht? Aber es fiel Ihnen auf, dass der Laptop fehlte, nicht wahr?«

»Ja. Stimmt, das fiel mir auf. Und?«

Johanna lächelte. »Genau das ist der Punkt.«

»Ich verstehe nicht, was Sie meinen.«

»Das kann ich nicht ausschließen. Vielleicht tun Sie das wirklich nicht.« Sie machte eine Pause, fixierte Blum. »Sagt Ihnen der Name Bernd Uhland etwas?«

»Nein.«

»Er ist Computerexperte.«

»Es klingelt immer noch nichts bei mir.«

Das tut es wahrscheinlich ohnehin nicht allzu häufig, fuhr es Johanna durch den Kopf. »Vielleicht kennt Ihr Freund ihn?«

»Ja, vielleicht, er kennt viele Leute, aber Sie müssten ihn schon selbst fragen. Sie können ihn jetzt aber nur über Handy erreichen. Er ist zu einer Fortbildung.«

»Was genau hatten er und Kati miteinander auszutragen?«

»Das habe ich doch schon gesagt, mehrfach sogar: Die beiden mochten sich nicht. Leider. Ende. Und aus.«

Ende. Und aus.

»Treiben Sie eigentlich Sport, Frau Blum? Sind Sie vielleicht Mitglied in einem Verein?«, lenkte Johanna das Gespräch in eine andere Richtung.

Eva Blum schüttelte irritiert den Kopf. »Ich gehe manchmal ins Fitnessstudio.«

»Und Ihr Freund?«

»Richard hält sich ständig fit: Laufen, Kampfsport – allein schon wegen seines Jobs.«

»Verstehe.«

Zwei Minuten später stand Johanna wieder auf der Straße und rief Richard Peters' Handynummer an: Mobilbox. Sie legte wieder auf, ohne eine Nachricht zu hinterlassen.

Einen Augenblick lang stand sie wie verloren auf der sonnenbeschienenen Straße. Tausend Gedanken gingen ihr durch den Kopf. Irgendetwas stimmte hier ganz und gar nicht. Erst hatte es gar keine Anhaltspunkte gegeben, und plötzlich stieß sie auf diverse Hinweise, die sich jedoch kaum in ein Bild fügen ließen. Vielleicht gab es gar kein Bild, kein Gesamtbild, sondern mehrere Einzelbilder. Und vielleicht hatten ihre bisherigen Erkenntnisse überhaupt keine Bedeutung, zumindest nicht im Zusammenhang mit Katis Verschwinden. Oder aber eine, die sich ihr bisher nicht erschloss. Vielleicht stellte sie zur falschen Zeit die falschen Fragen.

Johanna schob die Grübeleien beiseite und rief Schuster an. »Wo genau wohnt der Mansloh in Reislingen? Haben Sie die Adresse parat?«

»Ja: Leinering 8 – geht von der Hauptstraße ab, und die erreicht man direkt über die L 290.«

»Gut. Haben Sie Zeit, mich zu begleiten?«

»Ja, klar. Es ist ruhig hier«, versicherte Schuster eilig. »Und mit der Bogenschützenliste bin ich bis auf drei Namen durch. Keine Anhaltspunkte bislang, was Kati angeht.«

»Prima. Rufen Sie den Mansloh an und sagen ihm, dass wir gleich mal vorbeikommen. Und bringen Sie die Liste mit.«

»Ähm … und wenn er fragt, was wir wollen? Ich meine …«

»Fragen stellen.«

»Fragen stellen? Das soll ich ihm so sagen?«

»Genau. Ich hoffe, es werden die richtigen sein.«

6

Johanna lehnte sich in den Sitz zurück und schloss die Augen, während Schuster aus Königslutter herausfuhr.

»Wollen Sie kurz entspannen oder lieber was zu dieser Tagungsstätte hören?«, fragte er beiläufig.

Johanna gähnte unterdrückt und sah ihn von der Seite an. »Na, legen Sie mal los.«

»Viel gibt's da ohnehin nicht zu berichten. Da finden Seminare, Workshops und Tagungen statt, Dozent ist meist ein gewisser Markus Taschner. Er unterrichtet Manager, Juristen, Wirtschaftsfachleute, Unternehmer, Führungskräfte, aber auch Studenten und interessierte Laien. Das Gelände im Reitlingstal wurde vor einigen Jahren aufwendig bebaut.«

»Und wem gehört das Ganze?«

»Irgendeiner Gesellschaft mit nichtssagendem Namen.« Schuster räusperte sich.

»Geschäftsführer?«

»Hm ... So genau habe ich das jetzt nicht parat. Die Website von denen ist jedenfalls ziemlich schick.« Er sah sie von der Seite an.

»Gut, ich sehe mir das nachher selbst noch mal an«, nickte Johanna. Internetrecherchen gehörten eindeutig nicht zu Schusters Lieblingsbeschäftigungen. Zu ihren auch nicht.

Wenig später bogen sie in Reislingen auf die Hauptstraße ab und hielten vor einem älteren Einfamilienhaus.

Rolf Mansloh sah aus, als wäre er gerade erst aufgestanden. Die rotblonden Haare standen ihm wirr vom Kopf ab, und er hatte die rosige Gesichtsfarbe junger Menschen, die sich eines gesunden Schlafs erfreuen. Beneidenswert, dachte Johanna. Sie wusste gar nicht mehr, wie sich das anfühlte, bis in die Puppen zu schlafen und dann quietschfidel in den Tag zu starten. Entweder sie hatte Dienst oder sie hatte frei, aber es kam ein Notfall dazwischen, oder sie wollte die freien Stunden nicht im Bett vertrödeln, um noch ein bisschen was vom Tag zu haben, oder ein Fall ließ ihr einfach keine Ruhe ...

Mansloh führte sie ins Wohnzimmer, das eilig aufgeräumt wirkte, aber sehr einladend war: Kiefernmöbel, bunte Teppiche, ein gemütliches Sofa vor einem dieser superflachen Fernseher, üppige Pflanzen in Tonschalen, eine Essecke mit vier Stühlen in unterschiedlichen Farben. So etwas suchte nur eine Frau aus. Johanna hatte einen zweiten Namen auf dem Türschild gesehen: Grit Heyse.

»Sie leben nicht allein?«, bemerkte sie, während sie sich setzten. Sie entschied sich für den knallblauen Stuhl.

»Meine Freundin und ich sind vor einigen Monaten zusammengezogen. Wir erwarten Nachwuchs.« Er bekam noch rötere Wangen und lächelte verlegen.

»Gratuliere. Ich hoffe, wir stören nicht zu sehr, aber ...«

Mansloh winkte ab. »Ach, das macht nichts. Grit ist gerade bei ihrer Mutter und lässt sich mit tausend Ratschlägen versorgen, was sie in ihrem Zustand alles nicht darf oder aber keineswegs vergessen oder unbedingt beachten soll.« Er wirkte sehr vergnügt. Aufgeräumt. Glücklich.

»Herr Mansloh, lassen Sie mich gleich loslegen.« Johanna zog ein Foto von Kati aus der Akte. »Kennen Sie diese junge Frau?«

Er wich kaum merklich zurück. »Oh.«

»Oh?«, wiederholte Johanna. »Wie darf ich das verstehen?«

»Na ja – es ist zwar schon eine Weile her, aber ... ja, das ist Kati, nicht wahr?«

»Wie haben Sie sich kennengelernt?«

»Darf ich vorher nachfragen, was ...?«

»Nein.« Johanna lächelte liebenswürdig.

Mansloh gab es fast ebenso liebenswürdig zurück. »Na schön. Ich war damals bei den Bogenschützen in Velpke, auch als Kursleiter, und sie hat als Neueinsteigerin bei einem Schnupperkurs mitgemacht ... Sie war gut. Hatte Auge, die nötige Ruhe, obwohl man die ihr auf den ersten Blick gar nicht ansah, einen kraftvollen Zugarm. Ich fand sie ziemlich klasse.«

»Aha. Hatten Sie was mit ihr?«

Mansloh lächelte. »Und ob. Aber ich glaube, ich war nicht der Einzige.«

Johanna hob die Augenbrauen. Das war neu. Und passte so gar nicht zu den Tüllgardinen in dem Jungmädchenzimmer.

»Erzählen Sie.«

»Das mache ich, aber … nun sagen Sie schon, was ist mit ihr?«

»Sie ist verschwunden, seit mehr als einer Woche, und wir sammeln so viele Hinweise wie irgend möglich, in der Hoffnung, eine Spur zu finden, reden mit jedem, der sie kannte oder etwas mit ihr zu tun hatte.«

»Ach du liebe Güte … Das ist ja …« Mansloh blickte äußerst betreten drein. »Und Sie glauben …?«

»Ich glaube gar nichts. Also?«

»Na schön. Da war noch ein Typ aus dem Kurs, mit dem sie nach ein paar Wochen was anfing.«

»Name?«

»Den weiß ich nicht mehr.«

Johanna warf Schuster einen Blick zu. »Zeigen Sie ihm mal die Liste. Vielleicht kommt ja die Erinnerung zurück.«

Mansloh tippte auf den vorletzten Namen. »Bernd Schlossner – ja, das war er.«

»War das nicht blöd für Sie?

»Sie meinen wegen der Konkurrenz und so?«

»So was in der Art, ja.«

»Na ja, um ehrlich zu sein, schon … Andererseits: Wir waren nur einmal zusammen in der Kiste, verstehen Sie, das war nichts Ernstes.«

»Ja, ich verstehe. Und Schlossner war auch nur einmal mit ihr in der Kiste, wie Sie so schön sagen?«

»So wirkte es, aber genauer weiß ich das natürlich nicht.«

Johanna starrte Mansloh eine Weile grübelnd an, dann gab sie Schuster per Handzeichen zu verstehen, dass er sich mit Schlossner in Verbindung setzen solle. Der junge Beamte sprang rasch auf und ging in den Flur, um zu telefonieren.

»Haben Sie Kati Lindner nach Ende des Kurses je wieder gesehen?«

»Wir haben uns mal zufällig auf einem Volksfest in Königslutter wiedergetroffen, aber das war's dann auch schon.«

»Sind Sie eigentlich immer noch Bogenschütze?«

Die Frage überraschte ihn seltsamerweise, wobei er seine Reaktion mit einem Lächeln zu kaschieren suchte.

»Ich bin nicht mehr im Verein.«

»Sie und Louis Kamper waren häufig unterschiedlicher Auffassung, stimmt's?«

»Stimmt. Kamper ist sehr ...«

Johanna runzelte die Stirn.

»... bestimmend«, fuhr Rolf Mansloh zögernd fort. »Er hat viel Erfahrung und vertritt eine ganz bestimmte Tradition.«

»Sie durchbrechen die ganz gerne, liege ich da richtig?« Johanna ließ Mansloh nicht aus den Augen.

»Durchaus, wobei ...«

»Ja?«

»Nun, das Bogenschießen hatte schon immer auch einen ... ja, kriegerischen, zumindest jagdlichen Aspekt. Dazu wurde es mal erfunden, vor Tausenden von Jahren. Auch das ist, genau genommen, eine Tradition.«

»Tja, die Tradition des Tötens. Das meinen Sie doch, oder?«

Mansloh sah nicht mehr ganz so vergnügt drein, stellte Johanna fest, und sie überlegte kurz, die getöteten Wölfe zur Sprache zu bringen. Dann entschied sie sich dagegen. Ohne hinreichende Indizien und kriminaltechnische Ergebnisse bestand die Gefahr, dass sie sich unnötig vergaloppierte. Eins nach dem anderen.

Sie griff die Fotos mit dem Pfeil aus der Akte. »Fällt Ihnen dazu vielleicht was ein?«

Er kratzte sich am Hinterkopf. »Das ist ein Bolzen.«

»Das ist mir bereits bekannt. Und sonst? Haben Sie den vielleicht schon mal gesehen?«

»Sie meinen – genau diesen?«

»Könnte doch sein.«

Mansloh schüttelte den Kopf. »Das ist ein ganz gewöhnlicher Bolzen, der beim Armbrustschießen verwendet wird.«

»Na schön.« Johanna steckte die Fotos wieder ein. »Herr Mansloh, was haben Sie am letzten Wochenende gemacht?«

Er starrte sie an. »Sie glauben doch nicht etwa ...?«

»Kümmern Sie sich bitte nicht um meinen Glauben.«

»Ich war mit meiner Freundin zu einer Feier eingeladen.«

»Das ganze Wochenende?«

»Ein Familienfest. Siebzigster Geburtstag ihres Onkels in Regensburg. Wir sind Freitagnachmittag aufgebrochen und erst am Sonntag zurückgekehrt. Das können Sie gerne überprüfen.«

»Das werden wir auf jeden Fall. Notieren Sie uns bitte Anschrift und Telefonnummer.«

»Ähm, ja, klar …« Er griff nach einem Block auf der Kommode hinter sich. »Meinen Sie, man könnte die Nachfragen … behutsam stellen?«

»Wir geben uns Mühe.«

Johanna stand abrupt auf, als Schuster in der Tür auftauchte und ihr zunickte. »Stellen Sie sich darauf ein, dass wir Sie nächste Woche noch einmal befragen werden. Außerdem müssen wir ein Protokoll anfertigen.«

Mansloh erhob sich. »Ja, wenn das nötig ist. Klar.« Er strich sich mit beiden Händen durchs Haar und ging voran zur Haustür.

Johanna hatte es plötzlich sehr eilig, aus der Wohnung zu kommen. Ihr Schädel brummte, als hätte sie am Abend zuvor zwei Flaschen Wein getrunken, besser gesagt: Fusel. Ich brauche dringend eine Pause, dachte sie.

»Sie sind ziemlich blass«, bemerkte Schuster, als sie ins Auto stiegen. Er sah sie besorgt von der Seite an.

»Ja, so fühle ich mich auch. Was ist mit diesem Schlossner?«

»Der wohnt inzwischen in München und ist verheiratet; seine Frau erzählte mir, dass er seit zwei Wochen im Krankenhaus liegt.«

»Der fällt also aus. Nun gut, überprüfen Sie bitte Manslohs Alibi.«

Johanna reichte ihm die Zettel mit den Daten und rieb sich die Schläfen. »Haben Sie Schmerztabletten dabei?«

Schuster schüttelte den Kopf. »Tut mir leid, nein. In meinem Schreibtisch liegt aber eine ganze Schachtel.«

»Wie tröstlich. Lassen Sie uns zurückfahren.«

Die Tabletten hatten kaum gewirkt. Daraufhin war Johanna ins Hotel zurückgekehrt und hatte sich eine Stunde hingelegt. Sie schlief sofort ein und fühlte sich anschließend deutlich besser. Trotz der Wärme ließ sie sich ein üppiges Essen und Kaffee aufs Zimmer kommen und rief im Krankenhaus an. Wiebors Zustand war unverändert. Unverändert schlecht.

Grimich war telefonisch nicht zu erreichen, darum fuhr Johanna ihren Laptop hoch und schickte ihr auf einer sicheren Leitung einen Kurzbericht. Sie war davon überzeugt, dass ihre Chefin mit der knappen Darlegung nicht zufrieden sein würde, aber das war sie selten. Wie viele ihrer Kolleginnen und Kollegen empfand Johanna das Berichteschreiben als Last, andererseits musste sie anerkennen, dass es sinnvoll war, zwischendurch innezuhalten und bisher vorliegende Informationen, Daten, Mutmaßungen, Hinterfragungen und so weiter zu ordnen und sacken zu lassen – erst recht, wenn die Lage so undurchsichtig und verwirrend war wie im vorliegenden Fall.

Unterbrochen wurde sie beim Schreiben nur, als sich ein abgehetzter und genervt klingender Reinders meldete, um ihr mitzuteilen, dass die Handynummer, unter der Kati Uhland angerufen hatte, nicht registriert war. Das konnte alles Mögliche bedeuten, vor allen Dingen aber eines: eine weitere Sackgasse.

Als die Mail an Grimich abgeschickt war, rief Johanna die Website der Tagungsstätte auf. Nach einem kurzen Blick darauf wählte sie jedoch die Handynummer ihrer Berliner Kollegin Antonia Gerlach. Wenn sie Glück hatte, war Toni zum Wochenenddienst eingeteilt und hatte mehr Zeit als der vielbeschäftigte Kollege Reinders, Informationen für sie zusammenzustellen, auf die Schuster keinen Zugriff hatte.

Die fünfunddreißigjährige Kollegin saß im BKA Berlin den lieben langen Tag vor dem Computer und recherchierte. Johanna tränten allein schon bei der Vorstellung die Augen, nur auf einen Monitor starren zu müssen und das Büro allenfalls zu verlassen, um mal aufs Klo oder in die Kantine zu gehen. Doch Toni mochte ihren Job – mehr noch: Außendienst war ihr ein Gräuel, nicht zuletzt weil ihr Orientierungssinn kaum diese Bezeichnung verdiente. Böse Zungen behaupteten, dass sie verhungern würde, wenn die Kantine plötzlich in ein anderes Stockwerk zöge und niemand ihr den Weg zeigte. Hinsichtlich verlegter Toiletten kursierte eine vergleichbare Einschätzung.

Johanna war es vollkommen egal, ob Toni links und rechts nicht unterscheiden konnte, wichtig war ihr, dass sie einander respektierten und problemlos zusammenarbeiteten. Tonis unverblümte Art trug ihr zusätzliche Punkte bei Johanna ein, und umgekehrt war es wohl ganz ähnlich, denn Toni war immer bereit, Johannas Anfragen vorrangig zu behandeln.

»Ich weiß, dass heute Samstag ist«, sagte Johanna statt einer Begrüßung, als Toni sich meldete.

»Du hast es erfasst! Und gleich vornweg: Ich habe nach drei Wochenenddiensten hintereinander endlich mal frei. Außerdem hast du mich aus dem Mittagsschlaf geholt, was ich gar nicht schätze.«

»Tut mir echt leid. Aber so ganz nebenbei: Der Nachmittag ist so gut wie vorbei, und damit wird es höchste Zeit, deinen Schönheitsschlaf ausklingen zu lassen. Außerdem ist es dringend, und du bist nun mal unbestreitbar die Schnellste und Beste.«

»Es ist immer dringend, und du schleimst gerade.«

»Stimmt. Aber vielleicht schaffst du es ja Montagmorgen, einige Dinge für mich zu recherchieren.«

Toni gähnte. »Ja, vielleicht.«

»Es geht um den Kollegen Wiebor, unter anderem.«

»Scheiße, ja, ich hab davon gehört. Also, was brauchst du?« Das klang eindeutig interessierter und bedeutend wacher.

»Guck doch mal, was du zur Tagungsstätte Reitlingstal findest, in der ein gewisser Markus Taschner Seminare gibt.«

»Okay. Sonst noch was?«

»Rolf Mansloh, Ende zwanzig, wohnt in Reislingen bei Wolfsburg, Betriebswirt und ehemaliger Bogenschütze in einem Velpker Verein; außerdem Richard Peters aus Königslutter, ähnliches Alter, arbeitet in einem Sicherheitsdienst. Seine Freundin heißt Eva Blum, ist Mitte zwanzig. Sie hat einen Kosmetiksalon in Königslutter. Hast du das notiert?«

»Ja. War's das?«

»Für den Moment ja.«

»Okay. Ich melde mich, sobald ich was habe.«

»Weißt du schon ungefähr, wann ...?«

»Nein, Herzchen. Du musst dich gedulden.«

»Danke, auch für den Hinweis, und noch ein schönes Wochenende, Toni.«

»Wünsch ich dir auch.«

Emilie Funke war immer noch nicht zu erreichen, aber diesmal ertönte auf ihrer Festnetznummer immerhin das Besetztzeichen. Johanna sah auf ihre Uhr. Es war Zeit abzuschalten. Sie könnte nach Wolfsburg fahren und den Anstandsbesuch bei Mutter und Großmutter hinter sich bringen. Sie könnte es aber auch bleiben lassen. Johanna seufzte. Familie war ein schwieriges Terrain.

***

Sie hatte den Nachmittag verschlafen. Als sie aufwachte, stand die Sonne tief und ihr Magen rumorte. Emilie hatte seit dem Imbiss während der Wanderung keinen Bissen zu sich genommen. Sie vergaß manchmal das Essen, bis ihr schlecht wurde oder der Hunger Schmerzsignale aussandte.

Flow folgte ihr in die Küche. Sie stellte sein Futter bereit und aß ein Stück Brot mit Käse, während der Fisch und das Gemüse in der Pfanne brutzelten. Emilie nahm am Esstisch im Wohnzimmer Platz. Sie war keine großartige Köchin, aber das einfache Gericht schmeckte hervorragend. Ihr Blick fiel auf das Telefon, als sie sich den Rest aus der Pfanne auftat. Der Anrufbeantworter blinkte. Sie stellte den Teller ab und rief die Liste mit den Anrufnummern auf. Tibors war nicht dabei. Schade. Sie hatte ihm eine kurze Nachricht auf die Mobilbox gesprochen und um seinen Rückruf gebeten. Emilie aß den Rest und kümmerte sich anschließend sofort um den Abwasch.

Das Telefon klingelte, als sie Flow gerade vor die Tür gelassen hatte.

»Hallo, Emilie. Du hast vorhin angerufen«, sagte Tibor, und das klang freundlich.

»Ja, nett, dass du zurückrufst.«

»Na klar. Bevor ich es vergesse: Was wollte eigentlich gestern die Polizei von dir?«

»Eine junge Frau aus Königslutter ist vor gut einer Woche verschwunden – Kati Lindner. Ich kannte sie zumindest flüchtig. Sie hat in der Buchhandlung gearbeitet. Nun wird da wohl eingehender ermittelt. Eine ziemlich schrullige Kommissarin hat die Leitung übernommen und befragt Gott und die Welt.«

»Lindner? Die Lindners mit dem Café am Dom?«

»Das sind Katis Eltern.«

»Oje.« Tibor machte eine kurze Pause. »Apropos verschwunden … Ich habe im Reitverein noch mal ein paar Leute nach Steffen gefragt. Der scheint sich ja in der Tat förmlich in Luft aufgelöst zu haben. So drückten sich jedenfalls die meisten aus.«

Emilie lächelte. Der verflossene Lover schien Tibor keine Ruhe zu lassen. »Ja, so ähnlich wirkte es. Er muss es sehr eilig gehabt haben.«

»Offensichtlich. Na ja, und solche Leute wie die Hildmanns und Seiberts interessieren sich ja für derlei Geschichten erst gar nicht.«

»Wie meinst du das?«

»Helen Hildmann konnte sich zwar ganz gut an Steffen erinnern, hat aber nur müde gelächelt, als ich sie fragte, ob sie es nicht merkwürdig fände, dass der so mir nichts, dir nichts abgehauen sei.«

»Als Psychiaterin findet sie wahrscheinlich so schnell nichts merkwürdig«, erwiderte Emilie.

Tibor lachte. »Das ist allerdings ein Argument.«

Emilie hatte das Gefühl, dass sie sich bei diesem Telefonat deutlich näher waren als bei ihrem Treffen im Bistro.

»Aber die Seibert hat sich seltsam verhalten«, fuhr er kurz darauf in nachdenklichem Ton fort. »Sie schien Mühe zu haben, mich überhaupt zuzuordnen und starrte mich völlig perplex an. Als hätte sie mich noch nie im Reitverein gesehen oder als wäre ich ein ungebetener Eindringling. Dabei habe ich dort über Jahre hinweg beinahe täglich viele Stunden verbracht: im Sattel, beim Ausmisten oder mit dem Fotoapparat. Und obwohl ich ausgesprochen charmant war, hat sie mich ganz schnell abgewimmelt – das grenzte schon an derbe Unhöflichkeit. Als ich vor zehn Jahren hier war, hatte sie keine Mühe, sich an mich zu erinnern und war sogar in der Lage, ein paar freundliche Worte mit mir zu wechseln. Aber selbst wenn sie mich nicht wiedererkannt hat und ihr das vielleicht peinlich war: Das ist doch noch lange kein Grund, so abweisend zu sein! Oder spricht die vor lauter Standesdünkel nicht mehr mit jedem?«

Emilie lachte. »Tja, die Seiberts gehören inzwischen tatsächlich zur Crème de la Crème, da hast du schon recht. Volker Seibert ist seit Jahren eine richtig große Nummer in der Autostadt und inzwischen zweiter Geschäftsführer oder so was, und Erikas Architekturbüro läuft auf Hochtouren. Sie greift immer die großen Aufträge ab. Allerdings kann ich nicht bestätigen, dass die beiden besonders hochnäsig wären. Vielleicht hatte sie einen schlechten Tag oder besonders viel um die Ohren.«

»Jetzt, wo du es sagst: Ich hab mitbekommen, wie irgendjemand erzählte, dass die Seiberts heute zum Brunch in den Garten einladen. Volker Seibert feiert wohl Geburtstag oder den nächsten Karrieresprung. Abends gehen dann die Eheleute ganz schick ins Konzert – so erzählt man sich. Wie dem auch sei, unter kultiviertem Verhalten oder auch nur gutem Benehmen stelle ich mir jedenfalls was anderes vor.«

Emilie war sich darüber im Klaren, dass Tibor bereits in der Schulzeit darunter gelitten hatte, aus ebenso schwierigen wie einfachen Verhältnissen zu stammen. Sein Vater war Buchhalter gewesen, das Häuschen hatten sie von den Großeltern geerbt; und Tibor hatte nur Reitunterricht nehmen können, weil er regelmäßig im Stall aushalf und sich als Vereinsfotograf nützlich machte. Darüber hinaus war Emilie felsenfest davon überzeugt, dass insbesondere Tibors Vater auf die Homosexualität des Sohnes alles andere als offen und tolerant reagiert hatte. Geschweige denn begeistert.

»Hast du eigentlich aus einem bestimmten Grund angerufen?«, wechselte Tibor schließlich das Thema.

»Ja«, erwiderte Emilie spontan. »Ich brauche deine Hilfe als Fotograf.«

Sie berichtete ihm in groben Zügen von ihrer Wanderung und dem Fund in der Höhle, wobei sie sich um einen sachlichen Ton bemühte.

»Übrigens: Eine Hand wäscht die andere. Die Geschichte mit den Wölfen liegt mir sehr am Herzen, wie dir längst klar sein dürfte. Wenn du mich begleitest und die Fotos machst, nutze ich meine Möglichkeiten als Journalistin, um herauszufinden, wo Steffen abgeblieben ist«, ergänzte sie.

Eine Weile blieb es still. Dann hörte sie, wie Tibor tief durchatmete und sich räusperte. »Okay. Wann?«

»Morgen in aller Frühe.«

»Einverstanden.«

Wenig später beendeten sie das Gespräch. Emilie lächelte. Der Schachzug war nicht schlecht gewesen.

7

Zwei Wagen standen vor Funkes Haus, aber niemand machte auf. Das konnte alles Mögliche bedeuten, zum Beispiel dass zwei Menschen allein sein wollten und Johanna ganz furchtbar stören würde, noch dazu am Sonntag um die Mittagszeit. Sie wollte gerade ums Haus herumgehen, als ihr Handy Alarm schlug: Schuster.

»Sie sollten in der Kirche sein. Oder im Bett«, sagte sie statt einer Begrüßung.

»Geht nicht, Kommissarin Krass. Wir haben einen Todesfall.«

»Was?« Sie stützte sich mit einer Hand an ihrem Wagen ab. Kati, dachte sie. Verdammte Scheiße, man hat Kati Lindner gefunden. Sie sah Robert Lindners Gesicht vor sich, und ihr Herz begann zu trommeln.

»Ein junger Mann aus Königslutter ist am Morgen tot im Elm aufgefunden worden. Die Wolfsburger Kripo ermittelt bereits, und es geht hier ziemlich hoch her.«

»Mord?«

»Durchaus denkbar.«

Johannas Herzschlag normalisierte sich wieder etwas, obwohl das bei näherer Betrachtung eigentlich absurd war. Sie atmete tief aus. »Schuster, Sie wissen aber schon, dass ich lediglich im Fall von Kati und Maybach ermittle und nicht …«

»Ich weiß, ich weiß, aber Reinders, der den Einsatz der Wolfsburger Kripo hier selbst koordiniert, da es personell bei ihm so eng ist, hat mich gerade beauftragt, Sie herzubitten, nachdem ich ihn auf eine merkwürdige Überschneidung mit Ihren Fällen aufmerksam gemacht habe.«

»Ach, du liebe Güte, da bin ich ja mal gespannt.«

»Mit Recht. Zwei Wanderer haben die Leiche gefunden: ein Fotograf namens Tibor Kranz und die Journalistin Emilie Funke.«

»Schon wieder die Funke, das glaube ich jetzt nicht!«

»Sollten Sie aber. Die beiden waren übrigens gemeinsam unterwegs, um tote Wölfe zu fotografieren, die die Funke ganz in der Nähe in einer Höhle entdeckt hatte.«

»Wie bitte?«

»Am besten, Sie kommen gleich mal in die Dienststelle. Hier ist richtig was los.«

»Hört sich ganz so an. Ich bin schon auf dem Weg.«

Zehn Minuten später saß Johanna mit Dieter Schuster an einem Tisch am Ende des großen Dienstzimmers, während um sie herum Telefone klingelten und Gesprächsfetzen geschäftiger Beamter hin- und herschwirrten. Nabold lief mit hochrotem Gesicht von einem Raum zum anderen. Johanna war gerade dabei, sich auf die neue Situation einzustellen, als Reinders eintrat.

»Danke, dass Sie so schnell kommen konnten«, sagte er, steckte sein Handy ein und setzte sich mit ernster Miene an den Tisch. »Kollege Schuster ist stutzig geworden. Wie es aussieht, könnte es einen wie auch immer gearteten Zusammenhang mit Ihren Ermittlungen geben.« Er blickte Schuster an. »Verschaffen Sie Kommissarin Krass doch mal einen Überblick.«

Schuster nickte. »Wir haben bislang nur kurz mit den Eltern des Opfers sprechen können – die sind völlig von der Rolle, verständlicherweise. Sie sagen aus, dass Milan Hildmann, zweiundzwanzig Jahre alt, Student, gestern am frühen Abend in seinem Wagen gemeinsam mit seinem zwei Jahre älteren Bruder Henrik in Richtung Braunschweig aufgebrochen ist. Beide wollten sich mit Freunden treffen«, berichtete er nach einem Blick in seine Notizen. »Die vier Hildmanns waren zuvor gemeinsam auf einer Geburtstagsfeier bei einer befreundeten Familie, den Seiberts. Die Eltern sind anschließend noch in ein Konzert gegangen und erst spät zurückgekehrt. Milan war noch nicht daheim, worüber sie sich aber nicht großartig wunderten. Er wohnte zwar noch zu Hause, übernachtete aber manchmal in Braunschweig bei Kommilitonen …«

»Und was ist mit dem Bruder?«

»Den haben wir bislang leider noch nicht erreicht«, antwortete Reinders und hob kurz die Hände. »Er wohnt nicht mehr zu Hause. Die Eltern sagen, dass er genau wie Milan gestern noch etwas vorhatte und es häufig vorkommt, dass er am Wochenende Telefon und Handy ausschaltet, weil er seine Ruhe haben will.«

»Hm … Nun ja, unter den gegebenen Umständen finde ich das allerdings ziemlich beunruhigend.«

»Ganz Ihrer Meinung. Eine Streife ist bereits unterwegs, die auch die angenommene Route der beiden abfährt und nach Milan Hildmanns Wagen Ausschau hält, der bislang noch nicht aufgetaucht ist. Außerdem versuchen wir ständig, ihn telefonisch zu erreichen.«

»Okay.« Johanna wandte sich wieder Schuster zu. »Weiter.«

»Der Notruf von Funke und dem Fotografen erreichte uns heute Morgen. Die beiden haben die Leiche in der Nähe des Großen Tafelberges entdeckt«, berichtete Dieter Schuster weiter, stand auf und trat vor eine Wandkarte. »Ungefähr hier. Da ist es recht einsam.« Er zeigte auf ein Gebiet im nordwestlichen Elm. »Einen bis anderthalb Kilometer weiter südlich beginnt das Reitlingstal.« Er drehte sich kurz um und warf Johanna einen Blick zu, bevor er fortfuhr.

»Der leblose Körper des jungen Mannes befand sich ein ganzes Stück abseits eines Fußweges. Funkes Hund hatte angeschlagen und sie hingeführt. Die beiden haben dann festgestellt, dass Milan am Hals verletzt war und nicht mehr lebte …«

»Was für eine Verletzung?«, warf Johanna ein.

»Noch unklar«, ergriff Reinders wieder das Wort. »Wir haben ihn nach der Identifizierung durch die Eltern sofort ins gerichtsmedizinische Institut nach Hannover bringen lassen. Außerdem sind unsere KTU-Leute natürlich am Fundort. Ich hoffe, dass wir schnell erste Ergebnisse bekommen, auch wenn die Voraussetzungen vor Ort alles andere als ideal sind.«

Johanna runzelte die Stirn. »Wie darf ich das verstehen?«

»Da Kranz und Funke am Fundort der Leiche keinen Handyempfang hatten, was dort häufig vorkommt, konnten sie uns nicht sofort erreichen, wollten aber den Toten, den beide seit Jahren persönlich kennen, keinesfalls einfach liegen lassen. Also haben sie ihn ein ganzes Stück mitgeschleppt«, erläuterte Schuster mit einem Seufzer und setzte sich wieder.

»Scheiße!«, kommentierte Johanna aufgebracht. »Die Techniker werden richtig begeistert sein! Warum ist nicht einer allein losgedüst, während der andere dort geblieben ist?«

»Angst, Panik, Verwirrung … Kranz hat ihn aber fotografiert, bevor sie ihn angefasst haben – die Aufnahmen kriegen wir gleich –, und auch Fotos von der näheren Umgebung gemacht, um den Fundort zu dokumentieren. Dann hat er sich den Toten auf den Rücken gehievt, und sie sind so weit gegangen, bis sie telefonieren und uns informieren konnten«, fuhr Schuster fort. »Übrigens, Milan Hildmann hatte zwar Schlüssel, Papiere und Geld bei sich, es wurde aber kein Handy gefunden. Nach Auskunft der Eltern hat er es so gut wie immer dabei.«

»Hm. Handy-Ortung?« Johanna sah Reinders an.

Er schüttelte den Kopf. »Ohne Ergebnis.«

»Sind Funke und Kranz noch hier?«

»Ja, natürlich, die warten nebenan.«

»Okay, und was ist mit dieser Höhle?«, setzte Johanna nach.

»Beide Zeugen haben ausgesagt, dass sie vorher auf der anderen Seite des Großen Tafelberges, vielleicht fünfzehn oder auch zwanzig Wanderminuten entfernt, in einer Art Höhle mehrere Wolfskadaver gefunden und fotografiert haben«, hob Schuster wieder an. »Außerdem wurde die Höhle als Picknickplatz genutzt.«

»Wie appetitlich. Und warum die Fotos?«

»Beweissicherung, sagt Funke.«

»Aha. Nun, das werde ich gleich ausführlich mit ihr erörtern. Auf jeden Fall muss die Spurensicherung auch hier gründlich arbeiten – nicht nur in der Höhle mit den Funden, sondern auch in der Umgebung«, wandte Johanna sich an Reinders. »Darüber hinaus wäre es hochinteressant zu erfahren, wie die Wölfe gestorben sind oder getötet wurden.«

Reinders nickte. »Alles klar. Ich rede gleich noch mal mit den Kollegen.«

»Gute Idee. Wie geht es jetzt weiter?«

»Wenn Sie mich schon so direkt fragen«, ergriff Reinders die Gelegenheit beim Schopf. »Ich denke, dass sinnvollerweise Sie die Leitung des Falls übernehmen sollten, Kommissarin Krass. Sie sind hier gut eingearbeitet und vermuten ohnehin einen Zusammenhang oder Parallelen zu Ihren anderen Ermittlungen.«

»Ja, das tue ich«, stimmte Johanna zu. »Aber alleine kann ich einen weiteren Fall beim besten Willen nicht übernehmen.«

»Ich weiß, es ist verdammt viel Arbeit. Ich schicke Ihnen so schnell wie möglich noch einen jungen Kripobeamten«, versprach Reinders. »Außerdem übernehme ich die Koordination von Technik und Rechtsmedizin und mache da richtig Dampf. Und Schuster unterstützt Sie sicherlich auch weiterhin gerne.« Er sah den Polizisten kurz von der Seite an. Der beeilte sich zu nicken.

Reinders setzte eine wichtige Miene auf. »Wir sind in Wolfsburg einem Drogenring ganz dicht auf den Fersen, und ich brauche dafür einen Großteil meiner Zeit und Konzentration. Und meiner Leute.«

»Verstehe.«

»Heißt das …?«

»Das heißt, dass ich zunächst mit den Befragungen anfange und mich auf die zugesagte Unterstützung verlasse. Falls sich herausstellt, dass der Fall nicht mal am Rande etwas mit meinen Ermittlungen zu tun hat, kriegen Sie ihn zurück, und zwar umgehend.«

»Okay.« Reinders stand auf. Er wirkte erleichtert.

Johanna erhob sich ebenfalls. »Und jetzt möchte ich zunächst mit der Journalistin sprechen. Haben wir Kaffee, Schuster? Und ein paar Kekse?«

Schuster sprang auf. »Ich kümmere mich darum. Und bringe Ihnen gleich die Fotos.«

»Prima. Und fragen Sie noch mal nach, ob man inzwischen den Bruder von Hildmann erreicht hat.«

Die Journalistin war bleicher als Kalk. Johanna begrüßte sie und reichte ihr eine Tasse Kaffee. »Wir kennen uns ja bereits.«

Funke nickte abwesend. Johanna postierte die Schale mit dem Gebäck in der Mitte des Tisches, zwischen Aufnahmegerät und Aktenordner. Der Rekorder war schon vor einigen Jahren nicht mehr auf dem allerneuesten technischen Stand gewesen, und Johanna betrachtete ihn skeptisch, bevor sie ihn einschaltete und zunächst die üblichen Erklärungen abgab. Dann unterbrach sie die Aufnahme und sammelte sich kurz, bevor sie erneut die Play-Taste betätigte.

»Lassen Sie uns bitte chronologisch vorgehen, Frau Funke – so gewinne ich schneller einen Überblick. Warum waren Sie in dieser Gegend im Elm unterwegs?«

Emilie Funke schreckte zusammen, als wäre sie kurzfristig eingeschlafen. Sie sah hoch. »Ich wollte meinem Freund die Höhle mit den toten Wölfen zeigen.«

»Ach? Sie wussten also bereits, dass da Kadaver herumlagen?«

»Ja, ich habe sie bereits gestern entdeckt. Ich hatte am Morgen eine lange Wanderung unternommen und bin auf die versteckte Höhle mit der Feuerstelle und dem Müll gestoßen. Mein Hund hat mich hingeführt und ist einem schmalen Gang ins Innere gefolgt. Dort stieß ich dann auf die getöteten Wölfe. Der ganze Unterschlupf wirkt übrigens wie selbst ausgebaut und so arrangiert, dass man ihn kaum entdeckt, wenn man nicht weiß, wo man suchen muss.«

Der Bericht klang sehr sachlich, fast hölzern, fand Johanna, aber schließlich stieß man nicht alle Tage auf tote Wölfe und Menschen, und außerdem war die Frau Journalistin. Sie steckte sich zwei Kekse auf einmal in den Mund. Sie schmeckten ein bisschen muffig.

»Und die wollten Sie Ihrem Freund zeigen?«, fragte sie mit einiger Verzögerung.

»Ja, er sollte Fotos machen, professionelle und aussagekräftige Fotos.«

Johanna stellte das Kauen kurzfristig ein.

»Sie haben richtig gehört«, bekräftigte Emilie Funke. »Mir glaubt ja hier keiner – das ist auch für Sie nicht neu. Ich habe schon mal angezeigt, dass im Elm Leute unterwegs sind, die Wölfe jagen, und wahrscheinlich nicht nur die. Das von Anfang an kleine Rudel dürfte inzwischen deutlich dezimiert sein.«

»Und die Täter jagen Ihrer Ansicht nach mit Pfeilen?«

Funke sah sie verdutzt an.

»Das haben Sie hier vor einiger Zeit mal zu Protokoll gegeben, nicht wahr?«

»Das stimmt, ich habe es in meiner Anzeige erwähnt, konnte es aber nicht beweisen. Das tote Tier, das ich entdeckt hatte, war verschwunden, bevor es sichergestellt werden konnte«, fuhr die Journalistin fort. »Auf meinen dunklen und hoffnungslos verpixelten Handyfotos war leider so gut wie nichts zu erkennen, und man hat mich ziemlich schräg angeguckt. Um es milde auszudrücken.«

»Sie werden zugeben, dass die Situation nicht eindeutig war, denn wie kann ein toter Wolf einfach verschwinden? Ich nehme doch mal an, dass Sie den Fundort sehr genau beschreiben konnten und sich nicht geirrt haben«, warf Johanna ein.

»Das ist eine sehr gute Frage.«

»Und was vermuten Sie?«

»Dass der oder die Jäger in der Nähe waren und das Tier weggeschafft haben. Vielleicht haben sie mich beobachtet, weil sich unsere Wege zufällig kreuzten. Oder auch nicht zufällig.«

»Hm. Und diesmal wollten Sie mit unumstößlichen Beweisen bei der Polizei punkten?«

»Ganz genau. Tibors Aufnahmen werden zeigen, dass die Tiere garantiert keine natürlichen Verletzungen erlitten haben. Und wie Bisswunden sehen die auch nicht aus. Darüber hinaus ist einem Tier das Fell abgezogen worden.«

»Verstehe.« Johanna verzog keine Miene, sondern schob die Gebäckschüssel zu Funke hinüber. »Bedienen Sie sich. Es sind zwar nicht mehr die frischesten, sie gehen aber als durchaus noch genießbar durch.«

Funke nahm sich einen Schokoladenkeks, lehnte ihn jedoch an ihre Tasse, statt ihn zu essen. Johannas Blick folgte ihm. In Kürze würde die Schokoladenschicht zu schmelzen beginnen. Dann klebten die Finger, wenn man unbedacht zugriff. Diese Erfahrung hatte sie selbst schon mehrfach gemacht.

Johanna konzentrierte sich wieder auf die Befragung und entnahm dem Ordner einen Stapel Fotos, die Funkes Beschreibung bestätigten. Was genau die Verletzungen der Tiere verursacht hatte, würde Gegenstand einer tierärztlichen Untersuchung sein, die Reinders hoffentlich so schnell wie möglich in die Wege leitete. Sie griff zu den Bildern mit dem Bolzen, den Gertrud Kreisler vorgefunden hatte.

»Sehen Sie sich bitte mal diese Fotos an.«

Die Journalistin machte große Augen und warf Johanna einen fragenden Blick zu, bevor sie die Aufnahmen in aller Ruhe ein zweites Mal betrachtete.

»Was halten Sie davon? Könnte ein solcher Pfeil, den man übrigens Bolzen nennt und der mit einer Armbrust abgeschossen wird, den ersten Wolf, den Sie entdeckten, getötet haben?«

Emilie Funke schluckte. »Das ist gut möglich, sehr gut sogar, aber ich habe natürlich nur ein kleines, noch dazu abgebrochenes Stück des Pfeils gesehen. Das andere Ende steckte ja im Hals des Tieres.«

»Hm. In der Höhle haben Sie aber nichts Ähnliches vorgefunden?«

»Nein. Allerdings habe ich weder im Alleingang noch heute mit Tibor zusammen sehr gründlich gesucht – wir haben uns nur kurz umgeschaut. Die Atmosphäre ist dort alles andere als einladend. Woher stammt denn der Bolzen auf dem Foto?«

»Dazu möchte ich zumindest im Moment nichts sagen.«

Johanna registrierte Funkes Enttäuschung, ging jedoch darüber hinweg. »Okay, weiter der Reihe nach. Ist Ihnen etwas Besonderes aufgefallen, als Sie gestern die Überreste der Tiere in der Höhle entdeckten?«

Emilie Funke überlegte. »Es sind plötzlich Leute aufgetaucht, die ich aber nicht sehen konnte«, sagte sie schließlich. »Ich habe nur Stimmen gehört und war ziemlich erschrocken. Mehr noch: Ich hatte Angst. Also habe ich mich zunächst versteckt und bin schließlich durch einen zweiten Ausgang – eher ein Schlupfloch – mit Flow zusammen wieder ins Freie gelangt, und wir haben recht eilig das Weite gesucht.«

»Wovor genau hatten Sie Angst?« Johanna sah sie aufmerksam an.

Die Journalistin schlang ihre Finger ineinander und heftete eine ganze Weile den Blick darauf.

»Die Situation war bedrohlich. Wie ich schon letztens sagte: Leute schleichen immer mal wieder um mein Haus – ich wohne recht abgelegen –, und für mich ist der Zusammenhang völlig klar«, erläuterte sie schließlich und sah wieder auf. »Ich hatte einfach Angst, auf die Falschen zu treffen, ganz allein mit meinem Hund, der übrigens sehr viel Ähnlichkeit mit einem Wolf hat. Außerdem liegt die Höhle ziemlich einsam.«

»Und dann sind Sie nach Hause gegangen, statt Anzeige zu erstatten?«

Funke lächelte. Ein bitteres Lächeln. »Ich wollte erst, aber …«

»Schon gut«, winkte Johanna ab. »Übrigens, unsere Leute von

der Spurensicherung werden sich vor Ort alles sehr genau ansehen und untersuchen.«

»Ich bin begeistert.«

Johanna ging auf den sarkastischen Ton nicht ein. Sie trank einen Schluck Kaffee, der stark und brühend heiß war.

»So weit dazu. Heute Morgen haben Sie also mit Ihrem Freund zusammen erneut eine Wanderung unternommen, die Wölfe fotografiert, und was ist dann passiert?«

»Dann sind wir zurück und –«

»Auf demselben Weg?«

»Nein, wir haben einen kleinen Schlenker in westliche Richtung gemacht.«

»Warum?«

Emilie Funke überlegte kurz. »Einfach so. Wir waren in eine Unterhaltung vertieft und haben uns, ohne groß darüber nachzudenken, für eine andere Route entschieden. Ich kenne mich im Elm ganz gut aus und finde immer nach Hause.« Sie zögerte. »Außerdem war mein Hund dafür.«

»Ist Ihnen irgendetwas aufgefallen? Auch während der Hintour? Waren außer Ihnen noch andere Leute unterwegs? Haben Sie ungewöhnliche Geräusche gehört oder Ähnliches?«

»Nein, mir ist jedenfalls niemand aufgefallen. Die schmalen Pfade abseits der Hauptwanderwege werden allerdings auch nur selten benutzt.«

»Ihr Hund hätte sicherlich die Ohren gespitzt und Sie aufmerksam gemacht, wenn er andere Leute bemerkt hätte, oder?«

»Wenn sie eine bestimmte Distanz unterschreiten, ja. Dann ist er sofort an meiner Seite. Ansonsten ist Flow aber grundsätzlich sehr aufmerksam und spitzt ständig die Ohren, wenn ich mit ihm auf Tour bin«, erklärte Funke, und ein Lächeln hellte plötzlich ihr Gesicht auf. »Das kann dann alles Mögliche bedeuten – eine Maus, irgendein Vogel, der sich gerade in die Luft erhebt, oder eben auch dass im Umkreis von einigen hundert Metern noch jemand unterwegs ist.«

»Verstehe, es könnten also Leute im Wald umhergeschlichen sein, ohne sich Ihnen auf Sichtweite zu nähern, und Sie hätten davon kaum oder sogar nichts mitbekommen?«

»Ja, das ist durchaus möglich, zumal ich weniger auf Flow geachtet habe, als wenn ich allein mit ihm unterwegs bin, und Tibor und ich uns auch nicht alle drei Meter umgedreht und ständig Ausschau gehalten haben«, gab Funke zu.

Johanna runzelte die Stirn. »Um ehrlich zu sein, kann ich das nur bedingt nachvollziehen. Nachdem Ihnen am Samstag schon unerwartet Leute über den Weg gelaufen waren – was Sie ziemlich erschreckt, sogar verängstigt hat –, könnte man doch vermuten, dass Sie sich einen Tag später bemühen würden, besonders aufmerksam zu sein? Oder liege ich da völlig falsch?«

Emilie Funke hielt inne und nickte nachdenklich. »Ich muss zugeben, dass Ihr Einwand berechtigt ist. Doch zum einen war ich ja diesmal nicht allein unterwegs und zum anderen hatten Tibor und ich einiges zu bereden. Dadurch waren wir einfach abgelenkt.«

»Sie kennen sich schon lange – Tibor Kranz und Sie?«

»Wir sind zusammen zur Schule und in den Reitverein gegangen und haben uns das letzte Mal vor zehn Jahren gesehen. Tibor ist aus familiären Gründen für einige Zeit in Königslutter, und wir frischen gerade unsere Schulfreundschaft – wenn man sie so nennen möchte – wieder auf.«

Wenn man sie so nennen möchte, wiederholte Johanna in Gedanken. »Was ist dann passiert?«, nahm sie den Faden wieder auf.

»Etwa eine Viertelstunde, zwanzig Minuten nach unserem Aufbruch von der Höhle geriet Flow plötzlich in helle Aufregung. Er verließ den Pfad und rannte in den Wald. Ich befürchtete, dass er eine frische Wildspur aufgenommen hatte, zumal er mein Rufen sehr beharrlich ignorierte. Wir sind ihm sofort hinterhergelaufen.«

»Läuft ein Hund nicht viel schneller als ein Mensch?«

»Schon, aber Flow hat die ganze Zeit gewinselt und gejapst, und es war nicht schwer, an ihm dranzubleiben. Außerdem wollte er, dass wir ihm folgen, und hat sein Tempo unserem angepasst.«

Sind wir hier bei »Lassie«? Johanna bemühte sich um einen neutralen Gesichtsausdruck.

»Nach einigen Minuten stoppte er und steuerte dann schnurstracks auf ein Bündel zu – so sah es für uns von Weitem aus …« Emilie Funke schluckte. »Der Hund war so aufgeregt, wie ich ihn noch nie erlebt habe. Dann sah ich Milan.« Sie wandte den Blick ab. »Wir kennen uns, seit er als kleiner Knirps zum ersten Mal an der Hand seiner Mutter in den Reitstall gekommen ist. Mittlerweile hat er studiert und selbst eine Voltigiergruppe geleitet.«

Johanna nahm die Fotos mit der Leiche zur Hand. Milan lag auf der Seite. Die kreisförmige Verletzung am Hals war überdeutlich. Sie könnte von einem Messerstich herrühren oder von einem anderen spitzen Gegenstand verursacht worden sein.

Johanna suchte Funkes Blick. »Und er war bereits tot? Da sind Sie ganz sicher?«

Pause. »Nein. War er nicht«, sagte Funke nachdenklich. »Ich hatte das Gefühl ...«

»Ja?«

»Er hat noch mal kurz die Augen aufgeschlagen und Flow angesehen. Tibor bekam das nicht mit. Er kramte gerade sein Handy heraus, um dann festzustellen, dass wir im Funkloch waren beziehungsweise das Signal so miserabel war, dass keine Verbindung zustande kam.«

»Der Junge hat Ihren Hund angesehen? Habe ich Sie richtig verstanden?«

»Ja. Dann ist er gestorben. Von einer Sekunde zur nächsten.«

Johanna beschloss, die Äußerung unkommentiert stehen zu lassen. »Und weiter?«

»Tibor hat die Fotos gemacht – er ist Profi und wusste natürlich, dass die wichtig werden würden.«

»Was haben Sie währenddessen gemacht?«

»Bitte?« Funke sah sie mit großen Augen an. »Wie meinen Sie das?«

»Was haben Sie gemacht, während Tibor die Fotos schoss?«

»Gar nichts. Milan angestarrt, Flow zu beruhigen versucht und mich bemüht, keinen hysterischen Anfall zu bekommen.«

Johanna nickte. Das wenigstens klang realistisch. »Sind Ihnen irgendwelche Gegenstände aufgefallen, die als Waffen getaugt haben könnten?«

»Nein. Aber ich habe auch nicht danach Ausschau gehalten.«

»Anschließend haben Sie den Toten abtransportiert?«

»Ja, auf Tibors Rücken.«

»Warum?«

»Warum was?« Funke sah sie verblüfft an.

»Warum haben Sie den Toten nicht dort liegen lassen und sich auf den Weg gemacht, um die Polizei zu benachrichtigen? Zumindest einer von Ihnen, während der andere bei der Leiche geblieben wäre? Immerhin sind Sie Journalistin und wissen garantiert, wie immens wichtig es für die Arbeit der Spurensicherung ist, dass am Fundort nichts verfälscht wird. Vom Abtransport der Leiche mal ganz zu schweigen.«

Funke sah auf ihre Hände. Johanna wartete. Sie aß die nächsten drei Kekse und spülte mit Kaffee nach.

»Ja, ich weiß, aber … Wir wollten unbedingt weg da, mit ihm«, sagte Funke schließlich. »Er sah so hilflos aus, und ich hatte fürchterliche Angst. Wir dachten, dass die Fotos einen hinreichenden Eindruck vermitteln könnten.«

»Hm. Das ist aber nicht der einzige Grund, oder? Jedes noch so tolle Foto ist lediglich ein Hilfsmittel und darüber hinaus nur bedingt gerichtstauglich. Auch damit sage ich Ihnen garantiert nichts Neues.«

Emilie Funke blickte hoch. »Flow wollte auch nicht, dass einer von uns beiden allein losgeht und der andere Wache hält. Er hat ein Riesentheater gemacht.«

Johanna beugte sich langsam über den Tisch vor. »Verstehe ich Sie richtig – Ihr Hund hat entschieden, dass Sie den Toten mitnehmen?«

Emilie Funke zuckte mit keiner Wimper. »So kann man es ausdrücken.«

Johanna atmete laut aus. Derlei Schilderungen hörten sich nicht nur ein bisschen verrückt an, sondern ziemlich gaga. Sie wusste, dass diese Einschätzung sich überdeutlich auf ihrem Gesicht widerspiegelte, ließ aber Funkes misstrauischen Blick gelassen über sich ergehen.

»Vielleicht waren ja doch Leute in der Nähe«, fügte die Journalistin trotzig hinzu.

»Oder vielleicht Wölfe«, schlug Johanna vor, ohne den zynischen Tonfall zu verschleiern.

»Das kann man nicht ausschließen. Übrigens: Vor Jahrhunderten gab es hier wie in ganz Europa jede Menge Wölfe. Bevor der Mensch anfing, sie auszurotten.«

»Das ist schlimm, rechtfertigt aber nicht unbedingt Ihr Verhalten.«

Funke machte eine wegwerfende Handbewegung. »Flow ist hochsensibel, und man tut gut daran, seinem Instinkt zu vertrauen. Ich jedenfalls habe das nie bereut.«

»Verstehe. Aber es geht nicht nur um Sie.«

»Ich glaube kaum, dass Sie mich verstehen.« Funkes Blick wurde feindselig.

Johanna zog die Augenbrauen hoch. »Das kann ich verschmerzen.«

»Es ist nichts Neues für mich, mit meiner Liebe zu Wölfen und Hunden Skepsis, Häme und Ablehnung oder auch Heiterkeit hervorzurufen«, fuhr Funke fort.

»Vielleicht liegt das weniger an den Wölfen und Hunden und den anderen Leuten als an Ihnen.«

»Ist das ironisch zu verstehen?«

»Nein. Ich meine das völlig ernst.« Johanna setzte ein Lächeln auf, das eine frühere Kollegin einmal als wölfisch bezeichnet hatte – wie passend. Seitdem sparte die Kommissarin es sich für besondere Gelegenheiten auf. Dies war so eine Gelegenheit.

Emilie Funke hob das Kinn. »Wie auch immer – wir haben uns entschlossen, Milan nicht allein zurückzulassen. Dass Sie die Gründe dafür nicht nachvollziehen können oder vielmehr wollen, muss ich ja nicht zu meinem Problem machen.«

Johanna spürte, wie ihr von einer Sekunde zur anderen schwallartig heiß wurde, und das hatte nichts mit den Hitzewallungen der Wechseljahre zu tun, denen sie neuerdings häufig ausgesetzt war, fühlte sich allerdings ganz ähnlich an.

»Das könnte aber schneller zu Ihrem Problem werden, als Sie gucken können!«, fuhr sie aus der Haut und schlug mit der flachen Hand auf den Tisch, dass es nur so krachte.

»Wie bitte?«

Johannas Kopf schnellte nach vorn. »Frau Funke, es ist ganz einfach: Ich bin hier, um aufzuklären, wie der junge Mann gestorben ist. Außerdem beschäftige ich mich, wie Sie ja wissen, mit dem Verschwinden einer Buchhändlerin und gehe auch noch der Frage nach, ob ein Kollege von mir einen Unfall hatte oder ermordet werden sollte«, erklärte die Kommissarin nun mit ihrer tiefsten Bassstimme. »Die Aufklärung dieser Fälle, die unter Umständen irgendwie miteinander zu tun haben, interessiert mich mehr als alles andere. Mehr als Ihre persönlichen Befindlichkeiten und Überzeugungen oder die Ihres Hundes. Und wenn Sie Spuren zerstört haben, die für die Ermittlung des Sachverhalts ausschlaggebend gewesen wären, weil Ihr Hund sensibel oder obersensibel oder hyperobersensibel ist und Sie seinem Instinkt mehr vertrauen als Ihrem eigenen, kriegen Sie es mit mir höchstpersönlich zu tun. Können Sie mir folgen?«

»Und ob!«, entgegnete Funke und wirkte erstaunlicherweise nicht sonderlich eingeschüchtert – zumindest ließ sie es sich nicht anmerken. »Ihre Spuren und Ermittlungen in allen Ehren, aber ohne Flow und seinen Instinkt und mein Vertrauen darauf hätten wir Milan wahrscheinlich gar nicht gefunden, und er würde noch wer weiß wie lange im tiefsten Elm herumliegen. Können Sie mir folgen?«

Johanna schwieg abrupt. Sie war beeindruckt. Das kam selten vor. Eigentlich so gut wie gar nicht. Eins zu eins, dachte sie. Gar nicht schlecht für eine hysterische Tierschützerin. Sie überlegte gerade, wie sie nun weiter verfahren sollte, als es klopfte und Dieter Schuster eintrat. Er legte einen Hefter vor sie auf den Tisch.

»Ich habe gerade in der Gerichtsmedizin angerufen und kurz mit dem Leiter gesprochen«, meinte er leise. »Ich hoffe, Sie können meine Notizen entziffern.«

Johanna sah ihn an und widmete sich dann seinen handschriftlichen Bemerkungen, während sie Funke für den Moment ausblendete.

Nach einer ersten noch oberflächlichen Untersuchung wurde der Todeszeitpunkt auf circa Mitternacht geschätzt. Es war also sehr unwahrscheinlich, dass Funke beobachtet hatte, wie Milan ihren Hund anblickte und erst danach verstarb. Zur Verletzung gab es bislang lediglich zu sagen, dass es eine große Eintrittswunde, aber keine Austrittswunde gab und Milan Hildmann verblutet war. Keine Hinweise auf den Gebrauch von Pistolen oder Gewehren. Detailliertere Hinweise waren noch nicht möglich.

»Ich brauche so schnell wie möglich einen Termin in der Gerichtsmedizin«, sagte sie leise und blickte zu Schuster hoch. »Und es wäre super, wenn sich dann auch schon mal jemand die toten Wölfe angesehen hätte, damit ich zwei Fliegen mit einer Klappe schlagen kann.«

»Ich frage da gleich noch mal nach.«

Funke räusperte sich. »Kann ich jetzt gehen?«

Johanna überlegte kurz. »Fürs Erste ja. Nur noch eine Frage, reine Routine: Wo waren Sie gestern Nacht?«

»Zu Hause.«

»Lassen Sie mich raten – nur Ihr Hund könnte das bezeugen?«

»So ist es.«

»Na schön. Ich werde ihn bei Gelegenheit fragen.«

Die Journalistin steckte den Seitenhieb mit ausdrucksloser Miene weg, stand auf und schlüpfte zur Tür hinaus.

Johanna sah ihr stumm nach. »Ich brauche frischen Kaffee, Schuster«, sagte sie dann. »Und bringen Sie gleich den Fotografen mit.«

Schuster hatte die Klinke schon in der Hand, als Johanna ihn noch mal ansprach. »Was ist mit dem Bruder?«

»Immer noch nichts.«

»Scheiße.«

»Sie sagen es.«

***

Tibor Kranz sah ziemlich fertig aus. Er trug ein blassblaues Shirt, das ihm drei Nummern zu groß war und über dessen Brust das Logo des Landkreises prangte.

»Hallo, Herr Kranz, tut mir leid, dass Sie so lange warten mussten. Mögen Sie auch einen Kaffee?«

Er winkte seufzend ab, während er sich setzte. »Schon gut. Wäre allerdings klasse gewesen, wenn ich mich hätte umziehen können. Die Polizeishirts sind modisch nicht gerade der allerletzte Schrei.«

Kranz' eigenes Hemd befand sich im Labor und wurde aufgrund von Blutspuren genau wie Funkes Weste kriminaltechnisch untersucht.

Johanna lächelte. »Es gibt Leute, die den Retrolook zu schätzen wissen.«

Der Fotograf zog eine Augenbraue hoch und erwiderte das Lächeln. »Das ist natürlich ein Argument.« Er sah kurz an sich herunter und strich das Shirt glatt.

»Wollen wir einfach anfangen?«

»Nur zu.«

Johanna trank einen Schluck Kaffee und schaltete den Rekorder ein.

»Sagen Sie, Herr Kranz, warum haben Sie den toten Jungen auf dem Rücken durch den Wald geschleppt, bis Sie telefonieren konnten? Sicherlich ist Ihnen bewusst, dass Sie nicht einfach den Fundort einer Leiche verändern dürfen.«

»Es war mir klar, dass Sie danach fragen würden.«

»Und?«

»Emilie ließ sich nicht davon abbringen. Vielmehr war es ihr Hund, der uns recht deutlich vermittelte, wie wir seiner Ansicht nach vorzugehen hätten.« Er hob die Hände. »Ich weiß, wie sich das anhört, und ich kann mir vorstellen, was Sie denken, aber … Wissen Sie, ich respektiere Tiere, ich fotografiere sie leidenschaftlich gern – in ihrem natürlichen Umfeld –, und ich reite seit meiner frühen Jugend, bin aber ansonsten kein hauptberuflicher Tiernarr oder so was.«

Tibor Kranz verschränkte die Hände im Nacken. »Ich kann auch nichts anfangen mit Leuten, die dauernd eine Katze auf dem Schoß haben und sich einen Spaziergang ohne Rex, Struppi oder wen auch immer nicht mehr vorstellen können und Medikamente grundsätzlich am Menschen testen wollen. Doch dieser Hund … also, Flow ist wirklich etwas Besonderes. Er hat eine außergewöhnlich souveräne Ausstrahlung und sieht fast aus wie ein Wolf, zumindest scheint es einem so. Und er ist für Emilie … tja, ich möchte mal sagen, ein Begleiter, dem sie absolut vertraut. Der sie noch nie enttäuscht hat.«

Kranz nahm die Hände wieder herunter. »Flow wollte uns auf eine Gefahr hinweisen – das habe ich auch so verstanden. Und er war sehr eindringlich, das können Sie mir glauben.«

»Ich versuche es.«

»Danke. Der Junge war tot. Ich habe alles fotografiert, was mir halbwegs wichtig schien, bevor wir etwas verändert haben.«

Johanna nickte. »Weiter.«

»Wir haben ihn auf meinen Rücken bugsiert und sind bis zum Hauptweg heruntergegangen.«

»Wie lange haben Sie dafür schätzungsweise gebraucht?«

»Hm, ungefähr zwanzig, dreißig Minuten, schätze ich. Mit der Last auf dem Rücken waren wir nicht sehr schnell, zumal wir vorher hinter Flow hergerannt waren, und ich musste einige Male verschnaufen. Und außerdem war die Situation so außergewöhnlich, dass es mir nicht in den Sinn kam, auf die Uhr zu sehen.«

Verständlich, dachte Johanna.

»Dann hatten wir wieder Netzempfang, und ich konnte die Polizei benachrichtigen. Den Rest kennen Sie.«

Johanna schlug ein Bein über das andere. »Wissen Sie, Ihre Vorgehensweise hört sich ja durchaus nachvollziehbar an, aber was mich jetzt brennend interessiert, ist natürlich die Frage, welche Gefahr dieser Hund gemeint haben könnte. Immerhin ist der junge Mann keines natürlichen Todes gestorben, sondern ganz offensichtlich Verletzungen erlegen, die ihm beigebracht wurden – aller Wahrscheinlichkeit nach gestern Nacht. Genaueres erfahren wir hoffentlich bald …« Sie brach ab und fixierte ihn plötzlich scharf.

Kranz zuckte zusammen. »Um Gottes willen, Sie glauben doch nicht etwa, dass ich oder wir …«

»Mein Job ist es, Fragen zu stellen. Alle möglichen und unmöglichen Fragen. Wo waren Sie gestern Nacht?«

»Im Bett. Schlafend. Das kann niemand bezeugen, falls Sie das meinen. Und Sie liegen völlig daneben.« Er starrte sie empört an. »So ein Schwachsinn. Wenn wir oder ich etwas mit Milans Tod zu tun gehabt hätten, warum sollten wir uns dann die Mühe machen, ihn am nächsten Morgen durch den Wald zu schleppen?«

»Ihr Gewissen könnte Sie zum Handeln gezwungen haben. Das spielt manchmal eine merkwürdige und nicht immer logischen Gesichtspunkten folgende Rolle. Vielleicht ist Milan auch an einem anderen Ort getötet worden …« Johanna hob die Hände. »Oder schlichtes Kalkül – nur um den Faden weiterzuspinnen. Es gibt Spuren von Ihnen und auch von Emilie Funke an Milan, die sich jetzt natürlich erklären lassen. Bestens erklären lassen. Sie haben sein Blut an Ihrer Kleidung.«

Kranz fuhr sich durch die Haare. »Meine Güte, was heißt denn hier den Faden weiterspinnen? Das denken Sie nicht wirklich, oder?«

Johanna sah ihn gleichmütig an. Es tat ihr leid, ihn so erschrecken zu müssen. Er war ihr sympathisch, und ihr Bauchgefühl sagte ihr ganz klar, dass der Schuss ins Blaue nicht treffen würde, aber die Staatsanwaltschaft wollte in der Regel ein bisschen mehr als ein Bauchgefühl. Auch Annegret Kuhl.

»Nein, Herr Kranz, ich verdächtige Sie nicht, aber ich muss jede Möglichkeit im Auge behalten«, erläuterte sie. »Leider mache ich mich nicht immer beliebt damit. Da ich aber ohnehin nicht sonderlich beliebt bin, fällt das nicht mehr so sehr ins Gewicht. Also, Sie haben niemanden gesehen, als Sie am Fundort waren, und Ihnen ist auch unterwegs nichts aufgefallen?«

Kranz atmete tief aus. »Nein, aber Emilie wird Ihnen sicherlich berichtet haben, dass sie tags zuvor beinahe Leuten in die Arme gelaufen ist, die sie im Verdacht hat, das Höhlenversteck angelegt zu haben und auch für den Tod der Tiere verantwortlich zu sein.«

»Ja, das hat sie eingehend geschildert. Wir kennen die Wolfsgeschichten.« Mehr sagte Johanna dazu nicht.

»Ist es unter diesen Umständen nicht verständlich, dass wir schnell und gemeinsam wegwollten? Erst recht, als Flow so ein Theater machte? Und natürlich lassen wir nicht einfach den toten Milan herumliegen. Wer weiß, ob er später überhaupt noch da gewesen wäre.« Kranz strich sich durchs Haar. Er wirkte plötzlich zermürbt. »War es das? Ich würde jetzt gerne gehen.«

Johanna betrachtete ihn eine Weile schweigend.

»Sie haben angegeben, dass Sie zurzeit im Reitverein wohnen.«

Er nickte.

»Okay. Sie hören von uns, Herr Kranz. Falls Sie in den nächsten Tagen verreisen möchten …«

Er schüttelte den Kopf und stand auf. An der Tür drehte er sich noch einmal um.

»Brauchen Sie das Retroshirt bald zurück?«

8

Milan Hildmann, zweiundzwanzig Jahre alt, war vielseitig begabt, aufgeweckt und sehr beliebt gewesen; er hatte Kommunikations- und Medien-Design in Braunschweig studiert. Seine Eltern hatten ihn vor wenigen Stunden identifiziert. Warum er sterben musste, war noch völlig unklar. Was mit dem Bruder geschehen war, zum jetzigen Zeitpunkt auch.

Johanna hatte Schuster gebeten, die Koordination in der Dienststelle zu übernehmen, und war allein zu den Hildmanns gefahren. Sie hatte Magenschmerzen, und daran war ganz sicher nicht der Kaffee schuld.

Die Hildmanns wohnten in einem schicken zweistöckigen Fachwerkhaus am Rande des Ortsteils Lauingen. Alexander Hildmann führte sie durch eine großzügig ausgebaute Diele mit freiliegenden schwarz gebeizten Fachwerkbalken, auf denen Blumentöpfe standen, wortlos ins Wohnzimmer. Sein Gesicht war grau. Er hatte Mühe, aufrecht zu gehen. Wenn er über Johannas unorthodoxes Äußeres erstaunt war, ließ er es sich nicht anmerken. Wahrscheinlich war es ihm aber völlig egal, ob Johanna Krass der allgemeinen Vorstellung von einer Kriminalbeamtin entsprach oder nicht.

Seine Frau Helen saß auf dem kleineren der beiden cremefarbenen Sofas. Ihr Schock war durch ein starkes Beruhigungsmittel abgemildert. Johanna war sich darüber im Klaren, dass es unzumutbar war, zum jetzigen Zeitpunkt eine detaillierte Befragung durchzuführen. Nicht selten brachen die Leute vor ihren Augen zusammen, und sie musste ihre ganze Abwehrkunst aufbringen, um beherrscht und distanziert zu bleiben. Auf der anderen Seite waren die ersten Stunden von entscheidender Bedeutung für die weiteren Ermittlungen. Eine erkaltete Spur führte ins Nichts, häufig jedenfalls.

Helen Hildmann war ungefähr in Johannas Alter, aber im Gegensatz zu ihr eine wohlsituierte Dame – Typ: leicht unterkühlte und souveräne Karrierefrau, die unter normalen Umständen sicherlich selbstbewusst und energiegeladen durchs Leben schritt, stets voran, und immer angemessen gekleidet war. Sie passte gut in das modern eingerichtete Wohnzimmer, das mit seinen Buchenmöbeln und Wandteppichen unaufdringlich Wohlstand und Gediegenheit zum Ausdruck brachte, aber Johanna konnte sie sich auch im Safarilook hinter dem Lenkrad eines Jeeps vorstellen.

Vor ihrem Aufbruch hatte Schuster Johanna darüber informiert, dass Alexander Hildmann Inhaber eines mittelständischen Computer- und Softwareunternehmens in Helmstedt und seine Frau Helen Psychiaterin und Psychotherapeutin war. Das machte die Sache nicht einfacher.

Johanna nickte, als Alexander Hildmann ihr ein Glas Wasser anbot, und setzte sich seiner Frau gegenüber in einen der beiden wuchtigen Sessel.

»Danke, dass Sie zu einem Gespräch bereit sind. Ich versichere Ihnen, dass ich nur die drängendsten Fragen stellen werde«, sagte Johanna leise.

Helen Hildmann hob unmerklich den Kopf und sah durch sie hindurch.

»Ich bin nicht imstande, Ihr Leid zu ermessen«, fügte die Kommissarin nach einer kleinen Pause hinzu und hielt dem leeren Blick stand. »Wir werden alles tun, das Unglück so schnell wie möglich aufzuklären.«

In den starren Augen der Frau blitzte so etwas wie Interesse auf. Ihr Mann nahm neben ihr Platz, aber sie beachtete ihn nicht. »Das Unglück«, sagte sie. »Ja. Sie wissen also noch nicht genau, was passiert ist?«

»Nein. Genaue Ergebnisse liegen bislang nicht vor, und ich möchte nicht spekulieren.«

»Ich … bedenken Sie bitte, dass ich ein starkes Medikament genommen habe. Sonst könnte ich nicht hier sitzen.«

»Ich weiß. Ich werde das selbstverständlich berücksichtigen«, sagte Johanna.

Ihr Herz klopfte plötzlich hart gegen die Rippen. Niemand außer ihrem alten Freund und Mentor Siegfried König wusste, wie nah ihr Mütter und Väter gingen, die ihre Kinder verloren hatten – ob sie drei, zwölf, zweiundzwanzig oder dreißig Jahre alt waren, spielte eine untergeordnete Rolle. Und jeder, der in solchen Fällen an Johannas Seite arbeitete, war perplex, wie sanft und dennoch zielgerichtet sie ihre Befragungen durchzuführen vermochte. Als hätte sie ihr Raubein an der Tür abgegeben.

»Danke. Stellen Sie Ihre Fragen.«

Alexander Hildmann räusperte sich, und Johanna schloss ihn mit einem Nicken in die Runde ein. Meistens waren es die Mütter, die zumindest am Anfang die wichtigere Informationsquelle darstellten, aber das musste sie ja dem Vater nicht auf die Nase binden.

»Vorweg – hat Ihr Sohn Henrik sich schon gemeldet?«

»Ja, gerade eben. Glücklicherweise. Er ist unterwegs hierher«, antwortete Alexander Hildmann. »Er war bei einem Freund und hat lange geschlafen.«

Johanna atmete erleichtert aus und sah dann auf die Uhr: Es war nachmittags. Der junge Mann schien einen gesegneten Schlaf zu haben.

»Gut. Könnten Sie bitte kurz skizzieren, wie der gestrige Tag verlaufen ist?«

»Wir waren zu viert bei den Seiberts zum Brunch eingeladen. Unsere Familien sind seit Jahren eng befreundet. Volker hatte Geburtstag«, erörterte Hildmann mit gedämpfter Stimme.

»Wie lange waren Sie dort?«

»Bis zum späten Nachmittag. Abends sind Helen und ich mit Volker und seiner Frau Erika nach Wolfsburg ins Schloss gefahren, um gemeinsam ein Konzert zu besuchen. Anschließend waren wir noch essen. Es war ein langer Abend.« Er sah kurz zur Seite. »Wie schon vorhin Ihren Kollegen gegenüber erwähnt – wir waren spät zurück, und dass Milan nicht da war, ist insbesondere am Wochenende nicht ungewöhnlich.«

»Ihre Söhne sind nach der Geburtstagsfeier gemeinsam aufgebrochen?«

»Ja, das war so gegen siebzehn Uhr, ungefähr. Henriks Auto ist zurzeit in der Werkstatt. Milan hat ihn mitgenommen, weil sie einen ähnlichen Weg hatten.«

»Was genau heißt das?« Johanna sah Helen Hildmann an.

»Milan wollte sich mit Kommilitonen in einer Studentenkneipe treffen, wo genau, weiß ich allerdings nicht«, erwiderte sie zögernd. »Und Henrik wollte nach Hause.«

»Sagten Sie nicht, dass er mit einem Freund verabredet war?«, wandte sich Johanna wieder an Alexander Hildmann.

Der nickte bedächtig. »Ja, schon, aber ich erinnere mich, mitbekommen zu haben, dass er erst nach Hause wollte, um dann später noch mal aufzubrechen.«

»Wohnt Henrik in Braunschweig?«

»Nein, er wohnt in der Tagungsstätte im Reitlingstal. Er hat dort eine Ausbildung in Bürokommunikation gemacht und ist übernommen worden. Milan wollte ihn da absetzen und über Sickte nach Braunschweig weiterfahren.«

Johanna hatte Mühe, ihre Kinnlade nicht herabsacken zu lassen. »Haben Sie eine Vorstellung, warum Henrik den ganzen Tag nicht zu erreichen war?«, fuhr sie schnell fort.

»Er hat sein Handy ausgeschaltet. Das macht er manchmal«, sagte Helen Hildmann. Ihre Hände zitterten. Sie presste sie in ihrem Schoß zusammen.

Johanna wusste, dass ihr nicht mehr viel Zeit blieb. »Milan hatte sein Handy nicht bei sich. Sie sagten bereits einem Kollegen, dass er normalerweise nicht ohne Telefon unterwegs ist.«

»Richtig«, bestätigte Alexander nach einem besorgten Blick auf seine Frau. »Vergessen hat er es auch nicht. Ich habe bereits in seinem Zimmer nachgesehen und auch im Haus gesucht – Küche, Bad und so weiter. Muss man nicht davon ausgehen, dass es gestohlen wurde? Sein Auto ist ja auch nicht auffindbar.«

»Durchaus möglich, aber es ist verwunderlich, dass seine anderen persönlichen Sachen nicht fehlen. Könnten Sie zulassen, dass ich einen Blick in Milans Zimmer werfe?«

Alexander Hildmann zögerte, dann nickte er. »Aber bitte beeilen Sie sich.« Sein Gesicht verzerrte sich abrupt, wie unter einem plötzlichen Krampf, er wandte sich ruckartig ab und stand auf. »Kommen Sie.«

Milans Zimmer befand sich am Ende eines von der Diele abzweigenden Flurs. Hildmann öffnete die Tür, an der ein großformatiges Poster von Peter Fox hing, und betrat ein geräumiges und nicht gerade typisches Studentenzimmer.

Hochbett, Schreibtisch und Regale waren aus Pinienholz gefertigt, Fernseher und Musikanlage genügten wahrscheinlich allerhöchsten Ansprüchen. An den Wänden hingen einige Grafiken und großformatige Fotos von Pferden, die Pflanzen waren gepflegt. In dem gut und gern dreißig Quadratmeter großen Raum herrschte eine erstaunliche Ordnung.

Johanna konnte sich kaum vorstellen, dass Helen Hildmann nach der Identifizierung ihres Sohnes sein Zimmer aufgeräumt oder jemanden beauftragt hatte, für Ordnung zu sorgen, aber hundertprozentig sicher war sie nicht. Sie hatte schon erlebt, dass Mütter und auch Väter genau das taten: Kleidungsstücke zusammenlegen, Schreibtisch abwischen, Papierkorb leeren, Bücher in die Regale stellen. Aber vielleicht war Milan auch einer von der seltenen Sorte junger Mann gewesen, die Wert darauf legte, dass alles an seinem Platz war. So was sollte es ja geben.

»Hatte Milan eine feste Freundin?«, fragte sie den Vater, nachdem sie ihren Blick hatte schweifen lassen.

»Zurzeit nicht.«

»Ich brauche eine Liste mit seinen Freunden …«

Hildmann drehte sich zum Schreibtisch um und schaltete den PC ein.

»Am besten, ich drucke Ihnen die Liste der Kontakte in seinem Mailprogramm aus. Sie werden sich da leicht zurechtfinden. Milan ist … war sehr ordentlich. In allem, was er tat.«

»Ja, das sieht man. Wie war eigentlich das Verhältnis zwischen den Brüdern?«

»Mittelmäßig, würde ich sagen.« Hildmann fuhr sich durchs Haar und schluckte. »Hören Sie, Frau Kommissarin, ich weiß kaum noch, was ich erzähle. Es ist besser, wenn Sie …«

Johanna nickte. »Ja, ich verstehe. Eine letzte Bitte für heute: Wir brauchen ein aktuelles Foto von Milan.«

Der Drucker summte leise und warf mehrere Blätter in beeindruckender Geschwindigkeit und Qualität aus. Hildmann reichte sie ihr, ohne sie anzusehen.

»Ich suche gleich eins heraus. Sehen Sie sich in der Zwischenzeit einfach noch ein bisschen um«, sagte er mit rauer Stimme. »Henrik dürfte jeden Moment kommen. Mit dem werden Sie ja wohl auch sprechen wollen. Ich muss erst mal nach meiner Frau sehen.«

»Natürlich.«

Johanna wandte sich zum Kleiderschrank um, als Hildmann das Zimmer verlassen hatte. Auch hier herrschte eine fast penible Ordnung, durchweg Markenklamotten, Wohlstand im Überfluss. Sie schloss die Schiebetür und sah zum Fenster hinaus. Blick in den Garten. Verträumt, wenn man sich die Zeit zum Träumen nahm. Ein sorgfältig beschnittener Apfelbaum umgeben von sattem Grün.

Hinter ihr knarzte die Tür. Alexander Hildmann reichte ihr ein Porträtfoto und zog sich wieder zurück. Wortlos. Johanna betrachtete das Bild. Ein blonder, blauäugiger Lockenkopf lächelte ihr entgegen. Typ Strahlemann und Herzensbrecher. Sie war froh, als das Handy vibrierte. Eine Braunschweiger Nummer.

»Reinders hat mich informiert«, sagte Annegret Kuhl, kaum dass Johanna sich gemeldet hatte. »Ist ja richtig was los bei Ihnen.«

»So kann man es auch ausdrücken.«

Kuhl räusperte sich. »Ich habe gleich mal im Labor nachgehakt. Es konnten Spuren an dem Pfeil gesichert und bereits analysiert werden. Spuren von Blut. Tierblut.«

»Lassen Sie mich raten: von Wölfen?«

»Unter anderem. Aber auch von Füchsen und Rotwild.«

Ich fasse es nicht, dachte Johanna, die verrückte Funke hat recht gehabt.

»Sprachlos?«

»Manches verschlägt auch mir kurzzeitig die Sprache«, gab Johanna zu.

»Die Leiche des jungen Mannes befindet sich ja inzwischen im gerichtsmedizinischen Institut in Hannover, dort werden unter Hinzuziehung eines Veterinärmediziners auch die Kadaver untersucht«, erläuterte Kuhl weiter. »Ich bin dafür, den Pfeil ebenfalls dem Institut vorzulegen, damit alles in einer Hand ist.«

»Gute Idee«, lobte Johanna.

»Finde ich auch.«

»Da wir gerade so nett plauschen, Frau Kuhl – sagt Ihnen das Stichwort Tagungsstätte Reitlingstal etwas? Und ist Ihnen in dem Zusammenhang schon mal ein Dozent namens Markus Taschner über den Weg gelaufen?«

»Auf Anhieb fällt mir dazu nichts ein. Sollte es?«

»Tja, mal gucken. Unter Umständen hatte Wiebor ein Auge darauf geworfen.«

»Wie kommen Sie darauf?«

»In seinem Zimmer lag ein ganzer Stapel regionaler Wochenblätter herum. Da er nach Auskunft eines BKA-Kollegen, mit dem er häufig zusammengearbeitet hat, so gut wie nie Zeitung liest, habe ich mir das Ganze mal genauer angesehen. Dabei stieß ich auf mehrere Anzeigen der Tagungsstätte sowie auch des Kosmetikladens von Eva Blum, der besten Freundin der verschwundenen Kati Lindner. Wiebor hatte sie mit einem Stift markiert.«

Kuhl schwieg.

»Außerdem wurde die Leiche des jungen Mannes heute nicht weit vom Reitlingstal entfernt gefunden – ungefähr anderthalb Kilometer –, die Höhle befindet sich ebenfalls in der Nähe.«

»Hm, nun gut, aber das muss nicht unbedingt –«

»Nein, nicht unbedingt, aber das Reitlingstal scheint dennoch eine gefragte Gegend zu sein, in welchem Zusammenhang auch immer: Der Bruder des Opfers, Henrik Hildmann, mit dem ich gleich sprechen werde, wohnt und arbeitet in der Tagungsstätte – zufälligerweise oder auch nicht«, schnitt Johanna der Staatsanwältin das Wort ab.

»Oh.«

»Das finde ich auch. Ich habe bereits eine Kollegin aus Berlin um Recherchen gebeten. Mit den ersten Infos rechne ich spätestens morgen.«

»Gut. Halten Sie mich auf dem Laufenden. Erst mal viel Erfolg weiterhin.«

Johanna beendete das Gespräch, im gleichen Moment vernahm sie Stimmen in der Diele. Sie sah auf die Uhr. Zehn Minuten sollten nur der Familie gehören. Das war das Mindeste. Sie hörte die Hildmanns nur von fern, und sie war dankbar dafür. Sie nutzte die Zeit, um Schuster anzurufen und ihm einige Namen von Milans Kontaktliste durchzugeben.

»Ich möchte noch heute mit mindestens zwei Leuten aus Milans Freundeskreis sprechen.«

»Ich versuche, das hinzukriegen.«

»Davon bin ich überzeugt.«

Sie steckte das Handy ein und wandte sich zum Schreibtisch um. Der PC war noch eingeschaltet. Johanna biss sich auf die Unterlippe. Sie hatte keinerlei Befugnis, Milans E-Mail-Postfach zu überprüfen, schon gar nicht ungefragt, andererseits ... Johanna zögerte kurz, gab dann der Maus einen Schubs, und der Bildschirmschoner verschwand. Sie wollte gerade den Outlook starten, als sich Schritte näherten, und trat rasch beiseite.

Alexander Hildmann öffnete die Tür. »Bitte kommen Sie mit. Sie können jetzt mit Henrik sprechen.«

Henrik wirkte wie ein perfekter Gegenpol zu seinem Bruder. Beim Vergleich mit dem Foto von Milan wäre Johanna kaum auf die Idee gekommen, dass sie zwei junge Männer aus einer Familie, geschweige denn Brüder vor sich hatte. Henrik saß auf dem Sofa und machte keinerlei Anstalten, aufzustehen, um die Kommissarin zu begrüßen, sondern blickte ihr schweigend entgegen. Seine Eltern hatten sich zurückgezogen.

Umbruch, dachte Johanna und war erstaunt, dass ihr dieser Ausdruck zuflog, als sie Henrik musterte, während sie sich zu ihm setzte. Ein Gesicht, das zugleich älter und jünger wirkte als Mitte zwanzig. Johanna konnte nicht erklären, warum. Reste von Akne unter Bartschatten, große dunkle Augen in einem kantigen Gesicht, kurzes strähniges Haar. Selbst im Sitzen wirkte er schlaksig und mager. Und vollkommen erschöpft. Sie stellte sich jemanden, der bis zum Nachmittag geschlafen hatte, ausgeruhter vor. Die Nachricht vom Tod seines Bruders hatte ihn offensichtlich völlig aus der Bahn geworfen.

»Ich bin die leitende Kommissarin Johanna Krass«, sagte sie.

»Ich weiß.« Seine Stimme klang überraschend weich.

»Trotz der für Ihre Familie so schweren Stunden muss ich Ihnen einige Fragen stellen.«

»Das ist mir klar.«

»Sie sind gestern mit Ihrem Bruder zusammen in Richtung Braunschweig aufgebrochen. Was ist passiert?«

Henrik hob die Schultern und ließ sie wieder sinken. »Nichts – nichts, was ungewöhnlich gewesen wäre. Milan hat mich zu Hause abgesetzt und ist sofort weitergefahren. Ich habe keine Ahnung, was vorgefallen sein könnte.«

»Sie wohnen im Reitlingstal?«

»Ja, und ich arbeite dort auch. Als Kaufmann für Bürokommunikation.«

Er mag den Job, dachte Johanna. »Was hatte Milan vor? Wo wollte er hin?«

»In irgendeine Kneipe, keine Ahnung, welche.«

»Er hat keine Einzelheiten erzählt?«

»Nein.«

»Und wie haben Sie den Abend verbracht?«

»Ich hatte noch was zu arbeiten …«

»Sie meinen im Job?«

»Ja.«

»Sie sind am Samstagabend noch mal im Büro gewesen?« Johanna war erstaunt.

»Ja. Es waren noch Seminarunterlagen zusammenzustellen und Kleinkram zu erledigen, dazu sind wir Freitag nicht mehr gekommen. Gregor, ein Kollege und Freund, hat mir geholfen. Danach sind wir nach Braunschweig gefahren.«

»Wann war das?«

»Gegen neun ungefähr.«

»Wie sind Sie hingekommen?«

»Was?« Henrik runzelte die Stirn.

»Sind Sie mit Ihrem Wagen gefahren?«

»Nein, mein Auto ist in der Werkstatt. Wir haben Gregors genommen, der wohnt auch im Reitlingstal. Wir waren zusammen im Kino und danach noch was trinken.«

»Wann waren Sie zu Hause?«

»Ich weiß es nicht genau. Ich schätze, es war schon drei Uhr früh.«

Johanna ließ ihn nicht aus den Augen. »Sie waren den ganzen Tag über weder bei sich zu Hause noch über Handy erreichbar.«

Er nickte rasch. »Ich hatte mein Handy ausgestellt. Ich habe bei Gregor geschlafen, der wohnt im Gästehaus unterm Dach.« Er rieb sich das Kinn. »Wir haben noch zusammengesessen und Playstation gespielt. Das machen wir häufiger mal. Irgendwann bin ich auf dem Sofa eingepennt. Da war's wahrscheinlich schon sechs Uhr.«

Johanna lehnte sich zurück. »Und wo auf dem Gelände befindet sich Ihre Wohnung?«

»Im Verwaltungsgebäude.«

»Ist es ein langer Fußmarsch vom Gästehaus zum Verwaltungsgebäude?«

»Wenn man todmüde ist, schon.«

»Und wenn man nicht todmüde ist?«

»Je nachdem, wie eilig man es hat. Vielleicht fünf Minuten.«

Johanna machte eine Kunstpause. »Ich brauche die Telefonnummer von Ihrem Kollegen Gregor, und ich muss wissen, wo Sie wann in Braunschweig unterwegs waren.«

»Ja, aber ...? Heißt das, Sie ...?«

»Das heißt, dass ich Ihre Angaben prüfen muss. Reine Routine. Ich muss alle Angaben prüfen. Ihr Bruder ist unter noch nicht geklärten Umständen zu Tode gekommen – übrigens ganz in der Nähe Ihres Wohn- und Arbeitsortes. Sie waren wahrscheinlich der Vorletzte, der ihn lebend gesehen hat.«

»Ich verstehe«, sagte er langsam.

»Wie war das Verhältnis zu Ihrem Bruder?«

»Wir haben uns nicht besonders gut verstanden, aber ...«

»Warum nicht?«

Er zuckte mit den Achseln. »Noch nie. Milan war immer Musterknabe und Überflieger. Von klein auf. Der Liebling aller. Ich eher nicht.« Henrik verzog den Mund.

»Haben Sie irgendeine Erklärung, wie Milan zu dieser Zeit mitten in den Elm gekommen sein könnte?«

Henrik hob die Hände und schüttelte den Kopf. »Nein, das ist mir völlig unverständlich. Er hat mich abgesetzt und ist sofort weitergefahren.«

»Auto und Handy sind verschwunden. Ihr Bruder wurde am Hals verletzt. Wahrscheinlich ist er verblutet. Einzelheiten erfahren wir hoffentlich bald aus der Gerichtsmedizin, aber bereits jetzt spricht hier vieles, eigentlich fast alles für ein Verbrechen.«

Henrik schluckte. Seine Oberlippe begann zu zittern. »Hören Sie ... ich bin kein Weichei, aber mein Bruder ist ...« Er wandte sich ab. »Bitte gehen Sie jetzt.«

Johanna nickte. »Natürlich.« Sie schlug ihr Notizheft auf. »Ich brauche nur noch ein paar Daten von Ihnen, dann sind Sie mich los.«

Fürs Erste, fügte sie im Stillen hinzu.

Kurz darauf verließ Johanna das Haus der Hildmanns. Draußen blieb sie einen Augenblick stehen, um sich zu sammeln. Ein Wagen hielt an der Straße, und eine Frau stieg aus. Sie schien Johanna gar nicht wahrzunehmen. Erst als die Kommissarin das Gartentor öffnete und beide Frauen aufeinander zugingen, musterte sie Johanna. Ein scharfer abschätzender Blick, der wie eisiger Ostwind über sie hinwegglitt. Kluge Augen. Eine schöne reife Frau. Wahrscheinlich eine Freundin oder Verwandte.

»Guten Tag«, sagte Johanna, blieb stehen und stellte sich vor. »Sie sind eine Freundin der Familie?«

Die Frau stutzte kurz. »Ja, mein Name ist Erika Seibert. Wir sind Freunde der Familie Hildmann. Ich war unterwegs, als ich die Nachricht erhielt.«

»Wer hat Sie informiert?«

»Alexander. Alexander Hildmann.«

»Sie kennen beide Söhne der Hildmanns gut?«

Erika Seibert nickte. »Ja, das kann man so sagen.« Sie sah zur Eingangstür. »Verzeihen Sie, aber ich würde jetzt gern ...«

»Natürlich«, sagte Johanna sofort. »Ich will Sie nicht länger aufhalten als unbedingt nötig. Aber es kann durchaus sein, dass ich Ihnen demnächst noch einige Fragen stellen muss.«

Erika Seibert hob mit einer winzigen Bewegung das Kinn. Begeistert ist sie nicht, dachte Johanna, aber vielleicht liegt das an mir.

Seibert nickte, bevor sie sich abwandte, und der abschließende Blick sprach Bände. Wahrscheinlich würde sie lieber mit Gollum um den Ring feilschen, dachte Johanna und erlaubte sich ein kleines Grinsen. Sie liebte Gollum – seine Tragik, seine bizarre Gestalt und seine bis zum bitteren Ende durch nichts zu erschütternde Treue.

Die junge Frau saß zwischen zwei Männern auf einer Bank im Wartebereich und fiel Johanna sofort auf, als sie in die Dienststelle zurückkehrte. Sie hatte ein kindlich volles Gesicht, in dem sich das Entsetzen widerspiegelte, und Johanna vermutete, dass sie große Mühe hatte, nicht die Beherrschung zu verlieren.

»Studienkollegen und Freunde von Milan«, erläuterte Schuster mit gesenkter Stimme, als Johanna zu ihm an den Tresen trat. »Carmen Vogt, Sebastian Kranich und Michael Engert. Kollegen aus Braunschweig haben sie eben netterweise vorbeigebracht. Vielleicht fangen Sie mit Carmen Vogt an. Bevor die uns hier aus den Latschen kippt«, ergänzte er flüsternd, während Johanna einen Moment verschnaufte und zur Abwechslung ein Glas Wasser trank.

»Ja, mach ich. Versuchen Sie bitte derweil, diesen jungen Mann zu erreichen: Gregor Bischoff.« Johanna griff nach ihrem Notizheft und hielt es Schuster hin. »Das ist ein Freund und Kollege von Henrik Hildmann. Wohnt ebenfalls im Reitlingstal. Angeblich waren die beiden gestern Abend beziehungsweise die ganze Nacht gemeinsam unterwegs.«

Sie stellte das Glas beiseite, drehte sich zu Carmen Vogt um und lächelte sie aufmunternd an. »Kommen Sie bitte mit mir?«

Im Vernehmungsraum saß Carmen Johanna mit hochgezogenen Schultern gegenüber. Das hellblonde strähnige Haar war verschwitzt, die rötliche Gesichtsfarbe hätte Johanna bei einem älteren Menschen auf Bluthochdruck tippen lassen.

»Waren Sie sehr eng mit Milan befreundet?«, fragte Johanna, nachdem sie den Rekorder zurechtgerückt und eingeschaltet hatte.

»Ja, das kann man sagen. Ich bin völlig ...« Carmen Vogts Unterlippe begann zu zittern.

»Ich verstehe. Ich werde mich kurz fassen«, erwiderte Johanna. »Waren Sie ein Paar?«

Kopfschütteln. »Nein, das nicht, aber ...«

Sie war in ihn verliebt, vermutete Johanna.

»Wir kannten uns schon eine ganze Weile und ...« Carmen schluckte. »Es hätte was draus werden können, wenn Sie verstehen ...?«

»Durchaus. Sie waren gestern Abend verabredet – wo und wann?«

»Im Anno 1826, direkt im Univiertel. Sebastian, Micha und seine Freundin Tina, Milan und ich. Etwa um sechs Uhr. Wir wollten was trinken und später noch in einen Club, tanzen und so weiter. Das war ungefähr der Plan, aber ...«

»Haben Sie sich nicht gewundert, dass Milan nicht gekommen ist?«

»Nein, er hatte nicht fest zugesagt, weil er schon den ganzen Tag unterwegs war und nicht hundertprozentig wusste, ob er noch Lust haben würde, um die Häuser zu ziehen. Um fünf haben wir kurz telefoniert – da meinte er zwar, dass er höchstwahrscheinlich noch zu uns stoßen würde, vorher aber ein paar Takte mit seinem Bruder reden müsste. Als ich ihn später noch mal zu erreichen versuchte, war nur die Mobilbox dran, und ich bin davon ausgegangen, dass er sich doch anders entschieden hatte.«

»Wann war das?«

»Gegen acht glaube ich. Wir hatten vor, das Lokal zu wechseln, und ich wollte ihm Bescheid sagen.«

Johanna lehnte sich zurück und betrachtete Carmen Vogt, die ihre Hände knetete und die Kommissarin mit schreckgeweiteten Augen anblickte.

»Ist es seine Art, das Handy auszuschalten?«

»Manchmal – wenn er nicht gestört werden will. Beim Musikhören zum Beispiel oder beim Joggen.«

Johanna nickte langsam. »Hat Milan erläutert, worüber er mit seinem Bruder sprechen wollte?«

»Die beiden waren sich häufig nicht grün«, erwiderte Carmen. »Milan hat sich so manches Mal über Henrik aufgeregt …«

»Kennen Sie ihn persönlich?«

»Kennen ist zu viel gesagt – wir sind uns mal bei Milan über den Weg gelaufen.«

»Worüber genau hat Milan sich ereifert, Frau Vogt?«

Carmen legte die Hände auf den Tisch und trommelte kurz mit den Fingern. »Milan und Henrik haben sich noch nie besonders gut verstanden – wie das manchmal bei Brüdern vorkommt –, aber in letzter Zeit … Henrik habe sich mit irgendwelchen Leuten eingelassen, die großen Einfluss auf ihn hätten, meinte Milan.«

Johanna setzte sich wieder aufrecht hin. »Geht das konkreter?«

Carmen rieb sich die Stirn. »Ich weiß nicht genau … es hing mit Henriks Job zusammen. Milan erzählte, dass Henrik, seitdem er im Reitlingstal arbeitete, ziemlich behämmerte Ansichten vertreten würde.«

»So drückte er sich aus – behämmerte Ansichten? Und was könnte er Ihrer Meinung nach damit gemeint haben?«

»Ach, wissen Sie, ich war an diesen Familienstreitigkeiten nicht wirklich interessiert«, entgegnete Carmen Vogt. »Wie gesagt, ich kenne Henrik kaum, geschweige denn die Leute, mit denen er sich abgibt. Milan fand die bescheuert, und noch bescheuerter fand er, dass sein Bruder ihnen offensichtlich irgendwie nacheiferte – so ungefähr kam das bei mir an. Mehr kann ich Ihnen dazu nicht sagen.«

»Verstehe. Draußen warten Sebastian und Michael«, meinte Johanna. »Könnte man sie als enge Freunde von Milan bezeichnen?«

»Ich denke schon. Besonders Sebastian, würde ich sagen. Die beiden sind in einem Semester und machen auch sonst viel zusammen.«

»Frau Vogt, ich danke Ihnen erst mal. Schicken Sie doch bitte Sebastian zu mir. Und hinterlassen Sie bei meinem Kollegen Ihre Kontaktdaten – falls sich noch Fragen ergeben.«

Carmen stand schnell auf. »Ja, natürlich.« Zögernd ging sie zur Tür, dann gab sie sich einen Ruck. »Was genau passiert ist, können Sie noch nicht sagen?«

»Nein. Tut mir leid«, entgegnete Johanna. »Wir wollen nicht spekulieren.«

Carmen nickte eilig. »Okay.«

Der junge Mann, der kaum eine Minute später Johanna gegenüber Platz nahm, sah älter aus als dreiundzwanzig und bemühte sich um Haltung. Er trug Vollbart, hatte dunkle traurige Augen und war auffallend mager. Sieht ein bisschen aus wie ein junger, sehr dünner Cat Stevens, dachte Johanna.

»Hatte Milan Feinde?«

Die Frage verblüffte Sebastian Kranich. Er schüttelte sofort den Kopf. »Nein, ganz bestimmt nicht«, erwiderte er bestimmt. »Milan war ausgesprochen beliebt – bei Frauen und Männern.«

»Wie lange kennen Sie sich?«

»Seit circa drei Jahren. Wir haben uns als Praktikanten bei der Braunschweiger Zeitung kennengelernt und dann gemeinsam mit dem Studium begonnen.«

»Milan wohnte noch zu Hause – war er ein Typ, der das Hotel-Mama-Prinzip ausreizte?«, fuhr Johanna fort.

Ein winziges Lächeln ließ Kranichs Bartspitzen erzittern, während durch Johannas Kopf plötzlich Kati Lindner geisterte. Auch sie hatte, obwohl Mitte zwanzig und finanziell auf eigenen Beinen stehend, noch zu Hause gewohnt.

»Vielleicht ein bisschen«, stimmte Sebastian Kranich zu. »Er hat sich zu Hause sehr wohl gefühlt, und natürlich ist es bequem, wenn die Wäsche erledigt wird und der Kühlschrank immer gut gefüllt ist, ohne dass man sich großartig darum kümmern muss. Aber hauptsächlich ging es Milan wohl um den Reitverein. Er hat da viel gemacht, hatte sein eigenes Pferd und so weiter.«

»Wie war das Verhältnis zu seinem Bruder?«

»Schwierig. Die hatten dauernd Stress. Henrik ist im Gegensatz zu seinem Bruder ein ziemlicher Eigenbrötler, dem nichts leicht von der Hand geht, und er ist nicht sonderlich beliebt – das nimmt er Milan übel. So jedenfalls mein Eindruck.«

»Kennen Sie Henrik persönlich?«

»Ja, aber nur vom flüchtigen Sehen. Ich war immer verblüfft, dass die beiden Brüder sind … waren.« Sebastian schluckte.

»Hatten die beiden Lieblingsthemen, bei denen regelmäßig die Fetzen flogen?«

»Es war wohl eher so, dass es kein Thema gab, bei dem Einigkeit herrschte. Vielleicht könnte man auch sagen, dass sie ständig die Auseinandersetzung suchten.«

»Henrik arbeitet in der Tagungsstätte im Reitlingstal, und er wohnt dort auch. Wissen Sie von Konflikten, die damit zusammenhängen könnten?«

»Henrik ist von seinem Job ziemlich angetan – vielleicht das erste Mal, dass er von irgendwas angetan ist. Soweit ich weiß, nervte es Milan, wie er seinen Chef und die Kollegen in den Himmel hebt und wie wichtig er seinen Job nimmt.«

»Aha. Milan wollte gestern mit seinem Bruder noch ein ernstes Wort reden. Können Sie sich vorstellen, worum es dabei ging?«

»Wenn Sie ein konkretes Thema hören wollen – nein.«

Johanna hatte keine andere Antwort erwartet und ließ die Befragung ausklingen. Sie befürchtete, dass das Gespräch mit Michael Engert ähnlich verlaufen und genauso unergiebig sein würde. Miteinander im Clinch liegende und völlig unterschiedliche Brüder gab es in zig Familien. Als interessant wertete sie jedoch den Hinweis auf das Reitlingstal.

Sebastian Kranich verließ das Zimmer, und kurz darauf nahm Michael Engert seinen Platz ein. Er studierte ebenfalls Medien-Design, war aber ein Jahr weiter als Milan und Sebastian. Engert hatte hellblaue kluge Augen, ein glatt rasiertes Gesicht und wirkte muskulös und durchtrainiert – ein junger Mann, der viel Sport trieb, schätzte Johanna. Außerdem sah er gefasst und konzentriert aus. Die Kommissarin lehnte sich zurück und gähnte unterdrückt. Noch diese Befragung und dann mache ich Feierabend, dachte sie.

»Kennen Sie die Tagungsstätte Reitlingstal?«, fragte sie ohne Einleitung.

»Klar. Dort arbeitet Milans Bruder Henrik, und ich habe da kürzlich ein Seminar besucht, das er mir empfohlen hatte.«

Johanna zog eine Augenbraue hoch. »Bei welcher Gelegenheit haben Sie mit Henrik gesprochen?«

»Milan hat zu Hause eine Fete gemacht – das liegt vielleicht zwei, drei Monate zurück –, und Henrik tauchte irgendwann auch auf, zufällig. Wir kamen kurz ins Gespräch.«

Johanna sah ihn abwartend an.

»Milan und er haben sich nicht sonderlich gut verstanden«, fuhr Michael schließlich fort. »Ich persönlich bin der Meinung, dass es schlimmere Typen als Henrik gibt. Die beiden sind einfach zu unterschiedlich, um auf einer Wellenlänge zu liegen, das ist alles. Außerdem ist es nicht einfach, ständig mit einem Everybody's-Darling-Bruder konkurrieren zu müssen. Das ist jedenfalls meine Einschätzung.«

Interessant, dachte Johanna. »Was für ein Seminar war das?«

»Wirtschaftliche und kulturelle Integrität als gesamteuropäische Herausforderung – so lautete der Titel. Ich fand's ganz aufschlussreich, und der Dozent hatte was ... ja: Fesselndes.«

»Was hielt eigentlich Milan davon, dass Sie dort das Seminar besuchten?«

Michael Engert lächelte kurz. »Fand er ziemlich dämlich. Wirtschaftsthemen waren aber grundsätzlich nicht sein Ding, und Empfehlungen von Henrik hat er selten ernst genommen. Das hat mein Interesse allerdings nicht geschmälert.«

Johanna nickte. Nach kurzem Grübeln griff sie in ihren Lederrucksack und zog die Kati-Lindner-Wiebor-Akte heraus, um Engert die Fotos der beiden vorzulegen. Der Student schüttelte den Kopf, als er sich die Aufnahmen der Buchhändlerin ansah.

»Kenne ich nicht«, meinte er sofort. »Leider«, schob er charmant hinterher.

Beim Betrachten der Wiebor-Fotos hielt er inne. Johanna beugte sich ein Stück über den Tisch vor.

»Der kommt mir irgendwie bekannt vor«, sagte er zögernd. »Aber ich weiß nicht, wo ich ihn hinstecken soll.«

»Sind Sie öfter mal in Schöppenstedt?«

»Nein.«

»Oder in der Buchhandlung Gertrud Kreisler, hier in Königslutter?«

Kopfschütteln. »Was macht der Typ so?«

Johanna überlegte kurz. »Er fährt gern Motorrad.«

Michael Engert sah hoch. »Genau! Das Seminar im Reitlingstal fand an drei Wochenenden statt, das letzte war vor vierzehn Tagen. Ich habe in der Mittagspause einen Spaziergang übers Gelände gemacht und kam an einer Garage vorbei – eher so was wie eine kleine Werkstatt. Der Typ bastelte an einem Wagen rum. Ein Motorrad stand im Freien. Ziemlich schickes Teil.«

»Sind Sie mit ihm ins Gespräch gekommen?«

Engert nickte. »Ja, ganz kurz. Ich habe ihn gefragt, ob ihm das Bike gehört, wie schnell es fährt und wie viel Hubraum es hat. So was in der Art.«

»Und weiter?«

Engert überlegte. »Ich wollte gerade weitergehen, da fragte er mich plötzlich, ob mir das Seminar gefällt und wie ich Taschner finde, den Dozenten.«

Johanna machte sich rasch eine Notiz. »Er wollte wissen, was Sie von Taschner halten?«

»Ja.« Engert nickte. »Ich hab mich noch gewundert …«

»Warum genau?«

»Nun, der Typ wirkte wie ein Schrauber, ein Autoschlosser, jemand, der sich um den Fuhrpark kümmert und so weiter. Die Frage nach dem Seminar passte irgendwie nicht zu ihm …« Engert lächelte verlegen. »Verstehen Sie mich bitte nicht falsch, aber der Mann wirkte nicht wie ein Intellektueller oder jemand, der sich besonders für Wirtschaftsfragen oder Politik interessiert oder so.«

Wenn du wüsstest, dachte Johanna. Sie lächelte liebenswürdig zurück.

»Es soll auch Schrauber mit öligen Pranken geben, die sich nicht nur für Motorräder, Umdrehungszahlen und Fußball begeistern, sondern mit offenen Augen durchs Leben gehen und freundlich auf ihre Mitmenschen reagieren«, meinte sie, ohne den süffisanten Tonfall sonderlich zu unterdrücken. »Hab ich jedenfalls schon von gehört.«

Engert hob die Hände. »Ja, na klar, ich gebe doch nur meinen Eindruck wieder.«

»Schon verstanden, Herr Engert. Danke vorerst. Vielleicht komme ich noch mal auf Sie zurück.«

Er warf ihr einen verblüfften Blick zu und stand langsam auf. »Heißt das, dass ich gehen kann?«

»Das heißt es.«

»Und was hat das alles mit Milan zu tun?«

Das ist eine sehr gute Frage, dachte Johanna. Sie nickte ihm nur zu, und Engert verabschiedete sich, als er keine Antwort erhielt.

Als die Tür ins Schloss gefallen war, lehnte sich Johanna zurück und schloss die Augen, um ihre Gedanken zu sortieren.

Eine verschwundene Buchhändlerin erhielt einen Anruf von BKA-Ermittler Wiebor, der als Autoschlosser in der Tagungsstätte arbeitete und offensichtlich eine Spur verfolgte, in deren Zusammenhang ihn auch Eva Blum interessierte – warum sonst hätte er ihren Kosmetikladen in der Zeitung markieren sollen? Einzelheiten zu seinen verdeckten Ermittlungen kannte niemand, angeblich jedenfalls.

Ein ungeklärter Unfall setzte Lennart zwei Tage später außer Gefecht, während angeblich Kati einen Tag nach ihrem Verschwinden den Computerfachmann ihrer Chefin kontaktierte, um einige längst geklärte Fragen erneut aufzugreifen. Warum? Zwei Tage später wurde ihr Laptop unter falschem Vorwand aus der Buchhandlung abgeholt. Hatte Eva Blums Nachfrage bei Katis Eltern damit zu tun?

Und wo genau war die Verbindung zum Tod von Milan Hildmann, dessen Bruder, mit dem er meist im Clinch gelegen hatte, in der Tagungsstätte im Reitlingstal arbeitete und seinen Job gern machte?

Johanna atmete angestrengt aus. Damit nicht genug, gab es noch tote Wölfe, eine überdrehte Journalistin, die damit kokettierte, dass sie sich besser mit Tieren als mit Menschen verstand, und, nicht zu vergessen, den Pfeil, den ein Unbekannter bei Gertrud Kreisler eingeworfen hatte. Er hatte Johanna damit einen entscheidenden Hinweis geliefert.

Gab es hier tatsächlich einen roten Faden, eine gemeinsame Hintergrundgeschichte, in die alle Fälle verwoben waren? Oder sammelte sie im Moment lediglich Bruchstücke völlig unterschiedlicher Ereignisse auf, die ihr zufällig in die Hände fielen?

Schuster steckte den Kopf zur Tür herein. »Alles in Ordnung?«

»Ja, klar – ich grüble nur ein bisschen … Was gibt's?«

»Zwei Dinge: Sie bekommen ab morgen einen Kripobeamten zur Unterstützung. Ein junger Mann namens Colin Sander wird hier auflaufen.«

»Wie schön.«

»Zum Zweiten habe ich diesen Gregor Bischoff erreicht. Der ist heute unterwegs, steht aber Montag für eine Befragung zur Verfügung. Das Alibi von Henrik bestätigt er in vollem Umfang.«

Johanna rieb sich die Augen und stand auf. »Wir werden morgen ohnehin ins Reitlingstal fahren, um auch noch mal mit Henrik zu sprechen. Was ist mit der Gerichtsmedizin?«

»Wahrscheinlich gibt es Montagnachmittag einen Termin. Die melden sich aber schon vorher, falls es Besonderes zu berichten gibt.«

»Ich bin begeistert. Danke, Schuster. Lassen Sie uns für heute Feierabend machen. Sonst platzt mir der Schädel.«

9

Volker war bereits zu Hause, als Erika Seibert eintraf. Er trug seine bevorzugte Sommer-Freizeitkleidung – Poloshirt, dreiviertellange, leger sitzende Khakishorts, bequeme naturfarbene Sandalen. Von Weitem wirkte er zehn Jahre jünger, und auch aus der Nähe würde man nicht vermuten, dass er gerade seinen zweiundfünfzigsten Geburtstag gefeiert hatte. Durch das dunkelblonde Haar zogen sich graue Strähnen, aber es war immer noch üppig. Als junger Mann war er fast zu schlank gewesen, sodass ihm nach Ansicht seiner Frau die wenigen in den letzten Jahren zugelegten Kilo durchaus gut standen.

Die Fältchen unter den grünen Augen traten mit der ersten Sonnenbräune besonders hervor, und Erika konnte sich gut vorstellen, dass Volker bei seinen Mitarbeiterinnen durchaus den einen oder anderen interessierten Blick erntete. Der reife, aber sportlich dynamische und attraktive Chef, klug, charmant und begehrt – so sah er sich selbst. Als eine Art Bill Clinton, in jeder Hinsicht. Erika konnte gut damit leben, neben ihm als Hillary zu bestehen und, wer weiß, eines Tages vielleicht sogar auf der Überholspur an ihm vorbeizupreschen. Sie gönnte sich ein winziges Lächeln, obwohl ihr ganz und gar nicht danach zumute war.

Volker begrüßte sie mit einem Kuss und strich ihr über den Rücken. »Möchtest du auf der Terrasse sitzen? Ich habe uns ein Tonic gemixt – ganz ohne Alkohol.«

»Ich würde lieber im Wohnzimmer bleiben«, antwortete sie und nahm in einem der beiden schweren Sessel vor dem Kamin Platz.

Volker sah sie überrascht an, dann ging er nach draußen, um die bereitgestellten Getränke hereinzuholen. Erika trank einen großen Schluck.

»War es schlimm bei Helen?«, fragte Volker, während er sich zu ihr setzte, und sah sie besorgt an. »Was für eine fürchterliche Geschichte!« Er biss sich auf die Unterlippe. »Hätte ich doch noch vorbeikommen sollen?«

»Nein, nein. Helen und Alexander haben irgendwie versucht, zur

Ruhe zu kommen … so weit das möglich ist … Und Henrik war ja auch da …« Erika atmete tief durch und gab sich einen Ruck. »Hör zu, Volker, ich muss dir etwas erzählen, das mir schon seit ein paar Tagen auf der Seele liegt. Es ist eine lange Geschichte.«

Ihr Mann beugte den Kopf ein wenig vor und musterte sie abwartend. »Schatz, du weißt, dass du mir nichts beichten musst. Schon gar nicht jetzt.«

»Vielleicht gerade jetzt.«

Er setzte ein Lächeln auf, aber sein plötzlich angespannter Blick strafte es Lügen. Erika wusste, dass er es ganz und gar nicht schätzte, mit Neuigkeiten überrascht zu werden. Vielleicht war das ja sogar der tiefere Grund dafür, dass er die Devise vertrat, jeder von ihnen möge innerhalb gewisser Spielregeln nach seiner eigenen Fasson glücklich werden, den anderen aber um Gottes willen nicht damit belästigen.

»Ich fürchte, es ist etwas passiert, das uns alle betrifft«, fuhr sie nach einer kurzen Pause fort.

»Wer ist alle?«

»Wir beide und letztlich die ganze Familie.«

»Klingt unangenehm.«

»Es hängt zusammen mit einer alten Geschichte«, begann Erika und räusperte sich leise. »Die liegt gut zehn Jahre zurück.«

Er stellte das Glas wieder ab, das er gerade in die Hand genommen hatte. »Zehn Jahre?«, wiederholte er. »Verdammt lange Zeit.« Volker verschränkte die Finger ineinander. An den Knöcheln trat das Weiße hervor. So viel stand fest – er würde es ihr nicht leicht machen. Natürlich nicht. Das wäre auch das Letzte, was sie verdient hätte.

Sie nickte. »Damals habe ich Steffen kennengelernt.«

Steffen Winter war genau der junge Mann gewesen, der einer Frau wie Erika niemals hätte begegnen dürfen. Weder damals noch heute. Er war unverschämt jung und attraktiv. Südländischer Typ, selbstbewusst, voller Lebensfreude und zu allem Überfluss auch noch ein hervorragender Reitlehrer. Die Frauen waren verrückt nach ihm. Nicht nur die, wie sie später erfuhr.

Es dauerte keine zwei Wochen, bis sie seinem Charme erlag und spät abends nach einem Reitturnier hoch auf sein Zimmer im Gästehaus schlich, um sich nach zwei Stunden hemmungslosem Sex auf den Heimweg zu machen – wundgeliebt, erschöpft, zittrig. Sie nahm sich vor, Steffen nie wieder zu sehen und die Nacht mit ihm wie ein kostbares Juwel in sich zu verschließen, um es bei Bedarf hervorzuholen und heimlich zu bestaunen.

Die Affären, die sie bis dahin gehabt hatte, waren beiläufige Begegnungen mit Männern gewesen, die ähnliche Bedürfnisse hatten wie sie: schnelle und unkomplizierte Befriedigung, Aufpolieren des Egos, kein Aufsehen und schon gar keine tieferen Gefühle. So hielten es Tausende von Männern, Ehemännern, Volker sowieso, und natürlich auch viele Ehefrauen. Aber mit Steffen war es nicht beiläufig. Seine Berührungen und sein Lächeln klangen tief in ihr nach, und sie nahm sich fest vor, ihrem Begehren keinesfalls ein zweites Mal nachzugeben, um ihr Leben nicht zu komplizieren. Derart souverän würde Volker sein. Aber sie war es nicht. Ein blutjunger Mann mit einem Mund, der wehe Gefühle in ihr wachrief, konnte ihr das geben, wonach sie sich schon immer gesehnt hatte – ohne es zu wissen.

Volker hatte einige Jahre zuvor vorgeschlagen, ihre Partnerschaft zu »modernisieren« und für außereheliche sexuelle Abenteuer zu öffnen – selbstverständlich absolut diskret, um keinesfalls das Ansehen der Familie und ihre beruflichen Pläne zu gefährden. Sie hatte zugestimmt, als wäre ihr diese Idee unlängst auch schon gekommen, und sich dabei wie ein dringend sanierungsbedürftiges Schlafzimmer gefühlt. Eine Weile hatte sie sich selbst bemitleidet, aber schließlich entschieden, dass sie Volker in nichts nachzustehen bräuchte. Was er konnte, konnte sie schon lange – beruflich und privat.

Natürlich traf sie sich wieder mit Steffen. Am Anfang existierte zwischen ihnen nichts anderes als prickelnde Erotik und hemmungslose Gier, jede nur denkbare sexuelle Variante auszuprobieren, je zügelloser und phantasievoller, desto besser. Ihr war schnell klar, dass sie für Steffen ein Spielzeug war – eines von mehreren. Das passte zu ihm. Und es war gut so. Er behandelte sein Spielzeug ausgesprochen liebevoll. Nur darum ging es. Erika schnitt das Thema nie an.

Sie war verrückt nach ihm, ohne verliebt zu sein, geschweige denn ihn zu lieben. Zumindest sagte sie sich das. Steffen tat ihr rundum gut, und das Leben ging ihr bestens von der Hand: Volker erklärte immer wieder anerkennend, wie gut sie aussah; der siebzehnjährige Sohn Moritz kümmerte sich ohnehin um seine eigenen Belange. Ihr Architekturbüro lief wie am Schnürchen, während ihr Mann dabei war, in die Geschäftsführung der Autostadt Wolfsburg aufzusteigen. Ein Karrieresprung, für den er lange und hart gearbeitet hatte.

Erika entschied, dass das kleine Wochenendhaus am Tankumsee, das ihren Eltern gehörte, aber nach deren Umzug in eine Seniorenresidenz nur noch selten genutzt wurde und das sie eigentlich hatte verkaufen wollen, wunderbar als Liebesnest geeignet war. Kaum jemand kannte sie dort, das Häuschen lag geschützt und abgelegen, Volker fuhr nur selten hinaus, und Erika musste nicht mehr in der Reitanlage über die Hintertreppe in Steffens Zimmer schleichen und dabei Gefahr laufen, jemandem zu begegnen. Sie hatten ihr eigenes Reich. Sie war glücklich. Zu glücklich.

Das Unheil kündigte sich nicht an. Sie hatte weder Vorahnungen noch einen schlechten Traum. Steffen hatte ihr an einem Freitagnachmittag eine SMS geschickt und sie gebeten, zu ihm zu kommen.

»Es gibt Fotos«, sagte er, kaum dass sie am Esstisch in seinem Zimmer Platz genommen hatten.

Sie hielt den Atem an. Ihr Blutdruck schnellte hoch. Das war ein schlechter Scherz. »Fotos? Von uns?«

Steffen nickte langsam. »Unter anderem.«

»Was heißt unter anderem?«

»Nun …«

Steffen reichte ihr den Umschlag über den Tisch, und sie öffnete ihn hastig. Fotos von ihr und Steffen im Wochenendhaus. Die abgebildeten Szenen ließen nichts an Deutlichkeit zu wünschen übrig. Flammende Röte schoss ihr übers Gesicht, und eine Welle von Übelkeit stieg in ihr hoch. Wenn diese Bilder in die falschen Hände gerieten, konnte sie die beiden fetten Bauaufträge, um die sie sich gerade bemühte, abschreiben, und Volker würde zum Gespött in der Autostadt werden …

Nach vier, fünf Aufnahmen wechselte plötzlich ein Protagonist im Liebesspiel. Erika merkte zunächst gar nicht, was auf einmal anders war. Sie nahm ein weiteres Foto zur Hand, stutzte dann, griff wieder zum vorherigen und hielt abrupt inne. Das war nicht möglich. Um Gottes willen! Sie hob den Kopf und sah Steffen entsetzt an. Ihr Magen war kurz davor, einen Salto zu schlagen.

Steffens anderer Liebespartner war Moritz. Steffen war schwul. Oder bisexuell. Und er hatte ein Verhältnis mit ihrem siebzehnjährigen Sohn. Als wäre all das nicht genug, gab es Fotos davon. Erika spürte plötzlich ein Rauschen in den Ohren.

»Wieso seid ihr an den Tankumsee gefahren?«, fragte sie nach einer schier endlos scheinenden Pause, und sie hatte Mühe, ihre eigene Stimme zu erkennen. In unser Haus, fügte sie stumm hinzu.

»Es war seine Idee.«

Sie sah ihn an.

»Meine Güte – ist das deine einzige Sorge? Wir werden erpresst«, entgegnete Steffen schließlich heftig.

»Erpresst? Gibt es ein Schreiben?«

Er nickte. »Es liegt bei den Fotos.«

Der Brief war nichts weiter als ein DIN-A5-Blatt mit ausgeschnittenen Zeitungsbuchstaben. Hunderttausend Euro in bar – sonst würden die Fotos die Runde machen: in Königslutter und Wolfsburg. Genaue Anweisungen später. Wie in einem billigen Krimi, dachte Erika dumpf. Ihre Hände zitterten.

»Hast du einen Verdacht?«, fragte sie.

»Ja … doch, ein Freund von mir. Ich kann es zwar nicht beweisen, aber er ist ziemlich eifersüchtig … und außerdem Fotograf. Bis vor einigen Tagen war er in einer Familienangelegenheit in Königslutter. Du kennst ihn: Tibor Kranz.«

Erika starrte Steffen entgeistert an. Sie kannte Tibor seit ewigen Zeiten aus dem Reitverein und war ihm auch in den letzten Wochen mehrfach begegnet. Niemals würde sie ihm eine Erpressung zutrauen. Aber sie hatte sich selbst auch nicht zugetraut, einem jungen Reitlehrer mit Haut und Haaren zu verfallen, und ihr war nicht bewusst gewesen, dass ihr Sohn schwul und das Leben kein Spiel war.

»Außerdem ist er in Geldschwierigkeiten«, fügte Steffen hinzu.

Erika nickte abwesend.

Bereits am nächsten Tag traf der zweite Brief mit den Anweisungen für die Übergabe ein. Erika sollte das Geld in einem Café in der Wolfsburger Fußgängerzone unauffällig in einem Plastikbeutel an der Garderobe hängen lassen und das Lokal dann umgehend wieder verlassen. Die restlichen Aufnahmen sowie die Negative fänden sich anschließend bei Steffen im Briefkasten. Eine leicht zu bewältigende Aufgabe, die sie wie betäubt erledigte. Wenn sie Pech hatte – noch mehr Pech –, würde dieser ersten Erpressung eine zweite folgen. Und eine dritte.

Nichts war mehr wie vorher. Der verspielte lustvolle Traum, in den Steffen sie immer wieder entführt hatte, war geplatzt wie die berühmt-berüchtigte Seifenblase. Zurückgeblieben war Schalheit und Entsetzen, Kälte und Leere. Während sie ihm im Reitverein aus dem Weg ging, wurde ihr klar, wie abhängig sie sich gemacht hatte, wie sträflich leichtsinnig sie gewesen war, und sie verachtete sich selbst dafür.

Moritz war ihr irritierend nah und fremd zugleich. Sie konnte ihm kaum in die Augen sehen und war froh, dass sie sich selten über den Weg liefen. Volker hatte glücklicherweise rund um die Uhr in der Autostadt zu tun. Wenn er zu Hause war, bemühte sie sich, das Gesicht zu wahren.

Als sie Steffen das nächste Mal allein in der Reithalle antraf, ahnte sie nicht, dass dies ihre letzte Begegnung sein würde, aber sie wäre erleichtert gewesen. Sie sah ihn an und spürte den bitteren Nachgeschmack einer längst vergangenen Affäre. Die Fragen, die sie auf dem Herzen hatte, waren nicht mehr wichtig.

»Lass bitte Moritz in Ruhe«, sagte sie plötzlich.

Ein seltsam lauerndes Lächeln huschte über sein Gesicht. »Warum? Meinst du, er ist dann weniger schwul?«

Die Bemerkung klang in ihr nach. Die kaum verhüllte Provokation auch. Sie schüttelte langsam den Kopf. »Darum geht es nicht. Ich will nicht, dass er verletzt wird.«

»Ach so.« Er lächelte immer noch. »Okay. Weil du es bist.«

Sie konnte nicht mit Bestimmtheit sagen, ob es die nonchalante Handbewegung war, die seine Worte begleitete, oder das breiter werdende Lächeln, das sie irritierte. Vielleicht machte auch das perfekte Zusammenspiel von Mimik und Gestik sie plötzlich stutzig – jedenfalls durchdrang sie auf einmal eine dumpfe Ahnung. Er streckte die Hand nach ihr aus, als wollte er ihr Gesicht berühren. Sie wich ihm aus, wandte sich um und ging ohne ein weiteres Wort. Sein Blick brannte in ihrem Rücken, und sie hörte sein leises Lachen.

Das war das grausam banale Ende der intensivsten Affäre, die sie je durchlebt hatte. Einer Affäre, deren Echo sie viele Jahre später nun einholte.

Als Steffen in der darauffolgenden Woche von einem Tag auf den anderen verschwand, ohne sich von irgendjemandem zu verabschieden, wunderte sie sich im Gegensatz zu vielen anderen keinen Augenblick darüber. Ihr wurde endlich klar, dass sie unglaublich dumm gewesen und auf einen gerissenen Gauner hereingefallen war, der sich über ihre unersättliche, blinde Verliebtheit kaputtgelacht hatte und sich nun mit ihrem Geld ein schönes Leben machte – vielleicht mit Tibor an seiner Seite. Vielleicht mit jemand anderem.

Immerhin hatte sie sich seitdem nicht mehr verliebt. Affären galten von da an wirklich nur noch einem einzigen Zweck: der schnellen und ansonsten sinnentleerten Befriedigung. Zu Moritz hatte sie nie wieder ein unbeschwertes Verhältnis entwickeln können, und in das Wochenendhaus am Tankumsee fuhr sie gar nicht mehr. Als Volker anfing, sich fürs Segeln zu interessieren und vorschlug, das kleine Domizil umzubauen, ließ sie ihm völlig freie Hand.

Erika schwieg erschöpft. Sie hoffte inständig, dass es ihr gelungen war, die Ereignisse inhaltlich korrekt und sachlich zu schildern. Volker hatte sich während der ganzen Zeit kaum gerührt, und er blieb weiterhin maskenhaft starr. Erika trank einen Schluck von dem Tonic, das inzwischen warm und modrig schmeckte.

Plötzlich hob ihr Mann den Blick. »Warum? Warum erzählst du mir den ganzen Mist ausgerechnet jetzt?«

»Tibor Kranz ist seit ein paar Tagen wieder in Königslutter, seine Mutter ist kürzlich gestorben. Er ist mir im Reitverein über den Weg gelaufen«, erklärte sie hastig. »Und er verhält sich ausgesprochen merkwürdig.«

Er starrte sie an. »Wie meinst du das?«

»Er befragt Gott und die Welt, wo Steffen abgeblieben ist und …«

Volker presste die Zähne aufeinander und unterbrach sie mit einer heftigen Handbewegung. »Um ehrlich zu sein – ich finde es sehr viel merkwürdiger, dass meine Frau und mein Sohn zur gleichen Zeit ein Verhältnis mit ein- und demselben Typen gehabt haben.«

Erika zuckte zusammen. »Er ist ziemlich aufdringlich und war sogar so dreist, mich auf Steffen anzusprechen. Ich hatte das deutliche Gefühl, dass er mich nervös machen wollte. Vielleicht präsentiert er die Fotos demnächst ein zweites Mal – im Alleingang. Oder Steffen ist wieder mit von der Partie, bleibt aber im Hintergrund, und die beiden treiben ein abgekartetes Spiel mit mir. Ich befürchte –«

»Ich befürchte, dass du hysterisch reagierst und das Ganze überbewertest«, unterbrach er sie kühl.

»Da gibt es nichts überzubewerten«, entgegnete Erika. »Tibor ist Fotograf – er hat die Bilder gemacht, und die beiden haben mich erpresst!«

»Das vermutest du.«

»Es ist weit mehr als eine Vermutung.«

Volker warf ihr einen scharfen Blick zu und lächelte plötzlich süffisant. »Ich bleibe dabei: Es gehört nicht unbedingt zu deinen Stärken, die Dinge ins rechte Licht zu rücken und objektiv zu werten. Vielleicht hat dein galanter Reitlehrer die Sache damals ja doch allein durchgezogen, weil sich diese Möglichkeit aufgrund deiner teeniehaften Verliebtheit förmlich aufdrängte, und Tibor war völlig unbeteiligt. Steffen hat ihn nur erwähnt, um dich abzulenken. Wenn ich dich richtig verstanden habe, war Kranz doch schon abgereist, als die Erpressung lief. Außerdem liegt die Geschichte zehn Jahre zurück.«

»Na und? Das muss gar nichts heißen. Ich bin sicher immer noch gut zu erkennen auf den Fotos …«

Volker hob eine Augenbraue, enthielt sich aber des Kommentars.

»Kranz hat mich derart auffallend gemustert, so provozierend, so … Ich weiß nicht.« Erika atmete tief durch. »Mir ist jedenfalls ganz anders geworden.«

»Dir wird häufiger mal ganz anders.«

Erika ließ die Bemerkung stehen. Volker leerte sein Glas.

»Und ausgerechnet dieser Tibor Kranz entdeckt zusammen mit einer Journalistin im Elm den toten Milan, den Sohn meiner besten Freundin – unserer Freunde«, sagte sie schließlich und schüttelte den Kopf. »Ich kann es kaum fassen. Milan war zweiundzwanzig, fünf Jahre jünger als Moritz, ein wunderbarer junger Mann …«

Volker stand abrupt auf und stellte sich in die offene Terrassentür. Er vergrub die Hände in den Hosentaschen und sah eine Weile schweigend hinaus.

»Wusstest du eigentlich damals, dass unser Sohn schwul ist – ich meine: vor den Fotos?«, fragte er plötzlich.

Erika sah auf. »Nein. Doch wenn es nicht gerade Steffen gewesen wäre … meine Überraschung hätte sich wahrscheinlich in Grenzen gehalten. Später habe ich oft bedauert, dass er nie mit mir über seine Homosexualität gesprochen hat. Schließlich …«

Volker drehte sich um. »Wieso mit dir?«

»Weil schwule Söhne häufig mit ihren Vätern die größeren Probleme haben. Und umgekehrt. Das hat sich ja dann bei euch beiden auch bestätigt.«

Den Nachsatz konnte Erika sich nicht verkneifen. Selbst ein intelligenter, ansonsten aufgeschlossener und gebildeter Mann wie Volker hatte mit kaum verhohlener Abwehr auf die Homosexualität seines Sohnes reagiert.

»Ach ja? Und warum ist er dann deiner Ansicht nach nicht zu dir gekommen, Frau Pädagogin und Schwulen-Versteherin?«

»Ganz einfach: Moritz hat weder dich noch mich sonderlich in sein Leben einbezogen – egal, worum es ging. Da stand ihm wohl erst recht nicht der Sinn danach, uns über seine ersten Liebeserfahrungen, noch dazu homosexuelle, zu informieren.«

»Vielleicht wusste er ja, dass ihr beide auf ein und denselben Typen abgefahren seid. Das mag ihn gehemmt haben.«

»Ganz sicher nicht.«

»Wer sagt das? Hat dir das dein ehrlicher und grundanständiger Steffen versprochen?« Volker lachte gehässig auf.

Erika gab sich gleichmütig. »Nein, das hätte ich gemerkt.«

»Nichts hättest du gemerkt«, sagte Volker und wandte sich wieder um. »Das Haus hätte hinter dir abbrennen können, du hättest es nicht mitbekommen.«

»Und du? Hast du es denn damals gewusst? Und hat er mit dir darüber gesprochen?«, gab Erika die Frage zurück.

»Nein. Aber, falls es dich interessiert, ein bisschen seltsam fand ich es schon, dass ein gut aussehender und talentierter Junge wie er nie eine Freundin mitgebracht hat.«

»Und warum hast du ihn nie darauf angesprochen?«

»Ich selbst hätte es mit sechzehn, siebzehn nicht als angenehm empfunden, von meinem Vater nach meinem Liebesleben befragt zu werden.«

»Aha. Damit ist die Angelegenheit dann zu den Akten gelegt worden. Eine bequeme Haltung.«

»Du bist die Letzte, die sich hier über irgendwas mokieren sollte«, sagte Volker und drehte sich erneut in ihre Richtung. Seine Lippen waren weiß.

»Mag sein«, gab Erika zu. »Ich habe eine große Dummheit begangen, für die ich schon viel bezahlt habe und wohl noch mehr bezahlen muss. Doch vergessen wir eines nicht – du hast Dutzende von Affären mit jungen Frauen gehabt und hast sie immer noch. Wenn je eine dabei gewesen wäre, die sich auch gleichzeitig mit deinem Sohn befasst und daraus einen irgendwie gearteten Vorteil gezogen hätte, wäre die Geschichte dann mit dem vergleichbar, was mir passiert ist?«

»Erika, du hast es immer noch nicht begriffen – so ein Mist passiert mir nicht!«

»Wirklich nicht? Wie kannst du da so sicher sein?«

»Ganz einfach: Das ist eine Sache, die vierzigjährigen unzufriedenen und frigiden Karrierefrauen und Schwulen passiert, aber keinesfalls erwachsenen, verantwortungsbewussten Männern, die im Vollbesitz ihrer geistigen und körperlichen Kräfte sind.«

Erika schaffte es, den Schlag einzustecken. Sie stand langsam auf.

»Gut zu wissen, was du von mir hältst«, erwiderte sie leise. »Und von Moritz.«

Sie ging nach oben in ihr Zimmer. Ihr Gesicht fühlte sich wie eingefroren an. Erstarrt in dem Bemühen, dem Schmerz keinen Spiegel zu bieten. Sie fragte sich, wie lange sie das durchhalten würde. Und warum.

***

Der junge Mann stand Montagmorgen auf dem Parkplatz vor der »Alten Mühle« und sah ihr aus putzmunteren Augen erwartungsvoll entgegen, während Johanna, die bemerkenswert schlecht geschlafen hatte, ihre kaum aufhalten konnte und ihm lediglich einen beiläufigen Blick zuwarf. Garantiert ein Fan von Johnny Depp, dachte sie träge: Piratentuch, fein geschnittenes Bärtchen, sportliche Figur, lässig gekleidet.

Sie gähnte ausgiebig und hatte noch nicht einmal ein schlechtes Gewissen, dass sie vergaß, sich die Hand vor den Mund zu halten. Der Typ sah sie immer noch an und wünschte ihr einen guten Morgen, was sie mit einem halbherzigen Nicken quittierte, um sich dann an ihm vorbeizuschieben und weiter zu ihrem Wagen zu gehen. Höflich war der Johnny-Depp-Junge, das musste man ihm lassen. Vielleicht arbeitete er im Hotel. Er folgte ihr pfeifend, aber erst als sie ihr Auto aufschloss und er die Hand auf die Klinke der Beifahrertür legte, stutzte sie.

»Was machen Sie denn da?«, fragte sie nicht sonderlich einfallsreich und alles andere als freundlich.

»Ich trete meinen Dienst an.« Er grinste.

»Als Schiffsjunge auf der Bounty, oder was?«

Er grinste noch breiter. »Habe ich mich nicht vorgestellt? Ich bin Colin Sander. Ihre Verstärkung.«

Johanna war auf einen Schlag wach, wenigstens etwas. Sie starrte Sander entgeistert an.

Dessen Grinsen wurde deutlich schwächer, als Johanna es nicht mal im Ansatz erwiderte, aber er gab sich Mühe, Haltung zu bewahren. »Reinders meint, wir würden bestimmt gut miteinander auskommen.«

Vielleicht hat Reinders mehr Humor, als ich ihm zugetraut habe, dachte Johanna. Oder er hat noch viel weniger für mich übrig, als ich mir vorstellen kann. Sie warf ihren Lederrucksack auf den Rücksitz und stieg ein. Wie wunderbar war es doch gewesen, mit Sofia Beran zusammenzuarbeiten.

»Wie alt sind Sie?«, fragte sie, als sie vom Parkplatz fuhr.

»Ende zwanzig«, gab er rasch zurück.

Sie warf ihm einen scharfen Seitenblick zu. »Ich bin zwar eine Frau, und mein Abi liegt schon ein paar Jahreszeiten zurück, aber mit konkreten Zahlen kann ich durchaus etwas anfangen.«

Er räusperte sich. »Siebenundzwanzig, seit Kurzem.«

»Siebenundzwanzig«, wiederholte Johanna andächtig. »Seit Kurzem.« Das war eine Lichtjahre entfernte Dimension.

»Sind Sie im Bilde, worum es geht?«

»Ungefähr.«

Johanna sparte sich den Kommentar.

Sie war immer noch geschockt über ihren Assistenten, als sie zur Besprechung in der Dienststelle eintrafen. Schuster und Nabold starrten Colin wie einen bunten Vogel an, was sie ihnen nicht verdenken konnte, aber Sander bemerkenswert gelassen über sich ergehen ließ.

Johanna sah auf die Uhr. Sie hatte während des Frühstücks mit Toni Gerlach telefoniert, um sie daran zu erinnern, dass sie versprochen hatte, ihren Fall vorzuziehen, und sie in dem Zusammenhang zu bitten, routinemäßig auch Henrik Hildmann und Gregor Bischoff durch den Computer laufen zu lassen. Johanna wollte unbedingt mit entsprechenden Hintergrundinformationen ausgestattet sein, wenn sie in die Tagungsstätte fuhr.

Sie nickte Schuster zu. »Hat sich die Gerichtsmedizin gemeldet?«

»Ja, vor zehn Minuten. Sie kümmern sich. Auch um die toten Wölfe. Und melden sich so schnell wie möglich.«

»Großartig. Ich möchte, dass wir Eva Blum im Auge behalten.«

»Das heißt?«

»Ab und an mal bei ihr vorbeischauen. Außerdem brauchen wir die detaillierte Aussage von dem Computerfachmann Bernd Uhland, insbesondere was diesen merkwürdigen Anruf von Kati oder wem auch immer angeht. Dann muss die Fahndung nach Milans Wagen beschleunigt werden. Irgendjemand muss das Auto Samstagabend gesehen haben! Kümmern Sie sich darum?«

»Klar«, beeilte Schuster sich zu versichern.

»Dann fragen Sie bitte in der Kriminaltechnik nach beziehungsweise bei Reinders: Ich will noch heute Morgen wissen, ob man Auffälligkeiten am Motorrad oder an der Kleidung des Kollegen Wiebor gefunden hat. Falls es Verzögerungen gibt, bin ich geneigt, Staatsanwältin Kuhl einzuschalten.«

»Ich werd's ausrichten.«

Johanna seufzte und wandte sich an Colin Sander, der ein wenig blass um die Nase geworden war. »Ich muss einige Telefonate führen. Sie lesen sich am besten inzwischen mal in die komplette Akte ein. Dann sehen wir weiter.«

Sander schluckte. »Sagen Sie mal – wie viele Fälle bearbeiten wir eigentlich?«

»Das weiß ich selbst noch nicht so genau.«

»Ach so.« Er zupfte sein Kopftuch zurecht und zog sich mit zwei Ordnern, die ihm Nabold feixend in die Hand drückte, an einen Schreibtisch am anderen Ende des Raumes zurück.

»Gibt's frischen Kaffee?«, fragte Johanna Schuster.

»Der wartet schon auf Sie.« Er gönnte sich ein Lächeln.

Johanna ging ins Nebenzimmer. Schuster hatte sogar daran gedacht, Kekse bereitzustellen. Sie hatte gerade zwei vertilgt und eine halbe Tasse Kaffee hinterhergespült, als Reinders in der Leitung war. Na bitte.

»Morgen, Frau Krass. Das Hinterrad sieht ein bisschen merkwürdig aus«, berichtete er ohne Einleitung. »Meinte jedenfalls gerade eben der Techniker.«

»Geht das etwas genauer?«

»Selbstverständlich. Einige Speichen sind gebrochen. Er hält es nicht für ausgeschlossen, dass ein Gegenstand hineingeraten ist. Der Sturz allein erklärt nämlich diesen Schaden nicht.«

Johanna schürzte die Lippen. »Interessant. Könnte man mutmaßen, dass jemand mit Absicht etwas nach dem Motorrad geworfen hat?«

»Hm … Vielleicht, aber –«

»Jemand, der sich am Straßenrand versteckt hatte – vergleichbar mit diesen kaputten Typen, die Steine von Autobahnbrücken werfen.«

»Um das Rad in dieser Weise zu treffen, dazu gehört aber schon etwas Übung.«

»Das ist kein Gegenargument, zumal der Treffer ausgerechnet am Rad Zufall sein kann. Im Übrigen musste Wiebor vor der Kurve mit dem Tempo runter.«

»Na ja …«

Johanna sah kurz entnervt gen Decke. Das Gezaudere von Reinders ging ihr gewaltig auf die Nerven.

»Stimmen Sie mir zu, dass man die Überlegung, beim Sturz des Kollegen sei möglicherweise durch geschicktes Eingreifen von außen nachgeholfen worden, zumindest im Hinterkopf behalten kann?«

»Ja.« Die Antwort kam zögernd.

»Danke, Kollege.«

»Nichts zu danken. Ach, übrigens: Hat Sander sich bei Ihnen vorgestellt?«

»Kann man so sagen.«

»Er sieht vielleicht ein bisschen verrückt aus und ist noch sehr jung, aber lassen Sie sich davon nicht täuschen: Der Junge ist ziemlich pfiffig.«

»Wir werden sehen«, sagte sie und beendete das Gespräch.

Es klopfte, und Schuster steckte den Kopf zur Tür herein. »Man erwartet Sie in der Gerichtsmedizin.«

Ihre Hoffnung, im gerichtsmedizinischen Institut in Hannover wieder auf Thomas Kasimir zu treffen, der sie bei ihrem ersten Fall in Wolfsburg unterstützt hatte, erfüllte sich nicht. Der zuständige Mediziner war aber dennoch kein Unbekannter, wie Johanna erfreut feststellte, als sie mit Colin Sander im Schlepptau eine gute Stunde später dort eintraf.

Dr. Hartmut Pockly hatte viele Jahre in Berlin gearbeitet und war Johanna bei zahlreichen Fällen hilfreich zur Hand gegangen, bevor er sich im letzten Jahr entschieden hatte, die Leitung des niedersächsischen Instituts zu übernehmen. Pockly war ungefähr sechzig, ging aber mit seinem schlohweißen Haarschopf und dem hageren und zerfurchten Gesicht, das von einer ramponierten Nickelbrille beherrscht wurde, auch gut und gerne für siebzig durch.

Er gab oft den schrulligen Professor, war jedoch erfinderisch und überaus scharfsinnig, wenn es darum ging, einem Verbrechen auf die Spur zu kommen.

Pockly hatte bereits gewusst, dass Johanna die ermittelnde Beamtin war, und für die Begrüßung immerhin zwei zusätzliche Minuten erübrigt – inklusive eines schrägen, aber wortlosen Seitenblicks auf Colin –, bevor er zur Tagesordnung übergegangen war und sie in den Untersuchungsraum geführt hatte.

»Eine Schande ist das! So ein junger Bursche«, sagte der Mediziner, während er mit einem Hefter in der Hand an den Tisch trat, auf dem Milan lag.

Neben Johanna stand plötzlich ein stocksteifer Colin.

»Du sagst es«, erwiderte sie leise.

Sie war bestürzt, wie unverbraucht das Gesicht wirkte. Eine Locke war ihm in die Stirn gerutscht. Die Verletzung wirkte seltsam irreal, deplatziert: ein tiefes, sorgfältig gereinigtes und an den Rändern ausgefranstes Loch auf der rechten Halsseite in Höhe des Kehlkopfes.

»Was ist diesem jungen Mann widerfahren?«, fragte sie.

Pockly zog die Nase kraus, was seine Brille beinahe zum Absturz brachte. »Ich nehme an, dass er einen Pfeil abbekommen hat, der später wieder entfernt wurde.«

Johanna stockte der Atem. »Was?«

»Es gibt noch keine hundertprozentige Sicherheit, weil die Waffe nicht vorliegt, aber Staatsanwältin Kuhl hat uns einen Bolzen mitgeschickt, der vorab schon in Braunschweig untersucht worden ist. Ein ähnlicher Pfeil kommt mit großer Wahrscheinlichkeit in Frage.« Er schlug den Hefter auf. »Gegen Mitternacht ist er gestorben. Die Schätzung hat sich also bestätigt.«

Colin zupfte sein Piratentuch zurecht.

Johanna schwieg eine Weile. Dann sah sie Pockly an. »Gibt die Kleidung irgendwas her?«

Er warf einen erneuten Blick in seine Unterlagen. »Nichts, was mich auf den ersten Blick stutzen lässt. Wir machen natürlich noch die üblichen Analysen von Haaren, Dreck und dergleichen. Falls du noch entsprechende Indizien findest, ist unverzüglich ein DNA-Abgleich möglich.«

»Gut. Wenigstens etwas.«

»Noch was«, fuhr Dr. Pockly fort. »Der Junge war völlig erschöpft und dehydriert. Ich halte es für möglich, dass er ziemlich lange durch den Wald gelaufen, vielleicht geflohen ist.«

»Oder gehetzt wurde?«

Pockly nickte langsam. »Möglich.«

»Bevor er getroffen wurde oder danach?«

Pockly schob die Brille hoch. »Beide Varianten sind denkbar.«

Colin atmete tief aus, während er ein Notizheft aus seiner Gesäßtasche hervorzog. Johanna schwieg betroffen.

»Mit den Wolfskadavern hat sich ein Kollege von der Tierklinik befasst. Ich weiß, wie ungeduldig du bist, deshalb vorab schon mal so viel: Beide Tiere sind keines natürlichen Todes gestorben«, erklärte der Gerichtsmediziner.

»Lass mich raten – sie sind mit Pfeilen beziehungsweise mit Bolzen abgeschossen worden.«

»Richtig. In einem der Tiere ist eine abgebrochene Pfeilspitze gefunden worden. Reizende Gegend, in der du gerade zu tun hast.«

Konnte Milan die Wege der Wolfsjäger versehentlich gekreuzt haben? Vielleicht handelte es sich um einen tragischen Unglücksfall, bei dem anschließend die Spuren verwischt worden waren. Aber warum hatte man ihn dann einfach liegen gelassen, während Auto und Handy beiseite geschafft sowie der Pfeil entfernt worden waren?, grübelte Johanna. Oder war das der völlig falsche Denkansatz? Sie rieb sich die Stirn.

»Die Leiche ist von irgendwelchen hirnverbrannten Idioten bewegt worden, nicht wahr?«, fragte Pockly, nachdem er sie stumm gemustert hatte.

»Das kann man so formulieren.«

Pockly schüttelte den Kopf. »Das ist große Kacke.«

»Ich stimme dir unbedingt zu und habe den Leuten auch schon entsprechend eingeheizt, aber willst du auf etwas Bestimmtes hinaus?«

Pockly schob seine Brille nach oben. »Auf nichts Bestimmtes, nein, aber … nur so eine Überlegung: Seine rechte Hand war zur Faust geballt, Handinnenfläche und Unterarm waren blutverschmiert, während linke Hand und Arm wenig Blutspuren aufweisen – das muss nichts heißen nach dem, was der junge Mann hinter sich hat, und erst recht nicht, nachdem er durch die Gegend geschleppt wurde. Außerdem befindet sich die Verletzung auf der rechten Halsseite …«

»Aber?« Johanna klopfte mit der rechten Schuhspitze auf.

»Wenn jemand behaupten würde, dass er sich den Pfeil selbst herausgezogen hat und dabei jede Menge Blut verlor, hielte ich das für durchaus vorstellbar.«

»Hm.«

»Es könnte also sein, dass der Pfeil oder Teile davon noch da draußen herumliegen«, meldete Colin sich plötzlich zu Wort und sah die Kommissarin an.

»Und was würde das bedeuten?«

»Dass der Schütze, Täter, wer immer, sich nicht an der Leiche beziehungsweise dem Verletzten zu schaffen gemacht hat.«

»Sie vergessen, dass Auto und Handy verschwunden sind«, wandte Johanna ein.

»Das Handy könnte er unterwegs verloren haben …«

»Die Techniker haben weiträumig gesucht.«

»Er war eine ganze Weile da draußen und hat sich bestimmt auch außerhalb des Suchradius bewegt, sollte er geflüchtet sein«, gab Colin rasch zu bedenken. »Schlüssel und Papiere hatte er noch bei sich, aber man kann nicht völlig ausschließen, dass sein Auto geknackt worden ist, ohne dass ein Zusammenhang mit den Ereignissen im Wald und seinem Tod besteht. Der Bruder soll uns doch mal genau zeigen, wo Milan angehalten hat, als er ihn absetzte. Vielleicht finden sich entsprechende Spuren, die uns Aufschluss geben.«

Johanna zog eine Augenbraue hoch. Kein schlechter Gedanke. Colin erlaubte sich ein kleines Lächeln.

»Notieren Sie das mal. Wir werden da nachhaken«, sagte sie, ohne eine Miene zu verziehen, und mit Blick auf Pockly: »Danke. Gute Arbeit. Wir reden sicher noch mal über den Fall.«

»Davon bin ich überzeugt.«

Wenige Minuten später saßen sie im Auto, und Johanna rief Reinders an, um ihn über den Stand der Dinge zu informieren.

»Ich brauche einen Suchtrupp, der das Gebiet um die Fundstelle der Leiche und auch in der Nähe der Wolfshöhle noch einmal gründlich durchkämmt, und zwar zeitnah. Wir suchen nach Milans Handy sowie nach dem Pfeil, mit dem er verletzt wurde. Es ist sehr gut möglich –«

»Aber die Kollegen haben doch alles durchkämmt. Außerdem ist das Gebiet verdammt groß …«, stöhnte Reinders. »Dafür bräuchten wir ja Dutzende von Leuten.«

»Ist mir klar, aber wenn eine auch nur geringe Chance besteht, Spuren zu sichern, die uns in dem Fall und vielleicht auch in den anderen Ermittlungen entscheidend voranbringen könnten, sollten wir nicht lange zaudern und Verstärkung anfordern, Kollege.«

Reinders knurrte etwas Unverständliches, aber Johanna ging großzügig darüber hinweg.

»Nabold kann die Aktion vor Ort koordinieren«, fügte sie noch hinzu. »Und Staatsanwältin Kuhl ist bestimmt einverstanden. Vielleicht steuert sie sogar noch den einen oder anderen Beamten bei …«

Sie beendete das Telefonat, bevor Reinders weitere Gegenargumente vorbringen konnte.

Colin Sander warf ihr einen amüsierten Seitenblick zu. »Wie geht es weiter?«

»Wir kehren erst mal nach Königslutter zurück. Ich hoffe, dass meine Kollegin aus Berlin sich demnächst meldet.«

Johanna hatte den Lautsprecher am Telefon eingeschaltet und blickte auf den Bildschirm, auf dem sich die Website der Tagungsstätte gerade in voller Pracht entfaltet hatte, während sie Tonis Erörterungen lauschte. Colin saß neben ihr. Frischer Kaffeeduft zog durch das kleine Büro.

Antonia Gerlach hatte einiges zu Markus Taschner gefunden. Der Fünfundvierzigjährige war Wirtschaftsjurist und hatte Geschichte und Politik studiert. Er veranstaltete Seminare in Rhetorik, Unternehmensstrategie und zu aktuellen Wirtschafts- sowie Politikthemen und hielt Vorträge im gesamten deutschsprachigen Raum. Seit einigen Jahren lud er vorzugsweise ins Reitlingstal ein, wo er Geschäftsführern, Firmeninhabern, Politikern, aufstrebenden Jungunternehmern, Studenten und anderen Interessierten jeder Branche fundierte Einblicke in seine Kenntnisse und Ansichten ermöglichte. Es wurden Einzel- und Wochenendvorträge und Seminare angeboten, aber auch Veranstaltungen, die eine ganze Woche dauerten. Hin und wieder unterrichteten Gastdozenten mit klangvollen Titeln und Arbeitgebern.

Die Tagungsstätte gehörte einer Verwaltungsgesellschaft, deren Geschäftsführer und Hauptgesellschafter mit einundfünfzig Prozent Taschner war und die ihm darüber hinaus bundesweit Immobilienbesitz, in der Hauptsache Hotels und Mietshäuser, sowie Beteiligungen an Firmen unterschiedlichster Branchen sicherte. Eine Vermögensgesellschaft hielt die übrigen neunundvierzig Prozent.

»Ganz schön umtriebig«, murmelte Johanna.

»Allerdings«, bestätigte Toni. »Die Firmen sind sehr geschickt und unauffällig untereinander verzweigt. Außerdem wird gemunkelt, dass Taschner eine Parteineugründung plant. Unter Umständen könnte der Verfassungsschutz mehr dazu sagen.«

»Verstehe. Habe ich schon erwähnt, dass unser schwerverletzter Kollege Lennart verdeckt in der Tagungsstätte ermittelte?«

»Hast du nicht. Interessanter Aspekt. Klick mal auf die Serviceseite.«

Eine Reihe mit Fotos baute sich auf, als Johanna der Aufforderung nachgekommen war – adrett aussehende, lächelnde Menschen, unter ihnen auch Henrik Hildmann, die nichts anderes als das Wohlbefinden und Interesse der Gäste und Seminarteilnehmer im Auge zu haben schienen. Darunter waren kurze Lebensläufe aufgeführt sowie die berufliche Tätigkeit und jeweiligen Aufgabenschwerpunkte vermerkt. So oder ähnlich konnte die Website jedes erfolgreichen und angesehenen Unternehmens, das Souveränität, Geschlossenheit und zielgerichtete Kompetenz zu vermitteln suchte, aufgebaut sein. Johanna überflog sie gelangweilt.

»Bevor du einschläfst: In der vorletzten Reihe findest du Rolf Mansloh«, erklärte Toni lapidar. »Arbeitet dort als Betriebswirt. Unter anderem.«

Johanna fuhr zusammen. »Wie bitte? Unter anderem?«

»Warte und wechsle zunächst mal auf die Seite mit den Securityleuten.«

Einen Klick später erstarrte Johanna: Richard Peters war bei den Sicherheitsleuten an erster Stelle genannt. Obwohl er lächelte, wirkte er ernst und unbeirrbar, und sie konnte sich gut vorstellen, dass man sich in seiner Nähe sicher fühlte. Seine beeindruckend blauen Augen waren prüfend auf den Betrachter gerichtet. Das Foto suggerierte einen Mann, der sich vorgenommen hatte, es ziemlich weit zu bringen.

»Das glaub ich jetzt nicht«, murmelte Johanna.

Einen Moment lang starrte sie völlig perplex auf das Bild, bevor sie schließlich zu den anderen Namen abschweifte und Gregor Bischoff entdeckte, der auch im Sicherheitsbereich aufgeführt war.

»Die Überprüfung von Richard Peters hat noch etwas Interessantes ergeben«, hob Toni wieder an. »Er ist vor drei Jahren, als er bereits für Markus Taschner gearbeitet hat, ins Visier einer Fahndung geraten, bei der es um Waffenschmuggel ging. Man konnte ihm allerdings nichts nachweisen und musste die Anklage fallen lassen.«

Johanna biss sich auf die Unterlippe. Hätte sie sich doch früher um Einzelheiten zu Peters' Lebenslauf kümmern müssen? War Lennart Wiebor wegen Peters in der Tagungsstätte tätig geworden? Sie atmete tief durch.

Als sie Peters zum ersten Mal und noch dazu zufällig begegnet war, hatte sie ihm als Freund von Eva Blum Fragen nach Kati gestellt, nicht mehr und nicht weniger, und die angekreuzten Zeitungsinserate mit dem Hinweis aufs Reitlingstal hatten keinerlei Zusammenhang mit seinem Namen erkennen lassen. Nun war jedoch die Überlegung angebracht, ob Lennart Richard Peters gefolgt und dadurch auf den Kosmetiksalon aufmerksam geworden war. Andererseits: Peters hatte behauptet, Lennart nicht zu kennen, als Johanna ihm im Kosmetikladen das Foto gezeigt hatte. Warum?

»Bischoffs Biografie ist übrigens auch nicht ganz sauber«, erläuterte Toni weiter, während die Kommissarin Mühe hatte, die Neuigkeiten sacken zu lassen. »Er ist einige Male durch Gewalttätigkeiten aufgefallen. In diese noble Anlage passen auf den ersten Blick keine schweren Jungs, aber vielleicht gibt Taschner den beiden eine Chance. Das kann man nicht ausschließen, und aktuell führen beide ein sehr solides Leben.«

»Und aktuell klingt diese Vermutung nach amerikanischem

Spielfilm mit Überlänge«, bemerkte Johanna in lapidarem Tonfall. »Die Taschners dieser Welt verdienen ihre Knete üblicherweise nicht damit, dass sie anderen Leuten als sich selbst eine Chance geben – es sei denn, sie nützen ihnen.«

»Warum fragst du ihn nicht einfach selbst?«

»So lange ich kaum mehr als diffuse Vermutungen habe, was den Tod von Milan Hildmann in der Nähe der Tagungsstätte betrifft, wird er mich auslachen, wenn ich ihm mit irgendwelchen Fragen komme, oder mir nicht mal zuhören, was sein gutes Recht ist. Und sollten er und seine Jungs mit all diesen Geschichten tatsächlich was zu tun haben, wird er auch noch gewarnt sein.«

»Vielleicht schätzt du ihn völlig falsch ein.«

»Und vielleicht heirate ich morgen Richard Gere.«

Toni ließ ein Räuspern hören. »Nun gut. Ich finde darüber hinaus bemerkenswert, wie viele Leute dort Aufgaben im Sicherheitsbereich wahrnehmen – sieben, acht junge Männer und Peters als Chef. Das ist selbst bei dieser weitläufigen Anlage üppig.«

»Unter Umständen hat er schlechte Erfahrungen gemacht«, überlegte Johanna. Dann erinnerte sie sich an die Bemerkung von Eva Blum, dass ihr Freund bei Veranstaltungen an verschiedenen Orten eingesetzt wurde.

»Wahrscheinlich nimmt Taschner unterwegs auch immer ein, zwei starke Jungs mit. Und die meisten Leute, die Seminare bei ihm buchen und im Tagungshotel einchecken, gehören sicherlich in die gut verdienende Kategorie und wissen es zu schätzen, wenn das Gelände gut gesichert ist und ihren schnuckeligen Wagen nichts passiert.«

»Nun gut. Kommen wir zur Seite mit den Freizeit-, Sport- und Entspannungsmöglichkeiten.«

»Willst du mich –?«

»Keineswegs!«, unterbrach Toni sofort.

Johanna klickte auf die Kategorie mit der entsprechenden Bezeichnung. Schwimmen, Reiten, Yoga, Kampfsport … Bogenschießen unter der Anleitung von Rolf Mansloh. Johanna schluckte.

»Was sagst du nun?«, fragte Toni.

»Das ist ein entscheidender Hinweis. Du bist klasse. Danke dir.«

»Gerne. Falls ich hier noch irgendwas finde …«

»Meldest du dich umgehend: Tag und Nacht, klar.«

Johanna unterbrach die Verbindung und wandte sich zu Colin um. »Wir fahren ins Reitlingstal und sprechen mit Henrik und Bischoff, vielleicht auch mit Mansloh – aber da bin ich noch nicht ganz sicher. Vordergründig geht es ausschließlich um Milans Tod.«

»Und hintergründig?«

»Will ich wissen, was da los ist. Doch so lange ich außer vagen Hinweisen, seltsamen Zufällen, dumpfen Vermutungen oder gar schlichten Befürchtungen nichts in der Hand habe, müssen wir vorsichtig und zurückhaltend sein. Wenn wir den Pfeil finden, der Milan getötet hat, dürften wir ein ganzes Stück weiter sein.«

Colin nickte. »Verstehe. Wir stellen ein paar Fragen und uns selbst ein bisschen dämlich, sperren aber Augen und Ohren ziemlich weit auf. So in etwa?« Er grinste.

Sie grinste zurück. »Ja, so könnte man es umschreiben.«

Johnny Depp fing an, ihr zu gefallen.

10

Die weitläufige Anlage inmitten des Elms war beeindruckend. Sanfte Hügel mit Baumbestand umschlossen mehrere Gebäudekomplexe, die sich perfekt in die naturbelassene Wiesenlandschaft einfügten. Im Hintergrund war eine Pferdekoppel zu erkennen, und mehrere kleine Teiche ergänzten das romantische Bild, das selbst die robusten, gut zwei Meter hohen Zäune nicht stören konnten.

Johanna fuhr auf einer schmalen Straße langsam um das Gelände herum. Außer zwei Parkbuchten im Norden und Süden gab es keine Möglichkeit, das Auto abzustellen, und sie hielt schließlich direkt vor dem Eingang neben einem Lautsprecher, aus dem eine männliche Stimme in bemerkenswert deutlichem Ton nach ihrem Begehr fragte. Das Tor öffnete sich mit leisem Scheppern, als sie sich vorgestellt hatte, und Johanna lenkte den Wagen auf einen überdachten Parkplatz vor einem Verwaltungsgebäude.

Ein älterer Mann in Arbeitsklamotten kam ihr kurz darauf entgegen. Sie schätzte ihn auf Anfang sechzig. Er war dürr und roch nach kalter Asche. Am Revers seines schwarzen Overalls stand Fritz Wolter, Verwaltung und Haustechnik. Früher hat man Hausmeister gesagt, dachte Johanna, aber warum einfach, wenn's auch kompliziert geht? Sprechstundenhilfen hießen heutzutage ja auch medizinische Fachangestellte, verdienten aber leider noch genauso schlecht.

»Sie sind von der Polizei?«, fragte er und warf Johannas Wagen einen skeptischen Blick zu. Colin Sander musterte er verblüfft. »Kripo?«

»Ja. Wir untersuchen den Tod eines jungen Mannes. Sein Bruder Henrik Hildmann ist Angestellter der Tagungsstätte. Wir möchten ihn und auch Gregor Bischoff sprechen«, erwiderte Johanna knapp.

Der Verwalter kratzte sich am Hinterkopf. »Ich glaube, die arbeiten beide …«

Johanna nickte freundlich. »Wie schön – wir auch. Sagen Sie uns einfach, wo wir sie finden.«

Fritz Wolter warf ihr einen konsternierten Blick zu. Dann schüttelte er den Kopf. »Sie können im Besucherzimmer warten. Ich muss erst telefonieren. Kommen Sie.«

»Aber gern.«

Wolter ging voran und führte sie im Verwaltungsgebäude in einen kleinen schlichten Raum mit zwei Tischen. »Augenblick bitte.«

Eine Luftbildaufnahme vom Reitlingstal und ein großformatiger Kalender schmückten zwei Wände. Auf den Tischen waren Zeitschriften gestapelt, auf einem Beistellwagen unter dem Fenster standen Getränke.

»Wie beim Arzt«, meinte Colin und goss sich ein Glas Wasser ein, bevor er den Rekorder anschloss.

Johanna sah zum Fenster hinaus. Sie drehte sich um, als Wolter die Tür öffnete.

»Hildmann ist unterwegs hierher, Bischoff hat sich eben zur Mittagspause abgemeldet. Den erreiche ich gerade nicht. Ich versuch's gleich noch mal.«

Johanna zog eine Augenbraue hoch, nickte aber. »Danke.«

Henrik Hildmann kam wenige Minuten später. Er schloss die Tür hinter sich und blickte irritiert von Sander zu Johanna und zurück, bevor er sich zu ihnen an den Tisch setzte und die Arme über der Brust verschränkte.

»Mein Assistent Colin Sander«, stellte Kommissarin Krass Johnny Depp vor, legte ihre Unterlagen bereit und betätigte die Aufnahmetaste am Rekorder.

Hildmann nickte. Er war hohlwangig und bleich wie am Tag zuvor und sah aus, als hätte er seit Ewigkeiten nicht mehr richtig geschlafen. Ein junger Mann am Ende seiner Kräfte.

»Wie geht es Ihnen heute?«

»Ziemlich beschissen.«

»Das kann ich gut verstehen.«

»Wirklich?«

»Ich habe täglich mit Menschen zu tun, deren Angehörige oder Freunde bei einem Gewaltverbrechen ums Leben gekommen sind«, erwiderte Johanna.

»Gewaltverbrechen?« Henrik schluckte. »Das steht jetzt also endgültig fest?«

»So gut wie.«

Er sah zur Seite. »Das ist grauenvoll. Meine Mutter wird das niemals überwinden …«

Johanna wartete darauf, dass er weitersprechen würde, aber er schwieg.

»Wir haben noch einige Fragen«, fuhr sie schließlich fort. »Und wir müssen Ihr Alibi im Detail prüfen. Reine Routine.«

»Das sagten Sie bereits gestern.«

Er ist genervt, dachte Johanna, und es passt ihm ganz und gar nicht, dass wir hier sind. »Herr Hildmann, worüber haben Sie sich am Samstag mit Milan gestritten?«

Seine Augen weiteten sich. »Gestritten? Wir haben uns nicht gestritten! Milan hat mal wieder gemosert und sich darüber lustig gemacht, dass ich mich sogar am Wochenende mit dem Job beschäftige. Ich hatte auf der Geburtstagsfeier Volker Seibert gefragt, ob er Lust hätte, mal als Gastdozent einen Vortrag bei uns zu halten. Milan mischte sich in das Gespräch ein. Das fand ich daneben.«

»Was genau macht Volker Seibert beruflich?«

»Er ist gerade zum Geschäftsführer in der Autostadt aufgestiegen und versteht von Unternehmensführung und Wirtschaft natürlich eine ganze Menge«, erläuterte Henrik. »War nur eine spontane Idee von mir. Warum reiten Sie da eigentlich so drauf rum?«

»Alle möglichen und auch scheinbar nebensächlichen Aspekte sind wichtig, weil Ihr Bruder unter ungeklärten Umständen sein Leben verloren hat und –«

»Und wenn es ein Unglück war?«

Johanna lehnte sich zurück. »Sie meinen, er könnte durch den Wald spaziert sein und jemand hat ihn zufälligerweise so verletzt, dass er verblutete? Danach klaut jemand sein Auto, auch ganz zufällig? Was noch? Ach ja, das Handy ist auch noch verschwunden …«

»Sein Handy dürfte im Auto sein«, erklärte Henrik eilig. »Der Akku war leer – er hatte es zum Aufladen am Zigarettenanzünder angeschlossen.«

»Ach? Das wissen Sie genau?«

Henrik nickte. »Ja. Er hat geflucht, als wir aufbrachen, und es sofort ans Kabel gehängt. Er wird es kaum eingesteckt haben, als er ausgestiegen ist, weil der Akku in den paar Minuten Fahrzeit nicht genügend auflädt.«

Das war in der Tat eine einleuchtende Erklärung. Johanna musterte Henrik grübelnd. »Na schön. Sie nehmen Ihren Job sehr ernst, nicht wahr?«

»Klar.«

»So klar ist das gar nicht.«

»Nehmen Sie Ihren Job nicht ernst?«

Johanna lächelte. »Doch. Was genau gefällt Ihnen hier so gut?«

»Ich weiß, wofür ich arbeite – ich meine: über mein Gehalt hinaus. Das Team hält zusammen. Wir sind nicht nur einfache Kollegen. Jeder hat seinen Platz und wird respektiert.«

»Ist Taschner ein guter Vorgesetzter?«

Henrik nickte. Er ließ die Arme sinken und legte die Hände auf den Tisch. »Er ist klasse. Ein kluger Mann. Ich schätze ihn sehr.«

»Er ist Wirtschaftsexperte, oder?«

»Ja, unter anderem.« Henrik nickte und sah kurz zu Colin hinüber, der sich Notizen machte, obwohl die Befragung aufgezeichnet wurde.

»Er weiß, wie man schwierige Themen mit einfachen Worten vermittelt. Männer wie er könnten die Wirtschaft so richtig voranbringen, und nicht nur die. Taschner meint immer, die Leute müssten Ziele haben, gemeinsame Ziele, die sie stark machen und einen – auch politisch und kulturell. Es gibt zu wenige Vorbilder heutzutage.«

»Aber er ist ein Vorbild?«

»Unbedingt.«

»Für welche Ziele steht denn Taschner?«

»Für die Besinnung auf regionale Stärken zum Beispiel, innerhalb Deutschlands und auch Europas. Dann würden viele Probleme gar nicht erst entstehen.« Henrik lächelte. »Wenn Sie das so interessiert, sollten Sie sich mal einen Vortrag anhören oder ein Seminar belegen.«

»Ich werd's mir überlegen. Wie ist eigentlich Ihr Verhältnis zu Richard Peters?«

Hildmann zuckte merklich zusammen. »Wie kommen Sie denn plötzlich auf Richard?«

»Beantworten Sie einfach meine Frage.«

Henrik wischte sich über die Nase. »Wie ich schon sagte – wir sind hier ein Team. Richard hat eine besonders wichtige Aufgabe.«

»Danach habe ich nicht gefragt.«

Er blickte sie stirnrunzelnd an. »Ich komme gut mit ihm klar.«

»Ist er so was wie ein Chef?«

»Er ist der Chef der Security.«

»Ich verstehe.«

Hildmann zog ein Gesicht, als hätte er an Johannas Behauptung berechtigte Zweifel. Sie griff in ihre Tasche und zog ein Foto von Lennart heraus. »Kennen Sie diesen Mann?«

Henrik betrachtete die Aufnahme nur kurz und sah irritiert hoch. »Ja, klar, das ist Maybach – Jonathan Maybach. Er hat hier gearbeitet, aber nur kurz. Was hat er …?«

»Wussten Sie, dass er letzte Woche einen Unfall hatte?«

Hildmann zwinkerte und schüttelte langsam den Kopf. »Nein. Er hat sich um den Fuhrpark gekümmert, und ich bin davon ausgegangen, dass der Job auf ein paar Wochen befristet war.«

»Und von dem Unfall haben Sie nichts mitbekommen?«

»Leider nein.«

»Ich denke, Sie sind hier ein Team – wie kann es dann sein, dass einer von Ihnen einen schweren Unfall hat und Sie wissen nicht mal was davon?«

»Er war als Aushilfe eingestellt – befristet. Und er war ganz neu. Nicht jeder gehört gleich dazu.«

»Ach so.« Johanna sah ihn abwartend an.

Henrik hob das Kinn. »Man muss schon zeigen, was man draufhat, und nicht nur für ein paar Wochen.«

»Verstehe. Kennen Sie Kati Lindner?«

»Müsste ich?«

»Sie hat in der Buchhandlung Kreisler gearbeitet, ihre Eltern …«

Hildmann nickte eilig. »Ja, richtig. Darüber stand was in der Zeitung. Sie ist verschwunden, nicht wahr?« Er verschränkte die Arme, als Johanna nickte. »Hören Sie, ich weiß nicht, was all diese Fragen sollen. Ich denke, es geht um Milan …«

Die Kommissarin lächelte. »Stimmt. Ich neige dazu, sehr viele

Fragen auf einmal zu stellen – ist so eine Unsitte von mir. Eine von vielen, aber lassen wir das. Ich möchte, dass Sie meinem Kollegen zeigen, an welcher Stelle genau Milan Sie am Samstag abgesetzt hat. Außerdem notieren Sie bitte, wo und wann Sie am Samstagabend mit wem wie lange waren. Währenddessen spreche ich mit Gregor.«

Colin stand auf. Henrik erhob sich langsam. Johanna unterbrach die Aufnahme und schob ihren Stuhl zurück. »Danke fürs Erste.«

Colin Sander drehte sich in der Tür noch einmal nach ihr um. Sie machte ihm rasch ein Zeichen und hoffte, dass er ihre Aufforderung, sich in aller Ruhe und unauffällig umzusehen, verstand.

Gregor Bischoff hatte sich Zeit gelassen. Colin und Henrik waren schon einige Minuten unterwegs, als er plötzlich ohne zu klopfen die Tür öffnete. Die athletische Gestalt füllte den Türrahmen in beeindruckender Weise aus. Er kratzte sich am Hinterkopf, was bei seinem kurz geschnittenen Haar ein Geräusch erzeugte, als bearbeite man Holz mit grobkörnigem Schleifpapier. Bischoff grüßte und trat ein. Lässig ließ er sich auf den Stuhl gegenüber von Johanna fallen und musterte sie eindringlich. Auf seinem Sweatshirt prangte das Logo der Tagungsstätte in flirrendem Rot.

»Sie waren am Samstagabend mit Henrik unterwegs?«, fragte Johanna, nachdem sie den Gruß erwidert und sich vorgestellt hatte. Sie richtete das Mikro aus.

»Ja, das habe ich der Polizei schon gesagt. Den ganzen Abend und die halbe Nacht. Und gepennt haben wir bis zum Nachmittag.« Er machte eine wegwerfende Handbewegung.

»Ich wüsste es gerne genauer. Könnten Sie aufschreiben, wo Sie sich wann aufgehalten haben?« Johanna zog Block und Stift aus ihrem Rucksack und legte es vor ihn hin. »Außerdem brauche ich ein Foto von Ihnen.«

»Wieso das?«

»Ist die Frage ernst gemeint?«

Er stützte die Ellenbogen auf den Tisch und legte das Kinn auf die gefalteten Hände. »Aber ja. Sie müssen mir schon einen plausiblen Grund nennen.« Er lächelte. »Und das wissen Sie auch.«

Johanna spürte, dass sie wütend wurde und damit wie eine Anfängerin auf seine Provokationen hereinfiel. Gregor Bischoff gehörte zu der Sorte Männer, auf die Johanna, ohne eine einzige Sekunde zu zögern, für immer verzichten könnte. In diesem und auch im nächsten Leben. Davon abgesehen fühlte er sich auffällig sicher. Und das konnte alles Mögliche bedeuten.

»Ich benötige das Foto zur Überprüfung Ihrer und Henriks Angaben«, sagte sie betont ruhig. »Sollte das für Sie ein Problem darstellen, wende ich mich kurzerhand an Ihren Vorgesetzten.«

Bischoffs Lächeln wurde sparsamer. Er machte eine wegwerfende Bewegung. »Schon gut. Nicht nötig. War nur ein Spruch.«

»Wie schön.« Johanna gönnte sich einen süffisanten Tonfall. »Wenn Sie nichts dagegen haben, mache ich zwei, drei Aufnahmen mit meinem Handy, während Sie notieren, wo Sie mit Henrik waren. Das geht schnell und dürfte für die Überprüfung reichen.«

Er nickte und nahm den Stift. Johanna fingerte ihr Handy heraus und lichtete Bischoff mehrmals ab, während der eifrig schrieb. Schließlich schob er ihr den Block hinüber. Für einen erwachsenen Mann, noch dazu mit der bulligen Statur, hatte Bischoff eine überraschend zierliche Handschrift. Ein Kino in der Innenstadt und zwei Bars hatte er nach der gemeinsamen Erledigung liegen gebliebener Büroarbeit angegeben, außerdem einen kurzen Besuch bei McDonalds; anschließend wären Henrik und er zurückgekehrt und hätten bis zum frühen Morgen bei ihm zu Hause an der Playstation gesessen. Die Auflistung war bemerkenswert detailliert.

»Die Kinokarten hat Henrik sicher noch«, fügte er hinzu. »Der hebt so 'n Zeug auf. Und die Mädels in den Bars müssten sich eigentlich an uns erinnern.« Er grinste wieder selbstsicher. »Wir waren ziemlich gut drauf.«

»Freut mich zu hören. Wie sind Sie eigentlich aus Braunschweig zurückgekommen?«

»Na, so wie wir hingekommen sind: mit meinem Wagen.«

»Wenn Sie ziemlich gut drauf waren, haben Sie sich sicherlich den einen oder anderen Drink genehmigt …«

»Henrik hatte nur ein Bier und einen Drink, er ist gefahren«, erklärte Bischoff eilig.

»Ach so. Sagen Sie mal – ich habe irgendwo gelesen, dass man hier auf dem Gelände Bogenschießen kann. Stimmt das?«

Er hielt kurz inne. »Ja, das stimmt. Es gibt Kurse für unsere Gäste, und einige Mitarbeiter trainieren auch.«

»Interessanter Sport«, meinte Johanna. »Ein Freund von mir hat ihn früher eifrig betrieben. Gibt es da nicht sehr unterschiedliche Bogenarten?«

Bischoff nickte. »Allerdings. Wir verwenden hier Compound- und Langbögen.«

Johanna nickte. »Trainieren Sie auch mit der Armbrust?«

»Nein.«

»Zu gefährlich?«

»Darum geht es nicht.« Bischoff sah sie unbeirrt an. »Es ist nicht besonders reizvoll, mit der Armbrust auf eine Zielscheibe zu schießen. Man trifft relativ schnell, jedenfalls auf kurze Entfernung.«

»Ach so. Bei einem unbewegten Objekt fehlt also die Herausforderung?«

»Ja, genau.«

»Wie lange arbeiten Sie schon hier?«

»Gut zwei Jahre.«

»Im Sicherheitsbereich?«

»Hauptsächlich.«

»Was heißt das genau?«

»Gelände-, Objekt- und Personenschutz«, antwortete Bischoff prompt. »Wir haben oft 'ne Menge Leute hier, und man kann nie wissen. Taschner nimmt auf Reisen auch meist jemanden mit. Außerdem bin ich zuständig für Logistik, Technik und Einkauf und helfe auch im Büro aus. Je nachdem was gerade so anfällt.« Er warf einen Blick auf seine Armbanduhr. »Hören Sie, ich …«

»Wir sind gleich durch, Herr Bischoff. Sie sind voll integriert ins Team, oder?«

»Und ob. Ich hab mich bewährt und bin nach der Probezeit übernommen worden.«

»Wie schön.«

Er blinzelte.

»Taschner scheint ein sehr beliebter Chef zu sein.«

»Davon können Sie ausgehen.«

»Was schätzen Sie am meisten an ihm?«
Bischoff überlegte nur kurz. »Dass er weiß, wo es langgeht.«
»Und wo geht es lang?«
Er lächelte. »Besuchen Sie eines seiner Seminare. Ich kann das nicht so gut erklären.«
Im gleichen Moment klopfte es. Die Tür öffnete sich, bevor Johanna etwas sagen konnte, und Richard Peters trat ein. Er ist vorbereitet, dachte sie, als er sie anlächelte. Natürlich ist er vorbereitet. Der Mann hatte bemerkenswert blaue Augen.
»Frau Kommissarin – das ist ja eine Überraschung!«
»Ja, nicht wahr, Herr Peters? Setzen Sie sich kurz zu uns?«
Richard Peters wechselte einen schnellen Blick mit Bischoff. »Gibt es was Besonderes?« Er zog einen Stuhl vom Tisch zurück und nahm Platz, ohne den Rekorder auch nur eines Blickes zu würdigen.
»Ja, Sie haben vielleicht davon gehört, dass Henriks Bruder Milan ums Leben gekommen ist – hier im Elm, ganz in der Nähe«, erwiderte Johanna.
»Ja, Henrik hat es erzählt. Wie fürchterlich!«
»Wir wollen herausfinden, was geschehen ist, und müssen ein paar Fragen stellen.«
Bischoff wippte mit dem Bein. Peters legte ihm kurz eine Hand auf die Schulter und lächelte Johanna freundlich an.
»Gregor hat noch eine Menge zu tun. Sind Sie so weit durch mit ihm, dass er gehen kann?«
Peters nahm ihr ganz selbstverständlich das Heft aus der Hand. Sie ließ ihn gewähren und nickte. »Na klar.«
Bischoff verabschiedete sich eilig und schlüpfte durch die Tür. Peters legte die Hände auf den Tisch und sah die Kommissarin aufmerksam an.
»Das Gelände ist sehr gut gesichert«, sagte Johanna nach kurzem Überlegen. »Hohe Zäune, geschultes Sicherheitspersonal …«
»Es passiert eine Menge heutzutage. Wir garantieren unseren Seminarteilnehmern und Gästen einen ungestörten Aufenthalt.«
»Sind Videokameras installiert?«
»Natürlich. Am Haupteingang und auch an den Nebeneingängen«, gab Peters prompt Auskunft. Er verzog keine Miene.

»Wie viele Nebeneingänge gibt es denn?«

»Drei. Zwei davon nur für Fußgänger.«

»Und die Kameras zeichnen rund um die Uhr auf?«

Peters verschränkte die Hände. »Sie zeichnen immer dann auf, wenn sich etwas tut. Die Daten werden nach vierundzwanzig Stunden gelöscht beziehungsweise überschrieben.«

Scheiße, dachte Johanna. Das wäre ja auch zu schön gewesen.

»Worauf wollen Sie eigentlich hinaus, Frau Kommissarin?«, fragte Peters, als sie plötzlich schwieg. »Was hat unser Gelände mit dem Tod von Henriks Bruder zu tun?«

Das genau wüsste ich nur allzu gern, dachte Johanna. Sie sah ihn an. Er gab den Blick ungerührt zurück.

»Jonathan Maybach hat eine Weile hier gearbeitet«, ging sie über seine Frage hinweg. »Ich habe Ihnen kürzlich ein Foto von ihm gezeigt, wenn Sie sich erinnern. Sie behaupteten, ihn nicht zu kennen.« Sie zog ein Bild von Lennart aus ihrem Hefter.

Peters betrachtete es einen Augenblick interessiert und zuckte dann mit den Achseln. »Hab ich wohl nicht richtig hingeguckt, tut mir leid. Er war nur kurz als Aushilfe beschäftigt, hat einige Wagen repariert und durchgecheckt und war dann von einem Tag auf den anderen wieder weg. Ich hatte nur selten direkt mit ihm zu tun.« Falls ihn der abrupte Schwenker verwunderte, ließ er sich nicht das Geringste anmerken.

»Ein geschulter Sicherheitsmann wie Sie erkennt das Gesicht eines Mitarbeiters nicht wieder und erinnert sich auch nicht an seinen Namen?«

»Das sollte nicht passieren, da stimme ich Ihnen zu.« Er quetschte ein Lächeln heraus. »Was ist mit ihm?«

»Er hatte einen schweren Unfall.«

»Tut mir leid zu hören. Wie kommen Sie jetzt auf ihn?«

»Maybach war ein sehr guter Motorradfahrer. Der Sturz lässt einige Fragen offen.«

»Ich glaube nicht, dass ich Ihnen da helfen kann.« Peters schüttelte mit leisem Bedauern den Kopf.

»Ja, sieht ganz so aus.«

»Wie geht es ihm denn?«

»Dazu kann ich nichts sagen.« Sie hob die Hände.

Peters nickte verständnisvoll. »Und was ist mit Kati? Hat sie sich immer noch nicht gemeldet?«, fragte er weiter. »Oder sind Sie gar nicht mehr mit der Suche nach ihr befasst?«

Johanna sehnte sich nach einem Kaffee und einer Packung Kekse. Richards abgeklärte Art strengte sie an, und noch mehr machte ihr zu schaffen, dass sie nichts in der Hand hatte, womit sie seine Haltung erschüttern konnte. Sie lehnte sich zurück.

»Sie glauben nach wie vor nicht daran, dass ihr etwas zugestoßen ist?«, fragte sie.

»Nein.«

»Was macht Sie so sicher?«

Peters lächelte. »Sie hat ihre Eltern verarscht. Und Eva auch. Sie ist mit irgendwem durchgebrannt – und sei es nur für ein paar Wochen. Davon gehe ich aus.«

»Aber warum, Herr Peters? Was hält sie davon ab, ihren Eltern und ihrer Chefin Bescheid zu sagen, wenn sie spontan eine Auszeit braucht?«

»Auch wenn man es ihr auf den ersten Blick nicht ansieht: Es ist ihr scheißegal, was in anderen vorgeht«, meinte Richard Peters. »So einfach ist das.«

Johanna erinnerte sich an Manslohs Bemerkung zu Katis Affären im Bogenschießverein. Sie überlegte gerade, ob an Peters Einschätzung doch etwas dran sein könnte und sie sofort die Gelegenheit nutzen und noch einmal mit Mansloh sprechen sollte, als ihr Handy klingelte. Sie sah auf dem Display, dass es Schuster war, und stellte die Verbindung mit einem entschuldigenden Nicken in Peters' Richtung her. »Ist es wichtig?«

»Und ob! Eine Kollegin vom Suchtrupp hat den Pfeil gefunden!« Seine Stimme klang hell vor Aufregung.

Johanna tat gleichmütig, aber ihr Herzschlag beschleunigte sich augenblicklich. »Erzählen Sie.«

»Er lag nicht auf dem Boden oder in irgendwelchem Buschwerk herum, worauf natürlich gestern alle Blicke gerichtet waren, sondern steckte in der Rinde eines Buchenstamms, circa einen Kilometer vom Fundort der Leiche entfernt, ganz in der Nähe der Tagungsstätte! Es könnte doch sein, dass Hildmann ihn mit voller Absicht dort platziert und sich dann weitergeschleppt hat.«

»Ich verstehe. Interessant.« Johanna erfasste mit einem flüchtigen Blick aus den Augenwinkeln, dass Peters gelangweilt zum Fenster hinaussah, aber gleichzeitig mit den Fingern leise auf den Tisch trommelte.

Schuster atmete tief aus. »Ich hatte jetzt, ehrlich gesagt, mit mehr Begeisterung gerechnet.«

»Später.« Johanna musste lächeln. Schuster wurde zusehends lebhafter und selbstbewusster.

»Können Sie gerade nicht sprechen?«

»Die Schlussfolgerung ist naheliegend.«

»Okay. Jedenfalls sieht Milans Pfeil dem Kreisler-Pfeil verdammt ähnlich. Vorschlag: Wir machen Fotos und bringen den Pfeil sofort nach Hannover. Dr. Pockly hat versprochen, sich gleich darum zu kümmern. Ist das in Ihrem Sinne?«

»Völlig.«

»Das Handy wurde übrigens bislang nicht gefunden.«

»Danke für die Infos, bis später.« Sie unterbrach die Verbindung.

Richard Peters taxierte sie. »Sind wir fertig?«

»Ja, für heute schon.«

Johanna stand auf. Er war vor ihr an der Tür und öffnete sie galant.

»Eine Frage noch«, hielt sie inne. »Warum ist Taschner so erfolgreich?«

»Es gelingt ihm, Menschen zu motivieren«, entgegnete Peters ohne zu zögern. »Er versteht was von Teamdynamik und weiß, wovon er spricht. Bei ihm hat jeder das Gefühl, am richtigen Platz zu sein.«

»Hat er Feinde?«

»Erfolgreiche Menschen erzeugen Neid und haben fast immer Feinde.«

Sie nickte. »Danke. Bis die Tage, Herr Peters«, sagte sie.

Colin wartete am Auto. Er band sich gerade das Piratentuch neu, als sie zu ihm trat. Johanna betrachtete verblüfft seinen kahlen glänzenden Schädel, bevor sie einstieg und den Motor startete. Er ließ sich neben ihr in den Sitz fallen, und sie gab Gas.

»Und?«, fragte sie. »Was haben Sie herausgefunden?«

»Milan hat in der nördlichen Parkbucht gehalten«, begann Colin seinen Bericht.

»Warum hat er seinen Bruder nicht bis vors Tor gefahren?«

»Hab ich ihn auch gefragt. Henrik meinte, dass er über den hinteren Eingang aufs Gelände gehen und sich noch ein wenig die Beine vertreten wollte. Er mag den Weg.« Colin zuckte mit den Achseln. »Wie dem auch sei – irgendwelche Spuren, die auf einen Autoknacker hinweisen, konnte ich nicht entdecken, aber das muss ja nichts heißen. Wenn Profis am Werk waren …« Er ließ den Satz unvollendet. »Ich hab Henrik dann noch überredet, mich in seine Bude zu lassen.«

Johanna warf ihm einen verblüfften Seitenblick zu. »Wie haben Sie das denn hingekriegt?«

»Er hat die Kinotickets bei sich rumliegen und wollte sie holen. Ich hab ihn einfach begleitet. Das hat ihm nicht gepasst, aber nach einer großen Show war ihm dann doch nicht zumute.«

»Und er hat sie reingelassen?«

»Na ja …«

»Colin?«

»Ich musste plötzlich ganz dringend aufs Klo. Das passte ihm noch weniger«, erläuterte Sander bereitwillig. »Glücklicherweise klingelte gerade sein Handy, und er hatte keine Lust, lange im Hausflur zu diskutieren. Außerdem bin ich ziemlich gut darin, das Unschuldslamm zu spielen, verdammt gut sogar. Also, ich meine: wirklich gut …«

»Colin!«, polterte Johanna.

»Okay, okay.«

»Haben Sie mitbekommen, mit wem er telefoniert hat?«

»Nö. Er hat mir das Klo gezeigt, sich sofort in die Küche verzogen, die Tür angelehnt und sehr leise gesprochen. Ich hab gedacht, dass ich so eine Gelegenheit unbedingt nutzen sollte, und bin rüber ins Wohnzimmer geschlichen. Dort hab ich so schnell wie möglich reihum Fotos mit meinem Handy gemacht. Mein Fotohandy ist übrigens ausgezeichnet.«

»Wie bitte?«

Colin wagte ein verschmitztes Lächeln. »Wir können uns gleich am PC angucken, was bei Henrik auf dem Schreibtisch und in den Regalen herumliegt. Das ist meistens ganz aufschlussreich.«

Johanna atmete tief durch, während sie auf die L 290 abbog. »Sie wissen schon, dass wir das offiziell gar nicht nutzen dürfen.«

Sander nickte. »Schon klar.« Der Triumph in seiner Stimme war unüberhörbar.

»Hat er was gemerkt?«

»Nö. Als er die Küchentür öffnete, war ich schon längst im Klo und hab die Spülung betätigt, und zwar nicht die Spartaste, wenn Sie verstehen, was ich meine.« Er wagte ein Grinsen. »Wie geht es jetzt weiter, Frau Kommissarin?«

Johanna verkniff sich ein Lachen. »Sie überprüfen zusammen mit Schuster die Alibis, wobei ich davon ausgehe, dass sie bestätigt werden. Ich sehe mir die Fotos an und muss telefonieren. Außerdem bestellen wir Mansloh zur Vernehmung hierher …«

»Den hätten wir doch auch eben befragen können.«

»Lassen wir ihn ruhig ein bisschen schmoren. Ich bin gespannt, ob und wie Peters ihn brieft – er ist bei Weitem nicht so ausgebufft. Ach ja, hab ich schon erzählt, dass man den Pfeil gefunden hat?«

Colin schnalzte mit der Zunge.

In der Buchhandlung war nicht viel los. Gertrud Kreisler kam sofort auf sie zu. Johanna nahm ihr Handy heraus und rief die Fotos von Bischoff auf. Unter gelungenen Porträtaufnahmen verstand man sicherlich etwas anderes, aber das Charakteristische seines Gesichts und Oberkörpers hatte sie gut eingefangen.

»Sehen Sie sich die bitte mal genau an«, bat Johanna die Buchhändlerin. »Falls die Ansicht zu klein ist, könnten wir vielleicht Ihren PC benutzen …«

»Nicht nötig«, unterbrach Kreisler sie. »Das ist der Mann, der den Laptop abgeholt hat.«

»Sind Sie hundertprozentig sicher?«

Gertrud Kreisler zögerte. »Nein, aber fünfundneunzigprozentig. Die Kurzhaarfrisur und die breiten Schultern …« Sie nickte. »Das dürfte hinkommen.«

Johanna hatte den Rekorder mit ins Geschäft genommen und

betätigte die Wiedergabetaste: »Und die Mädels in den Bars müssten sich eigentlich an uns erinnern«, erklang Bischoffs Stimme.

Kreisler nickte sofort. »Ja, das ist seine Stimme.«

»Sicher?«

»Hundertprozentig.«

»Danke, Frau Kreisler.«

11

Johanna verzog sich mit zwei Stück Kaiserdom-Torte und einer Kanne Kaffee ins kleine Büro, nachdem Colin die Fotos vom Handy auf einen Stick überspielt hatte und mit Schuster wieder aufgebrochen war. Sie genoss die Ruhe. Nur gedämpft drangen Telefonklingeln und Gesprächsfetzen an ihr Ohr. Die Torte war ein Genuss. Das erste Stück hatte sie intus, noch bevor sie die Fotos auf dem PC gespeichert hatte. Sie goss Kaffee nach und beugte sich vor.

Henriks Wohnzimmer war alles andere als ordentlich – auch diesbezüglich schien es keine Parallelen zu seinem Bruder zu geben. Der Raum wirkte klein und vollgestopft. Colin war es gelungen, das Mobiliar so zu fotografieren, dass Einzelheiten gut erkennbar waren, aber ob die Aufnahmen sie in ihren Ermittlungen voranbringen würden, bezweifelte Johanna.

Unzählige Klamotten waren übers ganze Bett verteilt, Schreibzeug, Bücher, Broschüren und Kleinkram bedeckten Schreibtisch und Regale, dazwischen Gläser, Pizza-Pappschachteln, Getränkedosen. Sie zoomte Ausschnitte der Bilder heran. Die Titel der Broschüren, die sich »Reitlingstaler Seminar- und Vortragsreihe« nannten, wie sie entziffern konnte – Autor Markus Taschner –, erregten ihre Aufmerksamkeit.

»Führungs-Kompetenz als Unternehmenskonzept« lautete einer. »Wie Deutschland erstarken kann – Dominanz durch Klarheit statt Chaos durch Vielfalt« ein zweiter. Sie stützte das Kinn in die Hand. Wirtschaftstheoretischer Kram oder starker Tobak? Oder beides? Sie griff nach ihrem Handy. Es wurde ohnehin Zeit für eine Unterredung mit der Staatsanwältin.

Annegret Kuhl meldete sich nach dem zweiten Klingeln.

»Ich bin davon überzeugt, dass alle Fäden in der Tagungsstätte zusammenlaufen«, erklärte Johanna nach einer knappen Begrüßung. »Kollege Wiebor hatte sich als Automechaniker eingeschleust. Warum genau, weiß im Moment noch niemand, soweit ich das beurteilen kann. Und sein Unfall wurde zumindest provoziert. Ich drücke es so vorsichtig aus, weil die Beweislage noch nicht hundertprozentig überzeugend ist, Reinders würde sogar sagen: kaum existent. Doch im Zusammenhang mit den anderen Fällen glaube ich einfach nicht daran, dass Wiebor grundlos gestürzt ist, zumal es auffällige Beschädigungen an seinem Hinterrad gibt.«

»Ich verstehe.«

»Das hatte ich gehofft. Der gestern tot aufgefundene Milan Hildmann starb mit neunundneunzigprozentiger Wahrscheinlichkeit durch eine Verletzung mit einem Pfeil beziehungsweise einem Bolzen, der bei einer zweiten Suchaktion ganz in der Nähe der Tagungsstätte gefunden wurde und bereits Dr. Pockly vorliegt. Einzelheiten und das letzte Prozent Gewissheit bekomme ich in Kürze. Was man jetzt schon sagen kann: Er weist eine beeindruckende Ähnlichkeit mit dem Bolzen auf, der anonym in den Briefkasten der Buchhandlung von Gertrud Kreisler eingeworfen wurde.«

»Gibt es irgendeinen Hinweis, wer der anonyme Überbringer gewesen sein könnte?«

»Nein. Da können wir bislang nur spekulieren.«

»Schade.«

»Ja, aber es gibt noch andere Neuigkeiten«, berichtete Johanna weiter. »Der Leiter der Security im Reitlingstal ist ein gewisser Richard Peters – das ist der Freund von Eva Blum, die wiederum eng mit Kati Lindner befreundet war, wie Sie sicherlich noch wissen.«

»Ich erinnere mich.« Das klang dezent amüsiert.

»Sein Werdegang ist nicht ganz sauber. Vor Jahren gab es mal eine Anklage im Zusammenhang mit Waffenschmuggel, aber die Staatsanwaltschaft konnte ihm nichts nachweisen. Er versucht mich sehr eifrig davon zu überzeugen, dass Kati Lindner sich irgendwo ein paar nette Tage macht und wir unsere Energie verschleudern, nach ihr zu suchen – nebenbei bemerkt: Peters und Lindner waren wie Katz und Maus, auch nach Auskunft von Eva Blum. Ob das eine weitreichendere Bedeutung hat oder für unsere Ermittlungen völlig bedeutungslos ist, muss sich noch herausstellen. Und noch was: Es war ein Mitarbeiter von Peters namens Gregor Bischoff, der unter Vorspiegelung falscher Tatsachen drei Tage nach ihrem Verschwinden Katis Laptop aus der Buchhandlung abgeholt hat. Ich bin sehr gespannt, wie der junge Mann bei der nächsten Vernehmung reagiert, wenn ihm klar wird, dass wir darüber im Bilde sind, wo er doch annimmt, wir kümmerten uns lediglich um Milans Tod. Ich denke, dass es nicht allzu weit hergeholt ist, davon auszugehen, dass Kati wichtige Informationen besaß – das ist zumindest mein dumpfer Verdacht.«

Johanna unterbrach kurz, damit Annegret Kuhl die Informationen sortieren konnte.

»Fassen Sie Wohnungsdurchsuchungen ins Auge?«

»Noch nicht«, entgegnete Johanna. »Den Laptop hat Bischoff garantiert nicht mehr. Das Risiko, mit einer solchen Aktion komplett ins Leere zu laufen, ist mir zu groß. Ich brauche weitere Indizien.«

»Ich stimme Ihnen zu.«

»Was ist dieser Markus Taschner eigentlich für ein Typ?«, fuhr Johanna fort. »Er unterrichtet Wirtschafts- und Rhetorikkram und verfügt über Beteiligungen an zahlreichen Firmen in allen möglichen Branchen. Der Einfluss auf seine Leute ist beachtlich, sie verehren ihn förmlich. Außerdem ist Taschner Autor von Lehrmaterial, dessen Titel durchaus ... na ja, sagen wir: deftig klingen.«

»Darauf wollte ich ohnehin zu sprechen kommen: Der Verfassungsschutz hat, wie ich gerade erfahren habe, vor einigen Monaten mal genauer hingeguckt«, erklärte Kuhl.

»Ach? Und?«

»Taschner hat jede Menge Freunde, Unterstützer, Geschäftspartner, Unternehmensbeteiligungen – ein richtiges Netzwerk, wie Sie selbst schon in Erfahrung gebracht haben. Er ist ein sehr aktiver, ideenreicher und intelligenter Mann mit großer Ausstrahlung, der auch über eine Parteineugründung nachgedacht hat oder dies immer noch tut, aber verfassungsrechtlich ist ihm nicht beizukommen, zumindest aktuell nicht.«

»Wonach riecht es denn bei ihm?«

»Taschner ist Wirtschaftsfachmann, der im Wesentlichen das Recht des Stärkeren propagiert – zum Wohle aller natürlich«, erörterte die Staatsanwältin. »Er ist rhetorisch hoch begabt und gibt einen überzeugenden Populisten ab, der keinen Hehl daraus macht, rechtsaußen und konservativ zu sein, wirkt aber dennoch dynamisch, modern, jung, begeisternd. So was wie ein Haider. Taschner ist religionskritisch und heimatverbunden, und als offenen Weltbürger, der sich für Integration starkmacht, würde er sich selbst kaum bezeichnen.«

»Verstehe. Seine Vorträge enden sicherlich nicht mit einem Gebet.«

Kuhl räusperte sich. »Kann ich mir auch nicht vorstellen. Gesellschaftliche Toleranz wird er sich nicht auf seine Fahne geschrieben haben.«

»Klingt nicht so«, stimmte Johanna zu. »Wiebor hat in Hamburg im Bereich der organisierten Kriminalität ermittelt«, überlegte sie weiter. »Was führt ihn zu Taschner?«

»Eine sehr interessante Frage. Wenn ich die Antwort wüsste, würde ich sie Ihnen sagen.«

Davon war Johanna allenfalls zu neunzig Prozent überzeugt, aber sie behielt den Gedanken für sich.

»Eine Vernehmung kommt in Taschners Fall nur in Frage, wenn es hieb- und stichfeste Hinweise auf eine Straftat gibt«, meinte Kuhl. »Sie können davon ausgehen, dass der Mann –«

»Ist mir klar«, fiel Johanna ihr ins Wort. »Vielleicht ist er ja zu einer harmlosen Unterhaltung bereit.«

»Warum sollte er?«

»Weil er neugierig ist und mich nicht sonderlich ernst nimmt. Männer wie er nehmen mich grundsätzlich nicht ernst. Aber er will vielleicht dennoch wissen, wie weit meine Kenntnisse gehen und was seine Leute angestellt haben.«

»Nun …«

»Nur, falls sich die Gelegenheit ergibt, Frau Staatsanwältin.«

»Ich vertraue auf Ihr Feingefühl.«

»Danke, das habe ich schon lange nicht mehr gehört.« Um genau zu sein: Feingefühl trauten ihr die wenigsten zu.

»Dann wird es ja höchste Zeit.«

»Wenn die Hinweise sich weiter verdichten, brauche ich eine Observation.«

Kuhl seufzte.

»Zumindest sollte jemand ein Auge drauf haben, wenn die auffälligsten Kandidaten die Tagungsstätte verlassen«, ließ Johanna nicht locker.

»Darüber wird noch zu sprechen sein – ohne Gefahr im Verzug lässt sich da auf die Schnelle nichts machen. Wir handeln uns sonst nur Ärger ein, und zwar richtigen Ärger, nicht nur irgendeinen Anpfiff von oben.«

Johanna war klar, dass sie im Augenblick nicht mehr herausholen konnte, jedenfalls nicht offiziell. Sie verabschiedete sich und rief sofort Schuster an, um ihn zu bitten, auf dem Rückweg aus Braunschweig Milans Laptop mitzubringen.

Zehn Minuten später meldete sich Dr. Pockly: Der gefundene Pfeil hatte Milan definitiv getötet.

»Weitere Spuren, die zum Vergleich taugen könnten?«, hakte Johanna nach.

»Nein, nichts, was ich noch verwerten könnte.«

»Schade. Trotzdem: Danke für die schnelle Analyse.«

Johanna legte die Aufnahmen beider Bolzen vor sich auf den Tisch. Sie waren sich in der Tat verdammt ähnlich: Länge, Aufbau, Pfeilspitze, zwei Federn. Auch die winzigen Einkerbungen an der Unterseite in der Mitte des Pfeils schienen bei beiden identisch oder zumindest annähernd gleich. Sie blickte erneut auf den Monitor und klickte sich durch die Fotos von Henriks Zimmer. Wofür interessierte sich der junge Mann – abgesehen von seinem Job?

Johanna inspizierte sein Bücherregal genauer. Neben Fachliteratur über Wirtschaft und Büroorganisation sowie Ordnern mit dem üblichen Versicherungs- und Behördenkram konnte sie die Titel einiger Krimis und Thriller entziffern, dazwischen ein Leitfaden zur Kommunikationslehre, zwei regionale Wanderführer sowie ein Buch, das Grundlagen über das Schnitz- und Gravurhandwerk vermittelte.

Johanna sah sich noch einmal das Foto des Schreibtischs an: Stifte, CDs, überquellende Ablagekörbe, ein offenes Lederetui mit Zirkel und Bleistiften, sehr feinen Bleistiften. Sie sah genauer hin und zoomte den Ausschnitt heran. Das waren keine Bleistifte, sondern feinste Schnitzmesser und Gravurwerkzeug.

Johannas Puls beschleunigte sich. Sie griff zum Telefon und rief in der Gerichtsmedizin an.

»Pockly, ich brauche noch mal ganz schnell deine Hilfe.«

»Mal wieder. Was gibt es?«

»Die beiden Pfeile weisen Gravuren an der Unterseite auf. Kannst du dir die mal genauer ansehen? Die Fotos, die ich hier habe, sind zwar ganz nett, aber die Details werden bei der kleinen Zeichnung nicht deutlich.«

»Ja, schon verstanden. Bleib dran.«

Sie hörte, dass er schneller atmete, und vermutete, dass er mit dem Telefon am Ohr in den Untersuchungsraum eilte.

»So, ich hab die beiden Schmuckstücke vor mir liegen und inspiziere sie mit einer Lupe«, erklärte er kurz darauf, immer noch etwas atemlos.

Pockly müsste dringend etwas für seine Kondition tun, aber den Tipp sparte Johanna sich lieber. Sie wusste, dass er darauf mindestens ebenso fuchsig reagierte wie auf Bemerkungen zu seiner reparaturbedürftigen Brille und die Darlegung von Fernsehfachwissen zum Thema DNA-Analysen und Feststellung des exakten Todeszeitpunktes.

»Kannst du die Zeichnungen beschreiben?«, fragte Johanna.

»Es handelt sich um ein sehr filigranes ineinander verschlungenes Muster ...«

»Serienproduktion?«

»Ich denke nicht. Warte, ich lege sie unters Mikro.« Er räusperte sich. »Okay, sie ähneln sich zwar, sind aber nicht identisch ... Hm ... mit etwas Vorstellungsvermögen könnte man annehmen, dass der Graveur einen stilisierten Tierkopf darstellen wollte. Und da steht auch noch etwas drunter – zwei Buchstaben: H.H. auf dem einen Bolzen und ... ja, doch, R.M. auf dem zweiten.«

Johanna stockte. Ihr Herzschlag beschleunigte sich abrupt.

»Bist du sicher?«

Pockly stöhnte. »Nein. Einen Eid würde ich nicht darauf schwören.«

»Aber –«

»Hör zu, die Gravuren sind sehr klein, und die Buchstaben erschließen sich mir nur mit einer guten Portion Phantasie, doch ...«

»Phantasie und Beweise beißen sich manchmal.«

»Ich weiß, aber wie willst du ohne Phantasie Ideen und neue Ansätze entwickeln?«

Johanna lächelte. »Mensch, Pockly, gut, dass ich dich habe!«

»Pass auf, Kommissarin, ich schicke dir Bildvergrößerungen als E-Mail-Anhang, und du machst dir selbst einen Reim darauf. Vielleicht kommst du auf etwas ganz anderes, vielleicht teilst du meine Einschätzung.«

Eine Viertelstunde später hatte Johanna die Bilddateien auf dem PC. Während sie die Fotos öffnete, meldete Colin Sander sich von unterwegs, um zu berichten, dass die Alibis von Hildmann und Bischoff bestätigt wurden und sie sich auf den Rückweg gemacht hätten.

»Auch der Kinobesuch?«

»Ja. Die Lady am Verkauf behauptet steif und fest, sie könne sich an die beiden erinnern. Die hätten so fröhlich herumgeflachst.«

»Aha – glauben Sie ihr?«

»Nicht ein Wort. Man hat sie hinterher präpariert.«

»Hm.« Johanna nickte. »Gut, können wir im Moment nicht ändern. Sie denken an Milans PC?«

»Klar, den bringen wir gleich mit.«

»Ich möchte, dass Sie mal einen Blick auf Milans Mails werfen. Vielleicht hat er sich bei irgendwem über seinen Bruder ausgelassen. Kriegen Sie das hin, auch wenn der Zugang ein Passwort hat?«

»Ich bin zwar kein Profi, aber das dürfte kein Problem sein.«

»Prima. Noch was …«

»Der Tonfall klingt nach noch mehr Arbeit.«

»Treffer. Einer von Ihnen muss heute Nacht die Tagungsstätte im Auge behalten – die bisherigen Hinweise reichen nicht aus, um eine offizielle Observation durchzukriegen und dafür zusätzlich Leute bereitzustellen. Sie können sich die Schicht auch mit Schuster teilen, das soll mir recht sein. Aber ich will wissen, wer zu ungewöhnlicher Zeit das Gelände verlässt und wo es hingehen soll.«

»Verstehe. Schuster lässt ausrichten, dass er gern mit dabei ist.«

»Okay. Für wann ist Mansloh bestellt worden?«

Colin gab die Frage an Schuster weiter, der am Steuer saß. »Gegen achtzehn Uhr«, erläuterte Sander, während Schuster im Hintergrund etwas hinzufügte, das Johanna nicht verstehen konnte.

»Was sagt er?«

»Mansloh geht davon aus, dass es ums Protokoll der Befragung bei ihm zu Hause geht. Als wir ihn erreichten, befand er sich gerade auf dem Heimweg. Er ist ziemlich entnervt.«

Johanna grinste. »Oh. Das tut mir aufrichtig leid. Und bevor ich es vergesse: Fahren Sie bitte über Reitlingstal und bringen Henrik Hildmann gleich mit. Ich hätte da noch ein paar Fragen an ihn.«

Rolf Mansloh zog ein mürrisches Gesicht, als er der Kommissarin gegenüber Platz nahm.

»Hätte das nicht ein paar Tage Zeit gehabt? Ich habe wahnsinnig viel um die Ohren. Mein Alibi haben Sie doch schon überprüft. Ich habe wirklich was Besseres zu tun, als –«

»Na, wenn das so ist: Sie können auch nach Hause fahren, und ich komme später noch mal bei Ihnen vorbei«, unterbrach Johanna sein Lamentieren. »Wenn es Ihnen besser passt. Vielleicht ist dann auch Ihre Freundin da … Wie geht es ihr eigentlich? Schwangere vertragen Aufregung nicht ganz so gut, oder?« Sie gab sich keinerlei Mühe, den zynischen Unterton abzumildern. »Tja, wer spricht schon gern über andere Frauen, wenn die schwangere Freundin dabei ist?«

»Ja, schon gut, ich hab's verstanden.« Mansloh machte eine wegwerfende Handbewegung.

»Na, sehen Sie. Ist Ihnen noch etwas eingefallen, was für die Ermittlungen und die Suche nach Kati Lindner hilfreich sein könnte?«, fragte sie beiläufig.

»Nein. Nichts. Ich habe bereits alles gesagt.« Er sah kurz auf den Rekorder.

»Gut, dann lassen Sie uns zunächst die wesentlichen Fakten des Gesprächs einfach wiederholen. Sie haben vor zwei Jahren einen Kurs im Bogenschießverein in Velpke geleitet, wo Sie Kati Lindner kennenlernten. Sie hatten eine Affäre mit der jungen Frau.«

»Affäre, meine Güte: Ich war einmal mit ihr …«

»Ja, richtig, in der Kiste – ich erinnere mich.« Johanna schlug sich leicht vor die Stirn und warf ihm einen spöttischen Blick zu. »Wie konnte ich das verwechseln! Ähnliches wie Sie hat Bernd Schlossner, der auch Kursteilnehmer war, erlebt. Das vermuten Sie zumindest.«

»Ich hatte den Eindruck, ja.«

»Sie haben Kati Lindner, abgesehen von einer kurzen zufälligen Begegnung bei irgendeinem Straßenfest –«

»Volksfest«, korrigierte Mansloh.

»Auch gut – abgesehen also von einer zufälligen Begegnung bei irgendeinem Volksfest haben Sie Kati Lindner nicht mehr wiedergesehen oder sich mit ihr verabredet, auch richtig?«

»Korrekt.«

Johanna lehnte sich seufzend zurück. »Was machen Sie eigentlich beruflich? Louis Kamper erwähnte, dass Sie seinerzeit gerade erst mit dem Studium fertig waren – Betriebswirtschaft, nicht wahr?«

»Das ist auch korrekt.«

»Und – haben Sie einen Job?«

Mansloh nickte. »Ja, ich hatte Glück. Ich arbeite als Betriebswirt in einer Verwaltungsgesellschaft.«

»Klingt aufregend.«

»Ist es auch.«

»Und Ihr Hobby haben Sie völlig aufgegeben?«

Mansloh verschränkte die Hände ineinander. »Sie meinen das Bogenschießen?«

»Ja, genau, das Bogenschießen.«

Johanna gab ihrer Stimme einen gelangweilten Klang. Mansloh sollte ruhig davon ausgehen, dass sie lediglich das Protokoll aufnehmen wollte und sich nicht im Mindesten für Einzelheiten seiner Biografie interessierte.

»Ich komme nicht mehr dazu. Job, Freundin, demnächst Baby …« Er lächelte. »Außerdem gibt es hier in der Gegend nicht so viele Vereine oder Gruppen, die mir gefallen.«

Johanna erwiderte das Lächeln nur für einen winzigen Augenblick. »Ach ja, Sie bevorzugen die Armbrust, war es nicht so? Und das Jagdschießen.«

Mansloh lehnte sich zurück. »Ich bevorzuge es nicht. Ich habe nur darauf hingewiesen –«

»Dass die Armbrust in einer bestimmten Tradition steht. Oder so ähnlich«, fiel Johanna ihm ins Wort. »In der Tradition des Tötens.«

Mansloh kratzte sich im Nacken.

»Ist es nicht langweilig, immer nur auf so eine blöde leblose Scheibe zu zielen?«

Er schüttelte langsam den Kopf. »Das ist nicht langweilig. Ganz und gar nicht.«

Johanna schlug einen Hefter auf und entnahm ihm zwei Fotos. Sie legte das erste vor ihn hin. Er warf nur einen kurzen Blick darauf.

»Den haben Sie mir schon vor zwei Tagen gezeigt. Ein Bolzen. Irgendein Bolzen.« Er winkte gelangweilt ab.

»Sie haben recht, darauf ist nicht sehr viel zu erkennen. Dann sehen Sie sich mal das nächste an. Vielleicht erinnern Sie sich dann besser.«

Sie schob das zweite Foto zu ihm hinüber. Im Mittelpunkt der Vergrößerung war die Gravur zu sehen. Das filigrane Muster wirkte etwas verzerrt, und die beiden dicht aneinandergerückten Buchstaben R und M waren nicht sauber zu entziffern, aber gut zu erkennen. Manslohs Blick begann zu flattern.

»Na, sehen Sie. Dachte ich mir, dass Sie Ihren persönlichen Pfeil doch wiedererkennen«, bemerkte Johanna ruhig. »Wir haben noch einen zweiten, ganz ähnlich verzierten Bolzen. Henrik gibt sich ja richtige Mühe mit seinen kleinen Gravur-Kunstwerken. Und wissen Sie, was wir noch so alles haben?«

Er antwortete nicht.

»Mit ebensolchen Bolzen getötete Wölfe, dann die verschwundene Kati Lindner, wie Sie ja bereits wissen, darüber hinaus einen jungen Mann namens Jonathan Maybach, der einige Wochen lang in der Tagungsstätte im Reitlingstal als Kfz-Schlosser tätig war und bei einem Motorradunfall schwer verletzt wurde – übrigens ganz in der Nähe Ihres Wohnorts.« Sie sah ihn abwartend an.

»Habe ich was vergessen? Ach ja: einen jungen Mann, auf den im Elm mit einem uns vorliegenden Bolzen geschossen wurde, wie die Gerichtsmedizin zweifelsfrei nachgewiesen hat, und der an seinen schweren Verletzungen starb.«

Manslohs Gesichtsfarbe wechselte von Weiß auf Rot und wieder auf Weiß.

»Ich habe mit alldem nichts zu tun«, stieß er hervor.

»Nein? An Ihrem ganz persönlichen Bolzen klebte zumindest

das Blut von Wölfen. Und der getötete junge Mann war der Bruder von Henrik Hildmann, einem Kollegen von Ihnen.«

Johanna beugte sich vor. »Herr Mansloh, es wird langsam Zeit, dass Sie auspacken. Wir wissen natürlich längst, dass Sie im Reitlingstal arbeiten und dort auch das Bogen- und Armbrustschießen unterrichten. Sie haben Jagd auf Tiere gemacht, und im Dunstkreis dieser Aktivitäten sind Menschen verschwunden, verletzt oder sogar getötet worden. Es wäre eine richtig gute Idee, ein umfassendes Geständnis abzulegen, und zwar jetzt gleich und nicht nur bezüglich der Aspekte, die wir Ihnen sowieso schon nachweisen können!«

Rolf Mansloh starrte sie an und vergaß für einen Moment das Atmen.

»Was haben Sie am vergangenen Samstagabend gemacht?«

»Ich war zu Hause ...«

»Ihre Freundin kann das bestätigen?«

»Sie ist schon früh eingeschlafen, aber ...«

»Herr Mansloh, wir werden Ihre Wohnung auf den Kopf stellen und alles beschlagnahmen, was wir an Zubehör und Material zum Bogen- und Armbrustschießen finden, dazu einen Großteil Ihrer Kleidung, die kriminaltechnisch untersucht wird. Es lässt sich heutzutage relativ leicht feststellen, wo Sie wann waren. Und natürlich werde ich die zuständige Staatsanwältin anrufen und bitten, dass Sie beim Richter aufläuft, um ihm Untersuchungshaft für Sie vorzuschlagen, denn es ist ganz offensichtlich –«

»Hören Sie schon auf!« Mansloh fuhr sich durch die Haare. »Ja, wir haben auf Wild geschossen und auch mal auf Wölfe, wenn wir sie aufstöbern konnten ... Und ja: Ich habe den Jungs Unterricht im Armbrustschießen gegeben.« Er atmete schwer. »Dafür gab es ein nettes Zusatzhonorar, das ich als künftiger Familienvater gut gebrauchen kann. Sind Sie jetzt zufrieden?«

»Nein, Herr Mansloh, ganz und gar nicht.«

»Mehr habe ich aber nicht zu bieten.«

Johanna lächelte. »Welchen Jungs?«

Mansloh atmete tief durch und sah zur Seite.

»Peters' Leuten?«

Er sah sie wieder an, schwieg aber.

»Es gibt ohnehin eine undichte Stelle im Team«, sagte Johanna und winkte lässig ab. »Es macht sich jedoch wesentlich besser, wenn Sie mit uns zusammenarbeiten.«

»Eine undichte Stelle? Glauben Sie das wirklich?« Er lachte ein unfrohes Lachen. »In der Gruppe herrschen ziemlich strenge Regeln. Ich glaube nicht, dass einer von denen ...«

»Warum nicht? Unter Umständen ist irgendwas schiefgegangen. Ein schlechtes Gewissen kann verdammt belastend sein. Und manch einer tut vielleicht nur so stark.«

Er schüttelte den Kopf. »Das schätzen Sie falsch ein. Und bei mir liegen Sie auch daneben: Ich war manchmal dabei, wenn es nachts auf die Pirsch ging. Das gebe ich zu. Nicht mehr und nicht weniger. Was mit Kati und den anderen passiert ist, weiß ich nicht.«

Johanna durfte weder ausschließen, dass Mansloh die Wahrheit sagte, noch unberücksichtigt lassen, dass er seine Rolle unter Umständen sehr geschickt herunterspielte, solange ihm nichts anderes nachgewiesen werden konnte. Eine Untersuchungshaft würde Johanna aber erst durchbekommen, wenn es eindeutige Beweise für eine Beteiligung an den Straftaten gab. Selbst für eine vorläufige Festnahme war die Beweislage im Augenblick zu dünn. Und das war Mansloh auch klar, nachdem er den ersten Schreck überwunden hatte.

»Na schön.« Sie stand abrupt auf. »Wie Sie meinen. Wir brauchen noch Ihre Fingerabdrücke. Ein Kollege wird Sie dann nach Hause begleiten. Händigen Sie dem Beamten bitte Ihre Armbrust und Ihre Bögen aus oder womit Sie sonst noch so durch die Gegend schießen. Und bleiben Sie erreichbar für uns. Die Geschichte ist noch lange nicht ausgestanden.«

Johanna öffnete die Tür und rief nach Schuster. Mansloh erhob sich langsam und verließ grußlos den Raum. Johanna winkte Schuster zu sich heran.

»Halten Sie auch nach Klamotten und Stiefeln oder Trailschuhen Ausschau, die fürs Wandern geeignet sind. Sofort in die KTU damit, vielleicht lassen sich Spuren sichern«, sagte sie leise.

»Mach ich.«

»Wie weit ist Colin mit dem PC?«

»Er sitzt nebenan und flucht.«

»Hört sich gut an. Schicken Sie Henrik Hildmann zu mir?«

»Klar. Frischen Kaffee?«

»Gern.«

Johanna streckte den verspannten Rücken und schloss die Augen. Sie spürte, wie die Erschöpfung durch ihren Körper kroch, und das Ende des Arbeitstages war noch lange nicht in Sicht. Plötzlich gab es so viele Hinweise, dass sie Mühe hatte, sie richtig zuzuordnen, und Angst, die falschen Schlüsse zu ziehen.

Wenn Mansloh zu Beginn unwirsch gewesen war, so gab sich Hildmann arrogant-ungehalten.

»Was wollen Sie denn noch von mir? Meine Eltern erwarten mich, und mein Chef findet es gar nicht witzig, dass ich schon wieder polizeilich befragt werde«, erklärte er frostig, kaum dass er sich gesetzt hatte.

»Sollen Sie mir das ausrichten?«

»Er wird seine Anwälte bitten, bei der Staatsanwaltschaft anzufragen, was das soll«, entgegnete Hildmann, und in seinen Augen blitzte es auf.

Johanna gönnte sich ein amüsiertes Lächeln. Der junge Mann trumpfte ja ganz schön auf, und Taschner, der sich bislang völlig im Hintergrund gehalten hatte, war nun offensichtlich der Meinung, dass es Zeit wurde, einen Warnschuss abzugeben. Sie beglückwünschte sich zu ihrem Entschluss, nach den ersten Befragungen in der Tagungsstätte die weiteren Verhöre in der Dienststelle durchzuführen, um ihm erst gar keine Gelegenheit zu geben, den starken Mann zu markieren und sie des Geländes zu verweisen.

»Gleich mehrere Anwälte? Merkwürdig – die Vernehmungen haben doch gar nichts mit ihm zu tun«, erwiderte sie in fragendem Ton.

»Natürlich nicht, aber wenn es nötig sein sollte, wird er sich für mich einsetzen.«

»Toller Chef.«

»Allerdings.«

»Gehören Sie bereits zur Gruppe?«

»Seit Kurzem.« Sein Lächeln erlosch, kaum dass es über sein Gesicht gehuscht war.

Johanna nickte, als hätte sie nichts anderes erwartet. »Dabei liegt die Messlatte ja durchaus hoch.«

Hildmann schwieg diesmal vorsichtshalber, sah sie aber aufmerksam an.

»Worum geht es bei Ihnen? Was müssen Sie beweisen? Peters, Taschner, wem auch immer?«

»Ich weiß nicht, was Sie meinen.«

»Das wissen Sie mit großer Wahrscheinlichkeit doch«, erwiderte Johanna. »Was genau bedeutet ›Führungs-Kompetenz‹ und ›Dominanz durch Klarheit statt Chaos durch Vielfalt‹?«

Hildmann zog die Augenbrauen hoch. »Was soll das denn jetzt?«

»Erklären Sie es mir.«

Er schüttelte den Kopf, als befürchtete er, die Kommissarin sei nun völlig übergeschnappt.

Johanna zog die Aufnahmen vom zweiten Bolzen aus dem Hefter, ohne sie Henrik zu zeigen. »H.H.«, sagte sie mit Blick auf die Gravur. »Henrik Hildmann – es erfordert nicht allzu viel Kombinationsgabe, Ihren Namen hinter der Abkürzung zu vermuten.«

»Ja, und?«

Sie schob ihm das Gravur-Foto hinüber und lehnte sich zurück. Sie sah, dass er weiß wie ein Laken wurde. Johanna nickte bedächtig und beugte sich ein Stück zu ihm vor.

»Wie viele Wölfe, wie viele Tiere haben Sie getötet, Henrik? Reichte es, um aufgenommen zu werden? Ist das eines Ihrer Gruppenrituale?«

Er starrte weiterhin auf die Gravur.

»Wissen Sie, wo wir diesen Bolzen gefunden haben? Ich werd's Ihnen verraten – unweit der Tagungsstätte, in der weiteren Umgebung der Fundstelle Ihres toten Bruders. Damit erst gar kein Irrtum aufkommt: Milan wurde mit diesem Pfeil getötet, und die Spuren werden beweisen, dass Sie geschossen haben.«

»Das habe ich nicht!«

»Wer dann?«

»Keine Ahnung!«

»Ihre Fingerabdrücke werden beweisen –«

»Dass ich den Pfeil mal in der Hand hatte: ja. Das allein ist aber nicht strafbar.« Er hob den Kopf.

Johanna lehnte sich zurück und musterte Hildmann scharf. Auch ihm gelang es, sich nach dem ersten Schock auffallend schnell zu erholen. Sie setzte sich wieder auf, als ihr Handy klingelte.

»Ich bin's, Chefin«, sagte Colin. »Ich wollte nicht ins Verhör platzen, aber –«

»Haben Sie was gefunden?«, unterbrach Johanna ihn ungeduldig, ohne Hildmann aus den Augen zu lassen.

»Ja und nein.«

»Was heißt das?«

»Ich bin nicht so versiert, dass ich Daten wiederherstellen könnte«, beeilte sich Colin zu versichern. »Dazu müsste ein Fachmann ran, aber –«

»Kümmern Sie sich darum!«

»Tue ich. Immerhin konnte ich aber feststellen, dass jemand – und zwar definitiv nicht Milan – am Sonntagabend das letzte Mal eingeloggt war. Außerdem wurden Mails gelöscht.«

»Das dachte ich mir. Sehen Sie zu, dass Reinders einen seiner Leute daransetzt. Ansonsten sollten Sie sich allmählich auf den Weg …« Johanna ließ den Satz unvollendet.

»Schon verstanden.«

»Gut, wir reden später noch mal.«

Johanna legte das Handy beiseite. »Herr Hildmann, was ist am Samstagabend passiert?«

»Das habe ich bereits mehrfach gesagt.«

»Sie lügen.«

»Das müssen Sie mir erst mal beweisen.« Seine Unterlippe zitterte, aber er versuchte, ihr gerade in die Augen zu sehen.

Johanna winkte ab. »Spielen Sie nicht den Tapferen. Herr Mansloh hat bereits zugegeben, dass Sie und er und noch einige andere einem besonderen Sport frönen. Sie gehen auf die Jagd, sie töten Wild und Wölfe, Sie machen sich einen Spaß daraus, Emilie Funke zu erschrecken – wie ungeheuer mutig!« Johanna zog eine Augenbraue hoch. »Und Rolf Mansloh hat noch so einiges mehr berichtet …«

Hildmann hob das Kinn. »Sie können mir viel erzählen, wenn der Tag lang ist.«

»Der Tag wird noch sehr lang, darauf können Sie sich verlassen«, blaffte Johanna ihn an. »Und die Nacht auch, wenn es sein muss. Herr Mansloh ist dabei, eine Familie zu gründen. Seine Frau ist hochschwanger. Glauben Sie wirklich, der setzt das alles aufs Spiel für Ihre obskuren Spielchen und Gruppenrituale? Wer drei Wölfe tötet, bekommt eine Namensgravur? Ach, wie reizend! Wenn es nicht um Leben und Tod ginge, würde ich sagen: ziemlich lächerlich!«

Hildmann starrte sie aus schmalen Augen an.

»Dominanz, Stärke, Führung ...«, spann Johanna den Faden weiter. »Kommt mir irgendwie bekannt vor, der ganze Kram. Helfen Sie mir auf die Sprünge?«

»Sie haben überhaupt keine Ahnung«, erwiderte Hildmann. »Und Sie dürfen mich hier gar nicht festhalten, wenn Sie nicht –«

»Sie waren am Samstagabend mit Ihren Wald- und Wiesenkameraden zum fröhlichen Abschießen verabredet«, wischte Johanna seinen Einwand beiseite. »Milan hat sie zu Hause abgesetzt, ist aber nicht sofort weitergefahren, wie Sie ausgesagt und vielleicht sogar zu diesem Zeitpunkt selbst vermutet haben. Er hat gewartet. Und Ausschau gehalten. Sie hatten sich gestritten. Das lag ihm noch im Magen. Worum es ging, werden wir in Kürze erfahren. Er hat gesehen, dass Sie mit ihren ›Kameraden‹ das Gelände verlassen haben. Und ist Ihnen unbemerkt gefolgt – Sie müssen ja wahnsinnig aufmerksame Jäger sein.« Johanna brach ab und musterte ihn. »Soll ich weitermachen?«

»Tun Sie, was Sie für richtig halten. Sie dürften ja inzwischen überprüft haben, dass ich im Kino war.«

Johanna beachtete den Einwand gar nicht. »Es wurde dunkel. Sie haben eine Spur aufgenommen. Wild verfolgt, was auch immer. Und dann hat einer von Ihnen doch mitgekriegt, dass Sie nicht allein unterwegs waren. Und weil Sie schon mal dabei waren, haben Sie geschossen ...«

Hildmann verschränkte die Arme.

»Wir haben Ihren Pfeil gefunden – der, mit dem definitiv Ihr Bruder getötet wurde.«

Hildmann schwieg.

»Milan hat sich noch eine ganze Weile durch den Wald geschleppt, bevor er sich den Pfeil aus der Wunde zog und zusammenbrach. Es war inzwischen dunkel. Die großen Wolfsjäger schafften es nicht, ihren tödlich verletzten Verfolger aufzuspüren. Also sind Sie zurückgekehrt, haben Milans Wagen geknackt, beiseite geschafft und gemeinsam mit Gregor Bischoff eifrig an Ihrem Alibi gebastelt: Sie haben sich Tickets für einen Kinofilm besorgt, der längst gelaufen war, und der Kartenverkäuferin einen Schein zugesteckt; dann sind Sie in zwei Bars gewesen und sorgten dafür, dass man sich an Sie erinnert. Anschließend gemeinsame Rückkehr, Playstation und so weiter.«

Johanna nickte nachdenklich. »Als Sie am Sonntag bei Ihren Eltern eintrafen, wussten Sie bereits, was auf sie zukommen würde. Nach der ersten Befragung durch mich haben Sie sich noch am gleichen Abend an Milans PC zu schaffen gemacht. Sie haben Mails gelöscht – wir werden Sie wiederherstellen.«

Henrik Hildmanns Blässe nahm um eine weitere Nuance zu, obwohl das kaum noch möglich schien.

»Ein Kollege wird gleich Ihre Fingerabdrücke nehmen, und Sie werden heute Abend nicht mehr nach Hause gehen.«

Er schluckte.

»Ist es das wert, Henrik? Ihr Bruder ist tot, und Sie sind dafür verantwortlich! Wie sollen Ihre Eltern das je verarbeiten können – geschweige denn Sie?«

Sekundenlang hörte man nur Hildmanns schweres Atmen. Dann gab er einen seltsamen Laut von sich. Ein Aufstöhnen, das in einem Räuspern mündete und abrupt endete. Er legte die Unterarme auf den Tisch und sah Johanna aus tief umschatteten Augen an.

»Es war ein Unfall«, flüsterte er. »Ein Unglück. Das müssen Sie mir glauben! Wir haben nicht gesehen, dass Milan uns auf den Fersen war. Irgendwann, als die Dämmerung eingesetzt hatte, haben wir Geräusche bemerkt, die wir nicht zuordnen konnten. Es hätte ein Tier sein können. Ein großes gefährliches Tier. Ein Wolf … Wir hatten Angst. Irgendwann hörten wir so was wie ein Meckern, ein Schnauben, ein heiseres Lachen, ich weiß nicht, wie ich es beschreiben soll … Wir haben geschossen, intuitiv … einfach in den dunklen Wald hinein, ohne etwas erkennen zu können.«

Wir hatten Angst, wiederholte Johanna im Stillen. »Wer ist wir?«

Henrik schüttelte den Kopf. »Das sage ich nicht. Zwei Pfeile haben wir wiedergefunden. Den dritten nicht.«

»Ihren.«

»Ja. Inzwischen wurde es immer dunkler. Wir mussten die Suche abbrechen. Als wir zurückkamen, sahen wir das Auto und ... Dann war klar, dass Milan der Verfolger war.«

»Haben Sie denn nicht mitbekommen, dass Sie jemanden verletzt hatten? Gab es keinen Schrei, kein Stöhnen nach all den Geräuschen, die Sie vorher gehört hatten oder meinten gehört zu haben?«

Henrik wischte sich über den Mund. »Nichts Eindeutiges. Wie gesagt – wir gingen davon aus, dass da ein Tier herumstöberte.«

»Aber als Sie Milans Auto auf dem Rückweg entdeckten, ist Ihnen nicht der Gedanke gekommen, dass Sie Ihrem Bruder noch helfen könnten?« Johanna ließ nicht locker. »Sie wussten oder ahnten doch, dass Ihr Pfeil ihn getroffen hatte, und statt Hilfe zu holen, haben Sie sich um Ihr Alibi gekümmert.«

Er wandte den Kopf zur Seite.

»Herr Hildmann!«, sagte Johanna beschwörend. »Zu diesem Zeitpunkt lebte Milan noch! Er ist erst um Mitternacht an seinen Verletzungen gestorben. Sie hätten ihn vielleicht retten können!«

Hildmann drehte den Kopf zurück und sah sie mit leicht geöffnetem Mund an. »Vielleicht«, flüsterte er. »Vielleicht auch nicht. Das können Sie nicht wissen. Niemand weiß das.«

»Wollen Sie Ihr Gewissen beruhigen?«

»Ich will gar nichts.«

»Was ist mit Kati geschehen?«

»Keine Ahnung.«

»Jonathan Maybach?«

»Das sagte ich schon – ich weiß es nicht.«

Johanna starrte ihn eine volle Minute an. Dann beendete sie das Verhör. Hildmann erhob sich langsam.

»Sie sind vorläufig festgenommen«, sagte sie leise. »Sie brauchen einen guten Anwalt.«

Schuster führte Henrik Hildmann einen Augenblick später ab.

»Informieren Sie bitte seine Eltern«, bat Johanna ihn im Hinausgehen. »Und Staatsanwältin Kuhl.« Ihr war elend. Für Familie Hildmann war seit dem Wochenende nichts mehr wie zuvor. Und würde es nie wieder sein.

Johanna massierte sich die Schläfen. Vielleicht war es bei dem Streit zwischen den Brüdern wirklich um Volker Siebert gegangen, überlegte sie. Henrik hatte bei der Befragung am Mittag erzählt, dass er dem Freund der Familie, der in der Geschäftsführung der Autostadt saß, vorgeschlagen hatte, als Gastdozent in der Tagungsstätte tätig zu werden. Unter Umständen hatte Milan längst mitbekommen, in welche Kreise sein Bruder geraten war, oder er hatte gespürt, dass Henriks Begeisterung für seinen Job, seine Verehrung für Taschner zumindest fragwürdig waren, und reagierte erbost auf den Versuch, Freunde der Familie damit zu behelligen.

Siebert war erfolgreich und sicherlich einflussreich. Vielleicht kannte er Taschner sogar. Vielleicht fand er die Idee, in der Tagungsstätte aufzutreten, auch völlig absurd. Vielleicht ...

Johanna griff zum Telefon und wählte nach einem Blick in ihre Unterlagen die Nummer der Sieberts.

»Mein Mann ist nicht zu Hause«, erklärte Erika Siebert auf eine entsprechende Nachfrage der Kommissarin kurz angebunden.

»Wissen Sie, wann ich ihn erreichen kann?«

»Ich fürchte nein. Und ans Handy geht er momentan nicht, wie ich gerade selbst feststellen musste. Wahrscheinlich sitzt er in einer Besprechung. Die kann dauern.«

»Nun gut. Ich versuche es später noch mal«, erwiderte Johanna. »Oder morgen. Danke.«

Anschließend informierte sie Reinders in gestraffter Form über die neueste Entwicklung.

»Es kommt ja richtig Bewegung in die Sache – sehr schön!«, lobte der Wolfsburger Kripobeamte. »Wir beeilen uns mit dem Laptop. Aber ich kann nichts versprechen. Haben Sie noch was vor heute?«

»Ich gehe erst mal in aller Ruhe essen. Es könnte noch ein langer Abend werden.«

»Bei mir auch«, gab Reinders eifrig zurück, und es hörte sich fast so an, als riebe er sich die Hände. »Wir sind dem Drogenring ganz dicht auf den Fersen.«

»Dann drücke ich die Daumen.«

»Ich Ihnen auch.«

12

Er hatte noch über eine Stunde Zeit. Emilie erwartete ihn erst um acht. Sie hatte versprochen zu kochen. Ich könnte ausreiten, dachte er. Den Kopf auslüften.

Tibor war gerade im Begriff, das Zimmer zu verlassen, als sein Handy klingelte. Lummer, stand auf dem Display, das war der Makler. Nicht jetzt, dachte Tibor. Andererseits – je schneller die Formalitäten mit dem Haus erledigt waren, desto besser. Er meldete sich knapp.

Ein ehemaliger Schulfreund interessiere sich für die Immobilie, erklärte Lummer ohne Umschweife. Er warte in der nächsten Stunde vor dem Haus auf ihn – seinen Namen habe er nicht verraten wollen, um ihn zu überraschen. Toll, dachte Tibor, aber mein Bedarf an überraschenden Ereignissen ist gedeckt. Er erklärte Lummer, dass er keine Zeit hätte, entschloss sich dann aber doch, auf den Ausritt zu verzichten und stattdessen einen Spaziergang zu seinem Elternhaus zu machen.

Vor dem Haus war niemand zu sehen. Tibor wartete eine Weile, dann drehte er eine kleine Runde auf dem Grundstück und ging schließlich hinein, um nach dem Rechten zu sehen. Er inspizierte Küche und Keller und goss sich ein Glas Wasser ein, als es leise klopfte. Die Klingel ist wohl ausgestellt, dachte er und ging zur Haustür. Er war gespannt, welcher alte Schulfreund ihn zu überraschen gedachte.

Als er im schattigen Eingang dem Besucher gegenüberstand, beschlich ihn plötzlich ein seltsames Gefühl. Der Mann war für einen Schulfreund eindeutig zu alt, kam ihm aber trotzdem irgendwie bekannt vor. Eine tief ins Gesicht gezogene Baseballkappe erschwerte den Blick aufs Gesicht.

Tibor runzelte die Stirn, als der Mann lächelnd einen Schritt auf ihn zuging, und wollte gerade irgendeine Bemerkung machen, um einen Moment Zeit zu gewinnen, als der andere zuschlug. Der Fausthieb traf ihn nicht nur unvorbereitet, sondern auch genau auf den Punkt am Kinn, der ihn sofort außer Gefecht setzte.

Bevor er bewusstlos zu Boden ging, war sein letzter Gedanke, dass er vor Urzeiten einmal gelernt hatte, die Tür erst dann zu öffnen, wenn er genau wusste, wer warum davor stand.

***

Johanna hatte sich für den Gasthof »Zum Elmblick« entschieden. Er lag direkt an der B 1, und das Huhn war tatsächlich so hervorragend, wie einer der Kollegen es angepriesen hatte. Vielleicht gelang es ihr, wenigstens beim Essen abzuschalten. Sie war erschöpft und aufgekratzt zugleich, aber das wunderte sie nicht. Wenn ein Fall in die entscheidende Phase ging, kam sie nicht zur Ruhe. Als ihr Hunger gestillt war, fuhr sie in die Dienststelle zurück.

Schuster und Sander hatten beschlossen, die Observation gemeinsam in Angriff zu nehmen. Johanna war es recht. Vier Augen sahen mehr als zwei. Als sie im Gerichtsweg aus dem Auto stieg, fuhr ein großer dunkelroter Audi auf den Parkplatz und hielt neben ihr. Ein Mann öffnete die Fahrertür. Alexander Hildmann. Er war fast so bleich wie vor gut einer Stunde sein Sohn und blickte Johanna einen Augenblick stumm an.

»Ich muss mit Ihnen sprechen«, sagte er schließlich leise und schälte sich mühsam hinter dem Steuer hervor.

Hildmann war ein langer schlaksiger Mann, Typ: ewiger großer Junge à la Jörg Pilawa. Johanna konnte wenig mit solchen Männern anfangen, aber das spielte jetzt keine Rolle.

»Herr Hildmann, ich habe Sie benachrichtigen lassen, weil ich wusste, dass Sie auf Henrik warteten.«

Er winkte ab und trat zu ihr. »Ich weiß. Ich habe es zu Hause nicht länger ausgehalten. Was ist passiert?«

»Ich musste Ihren Sohn vorläufig festnehmen.«

Alexander Hildmann fuhr sich mit beiden Händen durchs Haar.

»Es blieb mir gar nichts anderes übrig.«

Er atmete schwer. »Vor ein paar Tagen war alles noch in bester Ordnung«, flüsterte er. »Und nun ist meine Familie im Begriff, sich aufzulösen. Mein jüngster Sohn und meine Frau waren das Herz und die Seele. Verstehen Sie? Nun ist Milan tot – das wird meine Frau niemals überwinden. Sie wird nie wieder zu sich selbst zurückfinden. Das erträgt sie einfach nicht. Ihr Liebling, ihr ein und alles ... Ich verliere den Boden unter den Füßen.«

Er schluckte und sah kurz zur Seite. »Und nun ist Henrik festgenommen worden.« Er ließ die Arme hängen. »Wie sollen wir das verarbeiten? Bitte reden Sie mit mir.«

»Sie brauchen ganz dringend professionelle Hilfe«, sagte Johanna leise und legte die Hand auf die Klinke der Eingangstür. Hildmanns Schmerz und Verzweiflung berührten sie mehr, als gut für sie war. »Soll ich mich um einen Polizeipsychologen kümmern?«

»Nein. Nehmen Sie sich einfach ein paar Minuten Zeit – bitte!«

Sie hielt inne. Dann gab sie sich einen Ruck. »Gut, kommen Sie mit, wir trinken einen Kaffee.«

Der diensthabende Kollege warf ihr kaum mehr als einen fragenden Blick zu, als Johanna mit Hildmann ins Büro ging. Sie orderte zwei Tassen Kaffee, die unverzüglich gebracht wurden. Hildmann starrte ins Leere.

»Hat er es getan?«, fragte er plötzlich. »Hat Henrik wirklich etwas mit dem Tod seines Bruders zu tun? Sagen Sie es mir!«

»Es gibt noch keine hundertprozentig gesicherten Erkenntnisse. Es kann ein Unglück gewesen sein«, entgegnete Johanna zurückhaltend.

Hildmann strich sich durchs Haar. »Ein Unglück – ja ... Ja, natürlich. So oder so. Aber diese Vermutung allein würde wohl kaum für eine Festnahme ausreichen. So weit kenne ich mich auch aus.«

Darauf antwortete Johanna nicht. Sie trank einen Schluck von ihrem Kaffee und verzog das Gesicht. Schuster kochte eindeutig besseren. Sie blickte Hildmann an. Vielleicht sollte sie sich ganz auf ihren Job konzentrieren. »Herr Hildmann, lassen Sie uns miteinander reden«, schlug sie schließlich vor.

Er nickte abwesend.

»Was war das für ein Streit, der am Samstag zwischen Milan und Henrik entbrannt ist?«, fragte sie. »Hat Ihr Freund Seibert damit zu tun?«

Alexander Hildmann runzelte die Stirn. »Henrik wollte Volker als Gastdozent werben – darüber hat Milan sich ereifert. Was ist so Besonderes daran?«

»Die Brüder müssen sich heftig gestritten haben, wahrscheinlich auch noch, als sie gemeinsam aufbrachen.«

»Ich habe nicht so genau –«

»Henrik schmeißt sich richtig ins Zeug, was seinen Job in der Tagungsstätte angeht, nicht wahr?«, unterbrach Johanna ihn. »Und Taschner vertritt recht robuste Thesen, wenn ich es richtig verstanden habe.«

Ein winziges Lächeln huschte für den Bruchteil einer Sekunde über Alexander Hildmanns Gesicht. »Robust ist eine treffende Umschreibung – ich weiß, was Sie meinen.« Er hob die Hände und überlegte kurz. »Was Henrik erzählt, finde ich persönlich allerdings sehr interessant und in einigen Aspekten durchaus überzeugend.«

»Ja? Geht das konkreter?«

»Natürlich.« Er lehnte sich zurück. »Ich leite mein eigenes mittelständisches Computer- und Softwareunternehmen und kenne mich mit Betriebswirtschaft auch ein bisschen aus. Ich weiß, was es heißt, sich am Markt behaupten zu müssen, Tag für Tag, und ich kann durchaus nachvollziehen, was Taschner meint, wenn er davon spricht, dass sich unternehmerische Freiheit, Individualität und Stärke hierzulande ständig beschneiden lassen müssen: von Gesetzen und Regelungen, von Tarifvereinbarungen, Arbeitnehmerrechten und Knebelverträgen, die dem Unternehmer das gesamte Risiko aufdrücken.«

Er fasste sich an den Kopf. »Was soll denn zum Beispiel diese blödsinnige Idee, über die letztens diskutiert wurde, für bestimmte Stellen anonymisierte Bewerbungen einzuführen? Ich will von Anfang an wissen, mit wem ich es zu tun habe – Männlein, Weiblein, familiärer Hintergrund und so weiter. Ist das in meinem eigenen Unternehmen nicht mein gutes Recht? Sie lassen doch bei sich zu Hause auch nicht jeden in die gute Stube, oder?«

Der Gedanke gefiel ihm, und das Gespräch tat ihm gut. Die Farbe war in Hildmanns Gesicht zurückgekehrt. Johanna verzog keine Miene.

»Taschner bekommt nicht ohne Grund so viel Beifall«, schloss Hildmann sein Statement.

»Er versteht ohne Zweifel, den Hebel an den richtigen Stellen anzusetzen«, erwiderte Johanna vergleichsweise diplomatisch. »Aber Milan vertrat eine andere Meinung als Henrik.«

»Stimmt. Aber die haben sich häufig gefetzt – schon in der Sandkiste. Ich habe die Diskussionen nicht so ernst genommen.«

Das war ein Fehler, dachte Johanna.

»Henrik hat in der Tagungsstätte eine Menge Anerkennung bekommen«, fuhr sie fort. »So schätze ich die Situation ein.«

»Sie meinen – Anerkennung, die ihm zu Hause fehlte?«, fragte Hildmann.

»Interessante Frage. Beantworten Sie sie mir.«

Er hob die Schultern. »Henrik hat es uns nie leicht gemacht. Er war häufig verschlossen, mürrisch, abwertend. Erst mit Beginn seiner Ausbildung ist er zugänglicher und offener geworden. Er hat gute Zensuren gehabt – zum ersten Mal überhaupt. Henrik hat Selbstbewusstsein entwickelt, und er macht sich stark für Taschner und seine Firma, das kann man so sagen. Warum auch nicht? Ich finde das völlig in Ordnung. Er scheint endlich etwas gefunden zu haben, was seinem Leben eine Richtung gibt.«

Johanna räusperte sich. »Er hatte es nicht leicht neben seinem charmanten und hochbegabten Bruder?«

»Neben Milan hatte es niemand leicht. Ich kenne keinen, der ihn nicht gemocht hat. Es gibt solche Menschen. Das muss man akzeptieren.«

Johanna nickte nachdenklich. Und es gibt Menschen, denen grundsätzlich der Wind ins Gesicht bläst.

»Herr Hildmann, es ist gut möglich, dass Henrik sich in der Tagungsstätte mit den falschen Leuten eingelassen hat«, erläuterte sie schließlich.

»Wie meinen Sie das denn?« Er schüttelte den Kopf. »Taschner ist ein anerkannter Geschäftsmann – man mag seine Überzeugungen nicht hundertprozentig teilen, aber …«

Johanna beugte sich vor. »Hören Sie, Herr Hildmann, in der Reitlingstaler Tagungsstätte gibt es ein paar junge Männer, die mit Armbrüsten bewaffnet den Elm unsicher machen. Inwieweit Taschner persönlich mit diesen Vorgängen zu tun oder darüber Kenntnis hat, ohne dagegen einzuschreiten, lässt sich zum gegenwärtigen Zeitpunkt nicht sagen. Fest steht, dass die jungen Männer auf Wild und Wölfe schießen – auf die ganz besonders. Und nicht nur das: Sie töten. Das gehört zu ihrem Gruppenritual.«

Hildmann starrte sie aus weit aufgerissenen Augen an.

»Ihr Sohn Milan wurde mit einem Pfeil getötet, der Henrik gehört«, fuhr Johanna fort. »Der genaue Ablauf des Geschehens kann noch nicht bis ins Detail rekonstruiert werden, aber es steht fest, dass Milan nach einem Streit mit Henrik heimlich dessen Gruppe in den Elm gefolgt ist und dort nachts von einem Armbrustbolzen getroffen wurde. Außerdem besteht ein Zusammenhang mit zwei anderen Fällen, in denen ich zurzeit ermittele.«

»Das kann ich nicht glauben«, flüsterte Hildmann. Er war schneeweiß geworden.

»Das sollten Sie aber. Und wenn Sie etwas für Ihren Sohn tun wollen, dann überzeugen Sie ihn davon, ein umfassendes Geständnis abzulegen und Namen zu nennen. Ich glaube nicht, dass Henrik ein kaltblütiger Mörder ist, aber er ist auf einem sehr unguten Weg. Und er braucht Sie und Ihre Frau. Mehr als je zuvor in seinem Leben.«

Hildmann erhob sich langsam. Er stützte die Hände auf den Tisch und sah die Kommissarin blicklos an. Johanna hatte Mühe, das Schweigen zu ertragen.

»Was soll ich tun?«

»Besorgen Sie ihm einen guten Anwalt. Nehmen Sie keinen von Taschners Leuten.«

Hildmann atmete tief aus. »Gut, ich kümmere mich darum.«

Er war schon an der Tür, als Johanna noch etwas einfiel.

»Eine Frage noch: Sind Henrik und Milan am Samstag noch mal zu Ihnen nach Hause gefahren, bevor sie sich zusammen auf den Weg machten?«

Alexander Hildmann drehte sich langsam um. »Ja. Milan wollte noch seine Jacke holen, die hatte er vergessen. Und rasch eine Mail schreiben.«

»An wen?«

»Ich glaube, er wollte Volker mailen.«

Johanna stutzte. »Warum das denn? Sie hatten doch die ganze Zeit zusammengesessen.«

Hildmann rieb sich über die Stirn. »Es ging um die Tagungsstätte. Milan war in der Tat total aufgebracht. Er hatte Infos, wie er sagte, die er Volker mailen wollte – dann würde der hoffentlich keinen Gedanken mehr daran verschwenden, dort aufzutreten. Ja«, Hildmann nickte, »er meinte noch, dass ein Geschäftsführer der Autostadt schließlich einen Ruf zu verlieren habe … oder so ähnlich.«

»Und Henrik hat das mitbekommen?«

»Gut möglich – Milan hat jedenfalls nicht geflüstert. Ich hab ihm noch gesagt, er soll nicht so einen Aufstand machen.«

»Und Sie wissen nicht, was das für Infos waren?«

»Nein. Ich habe dem Ganzen keine große Bedeutung beigemessen. Das war wohl ein Fehler.« Hildmann biss sich auf die Unterlippe und legte die Hand auf die Klinke. »Aber den kann ich nicht mehr rückgängig machen. Ich fand die Streiterei albern und auf Volkers Geburtstagsfeier besonders überflüssig.«

Johanna stützte das Kinn in ihre Hand. Die Tür fiel ins Schloss. Sie griff nach dem Telefon. Bei den Seiberts hob niemand ab. Es sollte Menschen geben, die um diese Zeit ins Bett gingen oder vor dem Fernseher eingeschlafen waren. Johanna seufzte. Ihr Handy klingelte, als sie es gerade einstecken wollte.

»Chefin, hier tut sich was«, sagte Colin Sander. »Sie sind zu zweit losgefahren. Bischoff und Peters.«

»In einem Wagen?«

»Ja. Sollen wir uns dranhängen?«

»Natürlich. Aber sie dürfen auf keinen Fall merken, dass sie beobachtet werden.«

»Wir geben uns Mühe.«

»Ich hoffe, das reicht.«

»Ich auch.«

»Melden Sie sich zwischendurch!«

»Okay, Chefin.«

Johanna kochte frischen Kaffee und begann mit dem Bericht für ihre BKA-Vorgesetzte Magdalena Grimich. Es war albern, aber es gefiel ihr, dass Colin Chefin zu ihr sagte.

***

Übelkeit. Sie bahnte sich durch den dumpfen Kopfschmerz einen Weg zum Magen. Oder umgekehrt. Tibor wollte sich über die Schläfen streichen, aber er konnte die Hände nicht bewegen. Als er die Augen öffnete, schnellte die Erinnerung wie ein plötzlich von der Sehne losgelassener Pfeil auf ihn zu. Er zuckte zusammen. Die Erschütterung schmerzte bis in die Zehen. Im gleichen Augenblick spürte Tibor die Fesseln an Händen und Füßen und das Klebeband über dem Mund.

»Kommst du langsam wieder zu dir? Ich dachte schon, ich hätte dich völlig ausgeknockt«, ertönte eine Stimme über ihm. Eine sympathische Stimme.

Tibor lag ausgestreckt auf dem Fußboden im Wohnzimmer. Licht fiel nur aus dem Flur in den Raum. Die Rollläden sind heruntergelassen, dachte er und versuchte, sich zu orientieren. Also war es wahrscheinlich nach acht Uhr abends und vor sieben Uhr früh: Der Timer war so eingestellt, dass sich die Läden automatisch schlossen und morgens wieder nach oben ratterten. Seine Mutter hatte sich über die Verlässlichkeit des Mechanismus immer gefreut. Was für ein absurd unwichtiger Gedanke.

Der Mann saß im Sessel vor ihm und betrachtete ihn mit einer Mischung aus spöttischem Mitleid und objektivem Interesse. Tibors Herz begann abrupt, wie verrückt zu rasen. Irgendetwas war dabei, ganz beträchtlich schiefzulaufen. Er musste würgen.

»Wir haben noch was vor.« Der Mann sah ihm in die Augen. Er lächelte freundlich. »Möchtest du wissen, was?«

Tibor zwinkerte.

Der Mann nickte. »Natürlich möchtest du das wissen. Wir werden einen Ausflug machen.«

Tibor atmete bewusst langsam und tief ein und aus. Der Kopfschmerz war immer noch betörend intensiv, aber sein Gehirn setzte allmählich wieder ein. Wer war der Mann? Und was wollte er von ihm? Wie viel Zeit war vergangen, seit der Typ ihn niedergeschlagen hatte? Eine Stunde? Fünf? Emilie, dachte Tibor. Sie wird versuchen …

Der Mann lachte leise auf. »Dankenswerterweise bist du zu Fuß gekommen. Das hatte ich gehofft. Sonst hätte ich mir etwas ausdenken müssen, um deinen Wagen unauffällig wegzuschaffen. In der

Nähe des Reitstalls wollte ich mich nicht so gern blicken lassen. Ich bin dort zwar nicht mehr allzu häufig, aber wie der Zufall manchmal so spielt … Du verstehst?«

Tibor riss die Augen auf. Seibert, dachte er, Volker Seibert! Aber was sollte das alles? Er versuchte, den Kopf zu bewegen, doch der Schmerz hämmerte gegen seine Schläfen und ließ ihn sofort innehalten.

»Bist du besorgt wegen deiner geplatzten Verabredung mit Emilie?«, fragte Volker mit sanfter Stimme. Er hob die Hand. »Ich habe mir mal dein Handy ausgeliehen, als es klingelte, und Emilie per SMS darüber in Kenntnis gesetzt, dass du doch keine Zeit hattest, sondern müde warst und früh schlafen gehen wolltest. Sie schlägt vor, das Essen in den nächsten Tagen nachzuholen.«

Er hob mit leisem Bedauern die Brauen und schaltete das Handy aus. »Tja, daraus wird wohl nichts …« Er sah auf die Uhr. »Ich werde dir jetzt sicherheitshalber ein Schlafmittel verabreichen, das dich in ein paar Minuten für ungefähr ein Stündchen komplett außer Gefecht setzt, und dann brechen wir auf in mein Wochenendhaus. Das kennst du ja ganz gut, nicht wahr?«

Was redete er da? Was für ein Wochenendhaus? Tibor schüttelte trotz der Gefahr, übelkeitserregenden Schmerz ertragen zu müssen, den Kopf, aber Volker beachtete ihn gar nicht. Er beugte sich hinunter und nahm etwas aus einem Rucksack, der neben ihm auf dem Boden stand. Dann kniete er sich neben Tibor und drehte ihn auf die Seite.

»Keine Sorge, ich verfüge über eine Sanitäterausbildung und kann sehr gut spritzen.«

Tibors Hände waren auf dem Rücken gefesselt, und Seibert hatte kein Problem, die Injektion zu setzen. Tibor spürte, wie ihn kurz nach dem Einstich ein Hitzestoß durchfuhr.

»Ich hoffe, du bist nicht allergisch dagegen«, spöttelte Seibert. »Das würde mir glatt leidtun.«

Tibor rührte sich nicht, während das Mittel durch seinen Körper strömte. Er fühlte sich – unglaublich, aber wahr – innerhalb kürzester Zeit wesentlich besser. Das dumpfe Pochen ließ nach, und ein wohliges Gefühl angenehmer Müdigkeit machte sich breit. Seibert stand auf, schloss den Rucksack und blickte Tibor an.

»So, das hätten wir«, meinte er leutselig. »Nun müssen wir nur noch verschwinden.« Er zwinkerte. »Und das ist auch ganz einfach. Mein Wagen steht in der Garage deiner Eltern. Du wirst dich auf die Rückbank legen und bald eingeschlafen sein.«

Panik verengte Tibors Hals, zugleich fielen ihm die Augen schon fast zu. Er konnte nichts sagen, entgegnen, antworten, nicht mal eine Frage nach dem Irrsinn stellen, der sich hier gerade abspielte.

Seibert war groß und sportlich gebaut. Er hatte keine Mühe, Tibor auf die Beine zu stellen. Schwindel ließ den Boden unter ihm wanken. Volker packte fest zu, stellte ihn an die Wand neben der Haustür und fixierte ihn mit seinem Körper. Dann öffnete er leise die Tür und lauschte einen Moment in die Dunkelheit. Alles war still. Wahrscheinlich war es später Abend. Niemand würde etwas mitbekommen – und selbst wenn: ein davonfahrendes Auto oder eine klappende Tür waren nun wirklich nichts Besonderes.

Tibor betrachtete Seibert von der Seite, was gar nicht so leicht war, weil der Schwindel immer stärker wurde. Ein sympathisches, gut geschnittenes Männergesicht mit einem offenen und intelligenten Gesichtsausdruck. Wäre Tibor ihm unter anderen Umständen begegnet, hätte er ihm alles Mögliche zugetraut, aber sicherlich keinen Überfall oder eine Entführung. Die alte Binsenweisheit, dass den wenigsten Gesichtern die Verbrechen anzusehen waren – und umgekehrt –, bestätigte sich mal wieder. Fragte sich nur, was Tibor jetzt noch davon hatte.

Innerhalb von zwei Minuten hatte Seibert Tibor auf die Rückbank seines Wagens bugsiert. Er bekam gerade noch mit, wie sein Entführer den Motor startete. Dann wurde es still und schwarz.

***

Der Anruf kam spät.

»Wir haben sie verloren«, sagte Colin ohne Einleitung.

»Wohin ging die Fahrt?«

»Zuerst nach Braunschweig. Dort haben sie in aller Gemütsruhe was gegessen und sind ganz gemächlich zurückgefahren, um dann aber noch mal auf der L 290 bis Ochsendorf und von dort auf die

A 2 in Richtung Berlin zu fahren. Da hat Peters dann so richtig auf die Tube gedrückt.« Er klang frustriert. »Mit dem Audi können die locker zweihundertzwanzig Sachen hinlegen. Das schafft der kleine Golf natürlich nicht.«

»Meinen Sie, die beiden haben mitgekriegt, dass sie observiert wurden?«

»Das können wir nicht ausschließen. Wir waren vorsichtig, aber es ist ja schon merkwürdig, dass sie nicht gleich in Braunschweig auf die Autobahn gefahren sind.«

»Ja, in der Tat. Peters ist ein Profi. Nun gut, das ist jetzt nicht mehr zu ändern.«

»Was sollen wir machen? Noch mal ins Reitlingstal fahren? Vielleicht war das ein Ablenkungsmanöver.«

Johanna seufzte. »Es geht schon auf Mitternacht zu. Morgen ist auch noch ein Tag. Machen Sie Feierabend.«

»Okay. Falls doch noch was sein sollte – wir lassen die Handys natürlich an.«

»Danke. Schlafen Sie gut.«

***

Der erste Gedanke war, dass sich sein Kopf taub anfühlte und sein Körper wie zerschlagen. Als hätte er nach einer durchzechten Nacht falsch gelegen, ohne es zu bemerken. Der zweite war die schlichte Frage, was eigentlich los war. Er hatte nicht gezecht. Er hatte fürchterlichen Durst. Er lag auf dem Fußboden und war gefesselt. Wie vorhin. Die Erinnerung stieß wie eine geballte Faust zu.

Tibor drehte behutsam den Kopf. Das kleine Wohnzimmer war ihm völlig unbekannt. Ein holzverkleideter Raum im Dämmerlicht, das eine heruntergedimmte Stehlampe spendete. Zwei Fenster mit Vorhängen, die zugezogen waren. Im Hintergrund war eine schmale Treppe zu erkennen, rechts daneben eine Küchenzeile, links eine Tür. Sein Entführer saß auf einem Korbsessel und betrachtete ihn. Tibor spürte, wie sich sein Herzschlag beschleunigte. Wo sind wir?, wollte er fragen, aber das Klebeband hinderte ihn daran. Er stöhnte.

»Ich werde es entfernen«, sagte Seibert ruhig. »Solltest du auf die Idee kommen zu schreien, so lass dir zweierlei sagen – erstens hört dich hier ohnehin niemand. Und zweitens: Sobald die Gefahr besteht, dass dich jemand hören könnte, wirst du nicht mehr in der Lage sein, auf dich aufmerksam zu machen.« Er unterstrich seine Worte mit einem absurd freundlichen Lächeln. »Abgesehen davon, werde ich dir nicht nur sehr, sondern ganz besonders wehtun, wenn du mich zu verarschen versuchst, kapiert?«

Tibor nickte vorsichtig. Das Taubheitsgefühl schwand allmählich, und die rasenden Kopfschmerzen hatten sich auf ein erträgliches Niveau reduziert. Wenigstens etwas.

Seibert stand auf und kniete sich neben ihn. Er riss das Band mit einem Ruck herunter. Fast hätte Tibor aufgeschrien. Er schmeckte Blut.

»Bitte, ich brauche etwas zu trinken«, krächzte er. Was zum Teufel hatte Seibert ihm gespritzt? War das jetzt noch wichtig?

Seibert packte ihn an Hemd und Hosengürtel und setzte ihn auf. Tibor wurde es für einen Moment so schwindelig, dass er befürchtete, sich übergeben zu müssen. Er atmete tief durch. Seibert lehnte ihn mit dem Rücken an die Wand unter einem Fenster und holte ein Glas Wasser. Er lockerte die Fesseln an den Handgelenken, sodass Tibor das Glas selbst halten und trinken konnte.

Der Glasrand färbte sich rot, aber das war ihm egal. Er stürzte das Wasser hinunter, bat um Nachschub und blieb schließlich schwer ein- und ausatmend sitzen. Eine Weile hörte man nur das. Schließlich sah Tibor Seibert an.

»Warum das alles?«, fragte er. »Was wollen Sie von mir?«

»Ich will, dass du verschwindest, und zwar endgültig.«

»Das hatte ich ohnehin vor. Ich bin kein Fan von Kleinstädten.«

»Du verkennst die Situation.« Volker Seibert setzte sich wieder in den Sessel und fixierte ihn plötzlich scharf.

»Es war dir ja damals bereits klar, dass viel für mich, viel für uns auf dem Spiel stand. Und weißt du was? Heute ist die Situation ganz ähnlich. Du bist zu einem sehr ungünstigen Zeitpunkt wieder hier aufgetaucht.«

Tibor starrte ihn verwirrt an. Was redete er da?

»Ich habe deinen Freund lange befragt. Er hat geleugnet, dass es einen Komplizen gab, und beharrte darauf, die Fotos ganz allein gemacht zu haben – mit Selbstauslöser. Das schien mir zwar fragwürdig, weil es sehr gute Fotos waren und zudem dein Name auf dem Fotoapparat stand, aber du hattest die Stadt verlassen, und er versicherte mir, dass die Kamera ein Geschenk von dir wäre und du von nichts wüsstest. Nach all den Schmerzen, die ich ihm zugefügt hatte, war ich geneigt, ihm zu glauben. Das war wohl ein Trugschluss, den ich nun nach zehn Jahren ausbügeln muss. Unerfreulich, aber kein wirkliches Problem.«

Tibor spürte, wie sich seine Kopfhaut zusammenzog. Und sein Herz. Auf einmal verstand er zugleich alles und nichts.

»Sie haben Steffen getötet.«

»Natürlich. Was dachtest du denn? Und ich habe versäumt, dich aufzuspüren und auch zu töten, weil ich dachte, der Junge kann gar nicht lügen, so übel, wie ich ihm mitgespielt hatte. Außerdem – *ein* mieser schwuler Erpresser für eine Stadt wie Königslutter sollte ausreichen, findest du nicht? Nun habe ich durch Zufall erfahren, dass ihr das Ding damals doch zu zweit durchgezogen habt – Steffen selbst hat deinen Namen seinerzeit ins Spiel gebracht, wo und warum ist nicht von Bedeutung. Fest steht, dass du fotografiert hast und jetzt – ausgerechnet jetzt – zurückgekehrt bist, um herumzuschnüffeln, Unruhe zu stiften und vielleicht sogar abzukassieren, nachdem der Coup damals nicht gelungen ist.«

Sein Hass loderte so heftig hoch, dass Tibor erschrak.

»Was? Um Gottes willen, nein! Sie irren sich. Meine Mutter ist gestorben, und ich wusste doch gar nicht …«

Seibert war mit zwei Schritten bei ihm. Er riss Tibor am Kragen hoch, rammte ihm die Faust in den Magen und dann mit genüsslicher Wucht das Knie in den Unterleib. Tibor brach zusammen und übergab sich würgend. Seibert ließ ihn liegen und setzte sich wieder.

»Hör lieber auf, mir irgendwelchen Mist zu erzählen«, riet er ihm in beiläufigem Ton. »Ich habe Kraft für drei, und es bereitet mir einen wahnsinnigen Spaß, dich für die Geschichte büßen zu lassen, auch wenn sie schon so lange zurückliegt. Und Schwule sind mir – trotz der gesellschaftlichen Toleranz, die ihr inzwischen landauf, landab genießt – einfach suspekt. Ich kann nichts dafür: Ich finde euch eklig.«

Tibor keuchte.

»Warum bist du damals abgehauen? Die Frage interessiert mich. Oder bist du gar nicht abgehauen? Jedenfalls hast du kein Geld bekommen, das habe ich Steffen ja abgenommen. Wie hast du dir erklärt, dass er so plötzlich verschwand? Ich denke mal, du bist davon ausgegangen, er hätte sich klammheimlich aus dem Staub gemacht und dich um deinen Anteil betrogen, stimmt's?«

Tibor bekam nur quälend langsam wieder Luft. Er stützte sich auf dem Ellenbogen ab und stemmte sich mühsam wieder hoch.

»Ich wusste nicht, was er mit der Kamera vorhatte«, keuchte er leise und hielt sich mit angewinkelten Armen den Leib. »Sie können mich totschlagen, aber so war es! Er wollte sie unbedingt haben, um ein paar Aufnahmen zu machen, so sagte er, und ich habe sie ihm geliehen, ohne mir irgendwas dabei zu denken. Er hat sie einfach behalten. Dann musste ich abreisen, weil ich einen Auftrag in Neuseeland angenommen hatte. Das war alles. Ich weiß nicht, warum in welchem Zusammenhang mein Name gefallen ist.«

»Du hast im Reitverein herumgeschnüffelt und Gott und die Welt nach Steffen ausgefragt«, entgegnete Seibert mit lauerndem Blick. »Auch meine Frau. Das ist doch kein Zufall. Sie meint, dass du ziemlich aufdringlich warst und dich ihr gegenüber ausgesprochen merkwürdig verhalten hast.«

»Ich habe im Reitverein jeden nach Steffen gefragt, auch Ihre Frau, weil ich ihn gern wiedergesehen hätte und er seinerzeit dort beschäftigt war. Schließlich bin ich seit zehn Jahren zum ersten Mal in Königslutter und habe seit damals nie wieder etwas von ihm gehört. Was ist dabei, sich nach alten Freunden zu erkundigen, vielleicht sogar zweimal nachzuhaken?«

Reden, dachte Tibor. Einfach weiterreden. Nur nicht schweigen. Seiberts Verstand beschäftigen, der ohne Zweifel hellwach, scharf und durchtrieben war, seine Gedanken in Gang halten. Zeit gewinnen. Magen und Unterleib brannten immer noch, aber es hätte ihm schlechter gehen können. Tibor atmete langsamer, während sein Kopf auf Hochtouren zu arbeiten begann. Wen hatte Steffen fotografiert und erpresst? Was waren das für Fotos, die Seibert zum Mörder werden ließen? Und jetzt möglicherweise zum zweifachen Mörder.

Seibert beugte sich vor und fixierte ihn. »Es gibt Freunde, die man besser ganz schnell wieder vergisst. Es war ein Fehler von dir, zurückzukommen und die Fühler nach ihm auszustrecken. Gerade jetzt. Kein Mensch hier braucht die Unruhe alter Geschichten, die wieder hochkochen. Wir haben schon genug mit den aktuellen Ereignissen am Hals.«

»Aber ich habe nichts mit dieser Sache zu tun – so glauben Sie mir doch! Ich weiß noch nicht mal, um was für Fotos es geht.«

Volker Seibert lächelte ihn plötzlich geradezu herzlich an. »Vielleicht sagst du sogar die Wahrheit, vielleicht nicht, vielleicht lügst du nur ein bisschen oder schummelst an einer besonders wichtigen Stelle. Weißt du, ich werde wohl nie wirklich erfahren, was seinerzeit geschehen ist, weil es zugegebenermaßen mehrere realistisch klingende Möglichkeiten gibt. Nur eines ist klar: Die Ungewissheit muss ein Ende haben, und niemand legt mir jetzt noch Steine in den Weg – ob nun absichtlich oder unabsichtlich. Erika hat Mist gebaut, sehr großen Mist. Sie hat mit einem Schwulen herumgevögelt, der es gleichzeitig auch mit Moritz getrieben hat – mein Sohn war damals gerade siebzehn –, und ihr Lover hat sich ein wahnsinnig gutes Geschäft von diesem amüsanten Dreier versprochen. Ist das nicht widerlich?«

Tibor schluckte. Meine Güte, das war es in der Tat.

»Und dich hat er auch gefickt, oder? Oder du ihn.«

Seibert stand abrupt auf und trat ihm erneut mit voller Wucht in den Unterleib. Tibor fing an zu würgen, während Seibert sich wieder setzte.

»Wenn die Fotos die Runde gemacht hätten, wären wir erledigt gewesen«, fuhr er fort, als sei nichts gewesen. »Und wir sind heute erledigt, wenn die Geschichte zur Sprache kommt und irgendjemand vielleicht sogar auf die Idee verfällt, man müsste in der Tat noch mal genauer nachforschen, wo Steffen abgeblieben ist. Die Polizei ermittelt ohnehin gerade. Erika hat sich um große und wichtige Aufträge beworben; ich bin endlich und rechtzeitig zum zehnjährigen Jubiläum zum Geschäftsführer in der Autostadt berufen worden, nach Jahren als Assistent, Berater, Abteilungsleiter! Das lasse ich mir doch jetzt nicht von einem kleinen schwulen Fotografen kaputt machen!«

Tibor hob mühsam den Kopf. »Hören Sie, ich …«

Seibert winkte ab. »Gib dir keine Mühe. Glaubst du, ich setze das aufs Spiel?« Er starrte vor sich hin, dann wandte er den Kopf. »Du kanntest Milan auch, nicht wahr?«

Tibor nickte.

»Du und diese Journalistin – ihr habt ihn gefunden, nicht wahr?«

Erneutes Nicken.

»Woher kennst du die Frau eigentlich?«

»Wir sind zusammen zur Schule gegangen«, presste Tibor hervor.

»Und was wolltest du von ihr? Funktionierst du etwa auch zweigleisig?«

»Nein. Ich habe sie im Reitverein zufällig getroffen, und wir haben uns zu einem Spaziergang verabredet«, erwiderte Tibor. Er sprach langsam.

Seibert verzog den Mund. »Wenn ich mich richtig erinnere, ist die Funke doch diejenige, die sich in diese Wolfsgeschichten reingehängt hat.«

»Ja, das beschäftigt sie sehr«, gab Tibor vorsichtig zu.

»Wofür die Leute sich so engagieren!« Seibert schüttelte den Kopf. »Na ja.« Er schlug ein Bein über das andere. »Ist schon eine merkwürdige Zeit.« Er schwieg einen Augenblick.

»Milan war bereits tot, als ich heute eine Mail von ihm in meinem Postfach vorfand«, fuhr er plötzlich fort. »Die hatte er Samstagabend geschickt, nachdem wir meinen Geburtstag gefeiert hatten. Mein Gott – ist das erst zwei Tage her?«

Das interessiert mich alles einen ziemlichen Scheißdreck, dachte Tibor, und gratulieren werde ich dir auch nicht, aber erzähl ruhig weiter. Der Schmerz im Schritt ebbte nur allmählich ab.

»Er wollte mich warnen. Das finde ich sehr nett von ihm. Willst du wissen, wovor?«

»Ja.«

Seibert fing an zu grinsen. »Es ist dir völlig egal, was ich erzähle. Hauptsache, die Zeit vergeht, oder?«

Dazu sagte Tibor lieber nichts. Aber natürlich hatte Seibert ins Schwarze getroffen. Er könnte auch einen Vortrag übers Klöppeln halten.

»Nun, auf eine halbe Stunde mehr oder weniger kommt es in der Tat nicht an«, sagte er und machte eine wegwerfende Handbewegung. »Milan war davon überzeugt, dass in der Tagungsstätte im Reitlingstal, in dem sein älterer Bruder Henrik mit Feuereifer arbeitet, ein ziemlich übler Haufen sein Unwesen treibt. Nachdem Henrik auf meinem Geburtstag vorgeschlagen hatte, ich könne dort doch mal einen Vortrag über Unternehmensführung am Beispiel der Autostadt halten, hat Milan mir Broschüren mit ausgesprochen markigen Texten zu Wirtschaft und Politik im Anhang mitgeschickt und Fotos, die verdammt nach Pfadfinder-Romantik aussehen – und zwar von einer deutlich braun gefärbten Sorte, wie er das bezeichnete. Ich stimme ihm zu – damit möchte ich wirklich nichts zu tun haben. Ich hätte mich gerne bei ihm bedankt ...« Seibert räusperte sich. »Das Material hatte er einem Studienkollegen abgeluchst, der dort mal ein Seminar mitgemacht hat ...«

Tibor runzelte die Stirn. »Pfadfinder-Romantik?«

»Ja – Gruppenzusammenhalt festigen beim Wandern, Ausreiten, Natur beobachten, Klettern, Jagen, Bogenschießen ...«

»Emilie Funke hat Wolfskadaver gefunden, die mit Pfeilen abgeschossen wurden«, fiel Tibor ihm ins Wort.

Seibert sah ihn nachdenklich an. »Und das ist keine Spinnerei?«

»Nein, die Polizei hat die Kadaver sichergestellt – übrigens ganz in der Nähe von Milans Leiche.«

»Merkwürdiger Zufall.«

»Vielleicht mehr als das.«

Seibert zuckte die Achseln. »Wir werden sehen ... Vielmehr: Ich werde sehen.« Er lächelte.

Tibor schrak zusammen. »Ist das wirklich nötig? Warum einen zweiten Mord begehen? Reicht es nicht, dass ...«

Seibert lachte laut auf. Einen Moment lang wirkte er tatsächlich belustigt. »Das Risiko ist viel zu groß, und das weißt du auch.«

»Man wird Sie schnappen – früher oder später.«

»Das kann sein, aber noch habe ich einen erheblichen Vorsprung, und ich gedenke, ihn auszunutzen.«

»Man wird nach mir suchen, und man wird mich wahrscheinlich finden.«

»Da wäre ich nicht so sicher ... Steffen ist übrigens hier an dieser Stelle gestorben. Anschließend habe ich ihn unter dem Carport vergraben. Später habe ich die Zufahrt mit Steinplatten ausgelegt. Für dich ist da auch noch Platz. Du wirst also neben deinem Liebsten liegen. Ist das nichts?«

Tibor starrte Seibert fassungslos an, während ihm ein Schauer über den Rücken lief. War das wirklich sein Ernst? Tibor spürte, dass er zitterte.

»Niemand hat mich oder gar uns beide gesehen, als ich vorhin hier eintraf«, fuhr Seibert fort. »Die Nachbarn rechts und links sind im Urlaub, und unter der Woche geht es auch am Tankumsee ziemlich ruhig zu – zumindest nachts und in den frühen Morgenstunden. Und bei dir zu Hause war ich so vorsichtig, den Wagen in die Garage zu fahren.«

Tibors Herz hämmerte schmerzhaft gegen die Rippen. »Steffens Verschwinden hat keinerlei Aufsehen erregt. Niemand hat sich darum gekümmert, weil der Zeitpunkt gut gewählt war und es keinen gab, der intensiver nachgefragt hat. Nach mir wird jedoch schnell gesucht werden.«

Seibert winkte ab. »Das sagtest du bereits. Und ich frage erneut: Na und? Fällt dir nicht mehr ein?«

»Und ich bleibe dabei: warum?«, schob Tibor schnell hinterher.

Seibert setzte eine bedauernde Miene auf. »Jetzt wirst du langweilig.«

Stimmt, dachte Tibor, während er versuchte, die Hektik in Schach zu halten, die seine Stimme so unangenehm hoch klingen ließ. Ich muss mir was Besseres einfallen lassen und dafür sorgen, dass er weiterredet. Zeit. Ich brauche Zeit. Mehr Zeit. Und noch mehr Zeit. Ohne sie hat nichts mehr einen Sinn.

13

Johanna schickte den Zwischenbericht an Grimich ab, fuhr den PC herunter und streckte sich laut gähnend. Was immer Peters und Bischoff heute Nacht noch vorhatten – sie hatte zurzeit keine Handhabe für aufwendige Aktionen, und es wurde höchste Zeit, dass sie ins Bett kam. Sie schulterte ihren Rucksack und wandte sich zur Tür, als das Telefon klingelte. Sie hob ab.

»Hätte ich nicht gedacht, dass ich Sie noch antreffe.«

Johanna runzelte die Stirn. »Wer spricht denn da?«

»Emilie Funke.«

»Ach so. Nun, ich bin für so manche Überraschung gut.«

Johanna rieb sich die Schläfen. Bitte keine abgeschossenen oder sonst wie getöteten Wölfe, dachte sie. »Was kann ich für Sie tun, Frau Funke?«

»Ich weiß, dass es sehr spät ist.«

»Ich auch. Das ist aber sicher nicht der Grund Ihres Anrufs. Legen Sie schon los, bevor es Zeit fürs Frühstück wird.«

»Ich war heute Abend mit Tibor Kranz verabredet. Er wollte um acht zum Essen bei mir sein.«

»Lassen Sie mich raten – er ist nicht gekommen?«, vermutete Johanna in gleichgültigem Tonfall. »Und nun sind Sie besorgt. Nach allem, was in letzter Zeit so passiert ist …«

»Hören Sie auf, sich über mich lustig zu machen!«, entgegnete Emilie Funke empört.

»Entschuldigen Sie«, seufzte Johanna. »Aber es war wirklich ein verdammt langer Tag, und der morgige wird garantiert genauso anstrengend.«

»Na schön. Ich fasse mich kurz, aber Sie können davon ausgehen, dass ich Sie nicht belästigen würde, wenn es nicht wichtig wäre – schon gar nicht um diese Zeit«, entgegnete Funke zickig.

»Okay, ich bin ganz Ohr.«

»Wir waren um acht verabredet, ich hatte gekocht. Tibor ist ein verlässlicher Typ. Pünktlich und so weiter. Als er gegen halb neun nicht da war, versuchte ich, ihn zu erreichen. Aber er ging nicht ans

Handy. Daraufhin sprach ich ihm auf die Mobilbox. Kurz darauf erhielt ich eine SMS: Er sei zu müde und wolle früh schlafen gehen.«

»Aha«, kommentierte Johanna schläfrig. »Kann vorkommen, oder?«

»Ja, das habe ich mir zunächst auch gesagt. Aber …«

Johanna verdrehte die Augen. »Aber was?«

»Das passt irgendwie nicht zu ihm. Er würde nicht so spät absagen und schon gar nicht per SMS. Und die Entschuldigung war so … untypisch für ihn. Tibor geht selten früh schlafen. Außerdem haben wir noch mittags telefoniert, und er hat betont, wie sehr er sich auf das Treffen freut.«

»Frau Funke …«

»Warten Sie! Mir hat das jedenfalls keine Ruhe gelassen. Es ist tatsächlich zu viel Mist passiert in letzter Zeit, und ich wollte sowieso noch mal mit dem Hund raus – bei der Wärme mag Flow sich nachmittags kaum bewegen. So bin ich vorhin kurzerhand zum Reitverein geradelt. Im Bistro war noch Betrieb, und der Wirt erzählte mir, dass Tibor am Abend zu Fuß aufgebrochen sei – so gegen sieben Uhr hätte er ihn das Gelände verlassen sehen.«

Johanna gähnte. »Nun, dann hat er wohl einen Spaziergang gemacht und war anschließend zu müde für Ihr Treffen. Was …?«

»Sie sind voreilig, Frau Kommissarin! Da ich schon mal da war, wollte ich genau das überprüfen. Ich habe einen Schlüssel fürs Tor und bin aufs Gelände. Aber Tibor war nicht da, und sein Zimmer abgeschlossen. Mittlerweile sind etliche Stunden vergangen. So lange …«

»Vielleicht ist er essen gegangen und danach ins Kino oder …«

»Warum sollte er? Er war zum Essen mit mir verabredet. Ich hatte bereits gekocht.«

»Meine Güte, er hat es sich eben anders überlegt! Das kann doch mal passieren.«

»Das hätte er gesagt, statt mir mit einer dummen Ausrede zu kommen! Außerdem war ihm das Treffen mit mir wichtig.«

»Aha. Und welche Möglichkeiten –?«

»Sein Elternhaus – er kümmert sich nach dem Tod seiner Mutter um den Verkauf. Ich bin dort vorbeigeradelt. Es war alles still.

Kein Tibor. Dann sah ich, wie ein Nachbar mit seinem Hund zur späten Gassirunde aufbrach – besser gesagt: Flow bemerkte es.«

Johanna unterdrückte ein entnervtes Seufzen.

»Ich kenne den Mann, also grüßte ich ihn und fragte, ob er Tibor gesehen hätte. Stellen Sie sich vor: Hatte er. Am Abend, gegen halb acht oder so sei ihm aufgefallen, dass jemand im Haus sei.«

»Wie hat er das festgestellt?«, fragte Johanna.

»Er war im Garten, um den Rasensprenger anzustellen, und hat Tibor bemerkt. Er ist davon ausgegangen, dass er nach dem Rechten sieht, wie er es häufig tut.«

»Okay. Und weiter?«

»Eine Weile später sei ein Besucher gekommen – der Nachbar hat mitbekommen, dass Tibor jemanden ins Haus gelassen hat und schätzt, dass es ein Interessent war.«

»Sie meinen einen Kaufinteressenten?«

»Ja. Die Leute in der Nachbarschaft wissen, dass das Kranz-Haus zum Verkauf steht.«

»Nun, vielleicht sind sie sich einig geworden und haben den erfolgreichen Vertragsabschluss anschließend bei einem Glas Wein gefeiert.«

»Nette Idee, aber der Nachbar erläuterte mir verwundert, dass die beiden ungewöhnlich lange im Haus gewesen seien, denn der Interessent sei erst so um elf Uhr herum, also ungefähr vor einer Stunde wieder weggefahren.«

»Das hat er so genau mitbekommen?«

»Wir leben in einer Kleinstadt, Frau Kommissarin. Es ist Sommer, die Fenster waren geöffnet. Der Nachbar hörte, wie ein Motor angelassen wurde, und linste um die Ecke. Na klar: Er war neugierig. Vielleicht werden wir noch froh darüber sein, denn es fiel ihm zweierlei auf: Der Motor gehörte zu einem großen schicken Wagen – wahrscheinlich ein neuer Touareg –, der merkwürdigerweise aus Kranz' Garage fuhr. Jemand schloss das Tor, aber der Nachbar konnte nur den Umriss einer Gestalt erkennen, denn das Außenlicht war nicht eingeschaltet. Warum sollte Tibor einem Kaufinteressenten die Garage als Parkplatz anbieten? Auf der Straße ist genügend Platz. Und noch was: Tibors Elternhaus ist nicht gerade ein Schmuckstück und schon gar nicht besonders groß. Um es intensiv zu besichtigen und sich jeden Winkel genau anzusehen, braucht man garantiert keine Stunde.«

Die Einwände waren berechtigt, das musste Johanna zugeben. Sie schloss kurz die Augen.

»Frau Funke, ich gebe zu – das klingt alles in allem ein bisschen … befremdlich, aber wir können zum jetzigen Zeitpunkt nicht ausschließen, dass es doch eine ganz banale Erklärung für diese Vorgänge gibt. Der Interessent könnte ein alter Freund sein, der seinen schicken Wagen grundsätzlich geschützt parken will. In der Wolfsburger Gegend ist ein derartiges Ansinnen wahrscheinlich kein Einzelfall. Die beiden hatten sich viel zu erzählen und sind nach einem langen Plausch noch einen trinken gegangen …«

»Aber –«

»Ich kann eine polizeiliche Suchaktion nicht damit begründen, dass eine Hausbesichtigung zugegebenermaßen ziemlich lange dauert, Herr Kranz das Essen mit Ihnen sausen ließ und nun nicht erreichbar ist. Das werden Sie hoffentlich verstehen.«

Emilie Funke schien zu überlegen. »Allzu viele neue Touaregs gibt es in Königslutter nicht«, wandte sie schließlich ein.

»Frau Funke, es ist mitten in der Nacht. Eine Überprüfung –«

»Auf Anhieb fallen mir persönlich nur zwei Leute ein, die in Königslutter so ein Teil fahren: Der Typ, der den Outdoorladen in der Marktstraße leitet und immer mit drei Hunden durch die Gegend läuft, manchmal sogar vier …«

Johanna schloss kurz die Augen.

»Und Erika Seibert. Die fährt damit ihre Baustellen ab.«

Die Kommissarin hielt inne.

»Der Outdoortyp wohnt auf einem Bauernhof – der interessiert sich garantiert nicht für so ein biederes Häuschen. Und Erika Seibert schon mal gar nicht. Allerdings …«

»Ja?«

»Ich habe keine Ahnung, ob es da einen Zusammenhang gibt, aber Tibor ist auf die Seiberts nicht besonders gut zu sprechen.«

»Frau Funke …«

»Warten Sie! Vor zehn Jahren hat ein junger Reitlehrer namens Steffen Winter Königslutter relativ unvermittelt verlassen. Er hatte es faustdick hinter den Ohren, wenn Sie verstehen, was ich meine, und auch Tibor, der damals für einige Zeit hier war, hatte eine Affäre mit ihm. Jetzt wollte Tibor ihn gern wiedersehen und hat 'ne Menge Leute nach ihm gefragt. Auch Erika Seibert. Aber niemand weiß etwas Genaues. Steffen scheint damals wie vom Erdboden verschwunden zu sein, nur die meisten hat das nicht nachhaltig interessiert. Viele gingen davon aus, dass ihm Gläubiger auf den Fersen waren. Ich hatte Tibor übrigens versprochen, mit ihm gemeinsam nach Steffen zu forschen und ein bisschen zu recherchieren. Heute Abend wollten wir die Einzelheiten besprechen und uns ans Internet setzen. Die Sache ist ihm sehr wichtig, und nun habe ich ein verdammt ungutes Gefühl, denn eine Absage aus Müdigkeit oder plötzlicher Unlust passt einfach nicht dazu.«

»Warum ist Tibor auf die Seiberts nicht gut zu sprechen?«

»Zum einen kann er nicht so gut mit … sagen wir: privilegierten Leuten, die in Geld und guten Kontakten schwimmen und traumhafte Karrieren hinlegen. Zum anderen hat Erika Seibert höchst abweisend reagiert, als Tibor sie nach Steffen fragte und …«

»Frau Funke, wo sind Sie jetzt?«

»Ich stehe bei den Seiberts vor der Tür.«

»Warten Sie, ich komme dorthin.«

***

Tibor stellte die Füße auf und legte die Arme locker auf die angewinkelten Oberschenkel, so als bemühe er sich um eine entspannte Sitzhaltung.

»Wie wird man zum Mörder?«

Seibert verschränkte die Arme vor der Brust. »Interessiert dich das wirklich? Oder geht es nur darum, das Unabänderliche hinauszuzögern?«

»Beides.«

»Das ist eine ehrliche Antwort.«

»Sie waren kein Mörder – ich meine, Sie sind nicht als solcher zur Welt gekommen, wie die meisten Menschen sehr wahrscheinlich nicht als Mörder geboren werden«, fügte Tibor hinzu. »Was hat Sie dazu werden lassen?«

»Interessante Frage, sofern man daran glaubt, dass Mordlust erlernt werden muss und nicht doch irgendwie in einem verankert ist. Oder zumindest in manchen von uns«, meinte Seibert. »Aber das nur nebenbei. Wahrscheinlich war es die Unverfrorenheit, mit der dieser Typ, dieser dahergelaufene Reitlehrer, meine Familie zerstört hat, wobei ich ganz und gar nicht verhehlen will, dass die unrühmliche Rolle, die meine Frau bei der ganzen Sache gespielt hat, von entscheidender, von ausschlaggebender Bedeutung war. Letztlich hat sie den Stein ins Rollen gebracht. Obwohl … was Moritz angeht …« Er machte eine abwägende Handbewegung. »Wie dem auch sei. Nie hätte ich angenommen, dass sie sich auf so einen schmierigen Typen einlassen würde.«

Lass ihn reden, immer weiterreden, dachte Tibor, und die Angst flatterte durch seine Eingeweide. Jetzt keine Zwischenfragen und schon gar keine Einwände. Zeit, Zeit. Und noch mehr Zeit.

Er öffnete die Schenkel einen schmalen Spalt und schob die zusammengelegten Hände dazwischen. Die Fußfesseln waren stramm um beide Gelenke gebunden – sie ließen ihm allenfalls so viel Spielraum, dass er kleine unbeholfene Schritte machen, hüpfen oder etwas flotter tippeln könnte. Das war wenig effektiv, sah lächerlich aus und war kaum geeignet, wegzulaufen, geschweige denn sich aus einer Notlage zu befreien – aus einem Haus, das er nicht kannte, auf einem Gelände, das ihm fremd war, noch dazu mitten in der Nacht und konfrontiert mit einem Mörder. Vielleicht sollte er die Lachnummer versuchen, in der Hoffnung, Seibert würde sich kugeln vor Lachen und ein Einsehen haben …

»Dabei hat sie wirklich gedacht, ich würde nichts merken«, fuhr Seibert kopfschüttelnd fort und lehnte sich entspannt zurück. »Natürlich habe ich es gemerkt. Ich habe immer gemerkt, wenn sie jemanden hatte – auch heutzutage bekomme ich mit, wenn sie eine Affäre hat, zumindest kenne ich die meisten Anzeichen dafür und mache mir meinen Reim darauf, aber inzwischen ist es mir völlig egal. Sie hat nie gemerkt, dass ich wusste, was los war. Ich bin ihr sogar gefolgt, um dann entsetzt festzustellen, dass sie es mit dem jungen Reitlehrer trieb. Aber gut, ich dachte, sie hätte es im Griff und würde es nach ein, zwei, vielleicht vier Wochen beenden, was leider eine bedauerliche Fehleinschätzung war, wie wir wissen.«

Seibert warf Tibor einen Blick zu, als erwartete er eine Art Zustimmung. »Um das alles richtig zu verstehen, muss man wissen, dass wir uns stets einig waren, was wir vom gemeinsamen Leben wollten: stabile Partnerschaft, Familie, berufliches Vorankommen mit den entsprechenden finanziellen Vorteilen, gesellschaftliche Anerkennung und hin und wieder etwas Spaß außerhalb der Ehe, diskret natürlich. Um ehrlich zu sein«, diesmal warf er Tibor einen verdutzten Blick zu, »ich hatte gar nicht damit gerechnet, dass Erika diesen abgesprochenen Freiraum tatsächlich nutzen würde. Sie schien mir ... nun, sagen wir: nicht sonderlich an erotischen Erfahrungen außerhalb des Ehebetts interessiert zu sein. Aber da hatte ich mich wohl geirrt, und zwar gründlich. Ein schwuler junger Mann hat sie um den Verstand gevögelt – und das war offensichtlich ganz nach ihrem Geschmack.«

Er hob mit einer abrupten Bewegung das Kinn. »Kann man sich so in einem Menschen täuschen?« Er nickte Tibor zu. »Sag du es mir.«

Ausgerechnet ich als Schwuler soll ihm eine Antwort geben, dachte Tibor. Das Seil, mit dem seine Fußgelenke gefesselt waren, war dünn, aber von sehr guter Qualität. Seine Finger tasteten vorsichtig darüber. Die Knoten waren festgezogen. Beim ersten Abtasten hatte er das Gefühl, dass sie unüberwindbar waren, oder nicht zu entwinden, jedenfalls nicht in der Lage, in der er sich befand.

»Ja«, sagte Tibor schließlich bedächtig. »Man kann sich derart täuschen. Sowohl in positiver als auch in negativer Hinsicht.«

»Und warum liegen wir immer wieder so falsch?«

»Weil wir uns nur mit dem befassen, was wir sehen wollen.«

»Spricht da der Fotograf?«

»Der auch, natürlich.«

Seibert nickte. »Egal. Nach dieser Geschichte habe ich es jedenfalls nicht mehr für nötig befunden, Erika gegenüber mit meinen Seitensprüngen diskret zu sein. Ich weiß, dass sie sich darüber ärgert, aber bezeichnenderweise äußert sie sich nie.«

»Ahnte sie denn nicht zumindest, dass Sie von der Affäre mit Steffen etwas mitbekommen hatten?«

Seibert schüttelte den Kopf. »Nein. Sie hatte nicht den blassesten Schimmer und hat ihn immer noch nicht. Eigentlich eine Unverschämtheit, mir so viel Blindheit zu unterstellen. Sie hat mir die ganze Geschichte gebeichtet – jetzt, nachdem du aufgetaucht bist und überall nach Steffen geforscht hast. Sie befürchtet eine neuerliche Erpressung und ging tatsächlich davon aus, mir in jeder Hinsicht Neues zu erzählen. Eine bizarre Situation. Andererseits muss ich aber natürlich auch dankbar sein, dass sie sich mir anvertraute – sonst hätte ich nicht rechtzeitig von dir erfahren.« Er lächelte breit.

***

Als Erstes sah sie die gelb glühenden Augen des Hundes, dann die Journalistin, die neben ihrem Rad stehend vor dem Haus der Seiberts im Ortsteil Rottorf wartete. Johanna stellte den Wagen ab und stieg aus. Sie gab es ungern zu, aber der Fotograf hatte recht gehabt: Dieser Hund war etwas Besonderes. Flow musterte sie mit beiläufigem Blick und blieb mit gespitzten Ohren neben Emilie Funke sitzen. Nichts schien seiner Aufmerksamkeit zu entgehen.

Die nächtliche Stille wurde nur durch Grillenzirpen und weit entferntes leises Lachen unterbrochen. Irgendwo saßen Leute auf der Terrasse und genossen die laue Sommernacht. Johanna gab der Journalistin die Hand.

»Frau Seibert geht nicht ans Telefon«, bemerkte sie leise. »Ich werde Sie herausklingeln. Falls Ihre Vermutung sich als Luftnummer entpuppen sollte, dürfen Sie sich entschuldigen. Bei ihr und bei mir.«

Funke nickte. »Mach ich.«

Johanna wandte sich zur Tür. »Warten Sie bitte.«

Es dauerte zwei Minuten, bis im Haus das Licht anging. Dann meldete sich Erika Seibert über die Gegensprechanlage.

»Guten Abend, hier ist Kommissarin Johanna Krass, bitte entschuldigen Sie die nächtliche Störung. Es ist wirklich dringend.«

»Das hoffe ich. Was wollen Sie?«

»Ich muss Sie sprechen.«

»Worum geht es?«

»Sie fahren einen Touareg, nicht wahr?«

»Wie bitte?«

»Ja oder nein?«

»Ja.«

»Wo ist der Wagen?«

»Hören Sie …«

»Beantworten Sie bitte die Frage!«

»Mein Mann hat ihn heute beziehungsweise gestern genommen. Das macht er manchmal.«

»Ist Ihr Mann inzwischen zurück oder hat er sich gemeldet?«

Kurzes Schweigen. »Nein. Manchmal übernachtet er in Wolfsburg oder in …«

»Frau Seibert, kennt Ihr Mann Tibor Kranz?«

Stille. Dann ertönte der Türsummer.

***

»Wie sind Sie Steffen mit der Erpressung überhaupt auf die Schliche gekommen?«, warf Tibor den nächsten Gesprächsfaden aus, so beiläufig wie möglich. Er tastete mit den Fingern die Knoten ab.

Seibert stand auf und holte sich ebenfalls ein Glas Wasser. Genüsslich leerte er es bis zur Hälfte.

»Wie häufig bei solchen Geschichten: Es kam eins zum anderen. Als ich in Erfahrung gebracht hatte, dass meine Frau sich mit diesem Fatzke eingelassen hatte, rechnete ich, wie schon gesagt, damit, dass die Sache bald beendet sein würde. Aber das war nicht der Fall, und so blieb ich hellhörig. Dabei fiel mir auch auf, dass Moritz noch unzugänglicher war, als ich es ohnehin schon von ihm kannte. Dann folgte Erikas plötzlicher Stimmungsabsturz, den ich mir mit der kurz davor erfolgten Trennung von dem jungen Mann erklärte. Was mir merkwürdig vorkam, war die Tatsache, dass zugleich Geld fehlte, viel Geld. Erika hat zwar ein eigenes Depot, über das sie frei verfügen kann, aber natürlich weiß ich immer ungefähr, wie viel sie ausgibt und wofür.«

Seibert nickte bestätigend. »Ich überlasse nichts gern dem Zufall, darum sehe ich mich auch in regelmäßigen Abständen gründlich im Haus um – in allen Zimmern, versteht sich. Wenig später fand ich im Zuge einer solchen Inspizierungstour bei Moritz einige Fotos und einen Streifen Negative mit Bildern, die ich dir nicht im Einzelnen zu beschreiben brauche. Wie er da rangekommen war, darüber konnte und kann ich nur spekulieren.«

Seibert nahm einen weiteren Schluck. »Als ich die Konstellationen zu verstehen begann, reimte ich mir zusammen, dass er sie wahrscheinlich bei Steffen entdeckt und eingesteckt hatte … warum auch immer. Letztlich ist es egal.« Seibert blickte Tibor auffordernd an. »Oder?«

»Ja. Ich denke auch, dass das egal ist.«

Was für ein widerlicher Schnüffler, dachte Tibor. Bei der Stasi hätte er die ganz große Karriere machen können. Und endlich kann er all das genüsslich und ausführlich erzählen, denn wenn er sein Herz erleichtert hat, bringt er mich um.

Seibert nickte seltsam beruhigt. »Ich war jedenfalls ziemlich sicher, dass Moritz mit der Erpressergeschichte nichts zu tun hatte, sondern von der Schwuchtel benutzt worden war. Es passte zu seiner gedrückten Stimmung. Ich entdeckte jedenfalls diese Fotos, und mir ist weiß Gott schlecht geworden, als mir das ganze Ausmaß der Geschichte klar wurde. Frau und Sohn ließen sich von ein und demselben Kerl vögeln, und der nutzte die tumbe Geilheit der beiden für eine handfeste Erpressung. Das konnte ich natürlich nicht so stehen lassen.«

Tibor nickte zustimmend.

»Ich habe ihn entführt und hierhergebracht. Ähnlich wie dich. Wir saßen eine Weile zusammen. Er sagte mir, wo das Geld war, gab mir Auskunft darüber, wie er lebte, Freunde, Familie und so weiter, und was er vorhatte. Zu den Äußerungen musste ich ihn natürlich ein wenig ermuntern, wie ich schon angedeutet habe. Ich habe ihn übel zugerichtet. Später konnte ich mit seinen Schlüsseln in sein Zimmer und habe es so präpariert, dass es den Eindruck eines raschen Aufbruchs vermittelte – inklusive einiger handschriftlicher Zeilen, die Steffen mir dankenswerter Weise noch zur Verfügung stellte. Es war der riskanteste Teil des Unternehmens, aber es hat funktioniert!«

Seibert lachte kurz auf. »Niemanden hat sein Verschwinden so erstaunt, dass nachgeforscht wurde. Bis jetzt. Die Chance, dass sich nie wieder jemand um Steffen scheren würde, war ziemlich groß.«

Nicht groß genug, kommentierte Tibor im Stillen. Und worüber reden wir jetzt? Wie spät mochte es sein?

»Ich finde, es wird Zeit ...«

Tibor hob kurz die gefesselten Hände. »Warten Sie noch.«

Seibert lächelte. »Du bist amüsant. Es macht Spaß, mit dir zu plaudern. Eigentlich ist es wirklich schade, dass wir uns auf diese Weise kennenlernen mussten.«

Vergiss nicht, dass ich schwul bin, dachte Tibor. Eigentlich findest du mich eklig. »Was ist mit Ihrem Sohn? Wie ist das Verhältnis zwischen Ihnen beiden seit damals?«, fragte er stattdessen.

Seiberts Lächeln verblasste. »Auch wenn dich das nichts angeht – wie meinst du das?«

»Sie sagten, er sei schon immer etwas unzugänglich gewesen. Hatten Sie nach dieser Geschichte den Eindruck, dass er sich verändert hat?«

Die Beziehung zwischen schwulem Sohn und Vater war immer ein spannendes Thema. Tibor hoffte inständig, dass Seibert diesbezüglich seine Meinung teilte oder zumindest das Bedürfnis empfand, weiterzureden. Sich zu rechtfertigen, Dampf abzulassen und seinen Hass zu formulieren.

»Verändert?« Seibert machte eine abwägende Miene. »Schwer zu sagen. Ich hatte schon den Eindruck, dass er noch verschlossener war, andererseits ...« Seibert fixierte ihn plötzlich scharf. »Dein Vater – war der gut auf dich zu sprechen? Ich meine, als er erfahren hat, was du für einer bist?«

»Mein Vater war nie gut auf mich zu sprechen, und ich weiß nicht, ob er es je mitbekommen hat«, erwiderte Tibor langsam. Das war das Letzte, wonach ihm zumute war – über seinen Vater zu reden. Nun gut, das Vorletzte.

»Ich habe ihn verachtet«, sagte Seibert, als hätte er Tibors Antwort gar nicht registriert. »Als mir klar wurde, dass der Junge keine pubertären Spielchen gespielt hat, sondern tatsächlich nur mit Jungs und Männern rummachte und nichts anderes wollte ... Ich hab's ihm nie verziehen, wenn ich ehrlich sein soll, obwohl das natürlich albern ist: albern, rückständig, lieblos und so weiter. Aber ich konnte meine Gefühle nie ändern. Bis heute nicht. Die Vorstellung, was er mit seinem Schwanz macht, bringt mich total in Rage.«

Wenigstens ist er ehrlich, dachte Tibor. Die Nägel von Daumen und Mittelfinger seiner rechten Hand gruben sich in den Knoten um den linken Fuß. Er zog behutsam und kraftvoll, während er sich zugleich darauf konzentrierte, seine Gesichtszüge immer wieder zu entspannen, um bloß nicht Seiberts Aufmerksamkeit zu erregen.

»Vielleicht hatte Moritz doch mehr mit der Geschichte zu tun, als Sie seinerzeit angenommen haben«, hob Tibor an, als ihm die Gesprächspause zu lang wurde.

Volker Seibert musterte ihn scharf. »Sei nicht albern! Das ist abgehakt.«

»Warum? Nur weil Sie davon ausgehen, dass er die Fotos bei Steffen gefunden und sie aus purer Neugierde mitgenommen hat? Es kann auch anders gewesen sein.«

»Tatsächlich?«

Vorsicht, dachte Tibor, der Einwand macht ihn wütend. Er atmete schnell. Wie anstrengend es war, mit zwei Fingern unauffällig zu hantieren. Tibor spürte, wie ihm der Schweiß den Rücken hinablief. Er hatte das Gefühl, dass der Knoten sich um eine winzige Nuance gelockert hatte. Flatternde Aufregung schoss durch seinen Körper, obwohl er keine Ahnung hatte, was ihm ein Fluchtversuch tatsächlich einbringen würde. Eine Lebensverlängerung um zwei Minuten? Fünf? Wenn er es schaffte, zur Tür zu kommen. Die Schlüssel steckten im Schloss. Na und? Es war mitten in der Nacht, und Schreie würden ihn kaum retten.

»Vielleicht hat Steffen ihm versprochen, dass sie gemeinsam weggehen würden, und deshalb ließ Moritz die Erpressung zu – sozusagen als Finanzierungsvariante für die gemeinsame Zukunft. Er war noch nicht volljährig«, gab Tibor zu bedenken.

Seibert blickte ihn stumm an.

»Wahrscheinlich hat er geglaubt, dass Steffen sich aus dem Staub gemacht hat, und war total enttäuscht.«

Seibert winkte ab. »Das ist nicht mehr mein Problem.« Er griff nach seinem Rucksack. »Und ich finde, dass wir jetzt genug gequatscht haben.«

»Hören Sie …«

»Nein, nun reicht es endgültig. Halt die Klappe! Ich verpasse dir jetzt eine Beruhigungsspritze, die dich angenehm entspannen wird.«

»Und dann?« Tibors Gaumen war trocken wie Pergament. Zugleich hatte er das Gefühl, sein Finger würde abbrechen. Immer wieder setzte er neu an, um den Knoten in Bewegung zu bringen. Er hatte nur eine Chance: das Überraschungsmoment.

»Dann schneide ich dir die Pulsadern auf. Glaub mir, das ist ein sanfter Tod.«

»Sie haben keinen Grund, mich zu töten!«, wandte Tibor ein. Sein Puls raste. Er stöhnte unterdrückt.

Seibert hatte inzwischen eine Kanüle in der Hand und setzte eine Nadel auf. Er erhob sich langsam und war mit drei Schritten bei Tibor. »Wenn du vernünftig bist, kann ich dir die Spritze schmerzfrei verabreichen.«

Tibor blinzelte zu ihm hoch. Er versuchte zu lächeln. Seibert nickte und ließ sich in die Hocke herab. In dem Augenblick, in dem er die Hand hob, um nach ihm zu greifen, zog Tibor seine Arme zwischen den Schenkeln hervor und hämmerte Seibert die geballten Fäuste mit voller Kraft ins Gesicht. Blut schoss aus seiner Nase. Ein weiterer kräftiger Stoß mit beiden Füßen ließ Seibert der Länge nach hinschlagen. Bevor er sich von dem Schlag und der Verblüffung erholt hatte und aufrappeln konnte, war Tibor auf den Beinen, griff sich den Rucksack und schleuderte ihn Seibert ins Gesicht.

Er wandte sich um und hüpfte mit lächerlich kleinen unbeholfenen Schritten zur Tür. Von Laufen konnte keine Rede sein. Den Knoten hatte er zwar spürbar lockern können, doch für das endgültige Lösen hätte er mindestens noch fünf Minuten gebraucht. Hinter sich hörte er Seiberts Keuchen.

Als Tibor die Hand nach der Klinke ausstreckte und den Schlüssel umfasste, war Seibert dabei, sich stöhnend und fluchend aufzurichten. Tibor drehte den Schlüssel und riss die Tür auf. Er trat nach draußen. Schwarze Nacht. Schwarzer See. Keine Menschenseele. Ein leises Wimmern drang aus seinem Mund. Und jetzt?

Seibert war verdammt zäh. Tibor hörte, dass er die ersten Schritte machte. Weiter, weiter, schrie es in ihm, los, wenn du nicht rennen kannst, dann hüpf um dein Leben! Mach schon: raus auf den

Bootssteg! Und dann? Warum rannte man selbst in den aussichtslosesten Situationen um sein Leben? Warum wollte man weiterleben, selbst wenn der eigene Vater einen Tag für Tag halb totschlug und die Mutter ihren Kummer ersoff, statt dem Sohn beizustehen?

Er hüpfte los – wie eine Witzfigur aus einem Comic. Seibert war hinter ihm, und es war nur noch eine Frage der Zeit, wann er ihn packen und endgültig erledigen würde. Tibor hatte den Gedanken noch nicht zu Ende gedacht, als er von einem Schlag in den Rücken getroffen wurde und zu Boden stürzte. Seibert packte ihn und riss ihn hoch. Tibor hob die Arme, um einen weiteren Schlag abzuwehren. Seibert stolperte, als er ihm auswich, und Tibor hüpfte weiter.

Plötzlich hatte er das Ende des Stegs erreicht. Ohne einen weiteren Gedanken stürzte er sich ins Wasser. Es war zwar lange her, aber er war mal ein ausdauernder Schwimmer und Taucher gewesen.

14

Reinders klang so vergnügt, dass es in ihren Ohren schmerzte. Johanna brauchte einen Moment, um richtig wach zu werden, einen zweiten, um zu registrieren, dass es auf zehn Uhr morgens zuging und sie noch im Bett lag, und einen dritten, bis sich die Erinnerungen an die vergangene Nacht einstellten. Sie wechselte das Handy ans andere Ohr.

»Was für ein toller Erfolg!«, tönte Reinders erneut ins Telefon. »Schuster hat gerade ausführlich berichtet. Der platzt gleich vor Stolz, und zwar mit Recht!«

»Ja, danke«, nuschelte Johanna und richtete sich auf. »Ich sage es ungern, aber Tibor Kranz hat sein Leben zu einem großen Teil der Funke, ihrer Hartnäckigkeit und ihrem Hund zu verdanken – und einem aufmerksamen Nachbarn, der sich gut mit Autos auskennt. Als wir nach der nächtlichen Unterredung mit Erika Seibert an dem Wochenendhaus am Tankumsee eintrafen, war es kein Problem, ihren Mann festzunehmen, aber Tibor war verschwunden, und Volker Seibert war nicht bereit, uns irgendeinen Hinweis zu geben. Was soll ich sagen – Flow hat ihn aufgespürt …«

»Flow?«

»So heißt der Hund.«

»Ach so. Sie entdecken also doch noch Ihr Herz für Tiere?«

Nicht auszuschließen, dachte Johanna. Der Fotograf hatte bewusstlos, aber lebend im Schilf gelegen, als Emilies Hund ihn fand. Auf dem Weg ins Krankenhaus hatte er eine erste Aussage machen können, und die Kriminaltechniker nahmen wahrscheinlich bereits seit Stunden Seiberts Wochenendhaus auseinander.

»Hat man schon was gefunden?«, fragte Johanna, während sie überlegte, ob es wohl angemessen war, sich zur Feier des Tages ein Frühstück im Bett zu gönnen. Andererseits wartete noch genug Arbeit auf sie. Sie warf die Decke beiseite und schob die Beine aus dem Bett.

»Ja, unter den Steinplatten des Carports lag tatsächlich ein Skelett. Es ist schon auf dem Weg nach Hannover.« Reinders räusperte sich. »Ihr Freund Pockly kann es kaum erwarten, schon wieder Arbeit von Ihnen zu bekommen.«

»Die Karriere in der Autostadt dürfte sich für Seibert wohl erledigt haben«, vermutete Johanna.

»Für den dürfte sich so einiges erledigt haben. Apropos erledigt. Ich war heute Nacht auch nicht untätig«, fuhr Reinders fort, bevor Johanna vorschlagen konnte, das Gespräch zu einem späteren Zeitpunkt fortzusetzen. Sie spürte ein menschliches Bedürfnis, das von Sekunde zu Sekunde dringender wurde und nicht mehr lange aufzuschieben war.

»Die Drogengeschichte? Hatten Sie Erfolg?«, fragte sie dennoch höflich nach.

»Und ob. Wir haben drei Leute gefasst, auf die wir schon seit Langem ein Auge geworfen hatten. Dabei sind uns kiloweise Koks und Heroin in die Hände gefallen.«

»Gratuliere! Hören Sie, Reinders –«

»Aber das ist noch nicht alles gewesen.«

»Ach?« Sie stand langsam auf und trampelte von einem Bein aufs andere.

»Einer der Hauptakteure will einen Deal mit der Staatsanwaltschaft«, berichtete Reinders weiter.

»Würde ich an seiner Stelle auch wollen. Kollege, wir könnten das Gespräch –«

»Ich bin geneigt, ihn ernst zu nehmen«, unterbrach der Wolfsburger Kripochef sie erneut.

Meine Güte, beeil dich mit deinen Neuigkeiten, es schmeckt schon bitter, wie meine Mutter immer zu sagen pflegt, dachte Johanna und seufzte vernehmlich. Sie ging in Richtung Bad.

»Der Typ heißt Robin Ziegler.«

»Wie schön für ihn.«

»Nicht wahr? Ach, übrigens: Er hat den Pfeil in den Briefkasten der Buchhandlung in Königslutter geworfen, und er wird uns auch erzählen, warum.«

Johanna konnte sich nicht daran erinnern, wann sie das letzte Mal so perplex gewesen war.

»Sind Sie noch dran, Kollegin?«

»Wann kann ich ihn vernehmen?«

»Machen Sie sich auf den Weg. Annegret Kuhl weiß schon Bescheid.«

Ziegler war ein kleiner, dürrer und ungepflegter Kerl mit einem Frettchengesicht, dem man ungern die Hand gab. Nach dem Zugeständnis, mit einer vergleichsweise milden Strafe wegen Drogenhandels wegzukommen, und einer Stunde Vernehmung hatte er nicht nur sein Versteck im Velpker Steinbruch und die dortigen Geschehnisse mit zittriger Stimme in all ihren düsteren Einzelheiten beschrieben, sondern auch Bischoff, Mansloh und Peters aufgrund von Fotos und Bandaufnahmen eindeutig als diejenigen identifiziert, die mit Armbrüsten auf eine junge gefesselte Frau geschossen hatten. Bei drei weiteren Leuten aus dem Sicherheitsdienst im Reitlingstal mochte er sich nicht eindeutig festlegen, vermutete aber, sie könnten zu dem »Pfadfindertrupp« gehören, der regelmäßig im Steinbruch zusammenkam. Johanna zweifelte nicht einen Augenblick daran, dass es sich bei der Frau um Kati Lindner handelte.

Die Leichtigkeit und Freude vom Morgen waren nur noch eine flüchtige Erinnerung, wie aus einem anderen Leben. Johanna war speiübel. Das melancholische Gesicht von Robert Lindner tauchte vor ihrem inneren Auge auf. Buster Keaton. Erst jetzt spürte sie, wie sehr sie gehofft hatte – auch seinetwegen –, dass Kati noch leben würde und ihr nichts geschehen war. Nichts Böses. Ausgerechnet Richard Peters hatte diese Hoffnung genährt.

»Was genau hat Sie eigentlich bewogen, den Pfeil in den Briefkasten zu werfen?«, fragte Johanna Robin Ziegler zum Schluss.

»Als die Typen weg waren, hab ich einen eingesteckt und mitgenommen ... einfach so, ohne groß darüber nachzudenken. Ein paar Tage später habe ich in der Zeitung gelesen, dass die junge Frau vermisst wird. Ich war ganz sicher, dass sie es war. Es gab ein Foto, und in dem Bericht stand, dass sie in der Buchhandlung gearbeitet hat. Ich wollte ... einen Hinweis geben. Damit man nicht aufhört, nach ihr zu suchen – und nach ihren Mördern.«

»Das haben Sie gut gemacht«, sagte Johanna. Sie gab ihm die Hand und drückte sie fest. »Ich danke Ihnen.«

Eine weitere Stunde später bestätigten Polizeibeamte und Kriminaltechniker Zieglers Beschreibungen. Sie fanden Katis Leiche an der angegebenen Stelle neben den alten Gleisen und zahlreiche weitere Spuren und Hinweise in Haus und Schuppen.

Johanna schickte Colin Sander nach Velpke, damit er den Einsatz koordinierte, die einzelnen Funde sichtete und fotografierte und entsprechende Informationen sofort an sie weiterleitete. Dann fuhr sie zurück nach Königslutter und schloss sich in das kleine Büro ein, um die weitere Vorgehensweise zu überdenken. Schuster brachte ihr Kaffee und Kekse, aber ihr war der Appetit vergangen.

Schließlich rief sie Annegret Kuhl an.

»Sie können die Haftbefehle beantragen«, sagte sie. »Zunächst für Bischoff, Peters, Mansloh. Hildmann –«

»Sitzt bereits in Untersuchungshaft«, unterbrach Kuhl sie. »Habe ich schon in die Wege geleitet. Aber …«

»Was aber?«

»Die Aussage eines festgenommenen Dealers wird unter Umständen nicht ausreichen. Der Richter könnte zumindest skeptisch –«

»Was die Techniker da draußen gerade alles ausbuddeln und an Beweismaterial sichern, wird reichen – davon können Sie ausgehen. Außerdem: Woher sonst soll ein Drogendealer diese Typen kennen?«, hielt Johanna dagegen. »Meine Sorge ist eine ganz andere: Ich befürchte, dass der Mann im Hintergrund ganz sauber außen vor bleiben wird. Keiner wird ihn zur Verantwortung ziehen.«

Kuhl blieb vorsichtig »Und wenn er tatsächlich –?«

»Das glauben Sie nicht im Ernst!«

»Es geht nicht ums Glauben, Kommissarin Krass. Sie müssen auf dem Teppich bleiben. Typen wie Taschner kann man nur beikommen, wenn man eindeutige Beweise hat, die über jeden noch so kleinen Zweifel erhaben sind.«

»Ich bin ganz sicher, dass Wiebor ihm im Nacken saß …«

»Beweisen Sie es!«

Johanna schloss kurz die Augen.

»Kommissarin Krass, ich schlage vor, Sie nehmen die Verdächtigen zunächst vorläufig fest. Ich kümmere mich um die Haftbefehle, während in der KTU erste Ergebnisse zusammengestellt werden und Sie die Verhöre führen«, sagte Kuhl schließlich.

»Das klingt gut. Danke.«

Johanna blickte hoch, als Schuster nach leisem Klopfen eintrat.

»Colin hat angerufen – er schickt uns Fotodateien«, meinte er. »Und er sagt, dass die Aufnahmen nichts für sensible Gemüter seien. Wir müssen die Eltern trotzdem bitten, ihre Tochter zu identifizieren.«

Johanna nickte. Das hatte sie befürchtet. Ihr wurde noch übler.

»Ich mache mich gleich auf den Weg. Colin soll sich mit Reinders Leuten um die Festnahmen kümmern, Kuhl besorgt uns Haftbefehle. Ich denke, wir machen die Verhöre in Wolfsburg, und ich will auch noch mal mit Henrik Hildmann sprechen.«

Sie dachte nach. »Übrigens: den Verdächtigen so wenig wie möglich erklären und bloß keine Hetze. Wenn wir Glück haben, hat sich der Polizeieinsatz in Velpke noch gar nicht herumgesprochen. Wir holen uns die Typen erst, wenn die Anwaltskanzleien bereits Feierabend haben und erste zitierbare Ergebnisse der Kriminaltechnik vorliegen. Vielleicht ist die Überraschung groß genug, dass ich denen ein paar unbedachte Sätze entlocken kann, zumindest Bischoff, Hildmann und Mansloh. Richard Peters ist eine andere Preisklasse, aber wir werden sehen, ob er weiterhin souverän bleibt.«

Schuster lächelte. »Gute Idee.«

»Finde ich auch. Ansonsten brauche ich noch ein paar Minuten Ruhe, dann sortiere ich die Bilddateien und die bisherigen Fakten, bevor ich mich auf den Weg zu den Lindners mache. Falls Pockly zwischendurch –«

»Ich weiß Bescheid«, sagte Schuster rasch und drehte sich zur Tür um. »Ich halte Sie auf dem Laufenden.«

»Ach, noch was, Schuster: Gibt es schon Nachricht von Tibor Kranz? Weiß man, wie es ihm geht?«

Schuster kratzte sich am Hinterkopf. »Darum habe ich mich bislang noch nicht kümmern können. Soll ich Nabold oder –?«

»Nee, lassen Sie mal. Ich rufe selbst dort an.«

Johanna war sich darüber im Klaren, dass sie jede Gelegenheit nutzte, um die Begegnung mit Katis Eltern hinauszuzögern, aber als sie ein paar Minuten später von Tibor erfuhr, dass die E-Mail, die Milan Hildmann wenige Stunden vor seinem Tod an Volker Seibert geschickt hatte, brisanten Inhalts gewesen sein muss, gratulierte sie sich zu ihrer Entscheidung. Sie setzte sich sofort mit Erika Seibert in Verbindung und schilderte ihr die Situation.

»Ich weiß, dass Sie jetzt andere Sorgen haben«, meinte Johanna schließlich. »Aber für die Aufklärung der Todesumstände wäre es sehr hilfreich –«

»Ich verstehe, was Sie meinen«, unterbrach die Architektin sie. Ihre Stimme klang fast so, wie Johanna sie bisher erlebt hatte – kühl und zurückhaltend –, aber es schwang noch eine andere Note mit. »Volker hat mehrere E-Mail-Accounts«, fuhr sie fort. »Auf das Allerwelts-Familienkonto habe ich Zugriff, auf die anderen nicht. Natürlich nicht.« Sie schob ein Räuspern hinterher. »Es ist gut möglich, dass Milan ihm die Mail an unsere gemeinsame Adresse geschickt hat. Ich sehe nach und leite sie an Sie weiter.«

»Das wäre ausgesprochen hilfreich«, entgegnete Johanna und nannte Seibert ihre Mailadresse. »Vielen Dank im Voraus.«

»Keine Ursache.« Sie zögerte einen Moment. »Wissen Sie, wie es Tibor geht?«

»Ja, ich habe vorhin mit ihm telefoniert. Er befindet sich auf dem Weg der Besserung.«

Schweigen, dann ein Klick in der Leitung. Sie hatte einfach aufgelegt. Johanna konnte es ihr nicht verdenken.

Es herrschte Hochbetrieb im Dom-Café, wie an einem späten Sommernachmittag nicht anders zu erwarten. Das Ehepaar Lindner und mehrere Angestellte hatten alle Hände voll zu tun. Es duftete köstlich. Lachen und Stimmengewirr. Johanna blieb tief durchatmend in der Tür stehen, bis Robert Lindner den Kopf wandte und sie ansah. Er erstarrte für einen elend langen Augenblick. Dann kam er auf sie zu.

Johanna spürte, dass ihr Gaumen ausgetrocknet war, und fragte sich wohl zum unzähligsten Mal, welche Aufgabe schlimmer war: den Tatort nach einem grauenvollen Mord besichtigen oder die Angehörigen eines Opfers benachrichtigen zu müssen. Sie kam zu keinem Ergebnis.

Als Lindner vor ihr stand und innerhalb von Sekunden um zehn Jahre zu altern schien, schwor sie sich und ihm im Stillen, dass die

Schuldigen dafür zur Rechenschaft gezogen werden würden – so weit es in ihrer Kraft stand.

Colin verschränkte die Arme vor der Brust. Er trug ein knallrotes Piratentuch mit schwarzen Tupfen, das aber nicht darüber hinwegtäuschen konnte, dass er mitgenommen aussah.

»Die Bude in Velpke ist ein richtiger Fundus«, sagte er. »Wir haben Katis Rad gefunden, außerdem Schlüssel und mehrere Handys – wir kriegen sofort Bescheid, wenn klar ist, wem –«

»Laptop?«

»Bislang nicht. Dann natürlich Pfeile, Bögen, Armbrüste und unzählige Spuren.«

»Gibt es Hinweise darauf, dass dort noch andere Morde geschehen sein könnten?«

Colin schüttelte den Kopf. »Nein, noch nicht.«

»Hoffentlich nicht.«

Johanna hatte eine halbe Stunde, bevor sie nach Wolfsburg aufgebrochen war, mit Pockly gesprochen, der nicht mit Details gegeizt und eingehend geschildert hatte, was Kati in den Stunden und Tagen vor ihrem Tod widerfahren war. Prügel, Vergewaltigung, Folter. Immerhin hatten ihre Mörder dabei zahlreiche Spuren hinterlassen. Der Abgleich mit den Fingerabdrücken von Bischoff, Mansloh und Peters war positiv ausgefallen. Johanna spürte, dass sie vibrierte vor ohnmächtiger Wut. Und Trauer. Beides musste sie unter Kontrolle bekommen, sonst konnte sie sich die Verhöre gleich sparen und an Reinders abgeben.

Sie grübelte immer noch darüber nach, ob es sinnvoll war, mit dem schwächsten Glied in der Kette anzufangen – Henrik – und Richard Peters schmoren zu lassen. Oder aber dem Erfahrensten und Abgebrühtesten den Vortritt zu lassen, in der Hoffnung, ihm doch etwas zu entlocken, was sie dann bei den anderen verwenden konnte. Falls Peters überhaupt sprechen würde. Er war zwar, wie Colin berichtet hatte, überrascht gewesen, als die Polizei in der Tagungsstätte aufgetaucht war, aber erschüttert wirkte er weiß Gott nicht. Und mit Sicherheit wusste Taschner längst, dass es Festnahmen gegeben hatte. Aber niemand war darüber im Bilde, dass sie Kati gefunden hatten. Diesen Vorteil musste sie unbedingt nutzen.

Sie blickte zu Colin hoch, der abwartend an der Tür stand. »Reinders soll bitte einen Zivilbeamten zum Wolfsburger Krankenhaus schicken. Mit einem Foto von Taschner.«

Colin schnalzte mit der Zunge. »Ich sag's ihm sofort. Wen wollen Sie zuerst verhören?«

»Richard Peters.«

»Aye, Chefin.« Er blickte sie fragend an. »Sie sehen aus, als hätten Sie noch was auf dem Herzen.«

»Ja, eine ganze Menge sogar«, erwiderte Johanna. Ich weiß gar nicht, wo ich anfangen soll, fügte sie wortlos hinzu. »Es fing mit den Wölfen an. Warum töten sie Wölfe und verstecken die Kadaver?«, überlegte sie schließlich halblaut. »Worum geht es dabei? Jagdfieber? Gruppenrituale? Mutproben?«

Colin lehnte sich an den Türrahmen.

»Die Wölfe sind erst im letzten Winter hier aufgetaucht. Gejagt wurde schon vorher, aber es fiel nicht weiter auf – ab und an ein totes Reh, hier und da erbeutete Füchse, Dachse ... Das hat nun wirklich niemanden gekratzt. Emilie Funke hat ihnen einen Strich durch die Rechnung gemacht.« Johanna nickte langsam.

»Ich könnte mir vorstellen, dass es sich um eine Art Tapferkeitsritual handelt. Das würde vom Gesamtbild her passen: Die Gruppe trifft sich in einer versteckten Höhle oder in einem abgelegenen Haus, sie benutzen Pfeile und Bolzen mit eigens angebrachten Gravuren, sie üben heimlich und müssen unter allen Umständen strengstes Stillschweigen bewahren. Schließlich gilt es, eine Mutprobe zu bestehen, ein Tier zu töten – auf bestimmte Weise zu töten und den Kadaver als Trophäe zu behalten –, um wirklich dazuzugehören. Jede Wette, dass es eine klar abgegrenzte Hierarchie in der Gruppe gibt, der sich jeder bedingungslos unterordnet, und die Neuen müssen sich lange bewähren, bevor man sie aufnimmt.«

»Ist das nicht ein bisschen kindisch?«, entgegnete Sander und schob die Daumen in die Gürtellaschen seiner Hose, was zugegebenermaßen ziemlich lässig aussah. »Ich meine, dieser Richard ist doch kein Jugendlicher mehr, der es nötig hat, sich als Wolfsbezwinger aufzuspielen und den Platzhirsch zu geben. Der ist dreißig und hat einen guten Job als leitender Sicherheitsmann in einem expandierenden Unternehmen! Auch die anderen sind viel zu alt für solche Spielchen à la Jungmännerbund. Und was hat Taschner mit all dem zu tun?«

»Colin, du unterschätzt die Dynamik einer solchen Gruppe, die Taschner, davon bin ich überzeugt, für seine Zwecke einsetzt und deren Zusammenhalt mit Ritualen gefestigt wird. Ob die Mitglieder fast erwachsen sind oder auf dem Weg dahin oder bereits in einem Alter, in dem sie Familien gründen, spielt dabei keine Rolle. Sie erliegen dem Sog, der Faszination, einer zusammengeschweißten Gemeinschaft anzugehören, die ihnen Geborgenheit, Schutz, Stärke vermittelt und Ziele vorgibt. Und das Gefühl, etwas ganz Besonderes zu sein«, wandte Johanna ein. Das vertrauliche Du, das ihr herausgerutscht war, ließ sie einfach stehen.

»Viele Männer sind übrigens mit Mitte zwanzig auch noch nicht sonderlich erwachsen, selbst wenn sie so aussehen oder sich längst dafür halten.« Sie gönnte sich ein kleines Grinsen, das Sander erwiderte. »Jungmännerbund finde ich übrigens einen ziemlich treffenden Ausdruck. Ich bin mir sicher, dass keine einzige Frau mit von der Partie ist. Vielleicht wird sogar eine gewisse Frauenverachtung gepflegt.«

Colin schüttelte den Kopf. »Also, das geht wohl ein bisschen zu weit, Chefin.«

»Nun, zumindest ist das, was wir da gerade entdecken, eine durchweg von Männern beherrschte und geprägte Welt, in der uns bislang keine einzige Frau über den Weg gelaufen ist, die aktiv dabei ist – da wirst du mir wohl recht geben«, entgegnete Johanna.

»Was wir hingegen haben, ist eine auf grauenvolle Art getötete Frau, die der Gruppe in irgendeiner Weise gefährlich geworden war oder gefährlich werden konnte. Kati Lindner, die Peters nicht ausstehen konnte, weil sie ihm viel zu aufmüpfig und eigenwillig war – das betonte er ziemlich deutlich –, und die meiner Überzeugung nach über brisantes Datenmaterial verfügte und Kontakt zu Wiebor beziehungsweise Maybach hatte. Auch Milan hatte sich, wie wir inzwischen wissen, interne Kenntnisse über die Tagungsstätte verschafft, was Henrik in helle Aufregung versetzte und worüber er zumindest mit Bischoff gesprochen haben dürfte.«

Sander hörte gespannt zu.

»Und nur so nebenbei: Die Wolfshatz ist ganz und gar kein kindisches Spiel. Wölfe zu jagen ist gefährlich und extrem aufwendig. Um sie aufzuspüren, muss man Zeit investieren und einiges über die Tiere und ihr Verhalten wissen. Übrigens sehe ich in diesem Punkt kaum einen Unterschied zu irgendwelchen Großwildjägern, die unbedingt mal einen Löwen erlegen wollen: Rituale der Männlichkeit, bei denen Frauen unerwünscht sind.«

»Also Wolfsjagd mit Pfeil und Bogen beziehungsweise mit der Armbrust? Ist das dann besonders mutig?« Colin schob sein Tuch hoch, um sich ausgiebig am Kopf zu kratzen.

»Der Vorteil der Waffe liegt auf der Hand: Sie macht keinen Krach. Und eine Armbrust ist höchst effektiv und leicht zu bedienen, auch von Anfängern.«

»Okay, und was geschieht, wenn die Mutproben bestanden sind? Ich glaube nicht, dass sie Selbstzweck sind. Was macht die Gruppe sonst noch?«

»Das ist eine sehr gute Frage, die uns wieder zu Taschner zurückführt.«

»Sie vermuten bei ihm ein sehr rechtes Profil ...«

»Es ist mehr als eine Vermutung«, wandte Johanna ein. »Taschner trägt sich mit Parteigründungsgedanken, aber der Verfassungsschutz konnte ihm bislang noch nicht in die Suppe spucken.«

»Gut, aber die Nazi-Gruppen sind doch eher die Glatzen und Stiefeltypen ...«

Johanna grinste. »Ich mag meine Stiefel ausgesprochen gerne, und du hast auch eine Glatze!«

»Sehr witzig. Nein, das rechte Pack –«

»Ist schnell als solches zu erkennen?«

»Ja, genau. Also –«

»Die rechte Szene ist bedeutend vielfältiger und vielschichtiger, als gemeinhin angenommen wird«, unterbrach Johanna ihn erneut. »Alle starren auf die brutalen Glatzen, wie du so treffend gesagt hast. Alle lesen die Artikel, in denen über die Hakenkreuzschmierereien berichtet wird – oder zumindest viele –, und sind entsetzt, wenn wieder mal ein Afrikaner oder Obdachloser oder wer auch immer zusammengeschlagen wurde. Aber das ist nur eine Seite der Medaille, vielleicht sogar nur eine Spielart. Die Hintermänner der ganz Rechten, die Drahtzieher und Geldbeschaffer, diejenigen, die an die Macht wollen und die Köder auslegen – das sind ganz andere Leute: intelligent, überzeugend, sympathisch, mit besten Verbindungen in alle Bereiche der Gesellschaft und in alle Wirtschaftszweige. Und die sind froh und dankbar und reiben sich wahrscheinlich die Hände, wenn die Öffentlichkeit auf die Glatzen und Stiefel starrt. Währenddessen können sie ganz in Ruhe ihren Geschäften nachgehen.«

»Und die Jagd auf Wölfe …«

»… fördert die Gruppendynamik und den Zusammenhalt. Lehrt Dominanz und Unterordnung. Ein- und Ausgrenzung. Jagen lernen. Kämpfen lernen. Töten lernen«, erklärte Johanna spontan, ohne über die Worte nachzudenken.

Sie waren plötzlich da – absichtslos. Ein kaltes Frösteln überlief sie.

15

Richard Peters schien höchst amüsiert. Als Johanna den Vernehmungsraum betrat, begrüßte er sie mit einem charmanten Lächeln. »Hallo, Frau Kommissarin.«

Johanna setzte sich grußlos zu ihm und legte einen Stapel Unterlagen vor sich auf den Tisch. Sie stellte den Rekorder an, öffnete den obersten Hefter, nahm eines der Fotos heraus, die Kranz gemacht hatte, und präsentierte es ihm: Milan Hildmann – ausgestreckt am Boden liegend.

Er warf einen kurzen Blick darauf und hob dann den Kopf.

»Das hatten wir schon«, erklärte er ungerührt. »Ich sagte Ihnen bereits gestern sehr deutlich, dass ich nicht weiß, was mit Milan passiert ist. Sagen Sie einfach, was Sie mir vorwerfen, und ich entscheide, ob und in welcher Form ich Ihnen darauf antworte. Ich bin sehr gespannt, wie Sie Ihre Vorgehensweise begründen werden. Meine Neugierde ist übrigens der einzige Grund, warum ich überhaupt bereit bin, mit Ihnen zu reden, bevor mein Anwalt sich um die Angelegenheit kümmert. Ich halte es für sehr wahrscheinlich, dass Sie dann jede Menge Ärger bekommen.«

Er war die Selbstsicherheit in Person. Die Sache schien ihm richtiggehend Spaß zu machen. Wahrscheinlich legte er sich in Gedanken bereits die Worte zurecht, mit denen er Taschner und seinen Leuten die Verhörsituation schildern würde, um ihnen genüsslich darzulegen, wie er die bescheuerte Kommissarin frontal hatte auflaufen lassen.

Na dann, dachte Johanna. Sie lehnte sich zurück. »Möchten Sie etwas trinken? Einen Kaffee vielleicht?«

»Ein Glas Wasser wäre schön.«

Johanna nickte und bestellte über die Gegensprechanlage Getränke und – natürlich – Kekse. Keine fünf Minuten später brachte Colin, der das Verhör im Nebenraum durch eine verspiegelte Wand verfolgte, auf einem Tablett das Gewünschte. Johanna, die zwischenzeitlich kein einziges Wort gesagt hatte, trank einen großen Schluck Kaffee, aß mehrere Kekse und wappnete sich innerlich.

»Okay. Ich schildere Ihnen jetzt mal, was hier in letzter Zeit so alles passiert ist, worin Sie verwickelt sind und was wir Ihnen nachweisen werden können, ohne auch nur ein einziges Wort mit Ihnen gewechselt zu haben«, meinte sie schließlich.

Peters lächelte. »Prima. Umso schneller sind wir fertig.«

»Milan Hildmann ist am vergangenen Samstagabend einer kleinen Jagdgruppe unbemerkt in den Elm gefolgt. Er wurde von einem Pfeil, der nachweislich seinem Bruder Henrik gehörte, getroffen und tödlich verletzt. Nachdem er noch eine ganze Weile umhergeirrt war und sich versteckt hatte, verblutete er nachts im Wald, während die Gruppe sich längst auf den Rückweg gemacht und eifrigst für überzeugende Alibis gesorgt hatte – Kino, Barbesuche und so weiter. Na, Sie wissen schon.«

Peters sah sie aufmerksam an. »Eine Jagdgruppe?«

Johanna seufzte. »Ach, stellen Sie sich nicht so dumm, Herr Peters. Sie wissen genau, worum es geht: Nachts durch den Wald schleichen, Wild abknallen, besser noch Wölfe aufspüren und töten, Trophäen sammeln, zur Gruppe dazugehören und dieser ganze andere Kram. Verdammt kindisch, wenn Sie mich fragen. Aber eben nicht nur das.«

»Ich weiß nicht, wovon Sie sprechen.«

Sie winkte ab. »Wie oft ich diesen Satz schon gehört habe.« Sie nahm das Foto und steckte es in eine Klarsichthülle. »Wo waren Sie eigentlich am vergangenen Samstagabend?«

»Ich habe Taschner zu einem Termin in Hannover begleitet. Das können Sie nachprüfen. Und nachts war ich bei meiner Freundin. Die wird das gerne bestätigen.« Er lächelte süffisant.

»Das allerdings glaube ich Ihnen aufs Wort.«

Sie schlug einen zweiten Ordner auf. Er enthielt Aufnahmen von Wiebors Unfallort – der verletzte Beamte, das beschädigte Motorrad, Bilder der abgesperrten Straße. Sie schob sie über den Tisch.

»Jonathan Maybach«, sagte sie. »Hat kurzfristig als Kfz-Mechaniker bei Ihnen gejobbt. Darüber sprachen wir auch schon. Aber das war nicht seine einzige Berufung, nicht wahr?«

Peters lehnte sich zurück. Sein Blick wurde wachsam, blieb aber völlig unaufgeregt. Für einen Dreißigjährigen war er verdammt abgebrüht.

»Wir wissen, dass der Unfall provoziert wurde.«

»Und was hab ich damit zu tun?«

»Eine ganze Menge, wie wir bald aufzeigen werden. Fingerabdrücke, DNA-Spuren, na, das Übliche.«

»Ich bin gespannt.« Er lächelte provokant.

Johanna bemühte sich, darüber hinwegzusehen, aber sie musste davon ausgehen, dass Peters sich zumindest bei Wiebor im Hintergrund gehalten hatte.

»Maybach war ein Kollege«, erklärte sie in lapidarem Tonfall. »Ein verdeckter Ermittler, aber das wissen Sie sicherlich längst. Er hatte eine heiße Spur. Das wissen Sie auch, zumindest befürchteten Sie etwas in der Art, denn hätte er sie nicht gehabt, wäre ihm auch nichts passiert. Darüber hinaus haben Sie zunächst abgestritten, ihn zu kennen. Das ist durchaus bemerkenswert, und ich schließe daraus, dass Sie verhindern wollten, dass die Tagungsstätte in den Fokus der Betrachtung rückt. Vergeblich, wie sich inzwischen gezeigt hat.«

»Aha. Ist ja hochinteressant. Und weiter?«

»Haben Sie etwas Geduld. Glauben Sie mir, es wird gleich richtig spannend.«

Er winkte mit nonchalanter Geste ab.

Johanna griff zur dritten Akte. Sie spürte, dass ihre Fingerspitzen vibrierten. Die Aufnahmen von Kati waren grauenvoll. Das eindringlichste Bild zeigte Katis Antlitz mit weit aufgerissenen Augen, in denen das blanke Entsetzen stand. Sie deckte es schnell auf und hielt es Peters direkt vors Gesicht. Er fuhr wie von einem Stromschlag getroffen zurück.

»Fürchterlich, nicht wahr?«, fragte Johanna leise. »Es ist ihr richtig schlecht ergangen. Sie wurde unendlich gequält. Ich musste vorhin mit ihrem Vater sprechen. Sagen Sie mal – wie kriegt man eigentlich Menschen dazu, anderen Menschen so etwas anzutun? Funktioniert das auch über Teamdynamik?«

Peters rechtes Augenlid begann zu zucken. Damit hatte er eindeutig nicht gerechnet.

»Und bevor Sie auf die Idee kommen, irgendwas abstreiten zu wollen: Wir haben nicht nur Indizien, Beweise und zahllose Spuren, die Ihre Mittäterschaft aufs Eindrucksvollste bestätigen, sondern sogar einen Zeugen, der bei der Exekution dabei war. Der mit angesehen und gehört hat, wie Sie den Befehl gegeben haben, Kati zu töten.«

Diesmal wurde Richard Peters bleich. »Was für ein Unsinn! Welcher Zeuge? Wovon reden Sie eigentlich?«

»Ein netter junger Mann, der das Haus im Velpker Steinbruch monatelang als Versteck genutzt und regelmäßig auf dem Dachboden übernachtet hat. Er hat Ihre Gruppe ›Pfadfindertrupp‹ genannt und sich köstlich darüber amüsiert, dass Sie ihn nie bemerkt haben. An besagtem Abend musste er sich im Schuppen unter den ausrangierten Möbeln verstecken, als Sie unerwarteterweise zurückkehrten. Mich würde übrigens neben allem anderen noch sehr interessieren, was Taschner zu dieser Unprofessionalität sagen wird. Jeder Kindergartentrupp wäre umsichtiger gewesen und hätte mitbekommen, dass er nicht allein war.« Sie schürzte die Lippen. »Begeistert wird er nicht sein, wie ich ihn einschätze.«

Peters biss die Zähne aufeinander.

»Ach, bevor ich es vergesse: Dieser USB-Stick, den Kati angeblich entsorgt hat, konnte sichergestellt werden«, flunkerte Johanna, ohne mit der Wimper zu zucken. »Sie hatte ihn eben nicht nach Uhlands Anweisungen gelöscht, sondern nur weggeworfen. Und sie hatte Kontakt zu Maybach, wie Sie ja wissen. Den ganzen Aufwand mit Katis Laptop hätten Sie sich also getrost sparen können. Was sagen Sie nun?«

Panik huschte wie ein Schatten über Peters' Gesicht und nistete sich tatsächlich in seinen blauen Augen ein. »Ich will meinen Anwalt sprechen, und zwar sofort.«

Johanna lehnte sich lächelnd zurück. »Ach, so schnell haben Sie die Hosen voll – interessant. Nach Ihren bisherigen Auftritten hatte ich Ihnen mehr zugetraut. Wie wäre es denn, wenn Sie einfach ein Geständnis ablegen würden? Wirkt sich mildernd aufs Strafmaß aus. Welche Rolle spielt Taschner?«

Peters lachte freudlos auf und schüttelte den Kopf, als hielte er sie für bemerkenswert naiv – bestenfalls.

Johanna aß einen weiteren Keks und krümelte auf ihr T-Shirt. Für den Bruchteil einer Sekunde blitzte Gehässigkeit in Peters Augen auf.

Er kann mich nicht ausstehen, dachte sie. Er findet mich wahrscheinlich sogar eklig. Sie krümelte noch ein bisschen und warf ihm dann eine Art entschuldigendes Lächeln zu. Keksreste klebten an ihren Zähnen. Sie lächelte noch breiter.

»Glauben Sie allen Ernstes, dass sich Taschner für Sie und die Gruppe starkmacht, wenn er damit auch nur das geringste Risiko eingehen muss? Er müsste sich viel zu weit aus dem Fenster lehnen. Das machen Leute wie er nicht. Er wird Sie fallen lassen wie eine heiße Kartoffel. Männer fürs Grobe findet er überall. Er braucht Sie nicht.«

Peters verzog den Mund. »Sie haben nicht die geringste Ahnung. Und so ganz nebenbei: Kleine Kommissarinnen wie Sie verspeist er zum zweiten Frühstück.«

»Ich bin nicht sehr bekömmlich«, gab sie ungerührt zurück. »Weder zum ersten noch zum zweiten Frühstück. Und übrigens: So lange Taschner sich mit derart unfähigen Leuten umgibt, die auch noch dümmste Fehler machen, haben wir von ihm und seinen Ideen ohnehin nicht allzu viel zu befürchten.«

Peters' Hände zuckten heftig. »Ich will meinen Anwalt anrufen«, wiederholte er und starrte sie hasserfüllt an. »Das dürfen Sie mir nicht verwehren.«

Johanna nickte. »Stimmt. Ein Kollege wird sich gleich darum kümmern. Währenddessen werde ich Ihre Mitstreiter vernehmen.«

Colin trat zur Tür herein und ließ Peters abführen. Er grinste Johanna an.

»Den haben Sie ja ganz schön abgekocht«, bemerkte er sichtlich beeindruckt. »Reinders war eben kurz da und hat zugehört. Er fragt, was es mit dem USB-Stick auf sich hat. Davon wüsste er ja gar nichts.«

Johanna räusperte sich. »Nun, da ist mir wohl voreilig was rausgerutscht … Aber der Abend ist noch nicht zu Ende. Ich möchte übrigens, dass Schuster Eva Blum abholt und herbringt. Und Reinders sollte seine Leute für mehrere Wohnungsdurchsuchungen bereithalten.«

»Wird erledigt.«

»Dann brauche ich einen Laptop, um meine Mails abzurufen.«

Colin schlüpfte zur Tür hinaus.

Fünf Minuten später las Johanna die von Erika Seibert weitergeleitete Mail, die Milan am Samstagabend an ihren Mann geschickt hatte.

»Es hat richtig Ärger gegeben, als herausgekommen ist, dass es Milan gelungen war, interne Unterlagen samt Fotos bei seinem Kommilitonen Michael Engert zu beschaffen und an Volker Seibert weiterzuleiten, nicht wahr?«

Johanna konnte den erstaunten Blick von Henrik Hildmann nicht lange genießen. Der junge Mann sah bemerkenswert schlecht aus. Er nickte langsam.

»Warum haben Sie sich überhaupt noch die Mühe gemacht, sie von Milans PC zu löschen? Musste Ihnen nicht klar gewesen sein, dass wir früher oder später darauf kommen würden, seinen Computer zu checken oder mit Seibert zu sprechen?«

»Ich dachte, das geht unter in der Aufregung. Nach allem, was passiert ist – auch bei Volker …«

»So wie der Pfeil?«

»Ja.«

Johanna schwieg einen Moment. »Haben Sie inzwischen einen Anwalt – einen vernünftigen Anwalt?«

»Mein Vater hat sich darum gekümmert.«

»Das freut mich zu hören. Packen Sie aus, Henrik.«

Er sah zur Seite.

»Peters, Mansloh und Bischoff sind verantwortlich für den Tod von Kati Lindner«, fuhr sie leise fort. »Sie haben sie entführt, gefoltert und getötet – mit der Armbrust abgeschossen wie ein wildes Tier –, weil sie Infos über die Tagungsstätte und Taschner hatte. Es gibt einen Augenzeugen. Was wissen Sie darüber?«

Hildmann schüttelte entsetzt den Kopf. »Nichts.«

»Das glaube ich Ihnen nicht.«

»Ich bin noch nicht so lange dabei … in der Gruppe. So was weiß ich nicht. Glauben Sie mir.«

»Irgendetwas müssen Sie mitbekommen haben.«

»Nein.«

»Was wissen Sie über Jonathan Maybach?«

»Nichts Besonderes.«

»Henrik ...«

»Lassen Sie mich.«

Johanna heftete ihren Blick auf die ausgedruckten Seiten des Mailanhangs. »Engert scheint ein geeigneter Kandidat für die Gruppe zu sein. Er ist schlau und interessiert. Es ist Ihre Idee gewesen, ihn zu einem Vortrag einzuladen, und Bischoff und Peters haben versucht ihn zu werben, mit hübschen Fotos bezüglich gemeinsamer Freizeitaktivitäten, weitergehendem Unterrichtsmaterial und vollmundigen Sprüchen, ergänzt von Taschners Einlassungen zu ganz spezifischen Fragen, zum Beispiel solche.« Sie sah kurz hoch. »›Wie überzeuge ich Andersdenkende? Wie isoliere ich sie? Wie bringe ich die Gruppe hinter mich?‹ Dann gibt es noch Texte zur Unternehmensphilosophie und Taschners Ansichten darüber, was in Deutschland in Wirtschaft, Politik und Gesellschaft dringend geändert werden muss. Übrigens: Soweit ich informiert bin, konnte Seibert sich mit diesen rechtslastigen Gedanken nicht anfreunden. Aber das nur nebenbei.«

Henrik atmete tief durch. »Ja, ich wusste, dass Milan sich das Material beschafft hatte und Volker schicken wollte. Er hat es ja laut genug herumposaunt.«

»Und Sie haben mit Bischoff darüber gesprochen.«

»Ich habe es erwähnt, als wir am Samstag unterwegs waren. Ich musste es erwähnen.«

»Ich wette, er war ziemlich sauer – auf Milan, auf Engert und auch auf Sie, weil Sie das nicht hatten verhindern können.«

Dazu sagte Henrik nichts.

»Wer war noch dabei? Mansloh?«

Henrik presste die Lippen aufeinander.

»Herr Hildmann, glauben Sie wirklich, dass jetzt noch irgendjemand den Kopf für Sie hinhält? Für Sie eintritt, wenn es hart auf hart kommt? Wohl kaum. Sie sind nur ein ganz kleines Rädchen und leicht ersetzbar. Jeder wird versuchen, seinen Hals aus der Schlinge zu ziehen – auch auf Kosten der anderen –, darauf können Sie sich getrost verlassen. Und Sie kommen am weitesten mit der Wahrheit.«

Henrik schluckte. »Es ist so, wie ich sagte: Es war ein Unfall. Wir haben geschossen, weil wir die Geräusche nicht zuordnen konnten und plötzlich Angst hatten. Zwei Pfeile haben wir nach längerem

Suchen wiedergefunden. Den dritten nicht. Erst als wir zurückkamen, wurde uns klar, dass Milan ...« Er brach ab.

»Wer hat die Alibis so sorgfältig abgestimmt? Und was ist mit dem Wagen passiert?« Johanna beugte sich über den Tisch vor. »Reden Sie endlich!«

»Gregor hat telefoniert ...«

»Mit Peters?«

»Kann sein.«

Die Kommissarin setzte sich wieder auf. »Henrik, Sie müssen erzählen, was Sie wissen – das ist Ihre einzige Möglichkeit, mit den Geschehnissen klarzukommen.«

Henrik strich sich das strähnige dunkle Haar aus der Stirn. »Ich weiß zu wenig, um Ihnen entscheidende Anhaltspunkte liefern zu können, und zu viel, um ungeschoren davonzukommen. Und ich habe alles verspielt, was mir je wirklich wichtig war.«

Johanna starrte ihn an. »Wie meinen Sie das?«

»Ich wollte dazugehören, ein Ziel haben, meine Eltern beeindrucken und neben Milan bestehen können. Nicht mehr und nicht weniger.«

»Sie müssen sich ein neues Ziel suchen.«

Henrik lächelte müde. Er stand langsam auf. »Lassen Sie mich zurückbringen. Ich habe nichts mehr zu sagen.«

»Ich habe schon viel gesehen in meinem Berufsleben«, sagte Johanna leise, als Hildmann im Begriff war, sich umzudrehen. »Viel Schreckliches. Unbeschreibbare Tatorte und grauenhaft zugerichtete Opfer, deren Anblick ich nicht vergessen kann. Nie kann ich mich daran gewöhnen.«

Er hielt inne.

»Kein Tier ist so grausam wie der Mensch. Kein Tier lässt sich so willfährig zum Werkzeug machen.« Sie zog das Foto von Kati hervor, als er sich wieder setzte. »So hat Kati Lindner ausgesehen, als Ihre Idole und Kameraden mit ihr fertig waren.«

Einen Augenblick lang befürchtete Johanna, dass Henrik umfallen würde. Oder sich übergeben. Oder beides. Er hielt sich mit beiden Händen an der Tischkante fest.

»Wenn Sie mir einen Hinweis geben, wird niemand erfahren, dass er von Ihnen kommt«, sagte sie ruhig. »Wo ist der Laptop?«

»Ich wusste nichts von dem Mord an ihr«, flüsterte er und ließ sich wieder auf den Stuhl sinken. »Nichts, das müssen Sie mir glauben. Peters hat irgendwann mal erzählt, dass ihm die Freundin von Eva gewaltig auf die Nerven gehen würde. Ich fand die eigentlich ganz nett.«

»Sie kannten Kati?«

»Von einer Fete – da kamen die drei, also Richard, Eva und Kati zusammen hin«, erklärte Henrik. »Als es später hieß, dass Kati verschwunden sei, wäre ich im Leben nicht darauf gekommen, dass Richard etwas damit zu tun hat …«

»Gregor hat wenige Tage nach Katis Verschwinden deren Laptop aus der Buchhandlung abgeholt, indem er der Inhaberin eine Lügengeschichte auftischte, die die ihm prompt abkaufte. Und Gregor wusste, dass der Computer im Geschäft war, weil Eva Blum das bei den Lindners zu Hause in Erfahrung gebracht hatte.«

»Davon weiß ich nichts. Aber …«

»Ja?«

»Gregor hatte kürzlich einen neuen beziehungsweise anderen Laptop bei sich rumstehen, daran kann ich mich erinnern. Als ich mir den mal genauer ansehen wollte, hat er mich ziemlich angefaucht, und am nächsten Tag war das Teil weg.«

Ich sollte mich nicht mehr darum kümmern, überlegte Johanna, denn selbst wenn wir ihn fänden – garantiert hatte Peters die Festplatte längst professionell zerstört oder zerstören lassen, falls die Daten brisant genug waren, und davon konnte man wohl inzwischen ausgehen.

»Bitte lassen Sie mich jetzt gehen«, sagte Henrik und stand wieder auf. »Ich kann nicht mehr und mir ist schlecht.«

Mir auch, dachte Johanna. Ich brauche eine Pause.

Sie holte sich einen Latte macchiato und stellte sich ans offene Fenster in der Kantine. Reinders trat zu ihr.

»Was für eine miese Geschichte.« Er fuhr sich durchs Haar. Bartschatten lag auf seinem Gesicht.

Sie musterte ihn kurz von der Seite. »Sie sagen es, Kollege.«

»Wie geht es weiter?«

»Haben Sie Lust, bei Mansloh und Bischoff schon mal zermürbende Vorarbeit zu leisten, während ich zunächst mit Eva Blum spreche?«

»Was genau verstehen Sie unter zermürbend?«

»Konfrontieren Sie die beiden mit den Fotos der Opfer, aber erwähnen Sie nicht, dass es einen Augenzeugen gibt.«

»Warum nicht?«

»Nur so.«

Reinders zog eine Augenbraue hoch. »Wie Sie meinen.«

»Tut sich im Krankenhaus was?«

Er schüttelte den Kopf und zog sich eine Cola aus dem Automaten. »Nichts. Glauben Sie wirklich …?«

»Ich glaube bald gar nichts mehr.«

Eva Blum musste sich übergeben. Johanna spürte nicht mal den Hauch eines Mitgefühls. »Hätten wir das geklärt«, sagte sie lapidar und brachte die Fotos in Sicherheit, während Eva ihr Abendessen ausspuckte.

Zwei Minuten später betrat eine Polizistin in Uniform mit Putzlappen und Eimer den Vernehmungsraum und wischte wortlos den Boden sauber. Es sind fast immer die Frauen, die die Kotze wegmachen, dachte Johanna. Warum eigentlich? »Danke, Kollegin.«

»Wo waren wir stehen geblieben?«, fragte sie, als Eva sich wieder aufgerichtet hatte und der säuerliche Geruch sich allmählich zu verflüchtigen begann; ihre Gesichtsfarbe erinnerte an Buttermilch.

Blum fuhr sich über den Mund und starrte Johanna entsetzt an. »Wie konnten Sie das …?«

»Ich konfrontiere Sie mit der unumstößlichen Wahrheit, weil mir gar nichts anderes übrig bleibt. Das ist alles. Sie werden gleich besser verstehen, warum, und noch viel entsetzter sein, befürchte ich mal.«

Eva Blum schluckte und atmete angestrengt aus.

»Kati wurde geschlagen, gefoltert, vergewaltigt. Mehrfach. Dann wurde sie von Pfeilen durchbohrt«, berichtete Johanna. »Um die Einzelheiten kümmert sich immer noch die Gerichtsmedizin. Und wir wissen, wer das getan hat.«

Blums Augen wurden so groß wie Unterteller.

»Ihr Tod war eine Hinrichtung. Den Schießbefehl gab Ihr Freund Richard Peters, und an den Quälereien war er neben Bischoff und Mansloh auch beteiligt.«

Eva Blum begann zu zittern. »Das kann ich nicht –«

»Sie müssen nichts glauben«, unterbrach Johanna sie scharf. »Es gibt einen Augenzeugen für die Geschehnisse, und wenn Sie jetzt nicht Ihren Mund aufmachen und sagen, was Sie wissen und von den miesen Geschichten Ihres sauberen Freundes mitbekommen haben, krieg ich Sie wegen Beihilfe ran!«

Das war eine ziemlich dreiste Drohung, aber Eva Blum war so erschüttert, dass sie gar nicht auf die Idee kam, sich dagegen zu verwahren.

»Machen Sie endlich den Mund auf, bevor ich meine gute Kinderstube vergesse und so richtig rüde werde!«, fuhr die Kommissarin sie an. »Welche Informationen hatte Kati? Was ist an ihrem Laptop so interessant? Und was hat es mit diesem USB-Stick auf sich?«

Eva schlug die Hände vor ihr hübsches Gesicht. »Um Gottes willen …«

»Zu spät, würde ich sagen. Der kann daran nichts mehr ändern. Aber Sie können dazu beitragen, dass die Schuldigen zur Rechenschaft gezogen werden, und zwar alle.«

Eva Blum ließ die Hände sinken.

»Was wusste Ihre Freundin?«

»Nichts Besonderes, wirklich nicht, aber …« Ihre Unterlippe zitterte so stark, dass sie Mühe hatte zu sprechen.

»Ja?«

»Kati hatte etwas gefunden«, sagte sie schließlich leise. »Einen Speicherstick. Meinen Sie das?«

Johanna hielt den Atem an und stieß ihn dann ruckartig aus. »Ja, das meine ich.«

»Aber wieso …? Das war doch nur irgendwelcher Firmenkram …«

»Erzählen Sie einfach, was passiert ist – der Reihe nach«, unterbrach Johanna sie ungeduldig.

Eva Blum nickte. »Richard hatte den Stick im Auto verloren – er war ihm irgendwie aus der Tasche gerutscht. Die Dinger werden ja immer kleiner«, hob sie an. »Kati hat ihn durch Zufall entdeckt, als wir gemeinsam zu der Fete fuhren. Ich habe mitbekommen, dass Richard den Wagen mehrfach nach dem Stick abgesucht hat und ziemlich wütend war … und irgendwie erschrocken. Er sagte, dass es sich dabei um Geschäftsdaten und interne Infos handelte, die natürlich vertraulich seien – Buchhaltung und anderer Kram.«

Anderer Kram, dachte Johanna. »Und weiter? Woher wussten Sie denn, dass Kati den Stick hatte?«

»Sie hat es mir gesagt.«

»Wie bitte?«

»Ja! Sie wollte Richard ärgern. Die beiden haben wirklich jede Chance genutzt, sich gegenseitig eins auszuwischen, das sagte ich Ihnen schon«, erklärte Eva wieder deutlich lebhafter. »Sie meinte, dass sie den Stick erst mal behalten und die Dateien auf ihren Laptop kopieren wolle. Sie habe keine Ahnung, was der Kram bedeute und einige Dateien könne sie gar nicht öffnen, weil ihr das Programm dazu fehle, aber um Richard ein bisschen zu ärgern, würde sie schon herausbekommen, was es damit auf sich habe, und den Computertypen, der die PCs bei der Kreisler wartet, um Hilfe bitten.«

Johanna spürte, wie sich ihre Nackenhaare aufstellten.

»Ich war total wütend auf sie«, fuhr Eva Blum nach kurzer Pause fort. »Richard war stinksauer, und sie lachte sich ins Fäustchen. Ich hab ihr gesagt, dass sie mit dem Quatsch aufhören und Richard den Stick zurückgeben soll, aber sie hat nicht gehört. Sie hat nur gelacht …« Eva brach ab.

Johanna fixierte sie. »Sie haben ihm gesagt, dass Kati den Stick hat, nicht wahr?«

Sie blickte zur Seite. »Ich dachte, es geht um das übliche Spielchen zwischen den beiden«, flüsterte sie. »Manchmal hatte ich schon den Verdacht, dass Richard … ja, irgendwie scharf auf sie ist und wütend, weil sie ihn völlig ablehnte, sich sogar lustig über ihn und seinen Job machte … Bodyguard hat sie ihn immer genannt, und das klang nicht gerade freundlich.«

»Sie haben also Richard den heißen Tipp gegeben, dass Kati den Stick hat. Und dann?«

»Er reagierte, ja: perplex. Und plötzlich hat er gelacht. ›Okay, nun weiß ich ja wenigstens, dass ich ihn nicht unterwegs verloren habe‹, sagte er dann, oder zumindest so was in der Art, und er winkte ab«, fuhr sie in normaler Lautstärke fort. »›Damit kann Kati ohnehin nichts anfangen.‹ Das klang völlig harmlos, fast erleichtert, verstehen Sie. Ich hatte keinen Grund –«

»Und Sie haben keinen Zusammenhang gesehen, als Kati plötzlich spurlos verschwand und Richard Sie sogar noch zu den Lindners schickte, um nach dem Laptop Ausschau zu halten?«, unterbrach Johanna sie.

Eva hob die zarten Schultern und ließ sie wieder sinken. »Er meinte, dass der geschäftliche Kram niemanden sonst zu interessieren habe und er die Daten ohne großes Aufsehen löschen wolle. Ich habe mir nichts dabei gedacht. Er klang so … abgeklärt und ganz normal. Er bat mich lediglich, Stillschweigen über die Sache zu bewahren, weil es ihm unangenehm wäre, wenn herauskommen würde, dass er schludrig gewesen sei – ausgerechnet er als oberster Securitymann. Das war alles, und ich konnte das gut nachvollziehen. Außerdem …«

»Und auch als die Ermittlungen begannen, ist Ihnen nie der leise Verdacht gekommen, dass Richard Peters und seine Leute damit zu tun haben könnten?«

Sie schüttelte den Kopf. »Nein. Wirklich nicht. Der Gedanke wäre … einfach ungeheuerlich gewesen.«

»Vorhin haben Sie noch gesagt, dass Richard wütend war und stinksauer, sogar erschrocken, als er den Speicherstick nicht finden konnte. Wie passt das zu seiner plötzlich abgeklärten Stimmung?«

»Er kann es nicht ausstehen, wenn er Sachen verliert, das ist alles. Und Zuverlässigkeit ist wichtig für ihn. Darum ging es.«

»Ach so. Zuverlässigkeit.«

Wie war das noch gleich mit dem brasilianischen Kakadu?, dachte Johanna. Eine Weile herrschte Stille. Dann bat Eva um ein Glas Wasser. Sie trank hastig mehrere kleine Schlucke und setzte das Glas schließlich wieder ab.

»Ich kann mir einfach nicht vorstellen, dass dieser Geschäftskram so wichtig ist, dass Kati sterben musste«, fuhr sie fort. »Ich meine –«

»Verzeihen Sie, aber ich befürchte, dass Sie das nicht beurteilen können«, schnitt Johanna ihr in beißendem Tonfall das Wort ab. Und mit deiner Vorstellungskraft scheint es ohnehin nicht zum Besten bestellt zu sein, fügte sie für sich hinzu.

»Das sind doch nur irgendwelche Adressen, bilanztechnischer Kram, ein paar Texte und einige Fotos …«

Johannas Kopf schnellte ruckartig nach vorn. »Woher wissen Sie das?«

»Kati hat mir eine Mail mit den Dateien vom Stick geschickt.«

Johanna befürchtete, dass ihr Gesichtsausdruck nicht sonderlich intelligent wirkte. »Könnten Sie das bitte wiederholen?«

»Kati hat mir die Dateien geschickt.«

»Wann?«

»Ich weiß es nicht … Ich hab die Mail erst vor ein paar Tagen entdeckt.«

»Was? Sie wollen mir jetzt nicht erzählen, dass Sie erstens Ihr E-Mail-Postfach nur quartalsweise checken und zweitens die Brisanz einer Mail von Ihrer verschwundenen Freundin nicht erkannt haben!«

Eva Blum hob die Hände. »Ich kann das erklären!«

»Ich bin sehr gespannt.«

»Ich habe noch eine zusätzliche Adresse bei einem Account, dessen Mails ich nicht über meinen Outlook abrufe. Die kennen nur einige Freundinnen, und da logge ich mich auch nur unregelmäßig ein.«

»Weiter!«

»Ich habe die Mail und den Anhang erst vor ein paar Tagen entdeckt. Es ist wirklich nichts Besonderes …«

»Weiß Richard eigentlich, dass Kati die Daten an Sie geschickt hat?«

»Von mir nicht.«

Johanna sah Eva so lange in die Augen, bis die den Blick abwandte.

Colin Sander hatte einen Laptop in den Vernehmungsraum gebracht, worauf Eva Blum sich in ihren Account eingeloggt und die Mail heruntergeladen hatte.

Auf den ersten flüchtigen Blick beinhalteten die Dateien umfangreiches geschäftsinternes Material, und wer nicht gerade auf der Suche nach Hintergründen für einen oder mehrere Morde war und entsprechendes Vorwissen mitbrachte, konnte durchaus auf die Idee kommen, dass die Dokumente und Aufstellungen Geschäftsabläufe zusammenfassten, die zwar keinesfalls in falsche Hände geraten durften, zum Beispiel in die der Konkurrenz, aus denen aber nicht ersichtlich wurde, dass sie mit Mord und Totschlag in Verbindung gebracht werden konnten. Und dass die Fotos das eitle Gebaren eines erfolgreichen Geschäftsmannes widerspiegelten. Nicht mehr und nicht weniger. Auf den zweiten Blick wurde klar, dass die Qualität der Fotos bemerkenswert gut war und das Programm, mit dem sie abgespeichert und wahrscheinlich bearbeitet worden waren, professionellen Charakter hatte.

»Hey Blümchen«, lauteten Katis Zeilen an die Freundin, »guck Dir bei Gelegenheit doch mal an, mit welchem Kram sich Dein Ritchi so beschäftigt ... Durch diese Politik- und Wirtschaftsscheiße steigt man kaum durch – da müsste ich glatt mal jemanden befragen, der sich damit auskennt –, aber die Fotos könnten interessant sein. Gruppenbild mit Chef, Jagdszenen und immer nur Kerle. Sag mal, ist Dein Lover vielleicht ein bisschen schwul angehaucht ...?! Frag ihn doch mal! Ciao. Man sieht sich.«

»Jagdszenen?«, fragte Johanna, während sie auf die Fotos klickte.

Eva Blum räusperte sich. »Ja, Richards Chef und seine Geschäftspartner gehen manchmal auf die Jagd und ... ähm, Richard ist nicht schwul angehaucht«, setzte sie nach. »So ein Quatsch.«

»Es gibt kaum etwas, was mich weniger interessiert, Frau Blum«, erwiderte Johanna scharf, bevor sie auf den Monitor blickte.

Die Aufnahmen setzten durchweg Taschner in Szene. Taschner bei einem Vortrag in irgendeinem Saal, Taschner mit Seminarteilnehmern im Reitlingstal, Taschner gestikulierend inmitten interessiert zuhörender Männer, daneben häufig Richard Peters – gepflegt, gut aussehend, mit wachsamem Gesichtsausdruck, Gelassenheit und Souveränität ausstrahlend. Andere Bilder zeigten Männer auf dem Hochsitz, vor einem erlegten Wildschwein oder Hirsch, am Lagerfeuer. Zum Glück keine Wölfe. Keine toten Wölfe. Richard war immer dabei, manchmal auch Gregor Bischoff. Frauen tauchten höchstens als Randfiguren auf.

Die Textdokumente, als PDFs gespeichert, beinhalteten zum einen geschäftliche Vorgänge – Erläuterungen zur Gewinn- und Verlustrechnung der vergangenen zwei Jahre und eine detaillierte Aufstellung von Taschners Unternehmensbeteiligungen – sowie Fachsimpeleien und Erörterungen zur geplanten Parteigründung. Eine umfangreiche Adressdatei war in einem Datenbankprogramm gespeichert.

Johanna spürte, dass ihr Herzschlag sich deutlich beschleunigt hatte. Sie sah Eva Blum an.

»Frau Blum, das sind sehr wichtige und höchst vertrauliche Interna. Warum hatte Richard diese Dateien überhaupt bei sich?«

»Er arbeitet häufig, wenn er bei mir ist. Richard tut sehr viel für seine Karriere. Er will nicht stehen bleiben. Das sagt er immer. Und er hat gute Chancen, weiter aufzusteigen.«

»Jetzt nicht mehr, Frau Blum.«

»Ja, stimmt ...«

Johanna wartete, ob Blum noch etwas hinzufügen würde. »Okay. Bitte warten Sie im Nebenraum«, meinte sie schließlich, als das nicht der Fall war.

Als Eva Blum das Zimmer verlassen hatte, blieb es einen Moment still. Johanna sah Colin an, der sein Piratentuch zurechtzupfte.

»Stellt sie sich so naiv? Oder ist sie es tatsächlich?«, fragte sie schließlich den jungen Kollegen. »Sie ist Richards Freundin und müsste doch eigentlich mehr wissen, oder?«

»Ehrlich gesagt: keine Ahnung.«

Johanna seufzte. »Na schön. Gib bitte die Datenbank und die Fotos ans BKA weiter. Ich will so schnell wie möglich wissen, mit welchen Leuten Taschner zu tun hat. Und dann sieh mal nach, ob Reinders noch mit Mansloh beschäftigt ist. Wenn nicht, bring ihn zu mir.«

Johanna streckte die Arme und massierte sich kurz den Nacken, während Rolf Mansloh vor ihr Platz nahm. Ein bisschen nahm sie es sich selbst übel, dass sie ihm den jungenhaften, unschuldigen

Charme des werdenden Vaters abgenommen und weder brutalste Grausamkeiten noch die Beteiligung an einem Mord zugetraut hatte. Sein Haar war verschwitzt, das Gesicht glänzte rötlich. Er sah an ihr vorbei.

»Sie haben die Wahl«, sagte Johanna schließlich. »Ein elend langes Verhör oder –«

»Ich muss gar nicht mit Ihnen reden«, fiel er ihr ins Wort. »Mein Anwalt wird …«

»Sich kümmern – sobald er im Büro ist und Bescheid weiß. Natürlich« Johanna lächelte. »Irgendwann morgen. Aber es wäre ausgesprochen dumm, die ganze Sache in den nächsten Stunden anderen zu überlassen und tatenlos und schweigend im Hintergrund zu verharren, während Peters und Bischoff ihre Schäflein bereits ins Trockene bringen. Am Schluss sind Sie der Dumme.«

Er wischte sich über die Nase. »Keine Ahnung, was Sie meinen.«

Johanna wiegte den Kopf von einer Seite zur anderen. »Ach, wissen Sie, mir ist das doch letztlich vollkommen egal, wen ich aus Ihrer Gruppe für welchen Mord einbuchte. Aber für Sie macht es einen deutlichen Unterschied, ob Sie dabei waren und sich einspannen ließen oder aber die Regie übernahmen und die anderen mit Ihrer Gewaltgier aufhetzten.«

Sein Blick bekam etwas Lauerndes. »Was meinen Sie denn damit?«

»Wir werden uns kaum retten können vor der Unmenge an Spuren, die beweisen, dass Sie bei der Jagd auf Milan Hildmann dabei waren.«

»Das war ein Unfall! Keiner von uns hat gesehen, dass Milan uns gefolgt war, dass da überhaupt ein Mensch unterwegs war, und –«

»Und dass Sie noch eine alte Rechnung mit Kati offen hatten, ist ja hinlänglich bekannt. Sie hat Sie damals abblitzen lassen, als Sie die Affäre fortsetzen wollten. Sie ist mit jemand anderem in die Kiste, wie Sie es so bildhaft ausgedrückt haben. Das hätte sie wohl besser nicht getan. Vielleicht wären Sie dann weniger grausam gewesen.«

Mansloh starrte sie mit geöffnetem Mund an.

»Sie haben sie brutal vergewaltigt und die anderen aufgefordert, es Ihnen gleichzutun. Ein ums andere Mal.«

»Wer sagt das?«, flüsterte Mansloh.

»Peters. Er erzählt auch, dass Sie sie mit Vorliebe Schlampe genannt haben und es Ihnen gar nicht grausig genug zugehen konnte. Der Mord an Kati wäre Ihre Idee gewesen. Peters hält Sie übrigens für einen ziemlich gestörten Hetzer, und Bischoff stimmt lebhaft zu. Was meinen Sie dazu?«

Mansloh knetete seine Finger. »Diese Schweine!«, flüsterte er. »Sie hat Richard zur Weißglut gebracht mit ihren Sprüchen und ihrer spröden, provozierenden Art und sich schon immer über ihn lustig gemacht. Er hat doch nur auf eine Gelegenheit gewartet, sie fertigzumachen.«

»Aber das war nicht alles, stimmt's?«

»Was meinen Sie?«

»Sie hatte den Stick.«

»Woher wissen Sie ...?«

»Weil wir ihn jetzt haben. Die Daten waren nicht gelöscht.«

»Aber der Computertyp meinte ...«

Johanna winkte lässig ab. »Kati hat den Stick nicht formatiert. Die Daten konnten wiederhergestellt werden«, behauptete sie seelenruhig.

Mansloh starrte sie mit großen Augen an. »Und das soll ich Ihnen glauben?«

»Es ist mir vollkommen egal, was Sie mir glauben oder nicht glauben. Wir haben die Adressen, die Fotos, die Pläne, sämtliche Interna.« Johanna lächelte und nickte ihm zu. »Wenn Sie tatsächlich Ihr Kind irgendwann einmal außerhalb der Gefängnismauern zu Gesicht bekommen, vielleicht sogar in die Arme schließen möchten, dann sagen Sie, was Sie wissen, statt unsere Arbeit zu behindern. Und noch was: Der angebliche Teamgeist in Ihrer Gruppe erlischt ohnehin, sobald es darum geht, die eigene Haut zu retten, das sollte Ihnen klar sein. Also?«

Er schüttelte betäubt den Kopf. »Aber Sie wissen doch schon alles. Kati hatte den Stick und wollte zunächst nicht verraten, was sie damit gemacht hatte.«

»Aber Sie konnten sie davon überzeugen, im Detail zu berichten, nicht wahr?«

Mansloh wich ihrem Blick aus. »Nach dem Telefonat mit Uhland ging Peters dann davon aus, dass dieses Problem zu lösen war, Kati aber auf jeden Fall … zum Schweigen gebracht werden musste. Sie hätte niemals den Mund gehalten. Das war nicht ihre Art.«

»Blieb noch die Sache mit Maybach, nicht wahr?«

»Wer …?

»Er hatte keinen Unfall, das wissen wir. Also? Was war mit Maybach?«

Mansloh sah zur Seite.

»Hören Sie, Herr Mansloh, Sie können Ihre Position nur verbessern, indem Sie reden.«

Er wandte den Kopf wieder in Johannas Richtung. »Kati hatte seine Nummer im Handy«, sagte er leise. »Die beiden kannten sich, was Peters total auf die Palme gebracht hat.«

»Warum?«

»Er kann ihn nicht ausstehen. Klugscheißer nennt er ihn, und dass Kati ihn kannte, hat ihn ziemlich beunruhigt.«

»Woher kannte Kati ihn denn?«

»Sie sagte, dass sie ihn zufällig in der Buchhandlung kennengelernt hatte und sie sich ab und zu getroffen hätten, aber Richard vermutete etwas anderes …« Mansloh brach ab, schluckte. »Er hat sie immer wieder geschlagen deswegen.«

»Was vermutete Richard?«

»Ich weiß es nicht. Er fand Maybach verdammt … ja: neugierig.«

»Okay. Und dann?«

»Bischoff hat Maybach angerufen. Das war am Montag. Wir hatten ja die Nummer aus Katis Handy.«

»Was hat Bischoff ihm gesagt?«

»Dass er sich sofort auf den Weg machen sollte – Kati hätte Probleme …«

»Wer hat aufs Motorrad geschossen?«

»Weiß ich nicht. Ich war nicht dabei.«

Johanna lächelte. »Es muss ein guter Schütze gewesen sein. Der beste und unauffälligste. Ich gehe jede Wette ein, dass Sie auf das Hinterrad des Motorrads gezielt und geschossen haben, sodass Maybach in der Kurve stürzte – anschließend haben Sie und Bischoff ihm Handy und Schlüssel abgenommen, um sein Zimmer zu durchsuchen. Die wunderbaren und überaus pfiffigen Kollegen von der Kriminaltechnik werden in Kürze entsprechende Spuren analysiert haben und Ihre Beteiligung nachweisen können.«

Mansloh wischte sich über den Mund. »Sie fühlen sich wohl mächtig schlau, Frau Kommissarin.«

»Manchmal.« Johanna gab Colin im Nebenraum ein Zeichen, und einen Augenblick später öffnete er die Tür.

Mansloh stand langsam auf. Sein Blick war plötzlich abschätzig. »Sie legen sich mit dem Falschen an.«

»Derartige Drohungen gehören zu meinem Job.«

Als sich die Tür hinter ihm schloss, atmete Johanna tief aus.

Wenige Minuten später rief Magdalena Grimich aus Berlin an.

»Taschner hat weitgehende Verbindungen ins organisierte Verbrechen – das belegen nach einer ersten Durchsicht die Fotos und die Namen aus der Adressdatei«, sagte sie in ihrer bekannt nüchternen Art.

»So hat wohl Kollege Wiebor die Spur aufgenommen«, mutmaßte Johanna.

»Anzunehmen. Inwieweit wir mit den Informationen weiter offen ermitteln können, bleibt noch abzuwarten«, erklärte Grimich. »Ich lasse das gerade eingehend prüfen.«

»Taschner wird wahrscheinlich längst alle nötigen Vorbereitungen getroffen haben, um sich gegen die laufenden Ermittlungen abzusichern«, seufzte Johanna. »So schnell lässt der sich nicht gegen den Karren fahren.«

Einige Sekunden lang herrschte Stille.

»Damit müssen wir rechnen. Dennoch: gute Arbeit, Kommissarin Krass«, sagte Magdalena Grimich schließlich.

Dieser Satz war so selten wie eine Sonnenfinsternis, und Johanna war zu verblüfft, um darauf etwas erwidern zu können. Dann war die Leitung tot, und plötzlich stand Reinders in der Tür.

»Bischoff weigert sich, mit uns zu reden. Wollen Sie ihm trotzdem auf den Zahn fühlen?«

»Nein, Kollege.« Sie schüttelte den Kopf. »Ich habe genug für heute.« Eigentlich nicht nur für heute, dachte sie. »Außerdem dürfte seine Rolle weitestgehend klar sein.«

Reinders nickte. »Okay. Ich kümmere mich um den Rest – Hausdurchsuchungen und so weiter.«

Und so weiter. Johanna stand auf. Ihr Kopf fühlte sich plötzlich taub und leer an.

Reinders blieb unschlüssig in der Tür stehen.

»Noch was, Kollegin«, sagte er leise. »Das Krankenhaus hat gerade angerufen. Wiebor hat es nicht geschafft.«

16

»Wie sieht's aus?«

»Könnte besser sein.«

»Er ist einer meiner wichtigsten Männer.«

»Das höre ich nicht gern. Den Mord an der Frau beziehungsweise die Anstiftung zum Mord können sie ihm nachweisen. Immerhin gibt es einen Zeugen. Taschner, der Junge hat ein echtes Problem. Hinzu kommt, dass dem Mädchen übel mitgespielt wurde, bevor es starb. Du möchtest ganz sicher nicht wissen, was sie alles mit ihr angestellt haben! Der Obduktionsbericht ist jedenfalls mehr als gruselig, und glaub mir, ich bin in dem Bereich durchaus Kummer gewohnt. Das Mädchen war bestimmt froh, als es endlich sterben durfte. Selbst wenn wir unsere Fühler ausstrecken und versuchen, an den Zeugen heranzukommen …«

»Ja, das wäre eine Möglichkeit. Das ist doch nur ein kleiner Dealer, oder?«

»Richtig. Aber Peters hat seine Spuren bei dem Mädchen hinterlassen.«

»Mist.«

»Du sagst es, Taschner. Warum war er so unvorsichtig? Ich denke, er ist ein besonnener Typ.«

»Dachte ich auch. Was ist mit dem Datenmaterial?«

»Sie haben es. Meine Güte, Taschner – wie hirnrissig von Peters, den Stick mit sich herumzuschleppen! Pläne, Fotos, Termine, Beteiligungen, jede Menge Namen … Du hast nur eine Wahl – informiere deine Kontakte so schnell wie möglich, verwische alle Spuren und halte dich ansonsten völlig raus. Peters hatte das Material, nicht du. Und du redest überhaupt nur über mich mit denen.«

»Ja, schon klar. Wenn gar nichts geht, muss ich meine besonderen Verbindungen nutzen –«

»Bitte nur im äußersten Notfall! Erfreulich ist die ganze Angelegenheit nicht, Taschner. Ausgerechnet jetzt.«

»Mensch, das weiß ich selbst!«

»Die Parteipläne …«

»Sind sehr allgemein gehalten.«

»Das finde ich nicht, und da stimmen mir die anderen zu.«

»Ach komm ...«

»Da steht eine Menge drin, was nicht für Außenstehende bestimmt war und was findige Leute in unserem zukünftigen Parteiprogramm wiedererkennen werden.«

»Nichts ist gänzlich neu. Niemand erfindet das Rad zum zweiten Mal.«

»Taschner, du musst vorsichtiger sein. Deine Gruppe in allen Ehren – sie bringt uns junge, ehrgeizige und überzeugte Leute, aber die Risiken solltest du besser unter Kontrolle haben. Einige von denen sind offenbar übermotiviert und gefährden damit alles.«

»Hinterher ist man immer schlauer. Aber, da gebe ich euch recht, wir müssen natürlich alles daran setzen, den Schaden zu begrenzen, sodass unsere Pläne langfristig nicht in Mitleidenschaft gezogen werden. Zum Glück wird es keinen Ärger mehr mit diesem Schnüffler geben.«

»Ja, wenigstens etwas.«

»Was ist mit Bischoff und Mansloh?«

»Die können wir auch vergessen, zumindest für sehr lange Zeit. Bei einigen von den Neuen müssen wir abwarten, ob die Ermittlungen überhaupt greifen. Wir werden der Staatsanwaltschaft ordentlich auf die Füße treten und mit Dutzenden von Beschwerden und Anträgen dazwischenfunken.«

»Gut, was ist mit dem Hildmann? Ich finde es sehr schade um ihn.«

»Wenn er Glück hat, kommt er mit Totschlag aus der Sache raus und kriegt Bewährung. Schließlich war es ein Unglück. Leider hat er sich einen eigenen Anwalt genommen.«

»Sieh mal zu, ob du einen Kontakt herstellen kannst.«

»Mach ich.«

»Peters meinte letztens, er wird nicht die ganz große Nummer, aber nach der Geschichte mit seinem Bruder kriegt er zu Hause gar keinen Fuß mehr auf den Boden, und ich frage mich schon, was er sonst noch so weiß oder mitbekommen hat ...«

»Verstehe.«

»Ich möchte ihm einen neuen gut dotierten Job anbieten. Vielleicht in einer unserer Firmen in Hamburg oder auch in Berlin. Wir haben ihn im Auge, und er findet Halt – wenn er will.«

»Und wenn er nicht will?«

»Dann gibt es eine andere Lösung, die uns nicht gefährdet.«

»Ich sehe, wir verstehen uns, Taschner.«

»Wir verstehen uns immer.«

»Auf die Zukunft!«

»Auf unsere Zukunft!«

***

Ihre Mutter hatte keine Zeit. Ein Zahnarzttermin, den sie vor Wochen vereinbart hatte, ging vor. Johanna war nicht traurig darüber. Ihre Mutter und sie – das war kein harmonisches Team. Noch nie gewesen. Eines Tages würde sie vielleicht bereuen, nicht mehr für die Beziehung zu ihr getan zu haben. Vielleicht auch nicht. Zu Gertrud Krass hatte man einen Draht oder man hatte ihn nicht. Kein Grund zum Lamentieren.

In der Senioreneinrichtung an der Nordsteimker Straße hatte sie auch kein Glück. Ihre Großmutter war nach einer Virusinfektion so geschwächt, dass Johanna nur kurz an ihrem Bett saß. Käthe schlief. Johanna betrachtete eine Weile das zerfurchte kleine Gesicht mit der eingefallenen Mundpartie, doch bevor die Erinnerungen sie zu überschwemmen drohten, stand sie abrupt auf und ging.

Sie schlenderte durch die Fußgängerzone und holte sich auf dem Markt einen Hotdog, als die Rathausuhr zur vollen Stunde schlug. Bei den Wolfsskulpturen blieb sie lange stehen.

Nach einer Abschlussbesprechung mit Reinders und seinem Team fuhr sie über die Berliner Brücke, vorbei an der Autostadt und der VW-Arena in Richtung Vorsfelde, was ein ziemlicher Umweg war. Aber das scherte sie nicht. Sie hatte große Lust, über die Brücke zu fahren.

In Velpke wartete Louis Kamper beim Bogenschießverein auf sie. Sie würde ihm die Teilnehmerliste zurückgeben und vielleicht noch etwas über Absichtslosigkeit erfahren.

Manuela Kuck
TOD IN WOLFSBURG
Broschur, 224 Seiten
ISBN 978-3-89705-752-4

»Manuela Kuck kennt sich aus. Mit Mädchen und mit Abgründen. Mit Männern und mit Gier. Und mit Krimis. Dem dichten Spurenlabyrinth, das sie spinnt, merkt man an, dass dieser Krimi nicht ihr erster ist.« Lesen

»Die Autorin hat hier einen gut geschriebenen, rasanten, atmosphärisch dichten und bis zum Schluss spannenden Krimi vorgelegt. Absolut empfehlenswert!« ekz